»Was der DRACHENLÄUFER für Afghanistan, ist DER JUNGE, DER VOM FRIEDEN TRÄUMTE für Palästina.« *The Huffington Post*

Der zwölfjährige Palästinenserjunge Achmed kämpft um das Überleben seiner Familie, der einst eine blühende Orangenfarm gehörte. Auf der Jagd nach einem Schmetterling kommt seine zweijährige Schwester Amal in einem Minenfeld ums Leben. Als auch noch sein Vater verhaftet und der Familie alles genommen wird, ist er der Einzige, der sie retten kann. Denn Ahmed ist ein Mathematikgenie und erhält eines der begehrten Stipendien an der Universität von Tel Aviv. Doch dort ist er der einzige Palästinenser unter Juden ...

*Michelle Cohen Corasanti* ist eine in den USA geborene Jüdin. Mit sechzehn schickten ihre Eltern sie nach Israel, um Hebräisch zu lernen und die jüdische Kultur und Religion zu studieren. Sie besuchte die Hebrew University of Jerusalem, wo sie ihren Master in Nahostwissenschaften machte. Inzwischen hat sie zwei Harvard-Diplome und ist Anwältin für Menschenrechte. ›Der Junge, der vom Frieden träumte‹ ist ihr erster Roman.

*Weitere Informationen finden Sie auf www.fischerverlage.de*

MICHELLE COHEN CORASANTI

# Der Junge, der vom Frieden träumte

ROMAN

Aus dem Englischen
von Adelheid Zöfel

FISCHER Taschenbuch

Erschienen bei FISCHER Taschenbuch
Frankfurt am Main, Juni 2016

Die englische Originalausgabe erschien 2012 unter dem Titel
»The Almond Tree« bei Garnet Publishing Ltd, London
© Michelle Cohen Corasanti 2012
By Agreement with Pontas Literary & Film Agency
Für die deutschsprachige Ausgabe:
© 2016 S. Fischer Verlag GmbH, Hedderichstr. 114,
D-60596 Frankfurt am Main

Satz: Pinkuin Satz und Datentechnik, Berlin
Druck und Bindung: CPI books GmbH, Leck
Printed in Germany
ISBN 978-3-596-03283-9

Für Sarah und Jon-Robert

Und für Joe, der mir den Mut geschenkt hat,
Dingen ins Auge zu blicken, die ich lieber verdrängt hätte.

»Was dir nicht lieb ist, das tu auch deinem Nächsten nicht! Das ist die Lehre der ganzen Thora. Alles andere ist nur Erläuterung – und nun geh hin und lerne sie.«
*Rabbi Hillel (30 v. Chr.–10 n. Chr.), einer der bedeutendsten Rabbiner der talmudischen Ära*

# TEIL EINS

## 1955

## 1

Mama sagte immer: Die kleine Amal hat es faustdick hinter den Ohren. In der Familie fanden überhaupt alle, dass meine Schwester mehr Mumm und Energie hatte als mein jüngerer Bruder Abbas und ich zusammen. Dabei war Amal erst zwei Jahre alt und noch ziemlich wackelig auf ihren runden Beinchen. Als ich an einem Nachmittag nach ihr schaute und sie nicht in ihrem Bettchen fand, geriet ich deshalb sofort in Panik.

Es war Sommer, und das ganze Haus ächzte unter der Hitze. Ich stand allein in Amals Zimmer. Vielleicht verriet mir ja die Stille, wo meine kleine Schwester steckte. Der weiße Vorhang bauschte sich von einem leisen Windhauch, das Fenster stand offen – weit offen. Ich lief hin. Hoffentlich war ihr nichts zugestoßen. Hoffentlich sah ich sie nicht dort unten liegen, wenn ich jetzt hinausschaute! Eine furchtbare Angst packte mich, aber ich beugte mich trotzdem über den Sims, weil die Ungewissheit noch schlimmer war als die Angst. *Bitte, lieber Gott, bitte, lieber Gott, bitte, bitte …*

Unten war nichts zu sehen, nur Mamas Garten: bunte Blumen, die sich in der sanften Brise wiegten.

Im Erdgeschoss war die Luft von köstlichen Gerüchen erfüllt, der große Tisch beladen mit leckeren Gerichten. Baba und ich, wir liebten Süßes, deshalb bereitete Mama für unser Fest heute Abend tausend Köstlichkeiten zu.

»Wo ist Amal?«, fragte ich sie. Weil Mama mir den Rücken zuwandte, steckte ich mir blitzschnell einen Dattelkeks in die Tasche. Und noch einen – für Abbas.

»Sie macht ihren Mittagsschlaf.« Mama goss Sirup über die Baklava.

»Nein, sie ist nicht in ihrem Bett.«

»Wo ist sie dann?« Mama stellte die heiße Pfanne in die Spüle und kühlte sie mit Wasser, das sich augenblicklich in Dampf verwandelte.

»Vielleicht versteckt sie sich irgendwo?«

Mamas schwarzes Gewand streifte mich, als sie zur Treppe eilte. Wortlos folgte ich ihr. Ich beschloss, mir die Kekse in meiner Tasche zu verdienen, indem ich Amal vor ihr fand.

»Kann mir mal jemand helfen?« Abbas stand oben an der Treppe, das Hemd noch nicht richtig zugeknöpft.

Ich warf ihm einen warnenden Blick zu – er sollte kapieren, dass ich dabei war, Mama bei einer schwierigen Aufgabe zu helfen.

Hinter Mama drängten Abbas und ich uns in das Zimmer, in dem sie und Baba schliefen. Doch Amal hatte sich nicht unter dem großen Bett verkrochen. Ich zog die Vorhänge beiseite, hinter denen die Kleider unserer Eltern verstaut waren, und erwartete ganz sicher, dass Amal dort kauern würde, ein fröhliches Grinsen auf dem Gesicht. Aber keine Spur von der Kleinen. Ich spürte, dass auch Mama allmählich richtig Angst bekam. Ihre dunklen Augen funkelten so, dass mir ganz bang ums Herz wurde.

»Keine Sorge, Mama«, sagte Abbas. »Ahmed und ich, wir helfen dir. Wir finden sie.«

Mama legte den Finger an die Lippen, um uns zu signalisieren, wir sollten still sein, während wir den Flur zum Zimmer unserer kleinen Brüder durchquerten. Die beiden schliefen noch, deshalb gab Mama uns mit einer Handbewegung zu verstehen: Bleibt draußen! Sie wusste besser als Abbas und ich, wie man sich lautlos bewegt. Aber auch dort – keine Amal.

Abbas schaute mich mit großen Angstaugen an, und ich legte ihm beruhigend die Hand auf die Schulter.

Wir gingen nach unten. Immer und immer wieder rief Mama Amals Namen. Sie suchte im Wohnzimmer und im Esszimmer und ruinierte dabei alles, was sie für das große Festessen mit Onkel Kamals Familie vorbereitet hatte.

Schließlich eilte sie zu der Glasveranda, Abbas und ich hinter ihr her. Die Tür zum Garten stand offen. Mama rang nach Luft.

Von dem großen Fenster aus sahen wir Amal. Sie hüpfte in ihrem Nachthemd über die Wiese, in Richtung Feld.

Und schon war Mama draußen, rannte quer durch ihren Garten, knickte die Rosen, deren Dornen sich in ihrem Kleid verhakten. Abbas und ich blieben ihr auf den Fersen.

»Amal!«, rief Mama. »Bleib stehen!« Ich hatte schon Seitenstechen, rannte aber weiter. Bei dem Schild machte Mama so abrupt halt, dass Abbas und ich mit ihr zusammenstießen. Amal war auf *dem Feld*. Ich bekam keine Luft vor Schreck.

»Halt!«, schrie Mama. »Bleib sofort stehen!«

Amal jagte einen roten Schmetterling. Ihre schwarzen Locken flatterten im Wind. Sie drehte den Kopf und schaute zu uns. »Gleich hab ich ihn!«, jubelte sie und zeigte lachend auf den Schmetterling.

»Nein, Amal!«, rief Mama mit ihrer strengsten Stimme. »Bleib stehen! Sofort!«

Amal blieb tatsächlich stehen, und Mama atmete hörbar auf.

Abbas sank erleichtert auf die Knie. Wir wussten: Unter keinen Umständen durfte man weitergehen als bis zum Schild. Dahinter begann das Feld des Teufels.

Der hübsche rote Schmetterling landete etwa vier Meter vor Amal.

»Nein!«, schrie Mama.

Abbas und ich schauten hoch.

Amal warf Mama einen verschmitzten Blick zu, dann hüpfte sie zu dem Schmetterling.

Alles, was danach kam, geschah wie in Zeitlupe. Es war, als würde jemand Amal ganz langsam in die Luft schleudern. Rauch und Feuer unter ihr. Ihr Lächeln flog davon. Der Knall traf uns wie ein tödlicher Schlag, wir taumelten rückwärts. Und als ich zu der Stelle blickte, wo Amal gerade noch gewesen war, konnte ich sie nicht mehr sehen. Sie war weg. Einfach weg. Ich hörte nichts.

Und dann Schreie. Mamas Stimme. Dann Babas Stimme, irgendwo weit hinter uns. Da begriff ich, dass Amal gar nicht weg war. Ich sah etwas. Ihren Arm. Ja, es war ihr Arm, aber ihr Körper hing nicht mehr daran. Ich rieb mir die Augen. Amal war in Stücke zerfetzt. Wie ihre alte Puppe, nachdem unser Wachhund sie zwischen die Zähne bekommen hatte. Ich machte den Mund auf und schrie so laut, dass ich dachte, gleich zerreißt es mich in zwei Teile.

Baba und Onkel Kamal kamen angerannt. Keuchend blieben sie an dem Schild stehen. Mama schaute die beiden gar nicht an, sie wimmerte nur tonlos: »Mein Baby, mein Baby …«

Da sah Baba die kleine Amal, drüben, jenseits des Schildes – des Schildes, auf dem *Sperrgebiet* stand. Er wollte sich auf sie stürzen, Tränen liefen ihm übers Gesicht. Aber Onkel Kamal hielt ihn mit beiden Händen fest. »Nein …!«

Baba versuchte, ihn abzuschütteln, doch Onkel Kamal gab ihn nicht frei. Baba wehrte sich, schrie: »Ich kann sie nicht allein lassen!«

»Es ist zu spät.« Onkel Kamals Stimme ließ keinen Widerspruch zu.

Ich sagte zu Baba: »Ich weiß, wo sie die Minen vergraben haben.«

Er schaute mich nicht an, sondern sagte nur: »Zeig mir den Weg, Ahmed.«

»Du willst dein Leben in die Hände eines Kindes legen?« Onkel Kamal sah aus, als hätte er in eine Zitrone gebissen.

»Er ist kein normaler Siebenjähriger«, entgegnete Baba.

Ich ging einen Schritt auf die Männer zu und ließ Abbas bei Mama zurück. Beide Männer weinten. »Sie haben die Minen mit den Händen eingebuddelt«, sagte ich. »Und ich habe eine Karte angelegt.«

»Hol die Karte«, sagte Baba. Er fügte noch etwas hinzu, aber das konnte ich nicht mehr verstehen, weil er sich wegdrehte, hin zum Feld des Teufels – und zu Amal.

Also rannte ich, so schnell ich konnte, zum Haus, holte die Karte aus ihrem Versteck auf der Veranda, schnappte mir Babas Wanderstock und lief zurück zu den anderen, zu meiner Familie. Mama sagte sonst immer, ich dürfe mit Babas Stock in der Hand nicht rennen, weil ich mich verletzen könnte, aber das hier war ein Notfall. Baba nahm den Stock und klopfte damit auf den Boden, während ich mich bemühte, wieder regelmäßig zu atmen.

»Hinter dem Schild musst du geradeaus gehen«, sagte ich. Ich war fast blind von den Tränen, die mir in den Augen brannten, aber ich schaute nicht weg.

Vor jedem Schritt klopfte Baba den Boden ab. Als er drei Meter vom Schild entfernt war, blieb er stehen. Amals Kopf lag etwa einen Meter vor ihm. Ihre Locken waren verschwunden. Wo die Kopfhaut verbrannt war, quoll eine weiße Masse heraus. Babas Arme waren nicht lang genug, um den Kopf zu erreichen, also ging er in die Hocke und versuchte es so. Mama stöhnte auf. Meiner Meinung nach hätte er lieber den Stock nehmen sollen, aber ich wagte nicht, ihm das vorzuschlagen, denn es konnte ja sein, dass er das Amal nicht antun wollte.

»Komm zurück!«, flehte ihn Onkel Kamal an. »Das ist viel zu gefährlich.«

»Die beiden Kleinen!«, stöhnte Mama plötzlich. Baba wäre fast vornübergefallen, aber er fing sich wieder. »Sie sind allein im Haus.«

»Ich sehe nach ihnen.« Onkel Kamal ging, und ich war froh, als er weg war, weil er alles nur noch schlimmer machte.

»Bring sie bitte nicht hierher!«, rief Baba ihm nach. »Sie dürfen Amal nicht so sehen. Und Nadia soll lieber auch nicht kommen.«

»Nadia!« Mama klang, als hätte sie den Namen ihrer ältesten Tochter gerade das erste Mal gehört. »Nadia ist bei euch, Kamal, bei euren Kindern.«

Onkel Kamal nickte nur und setzte seinen Weg fort.

Mama kauerte laut schluchzend neben Abbas auf dem Boden. Abbas starrte völlig unbewegt auf das, was von Amal übrig geblieben war – wie jemand, über den ein Bann verhängt wurde und der sich nicht mehr rühren kann.

»Wie weiter, Ahmed?«, fragte Baba.

Nach meiner Karte befand sich etwa zwei Meter hinter Amals Kopf eine Mine. Die Sonne brannte, aber ich fror. *Lieber Gott, mach, dass meine Karte stimmt.* Ich wusste mit Sicherheit, dass die Minen kein Muster bildeten, denn ich suchte intuitiv immer nach Mustern, und diese Minen waren nach dem Zufallsprinzip vergraben worden. Deshalb konnte man ohne Karte nicht erschließen, wo sie waren.

»Geh einen Meter nach links«, sagte ich. »Dann kannst du es noch mal versuchen.« Ohne es zu merken, hatte ich die ganze Zeit die Luft angehalten. Als Baba Amals Kopf hochhob, strömte der Atem aus mir heraus. Baba nahm seine Kufija und wickelte sie um den völlig entstellten kleinen Kopf.

Dann streckte Baba die Hand nach ihrem Arm aus, doch dieser war zu weit weg. Ob die Hand noch dran war, konnte man nicht sehen.

Wenn meine Karte stimmte, lag zwischen Baba und Amals Arm eine Landmine, und es war meine Aufgabe, meinen Vater um sie herumzudirigieren. Er machte alles genau so, wie ich es ihm sagte. Weil er mir vertraute. Er schaffte es, nahe genug heranzukommen.

Vorsichtig nahm er den Arm und wickelte auch ihn in seine Kufija. Jetzt fehlte nur noch Amals Rumpf, doch der war am weitesten entfernt.

»Nicht mehr diese Richtung. Da ist eine Mine. Geh einen Schritt nach links.«

Baba drückte Amal an seine Brust. Ehe er die nächsten Schritte machte, klopfte er wieder auf den Boden. Ich lenkte ihn die ganze Strecke. Es waren mindestens zwölf Meter. Danach musste ich ihn zu uns zurückleiten.

»Wenn man vom Schild geradeaus geht – da sind keine Minen«, sagte ich. »Aber zwischen dir und dieser geraden Linie sind zwei vergraben.«

Ich führte ihn erst vorwärts, dann zur Seite. Der Schweiß lief mir übers Gesicht, und als ich ihn wegwischte, hatte ich Blut an der Hand. Amals Blut. Ich versuchte, es abzureiben, aber das ging nicht.

Von einer Windböe wurden Babas schwarze Haare aus dem Gesicht gepustet. Seine weiße Kufija, mit der er sonst den Kopf bedeckte, war blutgetränkt. Das weiße Gewand hatte lauter rote Flecken, von oben bis unten. Er hielt Amal in den Armen, so wie zu Hause, wenn sie auf seinem Schoß eingeschlafen war und er sie nach oben in ihr Bettchen trug. Wie der Engel aus einer Geschichte sah Baba aus, als er Amal vom Feld zurückbrachte. Seine breiten Schultern hoben und senkten sich, seine Augen waren tränennass.

Mama kauerte immer noch schluchzend auf dem Boden. Abbas umklammerte sie. Er selbst hatte keine Tränen mehr und sah aus wie ein kleiner Mann, der auf seine Mutter aufpasst. »Baba fügt sie wieder zusammen«, tröstete er Mama. »Baba kann alles wieder heilmachen.«

»Baba kümmert sich um sie.« Ich legte Abbas die Hand auf die Schulter.

Da kniete mein Vater neben Mama nieder. Mit hochgezogenen

Schultern wiegte er Amal zärtlich in seinen Armen. Mama lehnte sich an ihn.

»Hab keine Angst, mein Kind«, sagte er zu Amal. »Gott beschützt dich.« Lange saßen wir so beieinander und trösteten meine kleine Schwester.

»In fünf Minuten beginnt die Ausgangssperre«, verkündete ein Soldat auf einem Militärjeep durch sein Megaphon. »Jeder, der sich im Freien aufhält, wird verhaftet oder erschossen.«

Baba sagte, es sei zu spät, um eine Erlaubnis für das Begräbnis zu bekommen, also nahmen wir Amal mit ins Haus.

## 2

Abbas und ich hörten die Schreie vor Baba: Er war zu sehr damit beschäftigt, unsere Orangen zu überprüfen. Das war so typisch für ihn. Seit Generationen befanden sich diese Orangenhaine im Besitz seiner Familie, und er sagte, die Arbeit liege ihm im Blut.

»Baba.« Ich zupfte an seinem Gewand, um ihn aus seiner Trance zu holen. Er ließ die Orange fallen, die er gerade in der Hand hielt, und rannte in die Richtung, aus der die Schreie kamen. Abbas und ich liefen hinter ihm her.

»Abu Ahmed!« Durch die Bäume hallte Mamas Stimme. Nach meiner Geburt hatten meine Eltern sich in Abu Ahmed und Um Ahmed umgenannt, um meinen Namen, das heißt, den Namen ihres ersten Sohnes, miteinzuschließen. Das war bei uns Tradition.

Mama kam uns entgegen, unsere kleine Schwester Sara auf dem Arm, und rief atemlos: »Kommt bitte, schnell! Sie sind bei unserem Haus. Kommt!«

Ich erschrak entsetzlich. Seit zwei Jahren redeten meine Eltern immer wieder davon, dass sie kommen könnten und uns unser Land wegnehmen. Sie sprachen das Thema aber nur an, wenn sie dachten, Abbas und ich würden schlafen. Das erste Mal hatte ich sie in der Nacht nach Amals Tod darüber reden hören. Damals stritten sie sich, weil Mama Amal bei uns begraben wollte, damit sie immer in unserer Nähe war und sich nicht fürchten musste. Aber Baba sagte nein, denn sie würden bestimmt bald kommen und uns das Land stehlen. Und dann waren wir gezwungen, Amal entweder auszugraben oder sie bei ihnen zurückzulassen.

Jetzt übernahm Baba die kleine Sara von Mama, und wir eilten alle zu unserem Haus.

Wir sahen mehr als ein Dutzend Soldaten. Sie hatten schon begonnen, unser Land und unser Haus mit Stacheldraht einzuzäunen. Meine Schwester Nadia kniete unter unserem Olivenbaum und drückte meine Brüder Fadi und Hani an sich, die beide jämmerlich heulten. Nadia war jünger als ich und Abbas, aber älter als die beiden kleinen Jungen. Mama sagte immer: Sie wird bestimmt mal eine gute Mutter, weil sie so fürsorglich ist.

»Kann ich Ihnen helfen?«, fragte Baba betont bedächtig einen der Soldaten. Zwischendurch musste er immer wieder schlucken.

»Mahmud Hamid?«

»Ja, der bin ich«, antwortete Baba.

Der Soldat reichte ihm ein Dokument.

Baba wurde weiß wie Milch und schüttelte fassungslos den Kopf. Bewaffnete Soldaten mit Stahlhelmen, Tarnuniformen und schweren schwarzen Stiefeln umringten ihn.

Mama zog Abbas und mich näher zu sich. Durch den Stoff ihres Kleides spürte ich ihren unruhigen Pulsschlag.

»Sie haben eine halbe Stunde, um Ihre Sachen zu packen«, erklärte der Soldat, ein junger Mann mit lauter Pickeln im Gesicht.

»Bitte!«, rief Baba. »Das hier ist unser Zuhause.«

»Sie haben genau gehört, was ich gesagt habe«, zischte Soldat Pickelgesicht. »Los jetzt!«

»Bleib du hier bei den Kindern«, sagte Baba zu meiner Mutter, die jetzt in Tränen ausbrach.

»Kein Geheule!«, fuhr Pickelgesicht sie an.

Abbas und ich halfen Baba, alles herauszutragen: die hundertvier Porträts, die er in den letzten fünfzehn Jahren gemalt hatte; seine Kunstbände der großen Meister: Monet, van Gogh, Picasso, Rembrandt; das Geld, das er in seinem Kopfkissenbezug aufbewahrte; die Ud, die orientalische Kurzhalslaute, welche sein Vater für ihn gemacht hatte; das silberne Teeservice von Mamas Eltern; Geschirr, Besteck, Töpfe und Pfannen; unsere Kleidung und Mamas Hochzeitskleid.

»Die Zeit ist abgelaufen«, verkündete der Soldat. »Wir siedeln Sie um.«

»Ein Abenteuer.« Babas Augen schimmerten feucht, als er beruhigend den Arm um Mama legte, die immer noch schluchzte.

Wir luden unsere Sachen auf den Wagen. Die Soldaten zogen den Stacheldraht beiseite, damit wir durchkonnten, und wir folgten ihnen den Hügel hinauf. Baba führte das Pferd. Alle Dorfbewohner huschten davon, als wir vorbeikamen. Ich warf einen Blick zurück: Unser Haus und die Orangenhaine waren schon ganz und gar von Stacheldraht umgeben, und ich konnte sehen, dass dahinter, bei Onkel Kamal, andere Soldaten das Gleiche machten. Und sie stellten ein Schild auf: *Betreten verboten! Sperrgebiet!* Genau wie das Schild am Rand des Feldes mit den Landminen, wo meine kleine Schwester Amal gestorben war.

Ich legte den Arm um Abbas, der den ganzen Weg verzweifelt schluchzte, wie Mama. Ich weinte auch. Das hatte Baba nicht verdient. Mein Vater war ein guter Mensch. Er war so viel wert wie zehn von denen! Mehr noch: wie hundert. Wie tausend. Wie sie alle miteinander.

Die Soldaten begleiteten uns den Berg hinauf. Das Gestrüpp zerkratzte mir die Beine. Schließlich kamen wir zu einer Lehmziegelhütte, die kleiner war als unser Hühnerstall. Der Garten davor war mit Unkraut überwuchert, was Mama bestimmt ganz schlimm fand, weil sie Unkraut nicht leiden konnte. Die verschlossenen Fensterläden waren völlig verstaubt. Ein Soldat knackte das Schloss mit einem Bolzenschneider und stieß die Blechtür auf. Die Hütte bestand aus einem einzigen Raum mit einem festgestampften Lehmfußboden. Wir luden unsere Sachen ab, und die Soldaten entfernten sich wieder. Unser Pferd und unseren Wagen nahmen sie mit.

Im Haus waren in einer Ecke mehrere Schilfmatten gestapelt, darauf lagen zusammengefaltete Decken aus Ziegenfell. Auf dem Herd stand ein Kessel, im Schrank Geschirr, und es gab auch einen Kleiderschrank mit Kleidern. Alles war mit einer dicken Staubschicht bedeckt.

An der Wand hing ein Familienbild: Vater, Mutter, sechs Kinder – und alle lächelten. Sie standen in unserem Hof, vor Mamas Blumengarten.

»Du hast sie gemalt«, sagte ich zu Baba.

»Ja, es ist Abu Ali mit seiner Familie«, antwortete er.

»Wo sind sie jetzt?«

»Bei meiner Mutter und meinen Brüdern und bei Mamas Familie«, sagte er. »So Gott will, kommen sie eines Tags zurück, aber bis dahin müssen wir ihre Sachen in unsere Kiste packen.«

»Wer ist das da?« Ich zeigte auf einen Jungen, der etwa so alt war wie ich und auf der Stirn eine breite rote Narbe hatte.

»Das ist Ali«, erklärte Baba. »Er war verrückt nach Pferden, aber als er das erste Mal auf einem saß, hat es gebuckelt, und Ali ist runtergefallen. Er war tagelang bewusstlos, aber kaum kam er zu sich, da ist er schon wieder auf dieses Pferd geklettert.«

Baba, Abbas und ich hängten unsere Geburtstagsporträts an der hinteren Wand auf. Darüber schrieb Baba die Jahreszahlen, von 1948 bis heute, also 1957. 1948 war mein Porträt noch das einzige. Der Reihe nach fügten wir die neuen Kinder hinzu. Ich ganz oben, dann kam 1949 Abbas dazu, Nadia 1950, Fadi 1951, Hani 1953, Amal 1954 und Sara 1955. Von Amal gab es nur zwei Bilder.

An den Seitenwänden brachten wir dann die Bilder der Familienmitglieder an, von denen wir wussten, dass sie nicht mehr lebten: Babas Vater und Großeltern. Daneben unsere Verwandten im

Exil: Babas Mutter mit ihren zehn Kindern in dem herrlichen Garten, den meine Mama beim Haus von Babas Familie angelegt hatte, bevor die beiden heirateten. Mamas Eltern waren damals Wanderarbeiter in den Orangenplantagen von Babas Familie gewesen. Als Baba von der Kunstakademie in Nazareth zurückkam und sah, wie Mama den Garten hegte und pflegte, beschloss er, sie zu heiraten.

Als Nächstes waren die Bilder von Baba selbst und von seinen Brüdern an der Reihe: Wie ihre Orangen im Hafen von Haifa auf ein Schiff verladen wurden und sie dabei zuschauten; wie sie in einem Restaurant in Acre aßen; wie sie auf dem Jerusalemer Markt Orangen aus Jaffa probierten; wie sie in einem Badeort in Gaza Ferien machten.

Die vordere Wand war für die direkte Familie bestimmt. Baba hatte viele Selbstporträts gemalt, als er in Nazareth die Kunstakademie besuchte. Außerdem hingen da: wir alle, bei einem Picknick in unserem Orangenhain; ich an meinem ersten Schultag; Abbas und ich auf dem Dorfplatz, wie wir bei einer Filmvorführung in die Gucklöcher schauen, während Abu Hussein die Kurbel dreht. Und natürlich Mama in ihrem Garten – mit Aquarellfarben koloriert, im Gegensatz zu den anderen, die mit Kohlestift gezeichnet waren.

Abbas schaute sich um. »Wo sind unsere Schlafzimmer?«

»Wir können froh sein, dass wir ein Zuhause mit so einer schönen Aussicht haben«, sagte Baba. »Ahmed, geh mit deinem Bruder nach draußen, damit er alles sieht.« Er reichte mir das Teleskop, das ich aus zwei Vergrößerungslinsen und einer Pappröhre gebastelt hatte. Mit diesem Fernglas hatte ich auch verfolgt, wie die Soldaten im Feld des Teufels die Landminen vergruben. Hinter dem Haus kletterten Abbas und ich auf einen wunderschönen Mandelbaum, von dem aus man das ganze Dorf überblickte.

Durch mein Fernrohr beobachteten wir abwechselnd die neuen Bewohner: In Shorts und ärmellosen Hemden pflückten sie bereits die ersten Orangen von unseren Bäumen. Schon von unserem alten Schlafzimmerfenster aus hatten Abbas und ich regelmäßig verfolgt, wie sie ihr Gebiet immer weiter ausgedehnt hatten, indem sie sich nach und nach unser Dorf einverleibten. Sie brachten seltsame Bäume mit und pflanzten diese im Sumpfgebiet. Wir konnten richtig sehen, wie die Bäume dick und fett wurden, weil sie die stinkende Brühe aufsaugten. Der Sumpf verschwand, und stattdessen entstand nach und nach fruchtbarer schwarzer Humusboden.

Ich sah ihr Schwimmbad. Und wenn ich das Fernglas nach rechts schwenkte, konnte ich über die Grenze nach Jordanien blicken. Tausende von Zelten mit der Aufschrift UN standen in der ansonsten menschenleeren Wüste. Ich reichte Abbas das Fernglas, damit er sich diese Zelte ebenfalls ansehen konnte. Ich hoffte, dass ich eines Tages eine stärkere Linse bekommen würde, durch die man auch die Gesichter der Flüchtlinge erkennen konnte. Aber da musste ich noch warten. Seit neun Jahren hatte Baba keine Möglichkeit mehr gehabt, seine Orangen außerhalb des Dorfes zu verkaufen. Unsere Absatzmärkte waren total geschrumpft. Vorher war es der ganze Nahe Osten samt Europa gewesen – und dann plötzlich nur noch fünftausend Dorfbewohner, die alle mittlerweile verarmt waren. Früher waren wir wohlhabend gewesen. Aber die Zeiten waren längst vorbei. Baba würde gezwungen sein, sich einen Job zu suchen. Aber wie? Es gab so gut wie keine bezahlte Arbeit. Bestimmt machte er sich deswegen Sorgen.

In den zwei Jahren, die wir nun schon in unserem neuen Haus mit dem Mandelbaum wohnten, hatten Abbas und ich viele Stunden auf diesem Baum verbracht und das Leben in dem Moschaw, der israelischen Genossenschaftssiedlung, studiert. Dort beobachteten wir Dinge, die wir vorher noch nie gesehen hatten. Jungen und Mädchen, älter und jünger als ich, hielten sich an den Händen und bildeten Kreise, tanzten und sangen gemeinsam, mit nackten Armen und Beinen. Es gab Strom und grüne Rasenflächen und

Plätze mit Schaukeln und Rutschen. Und da war das Schwimmbad, in dem Jungen und Mädchen und Männer und Frauen aller Altersgruppen schwimmen gingen, in Kleidungsstücken, die aussahen wie Unterwäsche.

Die Dorfbewohner hier waren empört, weil die Neuen das Wasser von unserem Dorf abzapften, indem sie tiefere Brunnen aushoben als wir. Uns hatte man verboten, so tiefe Brunnen wie sie zu graben. Alle schimpften, weil die Neuen sogar im Wasser herumschwammen, während wir kaum genug zum Trinken hatten. Doch das Schwimmbecken faszinierte mich. Von unserem Mandelbaum aus bekam ich mit, wie die Kinder vom Sprungbrett sprangen, und ich dachte darüber nach, dass sie eine potentielle Energie besaßen, während sie auf dem Brett standen, und dass diese potentielle Energie durch den Sprung in kinetische Energie umgewandelt wurde. Mir war klar, dass die Wärme- und Wellenenergie die Springenden nicht auf das Brett zurückschleudern konnte, und ich versuchte zu verstehen, welche Gesetze der Physik dies verhinderten. Die Wellen fesselten mich regelrecht, während Abbas sich mehr für die Kinder interessierte, die dort spielten.

Schon als ganz kleines Kind hatte ich gemerkt, dass ich anders war als die meisten Jungen in meinem Dorf. Abbas hingegen war umgänglich und hatte viele Freunde. Wenn diese Freunde zu uns nach Hause kamen, erzählten sie immer begeistert von ihrem großen Vorbild, von Jamal Abdul Nasser, dem ägyptischen Präsidenten, der sich bei der Suezkrise 1956 gegen Israel gestellt hatte und der für den arabischen Nationalismus und die Sache der Palästinenser kämpfte. Ich verehrte Albert Einstein.

Weil die Israelis den Lehrplan an unseren Schulen bestimmten, versorgten sie uns immer mit Büchern über die Verdienste berühmter Juden. Ich verschlang jedes Buch über Einstein, das ich in die Finger bekam, und verstand mit der Zeit, wie genial seine Formel $E=mc^2$ war. Aber die Anekdote, die erklären sollte, wie er darauf gekommen war, fand ich ziemlich komisch. Hatte er tatsächlich einen Mann aus einem Fenster fallen sehen? Oder hatte er sich die Geschichte nur ausgedacht, während er an seinem Schreibtisch im Schweizer Patentamt saß und arbeitete?

Heute war der Tag, an dem ich messen wollte, wie hoch der Mandelbaum war. Ich hatte gestern einen Stock senkrecht in die Erde gesteckt und ihn auf Augenhöhe abgeschnitten. Nun legte ich mich auf den Boden, meine Füße unten am Stock. Die Spitze des Baums befand sich für mich über dem oberen Ende des Stocks. Der Stock und ich, wir bildeten also quasi ein rechtwinkliges Dreieck: Ich war die Ankathete, der Stock lieferte die Gegenkathete, und die Sichtlinie bildete die Hypotenuse dieses Dreiecks. Doch ehe ich die Maße berechnen konnte, hörte ich Schritte.

»Ahmed!«, rief Baba. »Ist alles in Ordnung?«

Ich stand auf. Anscheinend war Baba schon von der Arbeit zurück. Er baute Häuser für die jüdischen Siedler. Keiner der anderen Väter arbeitete auf dem Bau – teilweise, weil sie sich weigerten, in den zerstörten palästinensischen Dörfern für die Juden neue Häuser zu bauen, teilweise wegen der israelischen Arbeitsbestimmungen: In der Regel stellten Juden nur Juden ein. Viele der älteren Kinder in der Schule redeten schlecht über Baba, weil er für die Israelis arbeitete.

»Komm zu mir in den Hof. Ich hab heute bei der Arbeit ein paar gute neue Witze gehört«, sagte Baba und ging zurück vors Haus.

Ich kletterte wieder auf den Mandelbaum und schaute auf das dürre Land zwischen unserem Dorf und dem Moschaw. Vor fünf Jahren hatten dort noch lauter Olivenbäume gestanden. Jetzt war das Gelände völlig vermint – überall Landminen, solche wie die, die Amal, meine kleine Schwester, zerrissen hatte.

»Ahmed, komm da runter!«, rief Baba.

Ich gehorchte.

Er holte ein gezuckertes Gebäckteilchen aus der zerknitterten braunen Papiertüte in seiner Hand. »Das hat mir Gadi geschenkt, bei der Arbeit.« Er lächelte. »Ich habe es den ganzen Tag für dich aufbewahrt.« Seitlich quoll roter Brei heraus.

Misstrauisch kniff ich die Augen zusammen. »Ist das Rote da vielleicht Gift?«

»Warum – weil Gadi Jude ist? Er ist mein Freund. Die Israelis sind nicht alle gleich.«

Mein Magen verkrampfte sich. »Aber alle Leute sagen, dass sie uns den Tod wünschen.«

»Als ich mir bei der Arbeit den Knöchel verstaucht habe, war es Gadi, der mich nach Hause gefahren hat. Er hat einen halben Arbeitstag drangegeben, nur um mir zu helfen.« Baba hielt mir das Gebäckstück hin. »Seine Frau hat es selbst gebacken.«

Trotzig verschränkte ich die Arme vor der Brust. »Nein, danke.«

Baba zuckte die Achseln, biss mit geschlossenen Augen in den Krapfen und kaute genüsslich. Dann leckte er sich mit der Zunge den Zucker von der Oberlippe, öffnete ein Auge zur Hälfte, blinzelte mir verschmitzt zu und aß lächelnd einen zweiten Bissen.

Als mein Magen anfing, unüberhörbar zu knurren, musste Baba lachen. Noch einmal hielt er mir den Krapfen hin und sagte: »Von Ärger wird man nicht satt, mein Sohn.«

Da sperrte ich gierig den Mund auf, damit er ein Stück hineinschieben konnte. So lecker! Doch plötzlich erschien vor meinem inneren Auge die kleine Amal, und ich bekam ein entsetzlich schlechtes Gewissen. Aber ich aß weiter.

## 3

Ein Messingtablett mit bunten Teegläsern streute die durchs offene Fenster strömenden Sonnenstrahlen wie ein Kristallprisma. Blaue, goldene, grüne und rote Lichttupfer tanzten über eine Gruppe alter Männer in abgetragenen Mänteln und weißen Kufijas mit schwarzen Kordeln. Die Männer des Abu-Ibrahim-Clans saßen auf ihren Sitzkissen um den niedrigen Tisch herum, auf dem jetzt ihre heißen Getränke abgestellt wurden. Früher hatten diese Männer sämtliche Olivenhaine im Dorf besessen. Jeden Samstag trafen sie sich hier. Ab und zu wechselten sie ein paar Worte, oder sie grüßten jemanden quer durch den überfüllten Raum, aber eigentlich kamen sie ins Teehaus, weil sie der großen Diva des arabischen Gesangs im Radio lauschen wollten: Um Kalthoum, die man den »Stern des Ostens« nannte.

Abbas und ich freuten uns immer schon die ganze Woche darauf. Wir konnten es kaum erwarten, die Diva endlich wieder singen zu hören. Sie war berühmt für ihre warme Altstimme mit dem enormen Tonumfang. Mit ihren Stimmbändern produzierte sie pro Sekunde etwa vierzehntausend Schwingungen, sie konnte die raffiniertesten arabischen Tonfolgen singen und legte dabei sehr großen Wert darauf, die tiefer liegende Bedeutung der Texte zum Ausdruck zu bringen. Viele Lieder zogen sich über Stunden hin. Und weil die Sängerin ein so wundervolles Talent besaß, versammelten sich die Männer um das einzige Radio im Dorf.

Lehrer Mohammad wischte sich den Schweiß von der Stirn. Er schwitzte so, dass ihm das Wasser übers Gesicht lief und sich an seiner Nasenspitze bereits ein Tropfen gebildet hatte, der demnächst auf dem Spielbrett landen würde. Wir wussten beide, dass er unmöglich gegen mich gewinnen konnte, aber er gab nie auf. Diesen Charakterzug bewunderte ich sehr an ihm. Die Männer, die das Backgammon-Brett umringten, machten sich über ihn lustig. »Na, Lehrer Mohammad, so wie's aussieht, wird dich dein Schüler mal wieder schlagen!« »Lass es lieber sein, damit ein anderer die Chance hat, sich unseren Backgammon-Meister vorzuknöpfen.«

»Ein Mann gibt erst auf, wenn's vorbei ist«, antwortete er und machte seinen nächsten Zug.

Ich würfelte einen 6er-Pasch und konnte nun meinen letzten Stein vom Spielfeld ziehen. Aus dem Augenwinkel sah ich, dass Abbas ganz genau aufpasste.

Über Babas Gesicht huschte ein Lächeln. Schnell trank er einen Schluck Pfefferminztee – er wollte sich nicht auf Kosten anderer freuen. Abbas hingegen war das egal, er hatte keine Skrupel und versuchte erst gar nicht, sein triumphierendes Grinsen zu unterdrücken.

Lehrer Mohammad reichte mir seine verschwitzte Hand. »Ich hab gleich gewusst, dass ich Schwierigkeiten bekomme, als du am Anfang die Fünf und die Sechs gewürfelt hast.« Er hatte einen festen Händedruck. Nach meinem ersten hohen Wurfergebnis hatte ich mich entschieden, das Spiel schnell durchzuziehen, das heißt, nicht auf Sicherheit, sondern auf Tempo zu setzen, um ihn zu schlagen.

»Das hat mir alles mein Vater beigebracht.« Ich blickte kurz zu Baba hinüber.

»Der Lehrer ist wichtig, aber es liegt vor allem an der rasanten Geschwindigkeit, mit der dein Gehirn die Entscheidungen trifft – deshalb bist du der Meister, obwohl du erst elf bist.« Lehrer Mohammad lächelte mich freundlich an.

»Fast zwölf!«, verbesserte ich ihn. »Ab morgen.«

»Gebt ihm fünf Minuten Ruhe«, sagte Baba zu den Männern, die sich um uns drängten und alle gegen mich spielen wollten. »Er hat noch nicht mal seinen Tee getrunken.«

Von Babas Worten wurde mir innerlich ganz warm. Was für ein herrliches Gefühl, dass er so stolz auf mich war!

»Gut gespielt, Ahmed.« Abbas klopfte mir auf die Schulter.

Die Männer saßen mit gekreuzten Beinen auf ihren Kissen, um die niedrigen Tische herum, auf den überlappenden Teppichen, die im ganzen Raum verteilt waren. Um Kalthoums Stimme schwebte über dem allgemeinen Stimmengewirr.

Aus dem Hinterzimmer trat der Diener, eine Pfeife in jeder Hand – lange bunte Stiele –, und die Holzkohle glühte auf dem Tabak. Die Pfeifen stellte er vor die letzten beiden Männer der Abu-Ibrahim-Gruppe. Süßlicher Rauch erfüllte die Luft und vermischte sich mit dem Qualm der Öllampen, die an den Deckenbalken hingen. Einer der Männer erzählte gerade, wie er sich einmal gebückt hatte und dabei seine Hose zerrissen ist. Abbas und ich lachten mit den anderen.

Da erschien der Muchtar, das Oberhaupt der Dorfgemeinde. Im Türrahmen stehend breitete er die Arme aus, als wollte er das ganze Teehaus umarmen. Auch wenn die Militärregierung den Muchtar nicht offiziell als unseren gewählten Vertreter anerkannte, erfüllte er doch für uns diese Funktion, und bei Konflikten wandten sich die Männer immer an ihn. Jeden Tag hielt er hier im Teehaus Gericht. Nun bahnte sich der Muchtar einen Weg zu seinem Platz im hinteren Teil des Raumes, blieb aber unterwegs kurz bei Baba stehen. »Möge Gott dir und deinen Söhnen Frieden schenken«, sagte er, verneigte sich vor uns und schüttelte Baba die Hand.

»Möge Gott auch dir Frieden schenken«, erwiderte Baba. »Hast du schon gehört, dass Ahmed nächstes Jahr in der Schule drei Stufen überspringt?«

Der Muchtar lächelte. »Dein Sohn wird unser Volk noch sehr stolz machen.«

Immer, wenn neue Männer hereinkamen, gingen sie zu Baba, um ihn zu begrüßen und um sich Abbas und mir vorzustellen. Am Anfang, als ich die ersten Male mit Baba hierherkam, fand ich die Situation eher unangenehm, weil nur erwachsene Männer da waren, die mich alle seltsam musterten. Ein paar wollten damals schon mit mir Backgammon spielen, und nachdem ich mich bewährt hatte, wurde ich ein gerngesehener Gast – ich hatte mir meinen Platz im Teehaus verdient. Inzwischen war ich schon fast eine Art Legende geworden: der jüngste Backgammon-Meister in der Geschichte unseres Dorfes.

Als Abbas von meinen Erfolgen erfuhr, wollte er natürlich auch mitkommen. Sein Ziel war es, von mir zu lernen, und während ich spielte, unterhielt er sich immer mit den Männern. Alle Leute mochten Abbas. Er besaß viel Charisma.

Rechts von mir saßen ein paar junge Männer, alle zwischen zwanzig und dreißig und westlich gekleidet: Hosen mit Reißverschluss und geknöpfte Hemden. Sie lasen Zeitung, rauchten Zigaretten und tranken arabischen Kaffee. Die meisten von ihnen waren noch nicht verheiratet. Eines Tages würden Abbas und ich zu ihnen gehören.

Einer dieser Männer schob nachdenklich mit dem Zeigefinger seine Brille nach oben und sagte: »Wie soll ich es schaffen, hier zum Medizinstudium zugelassen zu werden?«

»Es wird dir schon was einfallen«, entgegnete der Sohn des Sandalenmachers.

»Du hast gut reden«, sagte der mit der Brille. »Du wirst eine Werkstatt übernehmen.«

»Wenigstens bist du nicht der dritte Sohn. Ich kann nicht mal heiraten«, schimpfte ein anderer. »Mein Vater hat kein Land mehr, das er mir vererben könnte. Wo sollte ich mit meiner Frau wohnen?

Meine beiden Brüder und ihre Familien leben schon mit meinen Eltern und mir in unserem Ein-Zimmer-Haus. Und jetzt, Jerusalem ...«

Mitten in Um Kalthoums Lied *Zu wem soll ich gehen?*, gab das Radio den Geist auf. Der Teehausbesitzer rannte zu dem großen Apparat und drehte energisch an den Knöpfen, aber das half alles nichts.

»Ich bitte um Verzeihung«, sagte er. »Die Batterie muss ausgewechselt werden. Ich kann nichts machen.«

Mehrere Männer erhoben sich, um zu gehen.

»Wartet einen Moment, bitte!« Der Besitzer wandte sich an Baba und fragte: »Würdest du vielleicht für uns ein paar Lieder spielen?«

Baba verneigte sich leicht. »Mit Vergnügen.«

»Meine Herren, warten Sie – Abu Ahmed ist bereit, uns mit seiner wunderbaren Musik zu unterhalten.«

Die Männer gingen zurück an ihre Plätze, Baba griff zu seiner Ud – seiner Laute – und sang Lieder von Abdel Halim Hafez, Mohammad Abdel Wahab und Farid al-Atrash. Manche Männer sangen mit, andere hörten ihm mit geschlossenen Augen zu, während wieder andere Wasserpfeife rauchten und in kleinen Schlucken ihren Tee tranken. Baba sang länger als eine Stunde, erst dann legte er die Ud beiseite.

»Nicht aufhören!«, riefen die Männer.

Also spielte Baba weiter. Er wollte niemanden enttäuschen, aber als es Zeit fürs Abendessen wurde, musste er doch Schluss machen.

»Meine Frau mag es nicht, wenn ihr Essen kalt wird«, verkündete er. »Aber ich möchte euch alle einladen, morgen gemeinsam mit uns Ahmeds zwölften Geburtstag zu feiern.« Wir verabschiedeten uns, die Männer bedankten sich herzlich und schüttelten Baba die Hand.

Selbst zu dieser späten Stunde herrschte auf dem Dorfplatz noch Betrieb. Im Zentrum war der offene Markt, Straßenhändler boten in Lehmgefäßen verschiedenste Waren an: Kämme, Spiegel, Amulette gegen böse Geister, Knöpfe, Garn, Nähnadeln, Stecknadeln. Dazu bunte Stoffballen, Stapel mit neuen und gebrauchten Kleidungsstücken, Schuhe, Bücher und Zeitschriften, Töpfe und Pfannen, Messer, Scheren, landwirtschaftliche Geräte. Hirten verkauften Schafe und Ziegen, und natürlich gab es auch Hühnerkäfige. Außerdem reife Aprikosen, Orangen, Äpfel, Avocados und Granatäpfel, die auf Planen ausgelegt waren, daneben Kartoffeln, Kürbisse, Auberginen und Zwiebeln sowie eingelegtes Gemüse in Gläsern, große Schüsseln mit Oliven, Pistazien und Sonnenblumenkernen. Vor der Moschee stand ein Mann, der, halbversteckt durch ein schwarzes Tuch, hinter einer großen Holzkamera eine Familie fotografierte.

Wir kamen an einem Händler vorbei, der Paraffin verkaufte, das wir für unsere Lampen und zum Kochen verwendeten. Links von ihm war der Kräutersammler, dessen duftende Waren den Petroleumgeruch seines Nachbarn übertrumpften. Im Angebot hatte er Löwenzahn für Diabetes, Verstopfung, Leber- und Hautprobleme; Kamille für Verdauungsstörungen und Entzündungen; Thymian und Eukalyptus gegen Husten. Auf der anderen Seite des Platzes hatten sich die Frauen um die Gemeinschaftsbacköfen versammelt, lachten und tratschten, während sie ihren Teig buken.

Wir gingen an dem inzwischen leerstehenden Khan vorbei, der Herberge, die nur aus zwei Zimmern bestand und in der früher die Händler übernachtet hatten, die in unser Dorf kamen, um ihre Ware zu verkaufen. Oder andere Gäste, die mit uns Feste feierten oder bei der Ernte halfen. Und selbstverständlich auch die Durchreisenden, unterwegs nach Amman, Beirut oder Kairo. Baba erzählte, damals seien die Leute auf Kamelen und Pferden hierhergekommen. Aber das war lange vor den unzähligen Kontrollpunkten und vor der Ausgangssperre.

Plötzlich war das Dröhnen von näher kommenden Militärjeeps zu hören. Das allgemeine Gemurmel verstummte. Steine flogen durch die Luft, prallten an den Fahrzeugen ab. Motoren wurden abgewürgt. Mein Freund und Klassenkamerad Muhammad Ibn Abd raste an uns vorbei, quer über den Platz, verfolgt von zwei Soldaten mit Stahlhelm, Gesichtsschutz und Uzis. Sie warfen ihn auf eine Plane mit Tomaten und schlugen mit ihren Gewehrschäften auf seinen Kopf ein. Abbas und ich wollten hinlaufen und ihm helfen, doch Baba hielt uns fest.

»Mischt euch da nicht ein«, flüsterte er warnend und zog uns weiter. Abbas ballte wütend die Fäuste. Auch ich kochte innerlich vor Zorn. Wir hätten am liebsten laut geschrien, aber Baba brachte uns mit einem Blick zum Schweigen. *Nicht vor den Soldaten oder den anderen Dorfbewohnern.*

Wir gingen weiter, den Berg hinauf, auf dem wir wohnten, vorbei an den dichtgedrängten Häusern, die alle aussahen wie unseres früher. Ich kannte die ganzen Großfamilien, die dort lebten. Die Väter teilten das Land unter den Söhnen auf, Generation für Generation, und die Familien blieben zusammen. Den Grundbesitz meiner Familie gab es nicht mehr. Die meisten Brüder meines Vaters waren vor zwölf Jahren in Flüchtlingslager jenseits der Grenze von Jordanien vertrieben worden, am Tag meiner Geburt. Meine Brüder und ich, wir würden nie unsere eigenen Orangenhaine oder ein eigenes Haus besitzen. Genauso wenig wie meine Cousins. Als wir am letzten der Häuser vorbeikamen und außer Hörweite waren, platzte es aus mir heraus.

»Wieso hältst du mich fest?«, rief ich empört.

Baba ging noch ein paar Schritte, dann blieb er stehen. »Es würde nichts bringen, du kämst nur in Schwierigkeiten.«

»Aber wir müssen uns wehren! Von selbst hören die niemals auf.«

»Ahmed hat recht!«, stimmte Abbas mir zu.

Wieder schaute Baba uns nur an, und wir wussten, dass es sinnlos war, mit ihm zu streiten.

Wir kamen an einem Steinhaufen vorbei, wo früher einmal ein Haus gestanden hatte. Dort befand sich jetzt ein niedriges Zelt. Drei kleine Kinder klammerten sich an den Rock ihrer Mutter, die über einer offenen Feuerstelle das Essen kochte. Als ich zu ihr hinüberschaute, senkte sie den Kopf, nahm den Topf und duckte sich ins Zelt.

»In den letzten zwölf Jahren habe ich viele Soldaten in unserem Dorf gesehen«, sagte Baba. »Ihre Herzen unterscheiden sich genauso voneinander wie unsere. Es gibt gute und schlechte Männer, ängstliche und gierige, moralische und unmoralische, freundliche und böse – sie sind Menschen wie wir. Wer weiß, wie sie sich verhalten würden, wenn sie nicht Soldaten wären? Das ist alles nur Politik.«

Ich biss die Zähne so fest aufeinander, dass mir der Kiefer weh tat. Baba sah die Dinge anders als Abbas und ich.

Überall auf dem Weg lag Müll, der nicht abgeholt wurde. Dazu Eselsmist und Fliegen. Wir zahlten Steuern, bekamen aber nichts dafür, weil man uns als »Dorf« klassifizierte. Man nahm uns den größten Teil unseres Landes weg und überließ mehr als sechstausend Palästinensern nur einen halben Quadratkilometer.

»Aber die Menschen dürfen einander nicht so behandeln, wie die uns behandeln«, schimpfte ich.

»Ahmed hat recht«, sagte Abbas wieder.

»Genau das ist es, was mich so traurig macht.« Baba schüttelte bekümmert den Kopf. »In der gesamten Geschichte der Menschheit haben die Sieger die Besiegten so behandelt. Sie müssen sich einreden, dass wir minderwertig sind, um vor sich selbst zu rechtfertigen, dass sie so mit uns umgehen. Wenn sie doch nur begreifen würden, dass wir alle gleich sind.«

Ich wollte ihm nicht länger zuhören und rannte los zu unserem

Haus. Laut schrie ich: »Ich hasse sie! Sie sollen dahin zurückgehen, wo sie hergekommen sind! Sie sollen uns in Ruhe lassen!« Abbas folgte mir auf den Fersen.

Baba rief uns hinterher: »Eines Tages werdet ihr mich verstehen. Es ist nicht so einfach, wie ihr glaubt. Wir müssen aufrecht und redlich bleiben.«

Ich war so wütend, dass ich nicht begriff, wovon er redete.

Den Blumenduft bemerkte ich etwa auf halber Höhe des Hügels. Wie gut, dass wir nicht allzu weit vom Dorfplatz entfernt wohnten. Ich war nicht wie Abbas, der mit seinen Freunden immer draußen im Freien herumrannte. Ich las gern und hing meinen Gedanken nach, und wenn ich zu schnell lief, brannte meine Lunge. Abbas konnte den ganzen Tag rennen und kam dabei nicht mal ins Schwitzen. Mit ihm konnte ich sportlich nicht mithalten.

Bougainvilleen und Fuchsien in verschiedenen Violetttönen kletterten die Spaliere hinauf, die Baba, Abbas und ich gebaut und außen am Haus befestigt hatten. Mama und Nadia brachten Tabletts mit süßem Backwerk zum Vorratsplatz unter der Plane beim Mandelbaum – die beiden waren schon die ganze Woche mit Backen beschäftigt.

»Geht ins Haus«, sagte Baba, als er hinter Abbas und mir ankam. »Heute beginnt die Ausgangssperre früher als sonst.«

Der Schlaf wollte nicht kommen. Meine Wut ließ mein Herz schneller schlagen und mich nicht zur Ruhe kommen. Deshalb hörte ich als Einziger, dass draußen irgendetwas raschelte. Zuerst dachte ich, es sei nur der Wind im Mandelbaum, doch als die Geräusche näher kamen und deutlicher wurden, wusste ich, dass es Schritte waren. Normalerweise befand sich nach Einbruch der Dunkelheit niemand mehr draußen im Freien. Außer den Soldaten. Man konnte auf der Stelle erschossen werden, wenn man das Haus verließ. Also mussten es Soldaten sein. Reglos lag ich da und horchte. Konnte ich ein Muster entdecken? Waren es viele verschiedene Füße? Nein, es war nur ein einziger Mensch, und er trug keine schweren Stiefel. Also kein Soldat. Ein Dieb vielleicht? Unser Haus war so klein, dass wir manche Sachen nach draußen tragen mussten, damit wir uns alle hinlegen konnten. Auch die Speisen für meine Geburtstagsfeier standen hinter dem Haus. Der Unbekannte kam immer näher. Vorsichtig kletterte ich über meine schlafenden Geschwister. Ich hatte maßlos Angst, von irgendjemandem gesehen zu werden. Noch mehr quälte mich allerdings die Vorstellung, ein Dieb könnte die Speisen stehlen, die Mama und Nadia mit so viel Mühe und Sorgfalt zubereitet hatten und für die Baba das ganze Jahr über Geld gespart hatte.

Dass die Luft so frisch war, überraschte mich. Fröstelnd tastete ich mich barfuß Schritt für Schritt weiter. Kein Mond. Ich sah niemanden, doch plötzlich hielt mir von hinten eine feuchte Hand den Mund zu. Kaltes Metall an meinem Hinterkopf. Ein Pistolenlauf.

»Keinen Mucks!«, zischte der Mann.

Er sprach in unserem Dorfdialekt.

»Sag mir deinen Namen«, verlangte er dann.

Ich schloss die Augen und sah die Grabsteine auf unserem Dorffriedhof vor mir.

»Ahmed Mahmud Mohammad Othman Omar Ali Hussein Hamid«, wisperte ich. Ich wollte männlich klingen, aber meine Stimme erinnerte eher an die eines kleinen Mädchens.

»Ich schneide dir die Zunge raus, wenn du lügst.« Er drehte mich um und schubste mich rückwärts. »Was hat ein reicher Junge wie du in meinem Haus verloren?«

Jetzt konnte ich ihn sehen. Die Narbe auf der Stirn war unverkennbar. Ali.

»Die Israelis haben uns unser Land weggenommen.«

Er packte mich und schüttelte mich so heftig, dass ich befürchtete, ich müsste mich gleich übergeben.

»Wo ist dein Vater?« Er stieß mich immer weiter. Da umklammerte ich mit aller Kraft seine Arme. Ich dachte dabei an meine Familienmitglieder, die drinnen im Haus auf den Matten schliefen. In Alis Haus.

»Mein Vater schläft, Doktor«, sagte ich. Ich sprach ihn mit einem Titel an, als Zeichen des Respekts, damit er mir nicht direkt neben meinem Geburtstagsgebäck die Kehle durchschnitt.

Er hielt sein Gesicht dicht vor meines. Was sollte ich antworten, wenn er fragte, was Baba arbeitete?

»Genau jetzt vergraben meine Kameraden überall im Dorf Waffen.«

»Bitte, Doktor«, murmelte ich. »Ich kann besser mit Ihnen reden, wenn ich stehe.«

Er stieß mich weiter, dann riss er mich hoch. Ich schaute auf den offenen Beutel neben seinem Fuß. Ein Beutel voller Waffen. Schnell wandte ich den Blick ab, aber es war zu spät.

»Siehst du diese Waffe hier?!« Mit der Pistole fuchtelte er mir vor dem Gesicht herum. »Wenn mir oder meinen Waffen etwas passiert, dann machen meine Kameraden Hackfleisch aus deiner Familie.«

Ich nickte erschrocken. Bei dieser Vorstellung verschlug es mir die Sprache.

»Wo ist hier das sicherste Versteck?« Er schaute zum Haus. »Und denk daran – das Leben deiner ganzen Familie steht auf dem Spiel. Du darfst nicht mal deinem Vater etwas verraten.«

»Das würde ich sowieso nicht tun«, erwiderte ich. »Mein Vater versteht gar nichts. Uns bleibt doch nichts anderes übrig! Am besten vergraben Sie die Waffen hinter dem Mandelbaum.«

Ich führte ihn zu der Stelle, die Pistole wieder am Hinterkopf.

»Die Waffe können Sie sich sparen.« Ich hob die Arme. »Ich bin bereit zu helfen. Wir alle wollen Freiheit – für uns und für unsere Brüder in den Lagern.«

»Was ist unter den Planen?«, wollte er wissen.

»Das Essen für meine Feier.«

»Für welche Feier?«

»Für meinen zwölften Geburtstag.« Ich spürte keine Waffe mehr.

»Hast du eine Schaufel?«

Als wir tief genug gegraben hatten, kletterte Ali in die Grube und deponierte dort unten sorgfältig den Beutel mit den Waffen – wie eine Mutter, die ihr Baby in seine Wiege legt. Schweigend schaufelten wir die Erde auf den Beutel, bis man ihn nicht mehr sehen konnte.

Ali schnappte sich ein paar von den Dattelkeksen, die unter der Plane versteckt waren, und stopfte sie in seine Tasche. Einen Keks steckte er sich gleich in den Mund. »Es werden Palästinenser kommen, die mit diesen Waffen umgehen können.« Krümel flogen aus seinem Mund. »Du musst auf diese Waffen aufpassen, bis die Zeit gekommen ist, oder deine Familie wird getötet.«

»In Ordnung, das hab ich verstanden.« Ich konnte es kaum fassen, dass ich ein Held meines Volkes werden würde. Was für ein Glück!

Als ich schon zurück ins Haus und zu meiner Schlafmatte wollte, packte mich Ali noch einmal an der Schulter. »Wenn du es irgendwem verrätst, töte ich euch alle.«

Ich blickte ihm ins Gesicht. »Aber verstehen Sie mich nicht – ich will doch helfen!«

»Israel hat ein Haus aus Glas gebaut, und wir werden es zerschmettern.« Er schüttelte die Faust, dann gab er mir die Schaufel.

Ich hüpfte fast vor Stolz, als ich wieder reinging. In der Dunkelheit legte ich mich neben Abbas, am ganzen Körper bebend, nach allem, was ich gerade erlebt hatte. Doch dann kam mir plötzlich ein Gedanke – was, wenn die Israelis die Waffen fanden? Sie würden mich ins Gefängnis werfen. Sie würden unser Haus mit der Planierraupe plattmachen. Meine Familie müsste in einem Zelt leben. Vielleicht würden sie uns auch ins Exil schicken. Ich wollte unbedingt mit Baba reden – oder wenigstens mit Abbas. Doch dann würden Ali und seine Kameraden uns umbringen, das wusste ich. Mir blieb nur die Wahl zwischen dem Teufel und dem Höllenfeuer. Ich musste die Waffen an einen anderen Ort schaffen. Vorher musste ich jedoch Ali sagen, dass sie hier nicht sicher waren. Jetzt gleich konnte ich sie nicht ausgraben. Wo sollte ich sie schließlich hinbringen? Tagsüber konnte mich jemand sehen. Also musste ich bis zur Ausgangssperre warten. Heute Abend versammelte sich das ganze Dorf bei uns. Was, wenn die Soldaten aufkreuzten? Was, wenn meine Familie etwas bemerkte? Oder einer der Festgäste? Der Dorffriedhof! Ja, genau – auf dem Friedhof wurden fast jeden Tag neue Gräber ausgehoben. Dort konnte ich nach der Schule eine passende Stelle suchen.

## 4

Ich beschloss, gleich draußen zu überprüfen, ob irgendetwas verdächtig aussah. Aber als ich gerade aufstehen wollte, stellte meine Mutter den Kuchen vor mir auf den Lehmfußboden, drückte mich wieder nach unten und küsste mich auf die Wangen.

»Warum hast du solche Ringe unter den Augen?«, fragte sie besorgt.

Ich zuckte die Achseln.

Meine Geschwister versammelten sich um mich.

»Ich lag fünfzehn Stunden in den Wehen, bevor du auf die Welt gekommen bist …«, begann Mama.

»Kannst du die Geschichte bitte nachher erzählen?«, bat ich sie. *Womöglich sind wir alle demnächst tot – und sie will von meiner Geburt erzählen?*

Mama zeigte auf das Bild, das Baba von ihr gezeichnet hatte, als sie mit mir schwanger war: Sie liegt zwischen unseren Orangenbäumen auf der Erde. Kisten voller Orangen umgeben sie von allen Seiten.

Ich wischte mir den Schweiß von der Stirn.

»Während deiner Geburt drangen israelische Panzer in unser Dorf ein und nahmen es unter Beschuss.« Mamas Blick ließ mich nicht los. »Die Soldaten trennten die Männer von den Frauen. Den Männern hielten sie Pistolen an die Schläfen und führten sie ab in Richtung Jordanien. Die Frauen gruben die Gefäße mit Geld aus und packten ihren Schmuck und ihre Kleider zusammen. Die Bündel mit den Wertgegenständen balancierten sie auf dem Kopf, hängten sich die Hausschlüssel um den Hals und klemmten die Kinder unter den Arm. So marschierten sie hinter den Männern her. Als du schließlich das Licht der Welt erblickt hast, waren die Soldaten weg.« Mama strahlte mich an. »Dir haben wir es zu verdanken, dass wir noch hier sind und keine Flüchtlinge.«

Mit einer Handbewegung forderte sie dann Nadia auf: »Bring bitte dem Geburtstagskönig seinen Kaffee.«

Ich bekam kaum Luft.

Nadia stellte eine weiße Tasse mit arabischem Kaffee vor mich hin. Ich kippte ihn hektisch hinunter, ließ aber einen winzigen Rest übrig.

Mama musterte mich prüfend. »Vorsicht, sonst verschluckst du dich noch.«

Ich reichte ihr die Tasse. Sie schwenkte sie dreimal, deckte sie mit der Untertasse zu, drehte sie um und hielt sie in meine Richtung. Der Kaffeesatz rutschte wieder nach unten. Aufmerksam blickte Mama in die Tasse, um die Hinweise auf meine Zukunft zu entschlüsseln.

Ihr Gesicht verdunkelte sich, ihr Körper geriet in Spannung. Hastig griff sie nach dem Tonkrug und goss Brunnenwasser auf den Kaffeesatz. Baba lachte. Abbas schlug sich die Hand vor den Mund.

»Was ist los?«, fragte ich.

»Nichts, mein Schatz. Heute ist kein guter Tag, um in die Zukunft zu blicken.«

Eine Welle der Angst überschwemmte mich. Hatte es etwas mit den Waffen zu tun? Würde ich bald sterben?

Mama wollte den ganzen Tag über noch mehr Süßspeisen für mein Geburtstagsfest zubereiten. Ich musste aufpassen, dass sie nichts entdeckte.

»Ich hätte gern einen Dattelkeks«, sagte ich und stand auf.

Mama hielt mich fest. »Nadia, hol Ahmed doch bitte einen Keks.«

Plötzlich fielen mir die ganzen Kekse ein, die Ali gegessen hatte.

»Ach, lass nur«, murmelte ich.

Mama kniff die Augen zusammen, als könnte sie so mein merkwürdiges Verhalten besser durchschauen. »Bist du sicher?«

»Ich hab gestern Abend schon so viele gegessen.«

Baba fasste in seine Jackentasche, holte eine kleine braune Tüte heraus und hielt sie mir hin. Sein Gesicht leuchtete. Als ich die Tüte entgegennahm, trafen sich unsere Blicke.

»Das sind die beiden Vergrößerungslinsen, die du dir so gewünscht hast«, verkündete er. »Für dein Teleskop.«

»Aber – woher hast du das Geld?«, fragte ich.

Er lächelte stolz. »Ich zahle sie seit letztem Jahr ab.«

Dankbar küsste ich seine Hand. Er zog mich an sich und drückte mich.

»Worauf wartest du?«, fragte Abbas.

Da überreichte mir Baba noch ein Buch: *Einstein und die Physik*.

Ich hielt die Linse mit der Brennweite von drei Zentimetern zwischen meine Augen und das aufgeschlagene Buch. Mit der anderen Hand hielt ich dann das 2,5-cm-Glas vor die 3-cm-Linse.

»Warum zittern deine Hände?«, wollte Mama wissen.

»Ich bin so aufgeregt.« Ich bewegte die Linsen hin und her, bis das Schriftbild gestochen scharf wurde.

Abbas reichte mir ein Lineal.

»Drei Zentimeter«, sagte ich.

Ich fühlte mich wie eine Tsetsefliege unter dem Mikroskop.

»Hier.« Abbas gab mir mein altes selbstgemachtes Teleskop und ein Messer.

Ich maß ganz genau und schnitt dann zwei Schlitze in die Papp-röhre, schob die Linsen hinein und sicherte sie mit Stoff. Durch das

Fernglas betrachtet, wirkte mein Buch jetzt riesengroß. »Doppelt so stark.«

Ich umarmte Baba noch einmal. Was hatte ich nur getan?

Die Schulglocke bimmelte.

»Ich darf nicht zu spät kommen.« Irgendwie musste ich es schaffen, vor der Schule noch schnell zum Mandelbaum zu schleichen.

»Ich begleite dich«, verkündete Baba. »Ich habe heute freigenommen, um Mama bei den Vorbereitungen zu helfen.«


Nach der Schule ging ich über den Friedhof, fand eine gute Stelle und lief dann rasch nach Hause zu meinem Mandelbaum. Die Erde sah aus wie immer.

»Komm, setz dich zu mir.« Plötzlich stand Baba neben mir. »Ich habe ein paar gute neue Witze gehört.«

Mein Herz klopfte so schnell, dass ich gar nicht richtig denken konnte. Ich hielt das Teleskop hoch. »Shahida ruft mich.«

»Wie könnte ich damit konkurrieren?«, lachte Baba.

Ich kletterte also auf unseren Mandelbaum. Abbas und ich hatten ihm den Namen Shahida gegeben, was so viel hieß wie »Zeugin«. Wir verbrachten endlose Stunden damit, von diesem Aussichtspunkt die Araber und die Juden zu beobachten. Dadurch fühlte sich der Baum an wie ein Freund, der einen Namen brauchte. Den Olivenbaum links von Shahida nannten wir Amal, »Hoffnung«, und den auf der rechten Seite Sa'dah, »Glück«.

Baba lehnte sich an die Lehmziegelwand unseres Hauses und schaute mir zu. Ich richtete das Fernglas auf das Schwimmbad im Moschaw.

»Ich wüsste gern, ob Einstein sich auch sein eigenes Teleskop gebaut hat. Den kannst du dir übrigens gut als Vorbild nehmen«, sagte Baba.

»Abu Ahmed!«, hörten wir Mama rufen. »Ich brauche deine Hilfe.«

Baba ging ins Haus.

Jetzt richtete ich mein Teleskop auf den westlichen Teil des Dorfes. Wir waren hier auf dem Berg der höchste Punkt. Auch die anderen Häuser waren Ein-Zimmer-Würfel aus Lehmbackstein, mit flachen Dächern. Der Schweiß tropfte mir in die Augen. Würde dieser Tag denn nie zu Ende gehen?

In dem Moment kam Baba zurück. »Das Essen ist fertig«, verkündete er, und ich kletterte herunter.

Ein Buch knallte gegen den Mandelbaum und landete unsanft auf dem Boden.

»Ich hasse Mathematik!« Abbas kickte die Erde auf. »Ich kapier das einfach nicht.«

»Wer Feuer braucht, muss es in die Hand nehmen«, sagte Baba.

»Ich hab's ja versucht, aber ich verbrenne mich nur.«

»Ahmed kann dir helfen.« Baba legte den Arm um mich. »Gott hat ihn nicht ohne Grund mit einem mathematischen Verstand gesegnet.«

Abbas verdrehte genervt die Augen. »Als könnte ich das je vergessen!«

»Wenn du weniger Zeit mit deinen Freunden verbringen würdest und mehr Zeit mit deinen Büchern, so wie Ahmed, dann hättest du keine Schwierigkeiten mit der Mathematik.« Baba zog die Augenbrauen hoch und tätschelte Abbas' Kopf.

»Kommt zum Essen!« Mamas Stimme war sanft, aber bestimmt – sie wollte Baba daran erinnern, weshalb sie ihn losgeschickt hatte.

»Wir sind gleich bei dir, Um Ahmed«, sagte Baba. »Kommt, Jungs.« Gemeinsam gingen wir zum Haus. Baba in der Mitte, den einen Arm um Abbas' Schultern, den anderen um meine.

Drinnen kam meine kleine Schwester Sara zu ihm gerannt und warf ihn vor Begeisterung fast um. Mama und Baba schauten einander an, und Mama lächelte.

»Lass Baba atmen«, sagte sie.

»Schau mal – da.« Baba deutete auf mein diesjähriges Porträt, das schon an der Wand bei den anderen Geburtstagsbildern hing.

»Du siehst aus wie dein Vater.« Mama kniff mich in die Wangen. »Seht euch diese smaragdgrünen Augen an, die lockigen Haare, die dichten dunklen Wimpern.« Sie schmunzelte zufrieden. »Ein richtiges Meisterwerk.«

Abbas und meine anderen Geschwister hatten mehr Ähnlichkeit mit Mama, die gleiche zimtfarbene Haut, dazu widerspenstige schwarze Haare und lange Arme.

»Nimm bitte.« Mama reichte Nadia kleine Schüsselchen mit Hummus und Taboulé, die sie dann auf den Lehmfußboden stellte.

»Kommt mit – Mama hat ein Festmahl zubereitet«, rief Baba mir und Abbas zu. Er setzte sich mit überkreuzten Beinen auf den Boden vor die kleinen Schüsseln. »Ich schwör's, sie ist die beste Köchin im ganzen Land.«

Er schaute Mama an. Ihre Mundwinkel verzogen sich nach oben, und sie senkte den Kopf.

Abbas und ich nahmen nebeneinander Platz, wie bei jeder Mahlzeit. Unsere Geschwister gesellten sich zu uns.

»Es ist dein Lieblingsessen«, sagte Mama. »*Sheik El Mahshi.*«

Ich konnte ihr nicht in die Augen sehen und murmelte nur: »Nein, danke.«

»Stimmt irgendetwas nicht?« Fragend blickte sie zu Baba.

»Ich bin so aufgeregt wegen des Festes.«

Mama lächelte.

»Das hier ist speziell für dich«, sagte sie zu Baba und deutete auf einen Teller mit kleinen Auberginen, die nur mit Reis und Pinienkernen gefüllt waren. Baba war Vegetarier; er wollte nicht, dass in seinem Namen irgendein Lebewesen getötet wurde. Deswegen aß er kein Fleisch.

Mit seiner Ud saß Baba an der Steinwand. Neben ihm stand Abu Sayeed, der Geiger.

Ich wollte gerade wieder zum Mandelbaum gehen, da fühlte ich Babas Hand auf meiner Schulter.

»Stell dich neben dein Porträt«, forderte er mich auf.

Abbas verschwand mit ein paar Freunden hinter dem Haus. Mein Magen rebellierte. Aber ich trat gehorsam neben Baba und neben die Staffelei, auf der mein Porträt stand.

Die Männer stellten sich in einer Reihe auf, legten einander die Arme um die Schultern und begannen, vor dem Haus den Dabke zu tanzen. Andere Gäste gingen hinters Haus, um sich dort zu unterhalten. Alle trugen ihre schönste Freitagskleidung, die älteren sogar ihre traditionellen Roben.

Ich schwitzte so, dass meine Achselhöhlen ganz feucht wurden.

Kinder lärmten, Babys schrien, und alle strahlten, während Baba aus voller Brust sang. Abu Sayeed klopfte gebieterisch seitlich auf seine Geige, dann klemmte er sie unters Kinn und vollführte mit dem Bogen kunstvolle Schnörkel in der Luft. Er spielte damit wie mit einem Zauberstab. Ich sah, dass immer mehr Kinder in den Hof hinter dem Haus rannten.

»Komm mit!« Abbas war gekommen, um mich zu holen. Unsicher schaute ich Baba an, und als er nickte, folgte ich Abbas. Hinter dem Haus hockte eine ganze Meute von Jungen auf dem Boden.

Abbas gab mir eine Handvoll Sand. Ich ließ den Sand in einen Eimer mit Wasser rieseln. Alle versammelten sich um mich und schauten gespannt zu. Ich rührte im Wasser, dann holte ich den Sand trocken heraus.

Meine Zuschauer klatschten begeistert. »Zugabe!«, riefen die Kinder.

Da merkte ich, dass meine Brüder Fadi und Hani zu der Stelle gingen, wo die Waffen vergraben waren. Mit Stöcken in der Hand! Die beiden spielten den ganzen Tag über Detektivspiele, bei denen sie nach Indizien fahndeten, um irgendwelche Geheimnisse zu lüften, die es gar nicht gab.

Mir trat der Schweiß auf die Stirn. »Kommt doch zu uns, ihr zwei!«, rief ich ihnen zu.

»Nein, keine Lust«, erwiderte Fadi.

»Wir sind etwas ganz Tollem auf der Spur«, erklärte Hani. Das war seine Standardantwort – er sagte immer das Gleiche, wenn Abbas oder ich ihn fragten, was er und Fadi machten.

Ich rieb die Borsten einer Haarbürste an einem Wollpullover – und verfolgte gleichzeitig aus dem Augenwinkel, wie Hani und Fadi bei den Waffen in der Erde scharrten. Dann hielt ich die Bürste dicht an Abbas Kopf. Sofort richteten sich seine Haare auf und folgten der Bürste.

»Auf Befehl des Militärgouverneurs beginnt heute die Ausgangssperre in fünfzehn Minuten. Wer danach im Freien angetroffen wird, der wird verhaftet oder erschossen«, verkündete eine schnarrende Lautsprecherstimme auf Arabisch, mit starkem Akzent. Wie war es möglich, dass die Ausgangssperre ohne jede Vorwarnung eine Stunde früher begann als sonst?

Wie Heuschrecken fielen plötzlich Soldaten über mein Geburtstagsfest her. Ein paar starrten fasziniert auf Abbas' Haare.

»Das Fest ist zu Ende«, schrie einer von ihnen. »Alle gehen nach Hause.«

Sie richteten ihre Gewehre auf uns. Ich schaute mich suchend nach Fadi und Hani um.

»Wird's bald?«, wurde ich angeblafft. Schnell rannte ich zur Haustür. Mehrere Soldaten blieben bei meinem Mandelbaum stehen. Mir stockte der Atem. Unsere Gäste entfernten sich. Baba bot den Soldaten süßes Gebäck an.

»Mach nicht so ein Gesicht«, sagte er leise zu mir. »Es war ein schönes Fest. Nächstes Jahr feiern wir wieder.«

»Beeilt euch!«, rief Mama meinen Schwestern zu. »Helft mir mit den Matten.« Nadia und Sara legten zehn Matten auf den Lehm-fußboden, auf dem wir gegessen hatten. Die Soldaten verschwan-den wieder, und Mama pustete die Laternen aus.

In der Dunkelheit lag ich auf meiner Matte und versuchte, die quälenden Gedanken zu vertreiben, indem ich über die nächste Aufgabe in dem Physikbuch nachdachte, das ich gerade studierte. Gleichzeitig horchte ich nach draußen. Waren irgendwelche un-gewohnten Geräusche zu hören? Hatten die Soldaten womöglich das Versteck schon entdeckt?

*Ein Stein in einer Schleuder wird über eine Strecke von zwei Metern beschleunigt. Am Ende des Beschleunigungsvorgangs verlässt er die Schleuder mit einer Geschwindigkeit von 200 m pro Sekunde. Was ist die Durchschnittsbeschleunigung des Steins?*

*Der Stein wird aus dem Ruhezustand heraus beschleunigt. Seine End-geschwindigkeit beträgt 200 m/s, er wird über eine bekannte Strecke beschleunigt, nämlich 2 Meter; $v^2 = 2ad$; $(200 \text{ m/s})^2 = 2a(2m)$; also $a = 40\,000\,/\,4 = 10\,000 \text{ m/s}^2$.*

Ich wollte mich gerade der nächsten Aufgabe zuwenden, als ich hinter dem Haus etwas hörte. Erschrocken richtete ich mich auf und starrte mit zusammengekniffenen Augen in die Dunkelheit. Was sollte ich tun? Waren es die Freiheitskämpfer? Oder waren es die Soldaten?

## 5

Rumms! Unsere Blechtür knallte auf den Boden. Mama schrie auf. Taschenlampen flackerten grell, wie explodierende Feuerwerkskörper. Meine Geschwister verkrochen sich in die hinterste Ecke unseres Raumes. Mama packte die fünfjährige Sara, die laut schrie, und eilte zu ihnen. Baba zog mich mit sich. Wir kauerten alle so dicht beisammen, dass wir fast miteinander verschmolzen.

Sieben Soldaten mit Maschinengewehren blockierten die Tür, schweratmend und mit erstarrten Gesichtern.

»Was wollen Sie von uns?« Mamas Stimme zitterte.

Mir war ganz schlecht vor Angst. Mein Herz flatterte, während wir uns in die Ecke drängten, angeleuchtet vom kalten Lichtstrahl der Taschenlampen. Ein Soldat, dessen Nacken so breit war, dass ein Esel darauf Platz gehabt hätte, trat auf uns zu, den Kolben seines Maschinengewehrs gegen die Schulter gedrückt. Mit dem Finger am Abzug richtete er seine Waffe direkt auf Baba.

»Wir haben euren Komplizen erwischt. Er hat alles gestanden. Her mit den Waffen.«

»Bitte!«, stammelte Baba. »Ich weiß nicht, wovon Sie reden.«

Ich wollte etwas sagen, brachte aber keinen Ton heraus. Gleich würde mir das Herz in der Brust zerspringen.

»Du dreckiges, verlogenes Stück Scheiße!« Der Soldat bebte richtig vor Wut. »Ich zerquetsche dich an der Wand wie eine Kakerlake!«

Meine Geschwister klammerten sich an Baba. Der Soldat kam immer näher. Baba stieß uns alle hinter sich und breitete schützend die Arme aus. Auch Mama stellte sich mit ausgebreiteten Armen vor uns. Gemeinsam bildeten die beiden einen Schutzwall gegen die Angreifer.

»Wir wissen von nichts.« Mamas Stimme war so schwach und gleichzeitig schrill, dass man sie fast nicht erkannte. Sie klang wie die steinalte, verrückte Frau bei uns im Dorf.

»Halt die Klappe!«, schrie der Soldat sie an.

Ich konnte nicht richtig atmen. Bestimmt fiel ich gleich in Ohnmacht.

»Ihr denkt wohl, ihr kommt damit durch, dass ihr Terroristen helft, Waffen ins Land zu schmuggeln?«, brüllte der Soldat in gebrochenem Arabisch.

»Ich schwöre bei Gott …« Auch Babas Stimme zitterte. »Ich weiß nicht, was Sie meinen.«

»Wie könnt ihr so dumm sein zu glauben, wir merken nichts?« Der Soldat packte Baba an seinem Nachtgewand, als wäre er ein Huhn, und zerrte ihn ins Zentrum des Raumes. Im harten Licht der israelischen Taschenlampen schien seine Olivenhaut fast weiß zu sein.

»Lassen Sie ihn los!«, schrie ich und wollte auf den Soldaten losgehen.

Dieser schubste mich weg und versetzte mir mit seinem Stahlkappenstiefel einen gezielten Tritt.

»Bleibt alle in der Ecke!«, befahl Baba in einem Ton, den ich gar nicht an ihm kannte. Mit einem strengen Blick schickte er mich wieder zurück. Mir blieb nichts anderes übrig als zu gehorchen.

»War gestern Nacht ein Terrorist hier?« Der Soldat holte aus und rammte den Gewehrschaft in das vertraute Gesicht meines Vaters. Blut spritzte, Baba sank zu Boden und schnappte röchelnd nach Luft.

Mama sprach tonlos ein Gebet.

»Sie dürfen meinem Baba nichts antun!« Abbas packte den kräftigen Arm des Soldaten.

Dieser schüttelte meinen Bruder ab wie eine lästige Fliege. Abbas knallte auf die Erde. Mama zog ihn wieder zu uns in die Ecke.

Zusammengekrümmt lag Baba da, während der Soldat ihn mit dem Gewehr traktierte.

»Hören Sie auf!«, schrie meine Mutter. »Sie bringen ihn noch um.«

»Ruhe hier!« Der Soldat drehte sich zu Mama. »Oder du bist als Nächste dran!«

Hilflos schlug sie die Hände vors Gesicht.

»Ich geb dir eine letzte Chance, du verdammter Terrorist! Dein Schicksal liegt in meiner Hand.«

Und wieder stieß er den Gewehrschaft in Babas Rippen.

»Sie tun meinem Baba weh!« Abbas wollte sich wieder auf den Soldaten stürzen, aber Mama packte ihn rechtzeitig und hielt ihm den Mund zu.

Mit leiser Stimme und ein wenig unsicher meldete sich einer der anderen Männer zu Wort: »Ich glaube, das reicht, Commander.«

»Hier bestimme ich, wann es reicht!«

Baba gab keinen Laut mehr von sich. Ich starrte auf seine Brust, weil ich wissen wollte, ob sie sich noch hob und senkte. Der Kommandant schlug erneut zu. Die Luft gefror.

Plötzlich sah ich Baba vor mir, wie er draußen im Hof saß, Tee trank und mit seinen Freunden lachte. Was für ein fürchterlicher Dummkopf ich doch war! Hätte ich nur auf ihn gehört und mich von der Politik ferngehalten. Jetzt musste mein Vater meinetwegen sterben. Ich begann, am ganzen Körper zu zittern.

Von draußen rief jemand: »Commander, wir haben hinter dem Haus Gewehre und Granaten gefunden.« Jedes Wort durchschlug mein Herz wie eine Kugel.

»Bringt dieses Stück Scheiße weg von hier! Werft ihn den Berg runter! Terroristen haben es nicht verdient, dass man sie trägt.«

»Lassen Sie meinen Baba hier!« Wieder wollte Abbas den Soldaten angreifen, aber Mama hielt ihn fest.

Doch Hani schlüpfte blitzschnell an ihr vorbei und lief zu dem Mann. Der griff sich den Kleinen und drehte ihm die dünnen Ärmchen auf den Rücken. Ein paar Soldaten lachten.

»Euer Messias ist da«, spottete einer. »Er verteidigt die Ehre seines Vaters.«

Hani wollte sich losreißen, schaffte es aber nicht. Fadi packte Hani an den Beinen, um ihn zu befreien.

Mama ächzte und stöhnte.

Ein Soldat spuckte ihr ins Gesicht.

Baba lag immer noch stumm und reglos auf dem Fußboden, die Lippen leicht geöffnet, die Augen geschlossen, als würde er schlafen. Er blutete aus der Nase. Neben seinem Kopf hatte sich schon eine kleine rote Lache gebildet. Zwei der Soldaten zerrten seinen schlaffen Körper hinaus in die Dunkelheit. Ich konnte den Blick nicht abwenden.

»Bleib stark, Baba!«, schrie Abbas. »Bleib stark!«

Dann hörte ich, wie draußen aus nächster Nähe drei Schüsse abgegeben wurden. Mein Herz zuckte. Ich schaute zu Mama. Sie kauerte auf dem Boden, die Arme um die Knie geschlungen, und schaukelte vor und zurück. Niemand würde uns retten. Meine Muskeln verkrampften sich. Wie sollten wir weiterleben?

Das Weinen und Klagen meiner Familie ging mir durch Mark und Bein. Da hockten wir alle in der Ecke und konnten nichts tun. Wenn ich doch wenigstens an Babas Stelle wäre! In dem Moment begriff ich etwas, und ich wusste es so klar und deutlich, wie nur ein Zwölfjähriger etwas wissen kann: Ich würde nie wieder glücklich sein können.

## 6

Das dumpfe Rasseln der Panzer und Jeeps wurde immer lauter. Eine Welle der Übelkeit stieg in mir hoch, ich konnte den Ziegenkäse im Mund nicht hinunterschlucken. Mama saß, in sich zusammengesunken, neben dem Herd und trank ihren Tee. Seit die Soldaten vor zwei Wochen Baba geholt hatten, waren ihre Augen stumpf und leer, und jeden Tag schien sie sich ein Stück weiter von uns zu entfernen.

Jetzt kam das Militär, um mich zu holen. Mein Magen verknotete sich.

Ich dachte an Marwan Ibn Sayyid. Er war zwölf Jahre alt gewesen, als er sah, wie ein Soldat seinen Vater auf der Straße zusammenschlug. Mit dem Mut der Verzweiflung hatte sich Marwan auf den Soldaten geworfen. Man brachte ihn in ein Gefängnis für Erwachsene, wo er zwei Jahre lang saß, zusammen mit israelischen Kriminellen. Erst dann wurde sein Fall vor einem Militärgericht verhandelt. Marwan versuchte zweimal, sich in seiner Zelle das Leben zu nehmen. Schließlich wurde er noch zu sechs Monaten verurteilt, und nachdem er entlassen worden war, rannte er hinaus auf die Straße, fuchtelte mit einem Plastikgewehr herum und zielte damit auf die Soldaten. Diese erschossen ihn auf der Stelle.

Abbas saß neben mir auf dem Fußboden. Ebenso unsere Geschwister, die sich mit uns um die Schüsseln mit Pita, Zatar – einer Gewürzpaste –, Olivenöl, Laban und Ziegenkäse versammelt hatten. Sie aßen alle unbeirrt weiter, ohne mich zu beachten. Das Fenster winkte verlockend, aber ich widerstand der Versuchung, nach draußen zu schauen. Ich wollte meiner Familie diese letzten Augenblicke des Friedens gönnen.

Quietschende Reifen am Fuß des Berges holten mich zurück in die Realität. Meine Geschwister erstarrten. Wie konnte ich sie beschützen? Abbas packte meine Hand.

Ich schaute mich in dem Raum um. Vielleicht das letzte Mal. Die Schilfmatten und die Decken aus Ziegenfell, säuberlich in der Ecke gestapelt. Das Regal mit meinen Büchern: Chemie, Physik, Mathematik und Geschichte. Darüber standen Babas geliebte Kunstbände. Die Tongefäße mit Reis, Linsen, Bohnen und Mehl. Auf dem Herd Mamas silberne Teekanne. Babas Porträts an den Wänden. Und seine geliebte Laute, die Ud, die sein Vater für ihn gemacht hatte und die niemand mehr anrührte, seit Baba abgeführt worden war.

Stiefel knirschten. »Alle aus dem Haus kommen!«, bellte draußen in unserem Hof die gesichtslose Stimme der Armee durch ein Megaphon.

Würden sie mich zusammenschlagen, vor meiner Familie und den Nachbarn? Wollten sie an mir ein Exempel statuieren, das niemand vergessen würde, während mein Blut in der rissigen Erde versickerte? War mein Ende gekommen? Obwohl ich furchtbare Angst hatte, erschien mir dieser Gedanke fast tröstlich. Dann wäre wenigstens alles vorbei.

Mamas Augen weiteten sich vor Entsetzen. Ich öffnete die Blechtür, die ich gerade erst repariert hatte. Auf unserem Hof stand ein Dutzend Soldaten. Mit ihren Gasmasken sahen sie aus wie riesige Insekten.

Ein Soldat hob seine Maske. »Raus hier! Sofort!« Der junge Mann war noch keine zwanzig, hatte Pickel und dicke Backen – irgendwie sah er aus wie eine groteske, lebendig gewordene Puppe.

Ein anderer Soldat zielte mit seiner Waffe durch die offene Tür und feuerte eine Granate mit Tränengas ins Haus. Fast hätte mich die Granate erwischt, aber ich konnte ausweichen, und sie knallte gegen die Rückwand.

»Rasch! Beeilt euch!«, rief Mama, als das ätzende Gas loszischte.

Meine Augen brannten. Ich warf mich auf den Boden – Rauch steigt nach oben, deshalb muss man unten bleiben – und robbte rasch zu Babas Ud, während die anderen schon nach draußen drängten.

Ich konnte nicht länger die Luft anhalten – aber die Ud war immer noch außer Reichweite.

»Ahmed! Sara!«, schrie Mama mit Panik in der Stimme.

Sara? Hektisch tastete ich nach meiner kleinen Schwester. Sie war nirgends! Ohne sie wollte ich das Haus nicht verlassen, aber ich konnte nicht atmen. Da verfingen sich meine Finger in etwas – es waren Saras lange Haare. Ihr Gesicht war warm und nass. Ich hob sie hoch, Tränen strömten mir über die Wangen, alles tat mir weh. Mein Brustkorb fühlte sich an, als würde er demnächst platzen. Blind kämpfte ich mich nach draußen, Saras reglosen Körper in den Armen. Röchelnd schnappte ich nach Luft.

Rauch quoll aus der offenen Tür. Da standen wir, alle barfuß und in unseren Pyjamas. Nadias Augen sahen aus wie rote Schlitze. Mama keuchte. Saras Gesicht war blutüberströmt. Das Blut kam von der riesigen Platzwunde auf ihrer Stirn. Vermutlich war sie gestürzt in dem grauenvollen Chaos. Ich legte sie auf den Boden, und ohne Rücksicht auf die Schmerzen in meinen Augen versuchte ich, sie zu beatmen. Ich schlug ihr ins Gesicht und beschwor sie flehentlich: »Wach auf. Bitte, Sara, bitte, wach auf!« Noch ein Versuch. »Du musst atmen, Sara!«

Mama schluchzte. Immer wieder blies ich Luft in Saras Mund.

»Bringt mir Wasser!«, schrie ich, an niemanden direkt gerichtet.

»Der Wasserkrug ist zerbrochen«, rief Mama und blickte zu den

Männern. Aber die Soldaten taten so, als würden sie überhaupt nicht merken, dass wir alle um Sara herum knieten und dass das kleine Mädchen sich direkt vor ihren Augen blau verfärbte. Und der nächste Nachbar war viel zu weit weg, um uns zu helfen.

Abbas nahm Saras Hand und rieb sie mit aller Kraft, als könnte er sie dadurch aufwecken.

Mama beugte sich über meine Schulter. »Rette sie, Ahmed.«

Doch Sara rührte sich nicht. Ihre Augenlider flatterten kein einziges Mal. Ich versuchte weiter, ihr Atem zu spenden, Mund zu Mund. Ich tätschelte ihre Wangen. Nichts half. Blau und starr lag sie da. Meine wunderschöne, unschuldige kleine Schwester. Ich wollte weinen, aber meine Tränen waren längst versiegt. Dunkler Schmerz hüllte mich ein, wie ein schwerer Mantel.

»Bitte, Ahmed!«, schluchzte Mama.

Ich legte Sara über meine Schulter und klopfte ihr auf den Rücken, schaukelte sie auf und ab. Vielleicht hatte sie sich ja vor Schreck verschluckt, als die Soldaten kamen. Ich drückte sie, ich schüttelte sie sanft. »Wach auf, Sara. Bitte, bitte, wach auf.«

Schließlich flüsterte Mama ganz leise. »Sie ist tot, mein Junge.«

Laut weinend nahm Nadia die Kleine und presste sie an sich.

»Ihr habt meine Schwester umgebracht!«, schrie Abbas die Soldaten an. »Was wollt ihr noch?«

Sie zielten mit ihren Uzis auf unser Haus.

»Sind alle draußen?«, rief Mama angsterfüllt.

Ich zählte nach: Abbas. Nadia. Fadi. Hani. Saras kleiner Körper. Alle waren da.

Die Soldaten nahmen das Haus unter Beschuss. Eine Salve nach der anderen.

»Weg hier, weg vom Haus!«, kläffte dann der Soldat mit dem Kindergesicht. Aber wir waren doch schon im Freien. Was hatten sie jetzt vor?

Weil sie ohne Planierraupen gekommen waren, hatte ich die falschen Schlüsse gezogen. Die Soldaten gingen mit Dynamitstangen ins Haus. Wir warteten, während sie die Sprengung vorbereiteten.

»Mein Vater ist unschuldig!«, rief ich.

Die Soldaten warfen mir verächtliche Blicke zu. »Ja, klar ist er unschuldig«, höhnte das Kindergesicht. Ich senkte den Kopf.

Vielleicht half es, wenn ich ihnen die Wahrheit sagte: Es war mitten in der Nacht gewesen – ich hatte die Sache nicht zu Ende gedacht – nein, das hatte ich alles nicht gewollt.

»Verabschiedet euch von eurem Haus, ihr Terroristenpack!«, spottete einer der Soldaten.

Ich bekam weiche Knie. »Aber – wo sollen wir wohnen? Bitte!« Ich winselte wie ein Kind und wehrte mich nicht wie der Mann, der ich doch eigentlich sein wollte.

»Halt die Fresse!«

Abbas trat neben mich. Ich musste ihn beschützen!

»Verhaften Sie doch mich stattdessen!«, beschwor ich die Soldaten. »Bestrafen Sie nicht meine kleinen Geschwister!«

»Dich wollen wir gar nicht«, blaffte das Kindergesicht mich an.

Mit hasserfüllten Blicken musterte Abbas die Soldaten. Nadia drückte Saras Körper fest an sich, als könnte sie die kleine Schwester trösten. Ich nahm Hani an der Hand, weil er weinte. Fadi hob einen Stein auf und holte aus. Schnell zog ich auch ihn zu mir.

Bilder tauchten vor mir auf. Mamas kostbares Silberservice, ein Hochzeitsgeschenk ihrer Eltern. Babas Porträts – sein verstorbener Vater, sein Bruder Kamal auf einer Leiter, wie er Orangen pflückt und in die Körbe legt, die wir aus nassen Granatapfelzweigen geflochten hatten. Die Bilder von Baba und seinen Brüdern: wie sie im Toten Meer schwimmen, während der Orangenwagen mit dem Esel am Ufer wartet, oder wie sie am Strand von Haifa stehen und lachen – hinter ihnen kommen die Wellen angerollt, und neben ihnen wartet der Wagen mit den Orangen. Und natürlich Babas wertvollstes Porträt: das seiner Eltern, wie sie vor einem Sonnenblumenfeld picknicken. Nie wieder würden wir die Porträts von Mamas und Babas Verwandten im Exil sehen, sie waren für immer verloren. Verloren wie meine toten Schwestern Amal und Sara. Und mein Baba saß im Gefängnis. Und was war mit Mamas handbesticktem Beduinen-Gewand, das sie für meine zukünftige Frau aufbewahrte, wie sie immer sagte? Und mit Babas Ud? Das Schlimmste jedoch war Saras Tod. Sara, ein kleines Mädchen, das nie irgendjemandem etwas zuleide getan hatte.

Mama fiel vor einem Soldaten auf die Knie und umklammerte seine Beine. »Bitte – wir können nirgends hin!«

Ihre Verzweiflung brach mir das Herz. Ja, wir konnten nirgends hin. Was hatte ich nur getan? Einen Augenblick lang ließ ich die Jungen los und ging zu meiner Mutter. Ich versuchte, sie an den Armen hochzuziehen. »Bitte, Mama, steh auf!« Ihre Haut fühlte sich ganz heiß an. »Wir finden schon etwas.« Krampfhaft biss ich die Zähne zusammen, um nicht laut loszuschreien. »Wir brauchen nicht zu betteln.« Ich hatte das Gefühl, als würde mich in der drückenden Finsternis eine bleischwere Decke ersticken. Es gab niemanden, der uns retten konnte, keinen Erlöser. Kein Onkel, Bruder oder Vater würde kommen und uns beistehen. Es war jetzt meine Aufgabe, die Familie zu beschützen.

Zitternd blickte Mama hinauf zum Himmel.

Die vier Soldaten kamen wieder aus unserem Haus.

»Wir sind so weit«, verkündete der letzte, und sie entfernten sich schnell. Die Erde unter unseren Füßen bebte. Rauch stieg auf. Splitter unseres Lebens wirbelten durch die Luft: Generationen von Porträts, die weiße Robe, die Mama für meinen Geburtstag genäht hatte, ihre Rosen, die Minze, die Petersilie, die Tomatenstauden, unser Backgammon-Spiel, unsere Kleider, die Schilfmatten, das Geschirr. Wir husteten alle. Die Soldaten nicht.

Flammen schossen hoch, schwärzten die Wände, die vor unseren Augen zu Schutt und Asche zerfielen. Unser Zuhause existierte nicht mehr. Nur noch eine schwelende Ruine. Als das Höllenfeuer in sich zusammensank, sah ich, dass Amal und Sa'dah, unsere beiden Olivenbäume, lichterloh brannten. Ich fühlte mich unendlich hilflos, und meine Knie wollten nachgeben. Doch dann merkte ich: Unser Mandelbaum war unversehrt geblieben. Nur die Blüten waren verschwunden.

Die Soldaten nahmen ihre Gasmasken ab. »Terroristen verdienen keine Häuser«, zischte der Typ mit dem Kindergesicht.

Fünf Stunden lang wartete ich in der sengenden Sonne vor dem militärischen Außenposten, immer noch im Pyjama. Ich brauchte einen Erlaubnisschein, um Sara beerdigen zu dürfen. Aber ich kam nicht an die Reihe. Was sollten wir mit Saras Körper tun? Wenn wir sie ohne Genehmigung beerdigten, konnte es passieren, dass die Soldaten sie wieder ausbuddelten.

Als ich zu unserem Mandelbaum zurückkam, saß Nadia auf der Erde und wiegte Sara in den Armen. Mama hielt Hani und Fadi umschlungen. Abbas und ich begannen, mit bloßen Händen in dem heißen Schutt zu wühlen, weil wir hofften, irgendetwas zu finden, was vielleicht noch zu retten war.

Am Abend wickelte Nadia die kleine Sara in meine Kufija. »Gott möge verhüten, dass irgendwelches Ungeziefer sie befällt.«

Mama und Nadia hielten Sara abwechselnd in den Armen, damit sie nicht allein war. Die ganze Nacht hindurch. Als Abbas endlich einschlief, knirschte er so heftig mit den Zähnen, dass ein Schneidezahn abbrach. Ich selbst machte kein Auge zu. Als die Ausgangssperre vorbei war, rannte ich sofort wieder zum Außenposten und wartete in der gnadenlosen Sonne. Sechs Stunden. Dann erteilte man mir endlich die Erlaubnis, meine Schwester zu begraben.

Abbas und ich gingen zum Friedhof und hoben eine Grube aus, neben Amals Grab. Wie Feuer brannte die Sonne uns auf den Rücken. Wir waren von der Hitze so ausgetrocknet, dass wir nicht einmal mehr schwitzen konnten. Aber wir hörten erst auf, als das Loch zwei Meter tief war.

»Dafür werden die Israelis bezahlen«, murmelte Abbas, nicht zum ersten Mal. »Sie verstehen nur die Sprache der Gewalt. Sonst nichts.« Unvermittelt hielt er inne. »Auge um Auge.«

Mama trug den kleinen Körper zum Grab. Nadia ging neben ihr und hielt Saras Hand. Wir alle küssten sie auf die Wangen. Trotzig ballten Fadi und Hani die Fäuste. Abbas' Gesicht war wie versteinert. Mama wollte ihre Tochter in das Grab legen, schaffte es aber nicht, sie endgültig loszulassen. Nadia schluchzte.

»Nein!«, wisperte Mama. »Das kann nicht wahr sein.«

Schließlich nahm ich ihr die Leiche ab, kletterte in die Grube und bettete Sara dort zu ihrer letzten Ruhe. Abbas und ich bedeckten dann den kleinen Körper mit Erde, und während wir das Grab auffüllten, sah ich Baba vor mir, in einem Erdloch wie diesem, das von einem israelischen Bulldozer zugeschaufelt wurde. Es gab keine Hoffnung mehr.

Wo sollten wir wohnen? Was konnten wir tun? Wir brauchten ein Zuhause, einen Schutz gegen die unbarmherzige Sommerhitze und gegen die sintflutartigen Unwetter im Winter. Wir konnten nichts bauen. Wir hatten nicht einmal genug Geld, um ein Zelt zu kaufen.

## 7

Onkel Kamal kaufte auf dem Dorfmarkt ein Zelt für uns. Zwei Wochen lang hatten wir draußen im Freien übernachtet, unter Shahida, unserem Mandelbaum, nur in die schlechtsitzenden Kleider gehüllt, die Mama für uns aus den Stoffresten und Lumpen nähte, die Onkel Kamal irgendwo aufgetrieben hatte. Mit Steinen hatten Abbas und ich Zedernstöcke in den Boden geschlagen, direkt unter dem Baum, und bei Beginn der Ausgangssperre quetschten wir sechs uns dazwischen, eng aneinandergedrängt, die Kleineren lagen auf den Größeren. Es war sehr heiß, wir schwitzten und bekamen kaum Luft, keiner konnte sich bewegen – an Schlaf war unter diesen Bedingungen nicht zu denken.

Nach Ablauf der Ausgangssperre rannte ich jeden Tag wieder zum Militärposten. Ich musste unbedingt in Erfahrung bringen, was sie mit Baba gemacht hatten. Seit vier Wochen schon wartete ich Tag für Tag dort in der Schlange, gemeinsam mit Hunderten von Dorfbewohnern, die alle irgendwelche Erlaubnisscheine brauchten: um heiraten zu können, um jemanden bestatten zu dürfen oder um ein Haus zu bauen. Manche wollten auch das Dorf verlassen, weil sie ins Krankenhaus mussten oder zu einem Job oder zu irgendwelchen Kursen. Einige Leute hatten das gleiche Anliegen wie ich: Sie wollten etwas über Verwandte wissen, die verhaftet oder an einen unbekannten Ort gebracht worden waren. Jeden Tag kam ich abends nach Hause und wusste immer noch nicht, ob Baba am Leben war. Heute würde sich das ändern, sagte ich mir, als ich ankam.

Hinter mir in der Reihe wartete Abu Yossef. »Willst du etwa eine Genehmigung, um euer Haus wieder aufzubauen?«, fragte er.

Die Hitze war lähmend. Es stank nach offenen Abwasserkanälen, nach Eselsmist und nach Müll, der nicht abgeholt worden war.

»Nein, so dumm bin ich nicht.«

Er nickte bedächtig. »Aber du weißt immer noch nicht, wo dein Vater ist?«

»Er hat nichts verbrochen.«

»Die Leute sagen, er wurde misshandelt.«

Ich blickte mich um. Woher kamen die dreißig Personen vor mir? Wahrscheinlich wohnten sie einfach näher beim Kontrollpunkt als ich. Wenn es keine Ausgangssperre gäbe, würde ich hier übernachten. »Warum bist du hier?«

»Ich brauche eine Erlaubnis, um Aprikosen und Orangen von meinen eigenen Bäumen zu kaufen. Die Bäume hat mein Urgroßvater gepflanzt, und ich habe sie gepflegt, damit sie überleben, bei Dürre und im Krieg.«

»Hoffentlich geht es meinem Vater so einigermaßen.« Ich starrte auf den Boden.

»Er wird's schon überstehen«, sagte Abu Yossef.

»Aber er ist nicht besonders kräftig.«

»Du darfst ihn nicht unterschätzen. Bestimmt ist er ein besserer Kämpfer, als du glaubst.«

»Ahmed!«, hörte ich Abbas rufen. »Komm mal her, ich muss dir etwas sagen.«

»Ich halte dir deinen Platz frei.« Mit einer Handbewegung ermunterte mich Abu Yossef, zu meinem Bruder zu gehen.

Schweiß tropfte Abbas von den Augenbrauen und vom Kinn. »Gestern Abend haben sie Onkel Kamal verhaftet.«

»Mit welcher Begründung?«

»Weil er einem Terroristen geholfen hat.«

War Ali auch bei ihm gewesen? »Welchem Terroristen hat er geholfen?«, wollte ich wissen.

»Baba.« Abbas' Augen waren blutunterlaufen.

Nun waren wir ganz allein.

Fünf Minuten vor Beginn der Ausgangssperre kam ich völlig erschöpft zu unserem Zelt zurück. Wo Baba sich aufhielt, wusste ich immer noch nicht. Während der folgenden sechs Wochen stand ich jeden Tag in der Schlange, wirklich jeden Tag. Aber ohne Erfolg. In die Schule ging ich schon lange nicht mehr.

Ich kochte gerade Reis und Mandeln über der Feuerstelle, die ich dicht bei unserem Mandelbaum gebaut hatte. Da erschien ganz unerwartet der Sohn des Herrenfriseurs.

»Mein Vater ist gestern entlassen worden«, berichtete er. »Weißt du inzwischen, wo dein Vater ist?«

»Wir haben noch gar nichts gehört. Das geht jetzt schon zwei Monate so.«

»Mein Vater möchte dich gern sehen.« Er schaute mir nicht in die Augen. »Es geht um deinen Vater.«

Ich befürchtete, sie könnten mich ins Visier nehmen, wenn bekannt wurde, dass ich mich mit einem frisch entlassenen politischen Gefangenen traf. Aber es ging um Baba. Wie konnte ich da kneifen?

Der Friseur saß in seinem Zelt ganz hinten in der Ecke, eine Klappe über dem linken Auge. Seine Hände waren mit Brandwunden bedeckt, die eindeutig von Zigaretten stammten.

»Entschuldige – ich kann leider nicht aufstehen.« Seine Stimme war sehr schwach.

»Sie wissen etwas über meinen Vater?«

»Ja. Er ist im Gefangenenlager Dror«, antwortete der Friseur. »In der Wüste Negev.«

Freude stieg in mir hoch. »Heißt das, er lebt?«

»Er lebt – aber es geht ihm nicht gut.« Der Friseur senkte den Blick. »Er möchte gern, dass du ihn besuchst. Du musst ihn da rausholen.«

Zum ersten Mal fragte ich mich, was für Baba schlimmer wäre: umgebracht zu werden oder diese endlose Folter ertragen zu müssen? Wenn die Israelis Baba nicht töteten, dann würden die Schlangen und Skorpione in der Wüste dafür sorgen, dass er starb.

Jeden Tag ging ich nun zum Posten des Militärgouverneurs und bat um Erlaubnis, ins Lager Dror fahren zu dürfen. Nach einem Monat klappte es endlich. Ich musste zu Baba und ihm alles gestehen! Auch wenn er garantiert nicht damit einverstanden war – ich wollte durchsetzen, dass wir die Rollen tauschten. Den Gedanken, dass mein Vater für ein Verbrechen, das ich begangen hatte, eingesperrt war, konnte ich nicht länger ertragen.

Mit dem bisschen Geld, das Abbas und ich uns verdient hatten, indem wir die Mandeln von unserem Baum verkauften, bezahlte ich die sechs Busfahrkarten, die ich brauchte, um zum Lager zu kommen. Abbas fragte gar nicht, ob er mitfahren könne. Er wusste auch so, dass unser Geld nicht reichen würde.

## 8

Ich hatte immer nur Gerüchte gehört. Die Wüste Negev: ein Ort, so ausgedörrt, so unfruchtbar, dass nichts dort überleben konnte. Der Sand wehte durchs offene Fenster, wie körnig gemahlenes Glas fühlte er sich an, die spitzen Partikel attackierten Haut und Augen und setzten sich in meinen trockenen Mundwinkeln fest.

Der Bus hielt neben einem Lager, das mit einem hohen Stacheldrahtzaun gesichert war. An jeder der vier Ecken befand sich ein Wachturm. Eigentlich hatte ich mir sehnlichst gewünscht, endlich aus dem überhitzten, stinkenden Bus rauszukommen, aber als ich sah, was mich erwartete, packte mich das Grauen. War das hier das Tor zur Hölle? An dem Stacheldraht war ein Schild befestigt, mit einem schwarzen Totenkopf und der Aufschrift *Achtung! Lebensgefahr*. Auf Arabisch und Hebräisch. Dass die Warnung auch auf Hebräisch da stand, war nur zur Schau – in diesem Häftlingslager wurden keine jüdischen politischen Gefangenen festgehalten. Nach der endlos langen Fahrt auf einem Plastiksitz wollten meine Beine nicht so recht mitmachen, aber ich zwang mich, sofort loszulaufen. Möglichst schnell und mit gesenktem Kopf ging ich an den finster dreinblickenden bewaffneten Wärtern vorbei, die uns strengstens beaufsichtigten, neben sich bissige Deutsche Schäferhunde.

Etwa tausend Gefangene in schwarzen Overalls arbeiteten auf dem Gelände, das aussah wie ein riesiger, glühender Hochofen. Keiner der Männer blickte hoch, als der Bus vorfuhr. Aber ich musste mich orientieren – konnte es sein, dass Baba da drin war? Was, wenn ich ihn nicht erkannte? Ich ging die Männer durch, ganz schnell, schätzte ihre Größe nach einem Mittelwert, schloss alle Personen mit mehr als zwei Standardabweichungen aus – nur ein durchschnittlich großer Mann kam in Frage. Manche schaufelten Sand in große Säcke oder schleiften Betonblöcke zu der großen dreistöckigen Baustelle, an der sie gemeinsam arbeiteten. Die schwarzen Overalls verstärkten natürlich die Wirkung der Sonne. Ich suchte Baba auf dem Gerüst. Oder mischte er vielleicht Zement? Schleppte er Betonziegel?

Ein dürrer Gefangener, fast zum Skelett abgemagert, stieß seine Schaufel in den Sandhaufen, doch als er sie hochheben wollte, begann er zu zittern. Der Sand fiel vor seiner Schubkarre auf den Boden, und der Mann sackte in sich zusammen. Reglos blieb er liegen, wie ein toter Vogel, niemand kümmerte sich um ihn.

Neben dem Arbeitsgelände befand sich, innerhalb des Stacheldrahtzauns, ein zweiter Bereich mit riesigen Zelten ohne Seitenwände. Der Boden bestand aus Holzplanken, auf denen lauter Matten lagen.

Ich eilte zum Eingang, wo schon Hunderte von Palästinensern auf dem Boden saßen. Frauen und Kinder warteten da, alte Männer und auch jüngere, wie ich, viele allein: Söhne, die ihre Väter besuchten. Ein Soldat rief die Namen der Gefangenen aus, einen nach dem anderen. Die Besucher standen auf und liefen zum Tor, wenn sie an der Reihe waren. Nirgends Schatten. Kein Wasser.

Zwei Stunden später rief der Soldat endlich: »Mahmud Hamid.« Als ich das Gefängnis betrat, kamen sofort mehrere Wärter auf mich zu. Einer von ihnen fragte: »Wen willst du besuchen?«

»Meinen Vater. Mahmud Hamid.« Ich reckte mich, um größer auszusehen, als ich mit meinen zwölf Jahren war. Ich wollte ein Mann sein. Furchtlos.

»Der ist für dich«, sagte der Wärter auf Hebräisch zu jemandem hinter mir und gab mir mit einer Bewegung zu verstehen, dass ich durch die Metalldetektorschleuse gehen solle.

Ein Wärter mit Uzi begleitete mich zu einer Tür. Die Angst ließ meine Muskeln krampfen, während sich meine Augen allmählich an die trübe Beleuchtung im Raum gewöhnten. Dort untersuchten gerade einige Wärter nackte Männer, die aufgereiht an der Wand standen.

»Ausziehen«, fuhr mich mein Aufseher an.

Mein Körper wollte nicht gehorchen.

»Ausziehen!«

Mit letzter Willenskraft brachte ich meine Arme dazu, sich zu bewegen. Mechanisch zog ich das Hemd aus, das Mama gestern noch aus einem alten Laken für mich genäht hatte. Stundenlang hatte sie auf dem Dorfplatz nach zusammenpassenden Knöpfen gesucht, und den Rest des Tages hatte sie damit verbracht, von Hand dieses Hemd zu nähen und mit dunklem Faden jedes einzelne Knopfloch zu säumen. Mit seinen gummibehandschuhten Fingern nahm nun der Wärter das Hemd entgegen und warf es auf den schmutzigen Boden.

»Den Rest auch.«

Ich streifte Sandalen, Hose und Unterhose ab, legte alles neben mein Hemd und trat nackt vor den Wärter, mit gesenktem Blick.

»An die Wand.«

Zitternd beugte ich mich vor.

»Kopf schütteln.«

Ich schüttelte den Kopf.

Der Wärter fuhr mir mit seinen behandschuhten Fingern durch die Haare. Sein Atem roch nach Zigaretten. Mir wurde ganz übel. Dann riss er meinen Kopf nach hinten, leuchtete mir in Nase und Mund und führte eine Metallsonde in Nase und Ohren ein. Plötzlich schmeckte alles nach Blut. Wonach suchte dieser Mann?

Ich schrie nicht, ich winselte nicht, ich bettelte nicht. Die Gummihandschuhe wanderten abwärts, zu meinem Gesäß und meinen Beinen. Mit einem gezielten Tritt zwang mich der Mann, die Beine zu spreizen. Ich schloss die Augen und dachte an Baba. An Baba, der meinetwegen hier eingesperrt war. Ich musste das alles ertragen, denn nur dann konnte ich ihn wiedersehen. Und ihm sagen, wie leid es mir tat.

»Vorbeugen!«

Der Wärter zog meine Hinterbacken auseinander. Ich stöhnte vor Schmerzen kurz auf, als ein Instrument in mein Rektum eindrang. Dann hielt ich die Luft an. Als das Ding sich in mir drehte, schossen mir Tränen in die Augen. Ich musste mich unglaublich zusammenreißen, um nicht laut zu wimmern. Das Ding schob sich immer tiefer in mich hinein. Es knackte in meinen Ohren, als der Wärter es endlich wieder herauszog.

Gedemütigt und nackt stand ich vor ihm. Er schien kaum älter als ich. Der nächste Schritt war, dass er jeden Millimeter meiner Kleidung inspizierte.

»Anziehen!«, bellte er schließlich und warf mir die Sachen vor die Füße.

In dem Warteraum, der etwa zehn mal zehn Meter groß war, stand ich dann mit den vielen anderen Besuchern. Man schaute einander nicht in die Augen. Jeder wusste ja, was die anderen hier mitgemacht hatten, um so weit zu kommen, und wir schämten uns. Schleier verhüllten die faltigen Gesichter der älteren Frauen, die auf dem Zementfußboden kauerten. Männer mit ledriger Haut lehnten an der Wand, Gewänder und Kopfbedeckung zerlumpt. Eltern versuchten, ihre Kinder irgendwie bei Laune zu halten, aber vergeblich – die Kinder weinten und schrien und schubsten sich gegenseitig. Ich drückte mich in eine Ecke und zählte die Leute. Zweihundertvierundzwanzig. Ich schätzte, dass vierundvierzig von ihnen unter fünf waren, achtundsechzig zwischen sechs und achtzehn, sechzig zwischen neunzehn und neunundfünfzig, zweiundfünfzig über sechzig. Die Wüstensonne und die vielen Menschen stahlen die ganze Luft aus dem Raum.

Stunden später führte mich ein Aufpasser in eine Glaskabine mit Telefon. Zwei Gefängniswärter führten einen mit Fußketten gefesselten Mann in einem schwarzen Overall in den Raum. Mein Herz wurde bleischwer. Der Knoten in meinem Magen, der mich quälte, seit die Soldaten in unser Haus eingedrungen waren und Baba zusammengeschlagen hatten, schmerzte noch viel mehr als sonst.

Baba humpelte auf mich zu.

Seine Nase war geschwollen und neigte sich nach links. Augenbraue und Wangenknochen waren links dicker als rechts. Am liebsten wäre ich davongerannt. Ich hatte Angst, ohnmächtig zu werden. Baba setzte sich auf den Stuhl auf der anderen Seite der Glasscheibe und nahm den Telefonhörer ab. Ich tat es ihm gleich. Er hob nie den Blick. Schorf bedeckte seinen Schädel. Seine schönen Haare waren verschwunden.

»Es tut nicht weh«, murmelte er.

»Wie geht es dir?« Ich hatte einen Kloß im Hals und konnte kaum sprechen. Mein Blick huschte durch den Raum, zu den anderen Familien, die sich an den verschiedenen Glasscheiben drängten.

»*Ilhamdillah*«, antwortete Baba mit leiser Stimme. Gelobt sei Allah.

Was konnte ich sagen?

Mein Vater hielt immer noch den Kopf gesenkt. »Wie geht es deiner Mutter?«, fragte er.

»Sie wollte mitkommen, aber es war zu teuer.«

»Ich bin froh, dass sie mich nicht so sehen muss.«

Ich rieb mir die Augen und schwieg.

»Hat irgendjemand herausgefunden, was eigentlich passiert ist? Ich schwöre dir, bei Allahs Leben, ich habe nichts getan.« Babas Stimme brach, er atmete schwer. »Das Ganze ist ein großer Irrtum.« Es fiel ihm sehr schwer weiterzusprechen. Sein Atem ging mühsam. »Aber ich fürchte, die Israelis werden sich Zeit lassen, um die Wahrheit aufzudecken. Einer meiner Mitgefangenen ist seit vier Jahren hier, und er wurde immer noch nicht offiziell angeklagt. Wahrscheinlich müsst ihr noch ein Jahr oder länger für die Familie sorgen, deine Mutter und du. So Gott will, komme ich früher frei, aber wir müssen uns auf das Schlimmste gefasst machen.«

»Ein Jahr?«

»Sie können mich endlos lange festhalten, auch wenn ich unschuldig bin. Man muss mir gar nichts Konkretes zur Last legen.«

Der Hörer rutschte mir aus der schweißnassen Hand. Als ich ihn wieder ans Ohr hielt, sagte Baba: »Ich bin …«

Die Frau links von mir begann laut zu jammern, ihre fünf kleinen Kinder klammerten sich quengelnd an ihr Bein. Auf der rechten Seite hielt sich ein älterer Mann die Hand vors Gesicht.

»Ich bin an allem schuld«, unterbrach ich meinen Vater. Und obwohl meine Stimme kaum zu hören war, hob Baba zum ersten Mal den Blick.

»Ich verstehe nicht, was du meinst«, sagte er.

Stockend begann ich zu erzählen. Deswegen hatte ich die lange Reise ja auf mich genommen. Und weil ich mich so schämte, konnte ich meinem Vater beim Sprechen nicht in die Augen sehen.

Baba kam ganz dicht an die Scheibe.

»Ahmed, mein Sohn, du bist erst zwölf Jahre alt. Versprich mir, dass du nie wieder einer Menschenseele erzählst, dass du es warst und nicht ich. Nicht einmal deiner Mutter darfst du es sagen.«

Unsere Blicke begegneten sich. Baba war so weiß wie die Wand.

»Aber warum sollst du für mein Verbrechen bestraft werden?«

»Sie werden dich einsperren.« Babas Gesichtsmuskeln spannten sich. »Wenn sie es nicht tun würden, dann könnten ja auch andere ihre minderjährigen Söhne dazu bringen, diese Befreiungstaten zu begehen. Sie sind nicht dumm. Außerdem würde ich es als noch schlimmere Strafe empfinden, wenn du hier sitzen müsstest.«

»Aber ich muss die Verantwortung übernehmen.«

»Es ist meine Pflicht als Vater, dich zu beschützen.« Er klopfte sich auf die Brust. Auch bei ihm: Zigarettenbrandwunden auf den Händen. »Ein Mann ist nichts wert, wenn er nicht für seine Familie geradesteht. Versprich mir, dass du etwas aus deinem Leben machst. Lass dich nicht in diese Kämpfe hineinziehen. Mach mich stolz. Du darfst nicht zulassen, dass meine Haft dein Leben zerstört. Und du musst lernen, wie du deiner Mutter am besten helfen kannst. Nun bist *du* der Mann in der Familie.«

»Bitte, sag nicht so was. Du kommst bald wieder nach Hause.« Ich hatte das Gefühl, als würde ich in einen tiefen Brunnen fallen, und es gab nichts, woran ich mich festhalten konnte.

»Nein, ich werde nicht bald wieder zu Hause sein.« Er schaute mir fest in die Augen. »Versprich mir, dass du meinen Platz einnimmst.«

»Ich weiß nicht, ob ich das kann.«

»Wenn du selbst einen Sohn hast, dann wirst du begreifen, was es heißt, jemanden mehr zu lieben als sich selbst.« Babas Stimme wurde heiser. »Ich würde mir eher einen Dolch in die Brust stoßen als zuzuschauen, wie du leidest. Wer weiß, was die Soldaten dir antun würden.« Er räusperte sich. »Verschwende dein Geld nicht auf Besuche bei mir. Du brauchst alles, was du verdienst, um die Familie zu ernähren. Sag den anderen, dass ich es so wünsche. Wir können schreiben. Ich schaffe das schon. Lass nicht zu, dass Schuldgefühle dein Herz erobern, denn Schuldgefühle sind eine Krankheit, wie Krebs, und sie werden an dir nagen, bis nichts mehr von dir da ist.«

»Aber was sollen wir ohne dich machen?«

»Deine Mutter und deine Geschwister brauchen dich. Ich wiederhole es noch einmal: Versprich mir, dass du etwas aus deinem

Leben machen wirst. Ach, ich habe noch so viel zu sagen ...« Ihm versagte fast die Stimme. »Aber wir haben keine Zeit mehr.« Er schluckte und fügte noch schnell hinzu: »Geh zum Grab meines Vaters. Gieße jeden Freitag die Blumen.«

Dann war die Leitung tot. Ich legte die Hand auf die Glasscheibe. Baba tat das Gleiche. Wir schauten einander an, doch dann kam ein Wärter und zog meinen Vater hoch. Er war so mager – es sah aus, als würde der Wärter einen leeren Overall in der Hand halten. Kurz winkte er mir noch zu, dann wurde er weggeführt, und ohne sich noch einmal umzudrehen, verschwand er durch die Tür.

Ich blieb sitzen. Insgeheim hoffte ich, dass ein Wunder geschehen würde – dass der Aufseher zurückkam, zusammen mit Baba, um mir zu sagen, es sei tatsächlich alles ein großer Irrtum und mein Vater werde sofort entlassen. Alle Leute um mich herum weinten und schluchzten. Die fünf quengeligen Kinder links von mir winkten ihrem Vater zum Abschied nach. Sie waren in Lumpen gekleidet, und ihre Bäuche waren angeschwollen.

Ich hatte Mama versprochen, Baba nichts von Sara oder von unserem Haus zu erzählen. Bis er wieder frei kam.

»Er kann ja sowieso nichts machen, solang er eingesperrt ist.« Sie war unnachgiebig.

Jetzt begriff ich, dass sie recht hatte. Baba würde nicht mit Saras Tod fertig werden.

Mut war nicht die Abwesenheit von Angst, sondern die Abwesenheit von Egoismus. Das wurde mir in dem Moment klar. Wenn man die Interessen des anderen über die eigenen stellt. Ich hatte Baba falsch eingeschätzt. Er war alles andere als ein Feigling. Wie sollten wir ohne ihn überleben?

## 9

Nach der Schule gingen Abbas und ich zum Dorfplatz, weil wir etwas für Mama erledigen mussten. Wir kamen an Eselskarren vorbei und an Frauen, die Körbe auf den Köpfen trugen. Doch die Dorfbewohner wichen vor uns zurück, so wie man das bei den Soldaten machte, wenn sie durchs Dorf stolzierten.

Auf dem Platz leuchteten frische Aprikosen und Äpfel in der Sonne. Schafe und Lämmer blökten, zwei Kinder starrten in den Kasten mit den beweglichen Bildern.

Wir steuerten auf das Teehaus zu. Ich musste an den Tag denken, als ich die Backgammon-Meisterschaft gewonnen hatte. Baba hatte damals jedem einen Tee spendiert, und es hatte ein ganzes Jahr gedauert, bis die Rechnung abgestottert war. Heute dröhnten aus dem Radio die neuesten Nachrichten aus Jordanien, aber ich blieb nicht stehen.

Wir betraten den großen Laden und inspizierten das Warenangebot auf den Holzregalen hinter der Theke. Arabischer Kaffee, Tee, Sardinendosen, Behälter mit Olivenöl. Neben den Regalen standen große Tonkrüge mit verschiedenen Aufschriften: Bulgur, Grieß und Reis.

Hinter uns kamen drei Soldaten ins Geschäft.

»Ich möchte einen Sack Reis, bitte, Doktor«, sagte ich. »Schreiben Sie ihn auf dem Konto meines Vaters an.«

»Sein Konto ist gestrichen«, erklärte der Ladenbesitzer, mit einem Blick auf die Soldaten. Dann beugte er sich zu Abbas und mir. »Tut mir schrecklich leid«, flüsterte er. Ich traute mich nicht zu protestieren. Aber wie sollte ich der Mann im Haus sein, wenn ich nicht einmal ein bisschen Reis beschaffen konnte?

Also verließen Abbas und ich den Laden mit leeren Händen. Wir wussten beide, dass wir am gestrigen Abend die letzte Handvoll Reis gegessen hatten. Mehr gab's nicht.

Überall, wo ich hinging, sah ich Väter und Söhne. Um nicht dauernd an Baba denken zu müssen, stellte ich mir selbst irgendwelche Rechenaufgaben. Ich schätzte, wie viele Dorfbewohner jeden Tag auf den Platz kamen. Welche Faktoren spielten dabei eine Rolle? Wie viele Personen besuchten täglich die Moschee, von wann bis wann waren das Teehaus und der Laden geöffnet, wie häufig holten die Leute Wasser am Dorfbrunnen?

Das Zelt symbolisierte für mich den Niedergang. Immer war es voller Mücken, Moskitos, Ameisen und Ratten. Die Insekten fanden unsere Münder, während wir schliefen. Ich öffnete die Zeltklappe und wollte hineinkriechen, aber Mama kam mir entgegen. Sie hielt einen Brief in der Hand und reichte ihn mir. »Was steht da?«, fragte sie ungeduldig. Abbas, der neben mir stand, begann ebenfalls zu lesen.

Die Wörter schlugen uns entgegen wie tödliche Hitzewellen. Ich schloss die Augen. Bestimmt handelte es sich um eine Verwechslung. Ich las den Text noch einmal durch. Zum ersten Mal in meinem Leben dankte ich Gott dafür, dass meine Mama Analphabetin war. Es war ein arabischer Formbrief, mit einem einzigen handgeschriebenen Satz: *Der Gefangene Mahmud Hamid wird zu vierzehn Jahren Haft verurteilt.* Ich warf einen Seitenblick auf Abbas. Er war weiß wie Laban.

Ich zerknüllte den Brief, warf ihn aber nicht weg, sondern hielt ihn in der linken Faust. Das Papier schnitt mir in die Haut.

»Geht es um deinen Vater?«

»Ja.«

»Ist er verletzt?«

»Nein.« Ich drückte den Brief an die Brust.

»Steht da, wann er nach Hause kommt?«

»Nein.«

Abbas und ich wechselten einen schnellen Blick. Auch mein Bruder wusste, dass es besser war, nichts zu sagen.

»Geht es um das Urteil?«

Meine Schläfen pochten.

»Es geht um das Urteil, stimmt's?« Mama ließ nicht locker.

Als ich nicht gleich antwortete, riss sie mir den Brief weg, strich ihn glatt und starrte darauf, als könnte sie dadurch bewirken, dass ihr die Schrift etwas sagte.

Dann schaute sie Abbas in die Augen. »Sag mir, was da steht.«

Er schwieg.

Vierzehn Jahre. Das waren ziemlich genau 730 Wochen. 5113 Tage, mit Schalttagen, das sind 122 712 Stunden oder 7 362 720 Minuten beziehungsweise 441 763 200 Sekunden. Welche Zeitangabe klang am kürzesten? Ich holte tief Luft und bemühte mich, mit ruhiger Stimme zu sprechen. »Vierzehn Jahre.«

»Vierzehn Jahre?«, wiederholte Mama fassungslos. Aus ihrem Gesicht war alle Farbe gewichen.

»Ja.«

»Wie konnte er uns das antun? Hat er vergessen, dass er eine Familie hat? Dauernd hat er gepredigt, man soll sich nicht auf die Politik einlassen, und dann setzt er unser Leben aufs Spiel?«

»Nein, Mama – du verstehst das nicht.« Die Wörter blieben mir fast in der Kehle stecken. »Sie können ihn verurteilen, auch wenn er unschuldig ist.«

Sie holte tief Luft. »Haben die Waffen sich von allein dort vergraben?«

»Kann doch sein, dass jemand anderes sie bei uns versteckt hat«, sagte Abbas.

Mit dem Handrücken wischte ich mir den Schweiß von der Stirn. Das Bild von Baba in dem schwarzen Gefängnisoverall, gefesselt wie ein wildes Tier, erschien vor meinem inneren Auge. Der Gedanke, dass er in der glühenden Sonne Sand schaufeln musste – was, wenn er nicht durchhielt? Aber wenigstens war er noch am Leben, versuchte ich mich zu trösten. Nur vierzehn Jahre im Gefängnis. Doch dann sah ich grauenhafte Dinge vor mir: Baba, mit dem Kopf nach unten aufgehängt, und sie brannten ihm mit ihren Zigaretten Wunden in die Haut. Baba, an einen Stuhl gekettet, in dieser gekrümmten Bananenstellung, bis er verkrüppelt war. Ich wusste, dass solche Foltergeschichten der Wahrheit entsprachen.

»Du hast recht.« Mama schüttelte den Kopf. »Dein Vater würde so etwas nie tun.« Ihre Knie gaben nach. Abbas und ich mussten unsere Mutter auffangen und ihr helfen, sich hinzusetzen. Wimmernd vergrub sie ihr faltiges Gesicht in den Armen. Ihr Schmerz ängstigte mich.

»Was sollen wir jetzt machen? Könnt ihr mir das sagen?«

»Ich werde für uns alle sorgen«, sagte ich.

»Und wie willst du das machen?« Ihre Stimme war ganz undeutlich, weil sie den Kopf nicht hob.

Mir wurde immer schwerer ums Herz. »Ich kann Häuser für die Juden bauen.« Was gab es sonst? Wieder war ich gefangen zwischen dem Teufel und dem Höllenfeuer.

»Das kann ich nicht erlauben! Du bist doch noch ein Kind.«

»In guten Zeiten ist die Entscheidung schwer. Aber in schlechten hat man keine Wahl.« Ich wiederholte, was Baba geantwortet hatte, als ich ihn fragte, warum er für die Juden arbeite. »Du wirst sehen – ich kann Geld aus dem Maul des Löwen holen.«

Mamas Augen wurden feucht. »Möge Allah deine Atemzüge und deine Schritte segnen.«

»Ich will auch arbeiten!«, verkündete Abbas.

Mama schüttelte den Kopf. »Du bist noch zu klein.«

»Es ist leichter, wenn wir zusammen sind.« Abbas grinste mich an.

»Morgen gehe ich hin«, erklärte ich mit Nachdruck. Da erst fiel mir ein, dass ich die Sache mit dem Reis noch gar nicht erwähnt hatte. Heute würde es kein Abendessen geben. Ein Mann zu sein war viel schwieriger, als es aussah.

»Ich gehe auch hin«, sagte Abbas.

»Du bist doch erst elf!«, protestierte Mama.

Abbas grinste. »In guten Zeiten ist die Entscheidung schwer. Aber in schlechten hat man keine Wahl.«

Am nächsten Morgen trat Mama vor das Zelt, um Wasser zu kochen. Da sah sie neben dem Zelt einen Sack Reis stehen. Abu Khalil, der Besitzer des Ladens, musste ihn dort abgestellt haben, während wir schliefen. Ganz schön mutig von ihm! Mama bereitete Tee für uns zu, aus Brunnenwasser und aus Teeblättern, die sie schon seit einer Woche verwendete. Ich nahm den Krug und goss etwas kaltes Wasser in unsere Tassen, damit wir nicht warten mussten, bis die Flüssigkeit abkühlte. Abbas und ich tranken den Tee in großen Schlucken und rannten dann den Berg hinunter.

Wir waren die Einzigen am Dorfeingang. Baba hatte mir erzählt, er habe eigentlich durch Zufall angefangen, für die Juden zu arbeiten. Eines Morgens war er sehr früh aufgestanden, um zum Moschaw zu gehen und Orangen zu pflücken. Er war als Erster am Dorfeingang, als ein Lastwagen mit jüdischen Arbeitern vorbeifuhr. Er hob den Arm, weil er dachte, es sei der Lastwagen, der zum Moschaw fuhr. Der Fahrer erklärte ihm, sie seien Bauarbeiter und könnten einen billigen, starken arabischen Helfer gut gebrauchen. Daraufhin hatte mein Vater beschlossen, einen Versuch zu wagen.

Abbas und ich stellten uns mitten auf die Straße, als wir den

Motor hörten. Der Laster fuhr direkt auf uns zu. Mir war das egal. Ich würde alles tun, um ihn anzuhalten. Ein paar Meter vor mir trat der Fahrer endlich auf die Bremse, der Truck geriet leicht ins Schleudern. Ich rannte zum Fahrerfenster, während sich Abbas mit ausgebreiteten Armen vor den Wagen stellte.

»Bitte, stellen Sie uns ein.« Ich hatte die ganze Nacht geübt, was ich auf Hebräisch sagen wollte.

»Ihr seid doch noch Kinder.« Der Fahrer musterte uns von Kopf bis Fuß.

»Wir sind stark.«

Er drückte auf die Hupe. »Aus dem Weg!«

»Wir sind bereit, heute umsonst zu arbeiteten. Wenn wir nicht gut genug sind, brauchen Sie uns nicht zu bezahlen. Bitte – geben Sie uns eine Chance.«

»Ihr arbeitet umsonst?« Der Fahrer zog die Augenbrauen hoch. »Wo ist der Haken?«

»Unser Vater kann nicht arbeiten. Wir sind eine große Familie.« Ich holte Luft. »Wir brauchen Geld.«

»Wenn ihr nichts taugt, müsst ihr zu Fuß nach Hause laufen.«

»Sie werden es nicht bereuen.«

»Ich bereue es jetzt schon.« Mit einer Handbewegung forderte er uns auf, hinten zu den anderen Arbeitern zu klettern.

Wir krabbelten also auf die Ladefläche. Die Arbeiter mit der Olivenhaut saßen links, die helleren rechts.

»Was habt ihr denn hier verloren?«, fragte einer der Männer mit dunklerer Haut. Er sprach Hebräisch, aber mit einem starken arabischen Akzent.

»Wir fahren zur Arbeit«, antwortete ich auf Arabisch.

»In diesem Land sprechen wir Hebräisch«, entgegnete der Mann. »Araber und Arabisch sind nicht willkommen.«

Abbas machte den Mund auf, um etwas zu erwidern. Er scheute nie davor zurück, sich und andere zu verteidigen, weshalb er in der Schule schon mehr als einmal in eine Schlägerei verwickelt worden war. Ich drückte seine Hand ganz fest und warf ihm einen warnenden Blick zu.

Wir quetschten uns in eine Ecke, und der Lastwagen bretterte los. Die Männer starrten uns an, als wären wir Ungeziefer. Als wir ausstiegen, waren wir kurz allein, und ich rang Abbas ein Versprechen ab: nichts zu sagen, gleichgültig, was passierte. Ich wusste genau, dass ihm das schwerfallen würde, aber ihm war ja auch klar, dass das Wohl unserer Familie von uns abhing. Er gab mir sein Wort, und ich wusste, dass ich mich auf ihn verlassen konnte.

## 10

Während der Pause saßen die aschkenasischen Juden aus Russland, Polen, Rumänien, Transsylvanien und Litauen alle zusammen unter ein paar Olivenbäumen und unterhielten sich in einer Sprache, die ich nicht verstand. Wir hatten in der Schule Hebräisch gelernt, aber das war es nicht. Die meisten dieser Männer hatten helle Augen, die sich in der Sonne zu schmalen Schlitzen verwandelten, während sich ihre helle Haut knallrot verfärbte. Sie waren unsere Chefs, und von ihrem schattigen Plätzchen unter den Bäumen oder vom Inneren der Häuser, die wir bauten, gaben sie uns die entsprechenden Anweisungen.

Unter einer anderen Gruppe von Olivenbäumen versammelten sich die sephardischen Juden aus dem Irak und dem Jemen, aus Algerien, Libyen und Marokko. Sie tranken Tee und Kaffee und redeten Arabisch miteinander. Der Iraker erklärte dem Jemeniten, die Aschkenasen würden Jiddisch sprechen. Ich glaube allerdings, die Sepharden sprachen nur Arabisch, weil sie wollten, dass die Aschkenasen sie nicht verstanden.

Die Aschkenasen lachten die Sepharden aus, weil sie dampfend warme Getränke bevorzugten. »Ist es euch noch nicht warm genug?« Der Russe deutete auf den Kaffee. Offensichtlich hatten die Aschkenasen keine Ahnung, wie man sich bei Hitze verhalten muss.

Abbas und ich arbeiteten die Pause durch.

»Hallo, Roboter-Brüder! Kommt mal her!« Der oberste Boss,

ein polnischer Jude namens Yossi, winkte uns nach ein paar Tagen zu sich. Er nannte uns so, weil er gemerkt hatte, dass wir nie eine Pause machten.

Abbas schaute mich fragend an. »Keine Sorge«, beruhigte ich ihn leise. Yossi kam uns entgegen. Wir zwei waren so klein, dass wir in seinem Schatten Platz hatten.

»Ich hab mir's anders überlegt. Ihr seid einen vollen arabischen Lohn wert. Aber damit ihr's wisst: Ich kann meine Entscheidung jederzeit zurücknehmen, wenn einer von euch schlapp macht.«

Was meinte er mit einem vollen arabischen Lohn? Wir bekamen ja nicht einmal einen Bruchteil dessen, was Baba verdient hatte. »Wir werden Sie nicht enttäuschen«, versicherte ich ihm.

Wir füllten eine Schubkarre nach der anderen mit Betonziegeln aus dem Lastwagen, der auf der Straße stand, und fuhren sie hinüber zur Baustelle, um sie dort abzuladen. Die Schubkarre schoben wir gemeinsam, weil wir ja nur halb so groß waren wie die normalen Arbeiter. Mir tat der Rücken weh. Meine Kleidung war schmutzig und verschwitzt. Wir bauten die Häuser von Grund auf. In der Woche, seit Abbas und ich angefangen hatte, war das Erdgeschoss fertig geworden und das erste Obergeschoss schon zu zwei Dritteln.

Die Sonne brannte erbarmungslos. Abbas fasste sich plötzlich stöhnend mit der Hand an den Rücken, als wir die nächste Ladung Ziegel in die Schubkarre packten.

»Was ist los?« Ich konnte ihm vom Gesicht ablesen, dass er Schmerzen hatte. Er sah aus wie ein alter Mann, nicht wie ein elfjähriger Junge.

»Mein Rücken ist ganz steif vom Bücken.«

»Stell dich gerade hin. Ich reiche dir die Ziegel, und du legst sie in die Karre.« Und so machten wir es. Die volle Schubkarre schoben wir zum Maurer. Als wir an den Sephardim vorbeikamen, begegnete mein Blick dem des Irakers.

»Was glotzt du so?«, schrie er auf Hebräisch mit einem starken arabischen Akzent. Die vielen Jahre Kaffee und Tee hatten auf seinen Zähnen Spuren hinterlassen. Er gestikulierte, als wollte er mir gleich den Hals umdrehen. Zum Glück war er gut zehn Meter von uns entfernt. Ich senkte den Blick, und wir schoben die Karre weiter.

»*Ben Zonah.*« Hurensohn. Der Iraker beschimpfte mich auf Hebräisch, obwohl die Israelis eigentlich immer auf Arabisch fluchten.

In der Mittagspause holten wir alle unsere Papiertüten, die hinten auf dem Truck lagen, und zogen uns an die üblichen Plätze zurück. Abbas und ich aßen allein.

Die Iraker und die Jemeniten rollten ihren Reis mit den Fingern zu kleinen Kugeln, bevor sie ihn in den Mund steckten. Die Aschkenasen verwendeten Gabeln, Messer und Löffel. Für uns hatte Mama ein Stück Pita eingepackt, dazu eine Tüte Reis mit Mandeln.

»Hier.« Ich reichte Abbas das Pitabrot. Er zerriss es in zwei Stücke und gab mir das größere. »Nein, nimm du das.« Ich hielt es ihm hin, aber er wollte es nicht nehmen. »Bitte, Abbas. Ich werfe es weg, wenn du es nicht nimmst.« Ich holte mit dem Arm aus, als wollte ich es tatsächlich auf den Boden schleudern, und im letzten Moment griff er danach. Die Tüte mit dem Reis stellte ich zwischen uns, so dass wir ihn mit dem Brot nehmen konnten. Nach dem Essen warfen die anderen alle ihre Tüten in den Müll, während ich unsere zusammenfaltete und einsteckte, damit Mama sie am nächsten Tag noch einmal verwenden konnte.

Bevor wir nach Hause gingen, durchsuchten Abbas und ich jeden Tag die Müllkippe. Gestern hatten wir ein altes Hemd und eine Radiobatterie gefunden und vor ein paar Tagen ein kleines Spielzeugauto. Zwar kamen wir uns vor wie Plünderer, die Oliven einsammeln, nachdem die Heuschrecken da waren, aber das hielt uns nicht davon ab, nach Schätzen zu wühlen. Uns machte es auch nichts aus, dass die Juden uns auf der Rückfahrt verspotteten, weil wir ihren Müll mitnahmen.

Am schlimmsten war der Iraker. Ich weiß nicht, warum. Wenn wir ihn an seinem Haus absetzten, rannten dort immer mindestens fünfzehn Kinder aller Altersgruppen herum, verwahrlost, ungekämmt. Seine Frau kam heraus, mit Lockenwicklern in den Haaren. Einer ihrer Schneidezähne fehlte. Die Familie wohnte in einer arabischen Villa, die früher einmal weiß getüncht gewesen war, aber inzwischen ein trübes Braun angenommen hatte. Wäsche hing an der Leine, auf dem Hof lag jede Menge Abfall herum, und der Garten war mit Unkraut überwuchert.

Etwa um die Zeit, wenn die Sonne im Westen unterging, hielt Yossi an der Straße zu unserem Dorf, und Abbas und ich sprangen vom Lastwagen. Alles tat uns weh. Die Rücken- und Nackenmuskeln waren dermaßen verspannt, dass wir uns so mühsam vorwärtsquälten, als hätte man uns Fußfesseln angelegt.

Mama sagte, ich solle Baba einen Brief schreiben und ihm mitteilen, dass Abbas und ich Arbeit gefunden hätten. Es sei wichtig für ihn zu wissen, dass es uns gutging, meinte sie. Baba antwortete, ihm wäre es lieber, wenn wir in die Schule gehen könnten. Traurig schrieb ich zurück, das sei leider nicht möglich.

## 11

Der Teer an meinen Händen wollte nicht abgehen. Weil Wasser nichts half, versuchte ich es mit Sand. Den Trick hatte Baba mir beigebracht. Was für eine elende Schrubberei! Wahrscheinlich habe ich bald keine Haut mehr, dachte ich. In dem Moment hörte ich Schritte, die immer näher kamen.

»Ahmed!«, rief eine Männerstimme. Es war Lehrer Mohammad. Beschämt versteckte ich meine Hände hinter dem Rücken.

»Du fehlst dauernd in der Schule! Dafür gibt es keine Entschuldigung!«

Was wollte er von mir?

Er blieb vor mir stehen, etwa einen Meter entfernt. »Du darfst deine Gaben nicht vernachlässigen. Sie sind das Licht, das dich durchs Leben leiten wird. Wenn du auf Hindernisse stößt, musst du an diese Gaben denken.« Er fasste mich am Kinn, damit ich ihm ins Gesicht schaute. »Du bist zu Großem bestimmt.«

Gern wäre ich seinem Blick ausgewichen. »Ich habe keine Wahl«, murmelte ich.

»Es gibt immer eine Alternative.«

»Ich muss den ganzen Tag arbeiten.« Ich drehte den Kopf ein bisschen weg, weil ich das Mitleid in seinen Augen nicht ertragen konnte.

Der Tag am Ende der dritten Klasse fiel mir ein. Es gab eine kleine Feier im Klassenzimmer, und Lehrer Mohammad hatte jedem

Schüler eine Urkunde überreicht. Am Schluss rief er mich nach vorne.

»Diese Auszeichnung ist für den besten Schüler der Klasse.« Er schüttelte mir die Hand und küsste mich auf beide Wangen. »Seht euch diesen Jungen an. Unser Volk wird noch sehr stolz auf ihn sein.« Und Baba machte mit Zeigefinger und Mittelfinger das Siegeszeichen.

»Ich werde dir Privatunterricht geben«, erklärte Lehrer Mohammad. »Jeden Tag nach der Arbeit. Am besten fangen wir gleich heute Abend an. Hast du schon gegessen?«

»Ja«, log ich. Dabei kam ich fast um vor Hunger.

»Dann gehen wir zu mir. Wir haben noch zwei Stunden bis zur Ausgangssperre.«

Die offenen Blasen an meinen Füßen schmerzten bei jedem Schritt. Im Haus des Lehrers angekommen, setzten wir uns in die Küche.

»Kann ich dir etwas zu essen anbieten?«, fragte er.

»Nein, danke.« Ich wollte ihm nicht zur Last fallen. Als mein Magen anfing zu knurren, drückte ich mit der Faust dagegen.

Lehrer Mohammad schrieb eine Mathematikaufgabe auf eine Schiefertafel und reichte dann die Tafel mir. Meine Hand war zittrig und ganz verbrannt von dem heißen Teer, den ich stundenlang auf das Gerüst geschleppt hatte, aber das war mir egal. Wenn jemand wie Lehrer Mohammad an mich glaubte, dann tat ich alles, was er von mir verlangte.

## 12

Über mir erschien ein Schatten. Bestimmt ein Soldat. Uns besuchte niemand mehr. Abbas kauerte neben mir. Vorsichtig drehte ich mich um.

»Onkel Kamal!«, rief ich. Man hatte ihn entlassen. Seine Wangen waren eingefallen, seine Schultern gebeugt. Er humpelte.

»Was ist passiert?« Abbas schüttelte empört den Kopf.

»Ich bin gestürzt.«

Da erst bemerkte ich seinen Stock.

»Und dabei habe ich mir den Knöchel verstaucht.«

Seine Handgelenke waren verbunden.

Fadi und Hani saßen vor dem Zelt auf der Erde und tauschten Patronenhülsen.

»Was tust du hier bei uns?«, fragte ich. »Sie können dich zurückschicken.«

»Ich wollte euch sehen.«

Weder Abbas noch ich hatten je wie Erwachsene mit ihm gesprochen. Früher war er mindestens dreimal in der Woche zu uns gekommen, um mit Baba Backgammon zu spielen oder Wasserpfeife zu rauchen. Die beiden hatten sich immer über die Zeit vor der Gründung des Staates Israel unterhalten, als sie durch ganz Palästina gereist waren.

Baba und Onkel Kamal hatten von dem Küstenstreifen am Mittelmeer geredet, von den endlosen Sandstränden, an die sich die fruchtbare Ebene anschloss. Und Gebirgszüge. Die Hügel von Galiläa mit ihren Flüssen – dort fiel so viel Regen, dass die Landschaft das ganze Jahr hindurch grün war. Die sanften Höhen der West Bank, mit ihren felsigen Bergen und blühenden Tälern.

Abbas und ich versuchten damals, mit Hilfe einer Landkarte, die wir selbst gezeichnet hatten, ihre Reisen nachzuvollziehen. Wir unterteilten Palästina in verschiedene Bezirke und trugen die wichtigsten Städte ein: Acre, Haifa, Jaffa, Gaza, Tiberias, Baysan, Nazareth, Jenin, Nablus, Ramallah, Jerusalem, Henron, Be'er Sheva, Tulkaram, Al-Ramla und Safed. Immer, wenn Baba und Onkel Kamal eines der über sechshundert palästinensischen Dörfer oder eine der vielen, vielen Städte nannten, schrieben wir den Namen in die Karte.

Jaffa, die Braut des Meeres, dominierte viele ihrer Gespräche. So lernten Abbas und ich, wie die Palästinenser in der Mitte des neunzehnten Jahrhunderts begannen, die Shamouti-Orange zu züchten, auch bekannt als Jaffa-Orange. Jaffa war ein wichtiger Hafen und exportierte 1870, neben vielen anderen Waren, bereits achtunddreißig Millionen dieser Orangen über verschiedene Verteilungswege. Baba sprach auch über Tel Aviv, die Stadt, die von den Juden in den Sanddünen bei Jaffa erbaut worden war. Die einzige Gegend, die Baba nicht lobte, war die Wüste Negev.

Der Mann, der nun vor uns stand, hatte keinerlei Ähnlichkeit mehr mit unserem Onkel Kamal, der gerne lachte und immer von seinen großen Abenteuern schwärmte. Es war nicht leicht, ihn so zu sehen. Als Haushaltsvorstand tat ich, was Baba getan hätte. Ich sagte: »Wir danken dir für das, was du für uns getan hast.« Ich goss Brunnenwasser in den Topf, und Abbas stellte den Topf aufs Feuer. »Aber du hast selbst eine Familie mit zehn Personen.«

»Ich möchte helfen«, sagte er.

Ich bemühte mich, möglichst erwachsen zu klingen. »Sie werden dich zurückschicken.«

Onkel Kamal blickte sich hektisch um und senkte die Stimme. »Wie geht es eurem Vater?«

»In seinen Briefen schreibt er, dass es ihm gutgeht. Er hat erzählt, dass ein Wärter gehört hat, wie er singt. Da haben sie ihm tatsächlich eine Ud gebracht, und nun macht er Musik für alle.«

Das Wasser begann zu kochen, und Abbas schüttete den Reis hinein.

»Ja, ich bin sicher, die armen Aufpasser haben es schwer. Und wie geht es euch?«

»Abbas, bring Fadi und Hani nach drinnen.« Ich deutete auf das Zelt, und Abbas kapierte sofort, was ich meinte. Wir waren ein eingespieltes Team.

»Möge Allah dir gnädig sein, Onkel Kamal«, sagte Hani, bevor er im Zelt verschwand.

Fadi hingegen rührte sich nicht vom Fleck, sondern starrte seinen Onkel nur stumm an.

»Geh schon!« Abbas schubste ihn nach drinnen und kam dann wieder zurück zu uns.

Onkel Kamal wiederholte seine Frage: »Wie geht es euch Jungen?«

»Uns geht es gut«, antworteten Abbas und ich wie aus einem Mund.

»Das ist alles so ungerecht«, seufzte der Onkel. »Ich mache mir große Sorgen um euren Vater. Das Gefängnis …«

Ich legte den Finger an die Lippen. Mama und meine Geschwister durften auf keinen Fall etwas hören! »Wir reden später weiter«, sagte ich.

Onkel Kamal beugte sich vor und sprach sehr leise. »Sie missachten die Menschenrechte. Was kann ich für euch tun?«

»Du hast deine eigene Familie«, sagte ich noch einmal.

»Und ihr lebt in einem Zelt«, fügte Abbas hinzu.

»Sie werden euren Vater nicht gehen lassen. Wem haben diese

Waffen gehört? Haben sie die Waffen selbst versteckt, damit sie den Hügel übernehmen können? Sie haben doch schon genug Positionen für Scharfschützen.« Onkel Kamal schüttelte den Kopf.

Ich nahm den Reis vom Feuer. »Lass uns später darüber reden.«

»Sie machen, was sie wollen«, sagte er noch.

»Bitte. Nicht jetzt.« Ich machte eine Kopfbewegung zum Zelt hin, so deutlich, wie ich nur konnte.

»Vierzehn Jahre.« Wieder schüttelte Onkel Kamal den Kopf.

Mama kam aus dem Zelt, in der Hand die nassen Tücher, mit denen sie versucht hatte, Nadias Fieber zu senken. Die ganze Nacht hindurch hatte Nadia immer wieder das Bewusstsein verloren, glühend vom hohen Fieber. Was, wenn es auf Fadi und Hani überging oder, noch schlimmer, wenn Abbas und ich uns ansteckten? Wir konnten es uns unter keinen Umständen leisten, krank zu werden.

Abbas reichte Mama den Topf mit Reis.

»In ein paar Minuten beginnt die Ausgangssperre«, murmelte ich warnend.

Onkel Kamal senkte den Blick. »Es muss schlimm sein für euch.«

Ich stand auf, als müsste ich mich gegen sein Mitleid wappnen. »Wir schaffen das schon.«

Ohne hochzublicken fragte der Onkel: »Was hat euer Vater gesagt? Was machen sie mit ihm?«

Warum begriff er nicht, dass ich nicht darüber reden wollte? »Ich muss kurz nach meiner Mutter sehen …«

»Wie sah er aus?«

Das Bild von Baba, gefesselt wie ein wildes Tier, erschien vor meinem inneren Auge. Ich konnte es kaum ertragen. Onkel Kamal bedeckte die Augen mit den Händen.

»Ich möchte euch helfen.« Seine Gesichtsmuskeln zuckten, und er begann zu zittern. »Entschuldigt bitte. Ich bin so aufgebracht. Es tut mir leid.« Ihm kamen die Tränen. Er drehte sich um und ging wieder den Berg hinunter.

»Es geht uns gut!«, rief ich ihm nach. Aber das stimmte nicht. Wie sollte ich die Schuhe für Hani bezahlen? Die billigen Schnallen an seinen Sandalen, die ihm sowieso nicht mehr richtig passten, waren kaputtgegangen, und er lief schon zwei Wochen nur noch barfuß. Seit das Haus zerstört worden war, hatte keiner von uns sich mehr richtig satt gegessen, der Hunger war unser ständiger Begleiter. Es gab Nachmittage, an denen ich am liebsten in den Moschaw geschlichen wäre, um Obst zu stehlen. Doch dann dachte ich an den Stacheldraht, an die bewaffneten Wärter, an die Schläge. Ich durfte meine Familie nicht im Stich lassen.

Jeden Abend ging ich nach dem Essen zu Lehrer Mohammad. Dadurch konnte ich wenigstens für kurze Zeit das Fegefeuer verlassen. Die Stunde mit dem Lehrer war für mich die schönste Zeit des Tages. Tief in meinem Inneren wusste ich, dass er den Schlüssel zu Babas Wunsch besaß.

Bei ihm hatte ich das Gefühl, dass ich meine Last nicht allein tragen musste, weil wir ein Team bildeten. Wenn ich bei ihm war, konnte ich neue Möglichkeiten sehen. Falls Babas Gefangenschaft eine Art Glaubensprüfung war, dann konnte ich nun hoffen, dass die Naturwissenschaften uns helfen würden, diese Prüfung zu bestehen. Wenn ich dann kurz vor der Ausgangssperre zu unserem Zelt zurückkehrte, lernte ich weiter, im Schein des Mondlichts oder im Abglanz der Lichter des Moschaw. Ich wollte auch Abbas etwas beibringen, aber er war meist zu müde, um noch etwas zu lernen.

Bevor ich schlafen ging, wusch ich mich hinter dem Laken, das ich an Shahida, dem Mandelbaum, aufgehängt hatte. Ich hatte eine kleine Zinkwanne gekauft, und im Lauf des Tages schleppte Mama immer Wasser den Berg hinauf. Ich war jeden Abend der Letzte, der in dieser Wanne stand und Wasser über sich goss.

Ich wusste, für mich gab es nur eine einzige Chance, unsere Lage zu verbessern: Ich musste noch härter arbeiten.

## 13

Bittere Galle stieg in mir hoch, als ich die Schubkarre mit Betonziegeln zum Fundament des Gebäudes schob. Im Hausinneren war
Abbas damit beschäftigt, Balken zusammenzuhämmern. Ich hatte
darauf bestanden, dass er diese Aufgabe übernahm. Es war im
Grunde unmöglich, während des Ramadan draußen in der Hitze
zu arbeiten. Die Sonne brannte, aber mich fröstelte. Die abgetragene Kleidung bot wenig Schutz. Meine Haut war kalt und feucht.

Aber gleichgültig, wie sehr mich der Durst quälte – ich gestattete
mir nicht, auch nur einen Schluck Wasser zu mir zu nehmen. Der
Imam hatte gesagt, Allah würde mir nicht nur alle meine Sünden
vergeben, wenn ich am Ramadan fastete, sondern auch meine Gebete erhören.

Ich betete inständig, dass heute Abend zum ersten Mal die Sichel
des neuen Mondes zu sehen sein möge. Das würde das Ende dieser Fastenzeit bedeuten, die gut vier Wochen dauerte. Doch schon
bedauerte ich meinen Wunsch. Der Ramadan war der heiligste
Monat des Jahres, der Monat, in dem der Koran offenbart worden
war. Während der letzten neunundzwanzig Tage hatte ich immer
nur vor Anbruch der Morgendämmerung eine kleine Portion Reis
gegessen und etwas Wasser getrunken, den Rest des Tages hatte ich
gefastet. Um sechs Uhr morgens waren wir bereits bei der Arbeit,
und nun wurde der Himmel wieder dunkel.

Meine Handflächen waren an vielen Stellen wund von den aufgeplatzten Blasen. Die Betonziegel schürften die Wunden immer wieder auf, so dass sie anfingen zu bluten. Aber ich lud sie immer weiter auf den Truck. Obwohl es schon so spät war, fühlte sich die Luft noch immer an wie loderndes Feuer. Aber ich hatte aufgehört zu schwitzen. Mein Blick war verschleiert. Würde der Tag denn kein Ende nehmen? Mir blieb keine Wahl – ich musste weitermachen. Im Kopf wiederholte ich immer wieder die Worte des Imam: »Wenn du den ganzen Monat fastest, werden dir deine Sünden vergeben.«

Ich entlud die Schubkarre so schnell wie möglich. Zwischendurch blickte ich nur ganz kurz hoch. Die Luft schien neblig, was aber völlig unmöglich war.

Plötzlich packte der Iraker mich am Hemd und versetzte mir einen Schlag gegen den Kopf. Instinktiv riss ich die Arme nach oben, um mein Gesicht zu schützen, und krümmte mich zusammen.

»Avee!«, rief der Russe. »Lass ihn in Ruhe.«

»Er ist zu langsam«, schimpfte der Iraker. »Ich muss dafür sorgen, dass er ordentlich arbeitet.«

Der Russe ging auf den Iraker zu. »Hör auf.«

»Ich warne dich«, sagte der Iraker. »Mach mich nicht vor dem Araber lächerlich. Er hört nie mehr auf mich, wenn ich ihn nicht an der kurzen Leine halte. Und sein verdammter Bruder genauso.«

Zum Glück war Abbas außer Hörweite.

Der Russe entgegnete: »Freundlichkeit schafft Loyalität.«

Das Gesicht des Irakers lief rot an vor Wut, und die Adern an seinem Hals traten hervor. »Dann sollen sie doch am besten den Rest des Tages freinehmen. Das Haus baut sich ja bekanntlich von allein.«

Das Letzte, woran ich mich erinnere, ist, dass ich mich neben der Schubkarre übergeben musste – und dann wurde alles schwarz. Irgendwann spürte ich kaltes Wasser auf der Stirn und sah verschwommen ein Gesicht über mir. Es war Abbas.

»Allah sei Dank.« Er klang ganz verängstigt. »Du bist ohnmächtig geworden.«

»Habe ich Wasser getrunken?«

»Nein. Soll ich dir einen Schluck holen?«

»Auf gar keinen Fall.«

Er streckte die Hände aus, um mich hochzuziehen.

»Der Truck ist da«, sagte er.

Langsam erhob ich mich und klopfte mir den Staub aus Kleidern und Haaren. Abbas stützte mich. Zusammen mit den anderen Männern quetschten wir uns auf die Ladefläche. Von dem Schweißgeruch wurde mir wieder übel.

Am Eingang zu unserem Dorf standen lauter Kinder herum. Ein Lastwagen aus dem Moschaw kam hinter uns angefahren. Die Kinder rannten alle lachend und glücklich zu ihren Vätern, umarmten und küssten sie. Ich blickte zu Abbas. War das Wut oder Trauer in seinem Gesicht?

Wir schleppten uns den Berg hinauf. Aus jedem Haus drang der Duft von gegrilltem Lamm, von Knoblauch und Gemüse. Alle waren dabei, die Vorbereitungen für das Fastenbrechen zu treffen.

Mit gesenktem Kopf trottete Abbas immer weiter. »Meinst du, Mama hat auch was Besonderes vorbereitet?«, fragte er schließlich. Ich hörte die Erwartung in seiner Stimme.

Ach, wie sehr ich es für ihn hoffte. Wir lebten in letzter Zeit von Mandelbrot, Mandelbutter, rohen Mandeln, gerösteten Mandeln, Mandeln mit Reis und Mandelsuppe. Der Mandelbaum war ein Segen. Aber heute war ein Feiertag. Jedes Jahr versammelten wir uns an diesem besonderen Tag und aßen *Katayif* zu Ehren von Amal. Das war ihr Lieblingsnachtisch gewesen. Würden wir es auch dieses Jahr hinkriegen?

»Wie hat Baba es nur geschafft, uns alle zu ernähren?«, fragte Abbas.

»Wir haben vor allem von dem Geld gelebt, das er gespart hat, als ihm die Orangenhaine noch gehörten«, sagte ich. »Und Baba hat außerdem doppelt so viel verdient wie das, was Yossi uns zahlt – uns beiden zusammen. Wir können nicht die gleiche Leistung bringen wie ein Erwachsener. Und wir haben viel mehr Kosten. Vergiss nicht – alles, was wir hatten, ist zerstört worden.«

Ich war unglaublich hungrig, sogar noch hungriger als sonst. Mein Magen krampfte sich zusammen, als wollte er seine eigene Schleimhaut verzehren. Ich presste beide Hände in die Magengrube, um den Schmerz zu unterdrücken.

Verzweifelt versuchte ich, mich abzulenken, indem ich anfing zu berechnen, wie viele Mandeln jedes Jahr auf unserem Baum wuchsen. Als Erstes zählte ich die Zweige.

»Ahmed!«, rief Abbas. »Komm zur Waschung.«

»Was ist mit dem Gebetsruf des Muezzins?«

»Du warst bewusstlos«, sagte Abbas. »Die Mondsichel wurde gesichtet. Komm schon – du bist der Älteste.«

Mama reichte mir den Krug, und ich goss mir Wasser über die Hände, bevor ich dann Mund, Gesicht, Arme und Füße reinigte. Vielleicht beeilte ich mich ein bisschen zu sehr dabei. Der Imam sagte, wir müssten absolut rein sein für das Gebet. Mir erschien es extrem wichtig, alles genau richtig zu machen. Vielleicht konnte ich dadurch meinem Vater helfen. Nachdem Nadia mit ihrer Reinigung fertig war, wusch ich mir noch einmal die Hände.

»Was soll das?«, fragte Abbas.

»Ich habe ein paar Stellen übersehen.«

»Beeil dich!«, rief mein Bruder. »Ich sterbe fast vor Hunger.« Da erst bemerkte ich die dunklen Ringe unter seinen Augen.

Abbas, Fadi, Hani und ich stellten uns Schulter an Schulter vor dem Zelt auf, den Blick nach Mekka gerichtet. Mama und Nadia blieben hinter uns. Wir standen aufrecht da, aber mit gesenktem Kopf, die Hände an der Seite.

»*Allahu Akbar*«, begannen wir. Gott ist groß.

Mit geschlossenen Augen malte ich mir aus, ich würde die Speisen essen, die es sonst immer beim Fastenbrechen gab: Eintopf, gedünstetes Gemüse, Halal-Fleisch. Ich sah alles vor mir. Knusprige heiße Falafel. Süßes Baklava.

Wir hatten nur eine Schüssel Reis für jeden. Nach der Mahlzeit saßen Abbas und ich in der Ecke und lasen im Laternenschein den Koran. Unsere Kleider waren zu abgetragen, um damit in die Moschee zu gehen. Insgeheim betete ich, dass die palästinensischen Freiheitskämpfer einen Israeli gefangen nehmen würden und Baba bei einem Gefangenenaustausch frei käme.

Im Dunkel der Nacht hörte ich Mama weinen. Sie dachte bestimmt, ich würde schon schlafen. Mein Magen verkrampfte sich vor Hunger. Dann hatte ich eine Idee. Ich könnte Waffen herstellen und Tiere jagen.

Freitagnachmittags mussten wir nicht arbeiten, weil für die Juden der Ruhetag begann. Also gingen Abbas und ich hinaus auf die noch verbliebenen Wiesen, die zu unserem Dorf gehörten. Wir wollten Fallen aufstellen, um Kaninchen und Vögel zu fangen. Leise pirschten wir uns heran und suchten Nist- und Futterplätze und Wasserlöcher. Wir hatten Glück und entdeckten tatsächlich einen Kaninchenbau.

Wir legten uns rechts und links vom Eingang auf den Boden und platzierten vor der Öffnung meine Schlingenstange, die ich mit einem Stock und einem Stück Draht, das aus dem Müllcontainer bei der Arbeit stammte, gebastelt hatte. So warteten wir darauf, dass ein Kaninchen herauskam und sich in der Schlinge verfing.

Während wir da auf dem Boden lagen und lauerten, sah ich, wie sich uns eine Schafherde näherte. Ich konnte die Schafe über dem hohen Gras beobachten, ohne meine Haltung zu verändern. Mit ihren kleinen Füßen kickten die Tiere den Sand auf, und ihr

»Mäh, mäh, mäh!« klang wie der Widerhall eines Musikinstruments. Manche vollführten auch lustige Seitensprünge und versetzten einander verspielte Kopfstöße.

In dem Moment tauchte die Schäferin auf, ein zierliches Mädchen mit langen schwarzen Locken und mit blitzenden grünen Augen. Sie wirkte so zart – wie schaffte sie es nur, ganz allein so eine Herde in Schach zu halten? Mit ihrem Stab traktierte sie energisch jedes Schaf, das ausscheren wollte. Unsere Blicke begegneten sich. Für mich war diese junge Schäferin das schönste Wesen, das ich je gesehen hatte. Ich lächelte ihr zu, sie erwiderte mein Lächeln – und wenig später waren sie und ihre Herde weitergezogen.

Am Samstagmorgen rannte ich zurück zu dem Kaninchenbau, diesmal ausgerüstet mit einem Spieß, einem Brett, gegabelten Stöcken und der Drahtschlinge. Zu Abbas hatte ich gesagt, er brauche nicht mitzukommen, ich könne die Falle genauso gut allein aufstellen. Insgeheim hoffte ich, dass die Schäferin wieder erscheinen würde. Nun stellte ich rechts und links vom Ausgang des Kaninchenbaus eine Gabel auf, legte einen Stock mit der hängenden Drahtschlinge quer darüber – und wartete.

Da trug der Wind die Schreie eines Mädchens zu mir. »Hilfe! Hilfe!«

Mit meinem Spieß und dem Brett in der Hand rannte ich los. Ich sah, dass sich die Schäferin verängstigt an einen Baum drückte, während sich ihr ein ziemlich räudig aussehender Schakal näherte. Schon war ich bei dem Mädchen und stellte mich vor sie. Energisch fuchtelte ich mit den Armen, doch das Raubtier ließ sich nicht einschüchtern und machte keinerlei Anstalten abzuhauen. Erst da fiel mir auf, dass es Schaum vor dem Mund hatte. Wie in Trance trottete es immer näher auf uns zu.

Todesmutig lief ich los und rammte dem Schakal den Spieß in den Hals. Mit der anderen Hand haute ich ihm das Brett auf den

Kopf. Der Schakal stürzte zu Boden, krampfend und zuckend. Immer wieder schlug ich zu – bis er sich nicht mehr rührte.

Wahrscheinlich stand ich unter Schock. Jedenfalls starrte ich völlig fassungslos auf das tote Tier. Was hatte ich getan? Ich hatte keine Sekunde gezögert, bevor ich zuschlug, da war nicht einmal ein Anflug von Angst gewesen. Jetzt kam die Schäferin zu mir gelaufen und fiel mir um den Hals. Als ihr bewusst wurde, was sie gerade getan hatte, ließ sie mich schnell wieder los und wich einen Schritt zurück.

»Hat der Schakal dich gebissen?«, fragte ich sie, um die verlegene Stille zu durchbrechen.

»Nein – aber das habe ich nur dir zu verdanken.« Sie wurde feuerrot.

»Und was ist mit deinen Schafen?«

»Ich glaube nicht, dass er eines angegriffen hat«, sagte sie. »Normalerweise laufen die Schakale immer weg. Aber der hier war anders.« Sie lächelte mir zu und begann, ihre Schafe anzutreiben. Gleich darauf war sie verschwunden.

In dem Moment hörte ich ein Rascheln im Unterholz. Ich erschrak. Waren da etwa noch mehr Schakale? Ich drehte mich blitzschnell um, konnte aber nichts sehen. Da fiel es mir ein. Meine Falle! Ja, tatsächlich hatte sich in meiner Schlinge ein großes weißes Kaninchen verfangen. Ich packte es an den Ohren und trug es nach Hause. Vielleicht wurde nun alles besser.

Am nächsten Tag erklärten die Israelis das Gebiet, wo ich die Schäferin getroffen hatte, zum »Sperrgebiet«, und wir durften es nicht mehr betreten. Die Nachricht, dass ich den tollwütigen Schakal getötet hatte, machte in unserem Dorf rasch die Runde. Die Leute gratulierten mir mit Blicken, wenn ich vorbeikam, und Abbas bat mich immer wieder, ihm den Hergang haarklein zu schildern. Für meine Geschwister war ich ein Held. Aber ich fühlte mich leer.

Meiner Meinung nach war es nichts Heroisches, ein Lebewesen zu töten. Das Tier war krank gewesen, ich hatte in Notwehr gehandelt, aber stolz konnte ich darauf nicht sein. Der einzige Mensch, dem ich diese Gefühle anvertraute, war Baba. Er schrieb in seinem nächsten Brief, dass es ihm genauso ergangen wäre.

## 14

Der Laster fuhr an unserer Baustelle vor, um Bäume zu liefern. »Wo wollt ihr zwei hin?«, fragte mich der Jemenit.

»Einen Schössling kaufen«, antwortete ich.

Abbas, dem ich davon nichts gesagt hatte, blieb verdutzt stehen. »Wirklich?« Er war ahnungslos hinter mir hergelaufen.

»Vom *Jewish National Fund*?« Der Jemenit konnte es auch kaum glauben.

Der Fahrer zeigte mir die verschiedenen Bäume, die er an diesem Tag im Angebot hatte: Zypressen, Pinien, Mandelbäume. Feigenbäume, Johannisbrot- und Olivenbäume.

»Ich hätte gern den hier«, erklärte ich und deutete auf einen jungen Olivenbaum.

Ungläubig legte der Fahrer die Stirn in Falten. Ich zahlte ihm für den Baum und ein bisschen Mineralstaub meinen gesamten Tageslohn.

»Bist du übergeschnappt?« Abbas' Gesicht war ganz verzerrt vor Empörung.

»Wir pflanzen den Baum zu Babas Ehren.«

»Einen Baum vom Jewish National Fund? Die haben unser Land gestohlen, wir können nichts mehr anbauen. Sie brauchen nicht auch noch unser Geld. Sie kontrollieren doch sowieso schon neunzig Prozent des Landes.«

Ich zuckte die Achseln. »Wo soll ich sonst einen Baum kaufen?«

Am Abend, nach der Arbeit, versammelten Abbas und ich unsere Familie um den Mandelbaum und ich zeigte allen den Schössling. »Jedes Jahr werden wir von nun an einen Olivenbaum zu Babas Ehren pflanzen – bis er entlassen wird«, erklärte ich.

Abbas und ich gruben ein Loch, das groß genug war für den Olivenbaum. Mit diesen Schaufeln hatte ich Ali geholfen. Und Saras Grab ausgehoben. Und nun pflanzten wir einen Baum. Gemeinsam verstreuten Abbas und ich über den ganzen Bereich kompostierten Eselsmist, den Mama vorbereitet hatte, und anschließend verteilte Mama den Gesteinsstaub.

Zur Feier des Tages saßen Mama und meine Geschwister im Kreis um den Baum herum, und ich las ihnen den wichtigsten Abschnitt aus Babas Brief vor.

*Euer Plan, zu meinen Ehren einen Olivenbaum zu pflanzen, hat mir Tränen in die Augen getrieben. Es stört mich gar nicht, wenn ihr den Schössling beim Jewish National Fund kauft. Ich wünsche mir so, dass unser Volk und die jüdischen Israelis eines Tages gemeinsam dieses Land aufbauen, statt es zu zerstören.*

Ich legte den Brief beiseite. Da bemerkte ich Fadis Blick.

»Ihr seid beide verrückt geworden!« Er wollte aufstehen, doch Mama hielt ihn zurück.

»Was sind eure schönsten Erinnerungen, wenn ihr an Baba denkt?«, fragte ich.

»Niemand kann so gut etwas basteln wie Baba«, sagte Abbas. »Erinnert ihr euch noch an den Karren?« Abbas und ich hatten Baba geholfen, einen Karren aus Holz zu bauen. Es war meine Idee gewesen, die Räder aus Blechdosen zu machen. Wenn er uns darin durchs Dorf zog, drehten sich alle Leute nach uns um.

»Ja – und die Raketenabschussrampe!«, rief Fadi. Aus alten Rohren und einer leeren Wasserflasche hatte Baba eine tolle Konstruktion gezaubert – die Rakete flog bis zu den obersten Zweigen des Mandelbaums.

»Und das schöne Hüpfseil!«, schwärmte Nadia. Baba hatte bei der Arbeit immer Reste von Seilen gesammelt und verarbeitet.

»Vergesst nicht Pfeil und Bogen«, rief Abbas. »Und die Zielscheibe aus Pappe.« Baba, Abbas und ich hatten Zweige vom Mandelbaum abgebrochen und daraus Pfeile geschnitzt. Dann hatten wir auf ein Stück Pappe einen schwarzen Punkt mit Kreisen drumherum gemalt und dieses Schild als Zielscheibe an den Baum gehängt. Abbas und ich hatten viele, viele Stunden geübt, den Punkt in der Mitte zu treffen.

»Aber das Allerbeste war das Backgammon-Spiel«, sagte ich. »Wisst ihr noch, wie er ganz normale Steine angemalt hat, damit man sie als Spielsteine verwenden kann?« Wir hatten so lange trainiert, bis ich praktisch unbesiegbar war.

»Ich schlage vor, wir gehen auf den Friedhof, zu Großvaters Grab«, sagte ich. Jeden Freitag war Baba vor dem Besuch der Moschee auf den Friedhof gegangen, um die Blumen zu gießen, die er aufs Grab seines Vaters gepflanzt hatte. Seit er im Gefängnis war, hatte ich diese Aufgabe übernommen.

»Ja, und danach gehen wir in die Moschee«, sagte Mama. »Euer Vater ist jeden Freitag dort gewesen.« Für Mama war das sehr wichtig, sagte ich mir.

In der Moschee standen Abbas, Fadi, Hani und ich gemeinsam mit all den Vätern und Söhnen auf den Teppichen, die auf dem gefliesten Fußboden ausgelegt waren. Mama und Nadia waren hinten bei den Frauen. Onkel Kamal war auch gekommen, mit seinen Söhnen. Ich spürte, dass alle Mitleid mit uns hatten, und das machte mich sehr traurig. Abbas' Wangen waren nass von Tränen. Es war so schwer für uns, die vielen Söhne mit ihren Vätern zu sehen, auch Onkel Kamal, während unser Vater im Gefängnis war. Und Amal und Sara lebten nicht mehr.

Wir saßen auf den Gebetsteppichen, und der Imam begann seine Predigt. Er stand hinter dem Mimbar aus weißem Marmor und sprach über die Bedeutung der Vater-Sohn-Beziehung: Weil Kinder ja nur so kurze Zeit klein sind, sollten die Väter sich die Zeit nehmen, sich an ihren Kindern zu erfreuen. Ich sah den Friseur mit seinem Sohn in der Ecke. Vielleicht kam ja auch Baba zurück. Die Kalkstein-Blöcke und die wunderbar gewölbte Decke, zu der ich immer so andächtig hochgeblickt hatte, ließen mich jetzt ganz klein werden. Es war meine Schuld, dass Baba diese Schönheit nicht mit uns genießen konnte.

Als wir zu unserem Zelt zurückkehrten, kamen wir an dem quadratischen Fundament aus Lehmziegeln vorbei, das früher einmal unser Haus gewesen war. Ich konnte mich an jedes einzelne von Babas Porträts erinnern – besonders deutlich aber war mir das Bild im Gedächtnis, auf dem er selbst zu sehen war, wie er mich am Tag meiner Geburt im Arm hielt: Er hatte ausgesehen wie der glücklichste Mensch auf der Welt. Ach, wenn er schon damals gewusst hätte, wie viel Leid ich uns allen zufügen würde.

Wir saßen dann um die Feuerstelle herum, und ich erzählte meinen Geschwistern von Babas Orangenhain und wie er den Dorfbewohnern Gaben gebracht und bei allen Feiern für sie Musik gemacht hatte. Meine Geschwister sollten wissen, dass sie einen Vater hatten. Und wie wunderbar er war. Sie durften ihn auf keinen Fall vergessen! Für Abbas und mich war es leichter – wir hatten ja länger mit ihm zusammengelebt. Aber Hani war noch so klein.

Die Zeit verging, und die Tage, als meine Familie noch glücklich und vollständig war, rückten in immer weitere Ferne. Wenn der Winterregen auf unser Zelt herunterprasselte, schloss ich die Augen und dachte an die Hochzeit meines Vetters Ibrahim. Ich konnte mich noch so deutlich daran erinnern, wie Baba bei diesem Fest von der süßen Baklava kostete und mit den anderen Männern den Dabke tanzte. Ich dachte an die unzähligen Hochzeiten, bei denen Baba mit seiner Ud für Stimmung gesorgt hatte. Ich wünschte mir so sehnlich, er würde eine seiner heiteren Melodien für mich spielen. Baba liebte den Regen. »Er ist gut für die Erde«, pflegte er zu sagen. »Die Bäume brauchen ihn.« Selbst fünf Jahre, nachdem wir unser Land verloren hatten, freute er sich immer noch, wenn es regnete.

Jetzt drang das Wasser in unser Zelt, kalt und nass. Die Erde verwandelte sich in Matsch. Ich malte mir aus, wir wären wieder in unserem Haus und würden zuhören, wie der Regen auf das Dach rauschte, während wir unter unseren warmen Ziegenfelldecken lagen. Doch ich spürte trotzdem die Kälte in den Knochen.

»Wascht ihr euch denn nie?«, fragte der Iraker eines Tages Abbas und mich.

»Das sind permanente Flecken«, sagte ich mit einem Blick auf meine Hose. Obwohl Mama und Nadia unsere Kleidung jeden Tag auf dem Waschbrett schrubbten, gelang es ihnen nicht, diese Verfärbungen zu entfernen.

»Eure Füße sind voller Matsch«, sagte der Jemenit. »Was tragt ihr denn für Schuhe?«

Abbas und ich versuchten, unsere Füße zu verstecken, damit die Männer das Schuhwerk, das Mama aus einem alten Reifen für uns gemacht hatte, nicht sehen konnten.

An diesem Abend brachten Abbas und ich einen der großen Kartons nach Hause, in denen die Kühlschränke für die Juden geliefert worden waren, und bedeckten ihn mit einer Plastikplane. Mama schlief in diesem Karton, draußen vor dem Zelt, und als sie am Morgen aufwachte, war sie trocken. Jeden Tag brachten wir nun einen neuen Karton mit, bis alle Familienmitglieder einen eigenen hatten.

Immer, wenn wir irgendwelche Abfälle nach Hause mitnahmen, mussten wir auf der Heimfahrt den Spott der anderen über uns ergehen lassen. Ich wusste nicht, wie lange Abbas das noch ertragen konnte, bevor er explodierte.

## 15

Die Januarkälte drang mir tief in die Knochen. Mama hatte einen Pullover für mich gestrickt, aber durch den ständigen Regen war er völlig durchnässt. Abbas und ich brachten die letzten Armierungseisen an, als Vorbereitung für das Gießen des Bodens im vierten Stock des Apartmenthauses. Zum Glück schützte uns die Schalung des Stockwerks darüber für kurze Zeit vor der Sintflut.

»Abbas?« Ich schaute zu meinem Bruder. Er klapperte mit den Zähnen, seine Hände zitterten. Wenn ich ihm doch einen anständigen Mantel beschaffen könnte! »Ruf nach dem Zementschlauch.« Ich wollte die Maßnahmen für den Fußboden abschließen.

Mein kleiner Bruder warf mir einen kurzen Blick zu, dann drehte er sich zum Gerüst. Er ging gebückt, als wollte er die Körperwärme konservieren, indem er seine Größe reduzierte. Auf dem Gerüst gab er dem Kran mit einer Handbewegung zu verstehen, dass wir den Zementschlauch brauchten.

»Du Hundesohn!«, schrie der Iraker. Er umklammerte die Kelle so fest, dass seine Faust ganz weiß wurde. Vorhin hatte er mir auf den Fuß gespuckt. Warmer, klebriger Speichel. Als ich mich bückte, um ihn wegzuwischen, hatte er geknurrt: »Deine Zeit ist abgelaufen.«

Yossi hatte mir und Abbas erklärt, dass genau vor einem Jahr der Sohn des Irakers gestorben sei – wir sollten ihn einfach ignorieren, denn er sei heute nicht zurechnungsfähig.

Ich hörte, wie die Kelle auf den Boden fiel, und als ich mich umdrehte, sah ich, dass der Iraker auf Abbas losging. Blitzschnell sprang ich auf und rannte über die Betongussformen, aber ich kam zu spät – der Iraker hatte meinen Bruder vom Gerüst gestoßen. Abbas fiel rückwärts, mit Armen und Beinen rudernd. Ein markerschütternder Schrei zerschnitt die Luft. Dann, ein dumpfer Aufprall.

»Abbas!« Innerhalb von Sekunden war ich unten. Reglos lag er im Schlamm, neben seinem Kopf bildete sich eine Blutlache. Der Regen prasselte auf ihn nieder.

»Abbas!« Panik ergriff mich. Ich kniete mich neben ihn. »Abbas! Steh auf!«

Yossi nahm seinen schlaffen Arm und hob ihn an. Ich stürzte mich auf Yossi, drückte ihn nach hinten und schrie: »Lass ihn in Ruhe! Fass ihn nicht an!« Der Regen vermischte sich mit meinen Tränen.

Yossi wehrte sich nicht. »Der Puls«, murmelte er.

Die anderen Arbeiter zogen mich weg von Yossi und hielten mich fest. Ich konnte es kaum ertragen, ich wollte nur noch schreien. Da lag mein kleiner Bruder. Mein bester Freund. Ich war für ihn verantwortlich. Wenn er starb, war es meine Schuld. Ich sah die Welt nur noch verschwommen.

Yossi fühlte Abbas' Puls. »Er lebt.« Jetzt wurden die Israelis aktiv. »Holt die Trage! Ich fahre ihn. Wir haben nicht genug Zeit, um auf einen Krankenwagen zu warten.«

»Halte durch, Abbas. Halte durch!«, rief ich immer wieder.

Abbas reagierte nicht.

»Du schaffst es, Abbas.«

Endlich ließen die Arbeiter mich los.

Der Litauer und der Russe stellten die Trage neben Abbas auf den Boden. Gemeinsam schoben wir das Brett unter Abbas und transportierten ihn zu Yossis Pick-up. Ich kauerte mich neben ihn und versuchte, ihn mit meinem Körper vor dem Regen zu schützen, während ich mich krampfhaft seitlich an dem Truck festklammerte. In einem wahnsinnigen Tempo raste Yossi den matschigen Weg und dann die geteerte Straße entlang. Immer wieder erschienen die Bilder des Unfalls vor meinem inneren Auge. Ich hätte mich freiwillig ins Feuer gestürzt, wenn ich dadurch alles hätte rückgängig machen können.

Obwohl Yossi so schnell fuhr, erschien mir die Fahrt endlos. Ich schaukelte vor und zurück, als wäre ich ein Teil des Trucks. Wir kamen an hohen Kränen vorbei, an Gebäuden, die teilweise fertig waren, an neuen Häusern. Es gab auch ältere Wohnhäuser, die aus Lehmziegeln und Steinen gebaut waren. Ich beugte mich immer noch über Abbas, aber meine Bemühungen, ihn vor dem Regen zu beschützen, halfen nicht viel.

»Ich bin bei dir«, flüsterte ich ihm ins Ohr. »Ich passe auf, dass dir nichts passiert.«

Wir bogen in die Einfahrt der Notaufnahme ein. Yossi rannte nach drinnen und kam mit einer ganzen Gruppe blaugekleideter Menschen zurück, die Abbas auf eine Trage luden. Dann schoben sie ihn eilig in das Krankenhaus. Ich blieb bei ihm, bis wir zu den Schwingtüren kamen. Dort hielt mich eine Krankenschwester fest.

»Wir brauchen verschiedene Daten.«

»Ich komme gleich, Abbas!«, rief ich meinem Bruder hinterher und wandte mich dann an die Schwester. »Bitte, bitte!«, flehte ich sie an. »Ich muss zu ihm. Mein Bruder ist erst zwölf.«

»Lassen Sie ihn durch«, rief Yossi. »Sein Bruder braucht ihn.« Also ging die Schwester hinter mir her und stellte mir dabei ihre Fragen zu Abbas' Krankengeschichte und wegen der Versicherung. »Ist er gegen irgendetwas allergisch? Hatte er je eine Narkose?« Ich begann zu rennen und schaute in alle Korridore, bis ich Abbas endlich erspähte.

»Wohin bringen Sie ihn?«, fragte ich den Mann mit dem Vollmondgesicht, der die Trage schob.

»In den Operationssaal«, antwortete er, ohne anzuhalten. »Hier links ist der Warteraum. Sag deinen Eltern Bescheid. Nach der OP wird der Arzt mit ihnen sprechen.«

Ich war jetzt bei der Trage und nahm Abbas' Hand. »Ich kann ihn nicht allein lassen.«

»Du kannst nicht mit, das ist nicht erlaubt«, sagte der Mann. »Geh und hol deine Eltern.«

Wie aus dem Nichts erschien eine Krankenschwester. »Komm, setz dich ins Wartezimmer. Sie tun für ihn, was sie können. Lass sie anfangen.«

Ich drückte Abbas' weiche Hand. »Halte durch. Halte durch.« Mehr brachte ich nicht über die Lippen. Dann schoben sie ihn in den Operationssaal.

Die Schwester führte mich in den vollen Warteraum. Überall saßen Menschen auf Plastikstühlen. Ein junges Paar kauerte weinend in der Ecke, die Frau presste ihr Gesicht an die Brust des Mannes, wodurch ihr Schluchzen etwas gedämpft wurde. Eine buckelige ältere Dame mit einem Gesicht voller Falten stand im Türrahmen, den Mund weit geöffnet, als wäre sie in Trance. Ein Mann ging mit leerer Miene und hängenden Schultern auf und ab. Er brauchte nur fünf Schritte, um den ganzen Raum zu durchmessen. Ein paar Kinder schubsten sich gegenseitig, weil sie sich so langweilten. Ich fand hinten einen freien Stuhl. Yossi setzte sich zu mir.

»Sie müssen nicht mit mir warten«, murmelte ich, immer noch etwas beschämt, weil ich mich vorhin auf ihn gestürzt hatte.

»Ich muss sehen, wie es ihm geht. Es tut mir alles so leid.« Er schüttelte ratlos den Kopf. »Avee war wirklich nicht bei Verstand heute.«

»Wer?«

»Der Israeli aus dem Irak.«

»Mein Bruder hat seinen Sohn nicht umgebracht.«

»Ich will nicht rechtfertigen, was er getan hat. Avee ist der Gefangene seines eigenen Hasses.« Er hob die Augenbrauen. »Die Menschen müssen etwas dazulernen.«

Ich nahm mir vor, Avee eine Lektion zu erteilen, die er nicht vergessen würde. Er sollte so leiden wie Abbas. Ich ballte die Fäuste, während ich mir vorstellte, wie Avee für das büßte, was er Abbas angetan hatte. Dann fiel mein Blick wieder auf den Mann, der so unruhig auf und ab ging. Ich dachte an Baba, gefesselt wie ein Tier. Ich dachte an Mama, an meine Brüder, an Nadia, die einzige Schwester, die mir noch geblieben war. Sie wären ganz allein, wenn ich im Gefängnis dahinmoderte. Ich dachte an das Versprechen, das ich Baba gegeben hatte. Nein, sagte ich mir. Ich kann meine Familie nicht im Stich lassen. Ich muss mich über diesen Konflikt erheben.

## 16

»Wo sind deine Eltern?«, wollte der Arzt wissen, als er endlich aus dem Operationssaal kam.

»Sie können nicht kommen«, sagte ich. »Ich vertrete sie.«

Ihm blieb der Mund offenstehen. »Kann ich sie irgendwie telefonisch erreichen?«

»Nein, das geht leider nicht – bitte, bitte, sagen Sie mir, wie es meinem Bruder geht.«

Der Arzt war groß, hatte ziemlich helle Haut und sprach wie ein Russe. An seinem linken Ohr hing ein Mundschutz aus Papier.

»Okay, meinetwegen. Ich bin Doktor Cohen. Dein Bruder liegt im Koma. Wir müssen abwarten, ob er das Bewusstsein wiedererlangt.«

»Ob – oder wann?«, fragte ich.

»Je länger das Koma dauert, desto schlechter stehen seine Chancen. Ich habe zwei gebrochene Wirbel mit gesunden Wirbeln verbunden und seine Milz entfernt, denn er hatte eine Milzruptur, einen Riss, verbunden mit starken inneren Blutungen. Aber ich glaube, wir konnten die Blutungen stoppen. Du kannst jetzt zu ihm. Er ist im Aufwachraum.« Der Arzt deutete in die Richtung.

Abbas lag im dritten Bett, von der Tür aus gesehen. Im ersten Bett lag ein Kind, das etwa so groß wie Hani und ganz in weiße Binden gewickelt war. An seinem Bett saß eine verschleierte Frau. Im zweiten Bett lag ein Junge ungefähr in Abbas' Alter. Wo eigentlich seine Beine sein sollten, hatte er nur Stümpfe. Bei ihm saßen ein Mann und eine verschleierte Frau. Offensichtlich war hier die arabische Station.

In dem großen Krankenhausbett wirkte Abbas kleiner als sonst. Überall Schläuche und Monitore. Ich beugte mich über das Geländer seitlich am Bett, weil ich Abbas etwas ins Ohr flüstern wollte. Um das zu schaffen, konnte ich kaum mit den Füßen auf dem Boden bleiben. »Ich bin bei dir, Abbas. Ich bin bei dir.« Ich nahm seine Hand, an der mit einem Pflaster die Kanüle befestigt war. Die Hand war kalt. Ich zog die Decke über seine Schultern – ganz behutsam, um die Schläuche nicht zu verschieben. Abbas' Augen waren geschlossen, seine Lippen leicht geöffnet. Wenn ich doch nur schneller gerannt oder rascher aufgesprungen wäre! Oder wenn ich selbst nach dem Zementschlauch gerufen hätte!

Seine Haut wirkte ganz dunkel in den weißen Laken. »Geht's dir besser?«, fragte ich ihn, ohne eine Antwort zu erwarten, aber ich hoffte trotzdem, dass er mich irgendwo in seinem Inneren hören konnte und meine Anwesenheit spürte. Am liebsten hätte ich ihn geschüttelt, damit er endlich aufwachte.

Erinnerungen tauchten auf: Abbas, der an meinem ersten Schultag mein Bein umklammerte und nicht loslassen wollte. Baba musste mich regelrecht befreien, und zu Abbas sagte er: »Keine Sorge, du kommst auch bald in die Schule.«

Ich dachte daran, wie Abbas und ich immer auf den Mandelbaum geklettert waren, weil wir sehen wollten, wie die Israelis aus dem Moschaw das Land bebauten. Der Motor ihres Traktors ratterte laut, während er im Acker perfekte Furchen zog. Der Pflug wendete den fruchtbaren schwarzen Boden. Nach den ersten Regengüssen konnten wir beobachten, was die Israelis anpflanzten. Mit meinem Teleskop verfolgten wir, wie die ersten Schösslinge sprießten und sich nach und nach in Kürbisse, Bohnen und Auberginen verwandelten. Im Juli wurde vom ersten Morgenlicht bis zur Abenddämmerung geerntet. Die Leute waren bei der Arbeit in leuchtende Farben gekleidet und trugen ärmellose Hemden. Am schwersten fiel es uns, miterleben zu müssen, wie sie unsere wunderbaren Shamouti-Orangen pflückten, unsere Jaffa-Orangen. Diese Orangen mochten wir am allerliebsten, sie hatten so eine herrlich dicke Schale und keine Kerne, und sie waren extrem saftig. Wenn der Wind richtig blies, konnten wir im Frühjahr wenigstens den Duft der Blüten riechen und im Sommer den der Früchte.

Ich dachte daran, wie Abbas strahlend auf und ab gesprungen war und mit den Fingern das Siegeszeichen gemacht hatte, als er das erste Mal im Teehaus Backgammon gespielt und gewonnen hatte. Baba hatte zufrieden gelächelt. Baba! Konnte ich ihm erzählen, was geschehen war? Nein, lieber nicht, beschloss ich. Ich würde es ihm nicht sagen. Oder erst, wenn wir wussten, wie es mit Abbas weiterging. Baba konnte nichts für ihn tun. Und wie sollte ich es Mama beibringen?

Ich rückte meinen Stuhl ganz dicht an Abbas' Bett und beugte mich wieder über das kalte Geländer, damit er meinen Atem fühlte.

»Abbas, ich weiß, es tut dir gut, wenn du dich hier ausruhst. Hier ist es warm und trocken. Du hast so schwer gearbeitet. Aber jetzt ist es Zeit, nach Hause zu gehen. Bitte, Abbas, mach die Augen auf! Mama wartet auf uns.« Ich drückte seine Finger und pustete ihm leicht ins Gesicht. Keine Reaktion. »Hörst du mich? Du schläfst. Das Leben ist nicht leicht zur Zeit, aber es wird bestimmt bald wieder besser. Es dauert nicht mehr lang, dann kann auch Fadi arbeiten.«

Ich öffnete den Beutel, den die Schwester mir gegeben hatte. Er enthielt Abbas' Sandalen und seine blutverschmierte Kleidung. Ich nahm die linke Sandale, deckte seinen linken Fuß auf und zog ihm den Schuh an. Ich merkte, dass die verschleierte Frau neben mir zuschaute. Dann machte ich das Gleiche mit dem anderen Fuß. Ich wollte dafür sorgen, dass Abbas aufstehen und gehen konnte, wenn er aufwachte.

Yossi kam herein. Er störte mich. Ich wollte mit meinem Bruder allein sein.

»Du hast uns allen einen großen Schrecken eingejagt«, sagte Yossi zu Abbas.

Was, wenn Yossi ihm Angst einjagte?

»Können wir kurz hinaus auf den Flur gehen?«, schlug ich vor. »Ich möchte nicht, dass Abbas uns hört.« Yossi nickte, und wir gingen nach draußen.

»Ich würde dich gern nach Hause fahren«, sagte Yossi. »Deine Eltern machen sich garantiert schon Sorgen.«

Ich lehnte mich an die Wand. »Nein, ich muss hierbleiben. Abbas fürchtet sich, wenn er aufwacht, und keiner ist bei ihm.«

»Heute wacht er bestimmt nicht auf. Ich bringe dich morgen früh wieder hierher, sobald die Ausgangssperre vorüber ist.«

»Nein, ich kann nicht weg.«

»Aber deine Eltern wissen nicht, wo du bist.«

»Einen Moment bitte.«

Ich ging wieder ins Krankenzimmer und setzte mich auf den Stuhl bei Abbas' Bett. »Weißt du noch, wie Mohammad und ich zum Dorfplatz gegangen sind, und du wolltest unbedingt mit?«, flüsterte ich ihm zu. »Ich habe deine Schuhe versteckt, damit Mama mich nicht zwingen konnte, dich mitzunehmen.« Ich schloss die Augen. »Und erinnerst du dich an den roten Kreisel, den Baba für dich gemacht hat? Du hast ihn nicht mehr gefunden, obwohl du ihn überall gesucht hast. Ich habe ihn gestohlen.« Ich öffnete die Augen wieder und schaute zu, wie Abbas' Brust sich hob und senkte. »Und wenn du Probleme mit deinen Mathematikaufgaben hattest, dann hätte ich mir wirklich die Zeit nehmen sollen und dir alles erklären, statt die Aufgaben nur einfach für dich zu lösen. Es tut mir so leid. Aber das ist alles nebensächlich im Vergleich zu den anderen schlimmen Dingen, die ich getan habe.«

Ich musste die Worte aus mir herauspressen. »Du liegst in einem

Krankenhausbett, statt in die Schule zu gehen, und ich bin schuld. Wenn ich in der Nacht damals nicht aufgestanden wäre, würdest du jetzt auf den Mandelbaum klettern und die Israelis beobachten. Oder du würdest mit Pfeil und Bogen Zielschießen üben.«

Doch Abbas, der doch normalerweise immer in Bewegung war, lag da und rührte sich nicht. Was, wenn er nie wieder aufwachte? »Ich wollte nicht, dass das passierte. Glaub mir, ich würde sofort mit dir tauschen. Am liebsten würde ich die Zeit zurückdrehen und wieder mit den Spielzeugautos herumsausen, die Baba für uns gebaut hat. Wenn du stirbst oder wenn du nicht aufwachst – das werden wir nicht überleben. Dann sterben wir alle mit dir.« Ich beugte mich vor und küsste ihn auf beide Wangen. »Morgen früh komme ich wieder.« Ich drückte seine linke Hand, und mein Blick fiel auf die Narbe an seiner Augenbraue. Auch an dieser Narbe war ich schuld – ich hatte ihn einmal auf der Schultreppe stolpern lassen. Und nun konnte ich ihn nicht mit nach Hause nehmen. Aber ich konnte ihn auch nicht hierlassen. Es gab keine gute Lösung.

Ich ging wieder hinaus auf den Flur. Yossi stand neben der Tür und wartete.

»Ich besorge eine Besuchserlaubnis für dich und deine Eltern«, versprach er.

»Es geht nur um meine Mutter und mich.«

Noch einmal drehte ich mich zu Abbas' Tür um, dann führte mich Yossi zu seinem Lastwagen.

## 17

Es goss in Strömen, während ich durch den Matsch stapfte. Die Erde blieb an meinen Sandalen hängen und stellte deren Haltbarkeit bei jedem Schritt auf eine schwere Probe. Bei unserem Zelt angekommen, sah ich das Laken am Mandelbaum hängen. Dahinter wusch sich Fadi im Regenwasser. Ich steckte den Kopf ins Zelt.

»Wo warst du?« Mama war außer sich. »Wo ist der Reis?«

Sie hatte mich gebeten, von meinem Lohn Reis zu kaufen. Ich setzte mich auf den Boden, zum Ausgang gewandt, zog meine Sandalen aus und hielt meine Füße in den Regen. Als sie sauber waren, krabbelte ich nach innen und setzte mich meiner Mutter gegenüber.

»Wo ist Abbas?« Mama war damit beschäftigt, Mützen zu stricken. »Ich bin gerade mit seiner Mütze fertig geworden. Jetzt kommt deine dran.« Sie hielt Abbas' Mütze hoch. »So eine Mütze hält euch bei der Arbeit die Ohren warm.«

Nadia saß in der Ecke und fütterte Hani ein Schälchen Reis.

»Duscht Abbas schon?«, fragte Mama.

Unsere Blicke trafen sich.

Sie legte ihr Strickzeug weg. »Ist etwas passiert?«

Ich senkte den Kopf.

»Bitte, Ahmed. Antworte mir.«

Nadia drehte sich zu uns.

»Bei der Arbeit gab es einen Unfall.«

Meine Mutter packte mich an den Armen. »Was ist los? Sag es mir! Sofort!«

»Er ist gestürzt.« Ich schluckte. »Vom Gerüst gefallen.«

Sie stockte kurz, bevor sie fragte: »Ist er tot?«

Ich sah Abbas vor mir, wie er auf dem Boden lag, eine Blutlache neben seinem Kopf.

Mamas Finger krallten sich in meine Arme.

Ich wusste nicht, wie ich meinen Schmerz ausdrücken sollte. Dieser Unfall hätte nicht passieren dürfen!

»Er liegt im Koma«, flüsterte ich, den Blick starr auf meine Hände gerichtet. »Er lebt. Aber sie wissen nicht, ob er wieder aufwacht.« Jetzt schaute ich Mama an.

Sie ließ meine Arme los, fasste sich mit beiden Händen an den Kopf und öffnete den Mund, als wollte sie schreien. Aber es kam kein Ton heraus. »Ich muss zu ihm«, murmelte sie schließlich.

»Mein Chef fährt uns morgen hin.«

»Er wird wieder gesund, wenn ich bei ihm bin«, erklärte sie mit absoluter Sicherheit. Es war, als würde es dadurch, dass sie es aussprach, tatsächlich wahr werden.

»Die Ärzte können nichts sagen.«

»Dein Bruder wird sie alle in Staunen versetzen. Du musst arbeiten.«

»Nein, ich muss bei Abbas sein.«

Angst und Schrecken waren bei Mama in unerschütterlichen Selbsterhaltungswillen umgeschlagen. »Wir können nicht leben, wenn du nicht arbeitest. Und jetzt kommen noch Abbas' Rechnungen auf uns zu.«

»Du kannst nicht allein mit Yossi fahren.«

»Ich gehe zu Um Sayyid. Ihr Mann liegt auch im Koma, und ihr Sohn bringt sie jeden Tag zu ihm.« Sie griff zu ihrem Strickzeug.

Die Welt hätte zum Stillstand kommen müssen, doch sie drehte sich weiter.

Sobald die Ausgangssperre vorbei war, begleitete ich Mama zu Um Sayyids Zelt. Die alte Frau saß bereits hinten in dem kleinen Eselskarren vor dem Zelt. Ihr Sohn, Sayyid, hockte vorne, die Zügel in der Hand.

»Um Sayyid!«, rief ich und fuchtelte mit den Armen.

Sie schaute sich zu uns um.

»Was ist los? Wie geht es dir?«, fragte sie dann.

»Abbas ist im Krankenhaus. Kann ich mit euch fahren?«

»Mein Wagen ist dein Wagen«, antwortete Um Sayyid.

Ich nahm Mama an der Hand und half ihr, in den Karren zu klettern. Da saßen sie dann, die beiden Frauen, mit baumelnden Beinen, den Blick nach hinten gerichtet.

Yossi erwartete mich am Dorfrand.

»Wo ist deine Mutter?«, fragte er.

»Sie will zu Abbas.«

Yossi reichte mir Mamas Besuchserlaubnis für das Krankenhaus. Sayyid hielt mit seinem Eselskarren neben uns, und ich übergab Mama den Zettel.

An diesem Tag war der Iraker nicht bei der Arbeit. Der Russe kam gleich zu mir, als er mich sah.

»Wie geht es Abbas?«

»Er liegt im Koma.« Ich senkte den Kopf und ging schnell zu dem Betonziegelstapel, lud meine Schubkarre voll und packte die Ziegel in den großen Container, der dann mit dem Kran ins vierte Stockwerk befördert wurde. Der Regen hatte Abbas' Blut weggewaschen.

In der Mittagspause aß ich mein Pitabrot und die Mandeln allein. Ich versuchte zu berechnen, wie schwer das Haus war, das wir im vergangenen Monat gebaut hatten. Das Gewicht war ein guter Indikator dafür, wie viel Energie für den Bau verwendet wurde. Dafür musste ich das Baumaterial analysieren, das sehr schwer und energieintensiv war.

Ich wusste, dass Beton aus Kalk und Asche hergestellt wird. Dafür muss der Kalkstein unter Verwendung fossiler Brennstoffe in einem Ofen gebrannt werden. Dabei entsteht Kohlendioxid. Für die Herstellung von tausend Kilo Beton werden neunhundert Kilo Kohlendioxid ausgestoßen.

Für viele Dinge verwendeten wir Stahl: angefangen mit den Stäben, durch die das Betonfundament verstärkt wurde, bis hin zu den Trägern für Fußböden und Decken. Stahl wurde aus Erz hergestellt. Um aus Erz eine Tonne Stahl zu gewinnen, waren etwa dreitausend Kilowattstunden Energie erforderlich. Danach analysierte ich den Rest des schweren Baumaterials. Wenn meine Berechnungen stimmten, wog das Haus einhundert Tonnen.

Noch bevor die Mittagspause zu Ende war, ging ich wieder zurück zu meiner Schubkarre. Ich arbeitete härter als je zuvor. Für mich, für Abbas und auch für Baba. Ich stapelte die Betonziegel, karrte sie an die entsprechende Stelle, mischte Mörtel, schleppte Balken. Nebenher berechnete ich, wie viele Ziegel wir voraussichtlich brauchten, um den Rest des Apartmenthauses fertigzustellen, die Anzahl der Ziegel für jeden Abschnitt – und außerdem, wie viel Beton ich bräuchte, um ein kleines Haus für meine Familie zu bauen. In dem Haus wäre ein Zimmer für jedes Kind, neue Waschbecken, weiße Badewannen, fließend Wasser, elektrische Leitungen.

Mein Rücken tat weh. Ich hatte dauernd das Gefühl, als müsste ich durch tiefes Wasser waten – jede Bewegung erforderte doppelt so viel Kraft wie vor Abbas' Sturz. Mein kleiner Bruder war zerbrochen wie ein Zweig. Doch meine Ohren blieben warm, denn Mama hatte mir seine Mütze zur Arbeit mitgegeben.

Als ich zum Zelt kam, wartete Mama schon auf mich. »Die Schwellung muss zurückgehen«, sagte sie. »Kann sein, dass er gelähmt ist.«

Nadia sah mich mit traurigen Augen an und drückte Hani noch fester an sich.

Ich ging nach draußen und kletterte auf meinen Mandelbaum. Weil ich unbedingt mit jemandem reden musste, begann ich, mit dem Baum zu sprechen. »Ich bin zu allem bereit. Ich gebe dir meine Augen, meine Arme, meine Beine, wenn du Abbas wieder gesund machst.« So flehte ich den Baum an, als hätte er die Macht, Abbas zu heilen. »Ich werde noch härter arbeiten, härter als je irgendjemand gearbeitet hat. Ich werde etwas aus meinem Leben machen.« Der Wind kam und schüttelte die Blätter des Baums. »Bitte, lass ihn nicht sterben. Abbas ist so gut. Er hat bei der Arbeit nicht mal Pausen gemacht. Dabei hätte er eigentlich in die Schule gehen sollen. Ich habe ihn beauftragt, den Zementschlauch zu holen, weil ich bei dem Anbringen der Armierungsgitter schneller bin als er. Es tut mir so unendlich leid. Bitte, verzeih mir. Ich hätte selbst die Aufgabe übernehmen sollen.«

Die ganze Nacht blieb ich wach, berechnete Entfernungen, Gewichte und alles, was es sonst noch gab. Immerhin war es Yossi gelungen, für Mama eine Genehmigung zu besorgen, so dass sie Abbas besuchen konnte, bis er aus dem Krankenhaus entlassen wurde.

Die Tage und Nächte verschwammen ineinander. In meinem Kopf löste ich logische Mathematikaufgaben und entwarf Methoden zur Herstellung einer thermoelektrischen Batterie, eines Elektromotors, eines Rundfunkgeräts. Ich berechnete die Geschwindigkeit einer Rakete, die von einem Flugzeug abgefeuert wird, die Wucht einer Kugel aus einer Maschinenpistole.

Mama betete immer die ganze Nacht.

Nach ihrem dritten Tag im Krankenhaus kam sie lächelnd nach Hause. »Abbas ist aufgewacht.« Noch nie hatte mich ein Satz so glücklich gemacht. »Seine Augenlider haben geflattert, und er hat mich angeschaut. Du musst Material für ein zweites Zelt besorgen. Abbas muss mit mir allein sein.«

Ich rannte sofort hinunter zum Dorfplatz.

Eine Woche später brachte Mama ihn nach Hause. Fadi, Hani und ich warteten unten am Berg. Abbas lag auf dem Holzwagen, zwischen Mama und Um Sayyid. Sayyid zog an den Zügeln, der Esel blieb stehen. Mir war schnell klar, dass Abbas zwar wach war, aber noch lange nicht gesund.

Es war keine gute Idee, ihn nach Hause zu holen. In unserem Dorf gab es weder Ärzte noch Krankenschwestern. Wenn es Abbas schlechter gehen sollte, brauchten wir die schriftliche Erlaubnis des Militärs, um ihn wieder ins Krankenhaus bringen zu können. Und selbst wenn wir Glück hatten und eine Genehmigung bekamen, konnte es geschehen, dass wir die Straßensperren nicht passieren durften. Aber hatten wir eine andere Wahl? Wir konnten den Aufenthalt im Krankenhaus nicht bezahlen.

»Wir sind da«, sagte Mama.

Abbas schlug die Augen auf.

Ich sprang hinten auf den Wagen, kauerte mich neben meinen Bruder und küsste ihn auf Wangen und Stirn. »Gott sei Dank«, flüsterte ich.

»Mein Rücken tut so weh.« Abbas schloss gequält die Augen. Er sprach langsam, undeutlich.

Beim Klang seiner Stimme schlug ich mir die Hand vor den Mund.

»Möge Allah deine Gesundheit verbessern und deine Heilung beschleunigen«, murmelte Hani.

Fadi presste die Lippen aufeinander. Gemeinsam hoben Fadi, Hani und ich unseren Bruder auf das Brett, das die Dorfbewohner normalerweise dafür verwendeten, die Toten zu ihrer Grabstätte zu tragen. Abbas stöhnte vor Schmerzen, als wir ihn auf unseren Schultern den Berg hinauftrugen und in sein neues Zelt brachten. Mama kniete neben ihm.

Er war nicht fähig, irgendetwas aus eigener Kraft zu tun. Mama versorgte ihn wie einen Neugeborenen. Sie wusch ihn mit einem

Schwamm ab und fütterte ihn. Wir hatten noch weniger Geld als sonst. Ich war die ganze Zeit hungrig. Fadi, der inzwischen zehn Jahre alt war, brach die Schule ab, um mir bei der Arbeit zu helfen. Wenn ich abends vom Lehrer Mohammad nach Hause kam, versuchte ich, Fadi zu unterrichten, aber er war zu müde, und Abbas war zu krank.

Jeden Tag trainierte Mama mit Abbas. Sie zwang ihn zu sitzen und gab ihm Steine, die er heben musste. Abends stützten Mama und ich ihn auf beiden Seiten, so dass er stehen konnte. Am Anfang hielten wir ihn einfach nur fest, dann forderte Mama ihn auf, einen Fuß vor den anderen zu setzen. Im Verlauf der nächsten Wochen lernte er zu gehen. Er klagte immer über Schmerzen, aber Mama gab nicht nach. Zuerst schaffte er nur ein paar Schritte, aber Mama ermunterte ihn, sein Pensum zu steigern. Tag für Tag. Abbas ging gebeugt, als müsste er eine schwere Last tragen. Unter den Augen hatte er dunkle Ringe. Seine Hände zitterten. Doch sein Zustand besserte sich.

Ich hingegen konnte nachts kaum schlafen, weil ich hörte, wie Abbas im Traum schrie und stöhnte.

## 18

Ich tat mir Wasser ins Gesicht, um den Betonstaub aus meinen Augen zu waschen.

»Im Moschaw wird ein Schlachthof gebaut«, sagte Mama, als sie aus dem Zelt kam.

Ich drehte mich zu ihr um, und zum ersten Mal fielen mir die grauen Strähnen in ihren schwarzen Haaren auf. »Wo?«

»Da, wo du früher Kaninchen gejagt hast.«

»Aber der Moschaw ist im Süden.« Ich trocknete mir die Hände ab. »Warum bauen sie dann einen Schlachthof im Norden?«

Mama zuckte die Achseln. »Sie übernehmen immer mehr von unserem Osten. Und für den Treibgang brauchen sie ein großes Gelände. Du solltest dir einen Job bei diesem Schlachthof suchen.«

Abbas rief aus seinem Zelt: »Sie stehlen uns unser Land, und wir helfen ihnen dabei!«

Fadi und ich fanden Arbeit bei der Schlachthof-Baustelle. Ich war sechzehn, Fadi dreizehn. Obwohl der Schlachthof auf einem Stück Land gebaut wurde, das früher zu unserem Dorf gehört hatte, zwang uns der Stacheldrahtzaun, mit dem sie uns eingepfercht hatten, zu dem kleinen Tor zu gehen, das unser einziger Ausgang war. Dort warteten wir mit den anderen Arbeitern, bis die Aufseher uns nach drüben führten. Die Zahl der Dorfbewohner, die für die Israelis arbeiten wollten, wuchs von Woche zu Woche. Innerhalb des eingezäunten Gebiets war nicht mehr genug Platz, um etwas anzubauen, und das bisschen Boden, das uns noch zur Verfügung stand, war längst vollkommen ausgelaugt.

Nach einem Jahr war der Schlachthof fertig und konnte in Betrieb genommen werden. Wir bekamen die Jobs, die kein Jude machen wollte – und waren froh und dankbar, überhaupt Arbeit zu haben.

Während des Wartens horchte ich immer auf das Brüllen der Tiere. Im ganzen Dorf hörte man ständig das laute Muhen – meine Mutter verpasste deswegen sogar gelegentlich den Ruf des Muezzin. Die Israelis ritten auf ihren Pferden den Weg zwischen den beiden großen Gattern entlang, mit langen Peitschen, von denen sie ausgiebig Gebrauch machten, während sie die Tiere in den Tod trieben.

Im Schlachthof fing meine Arbeit erst an, wenn die erste Kuh getötet wurde. Jedes Tier wurde einzeln in ein kleines Gatter getrieben. Dort fesselten drei Israelis der Kuh die Beine und zwangen sie auf den Boden. Die Kuh wehrte sich natürlich immer mit aller Kraft. Wenn sie dann dalag, stellte sich einer der Männer auf ihre Beine, während die anderen beiden sie ruhig hielten – ein Mann sicherte ihren Kopf mit einer spitzen Eisenstange, und ein zweiter schlang eine Kette um eins der Hinterbeine. An diesem Punkt kam der koschere Schlachter, der *Schochet*, herein. Er sprach ein kurzes Gebet, bevor er mit einem scharfen, glatten Messer, ohne abzusetzen, die Halsschlagadern und -venen sowie die Luftröhre und die Speiseröhre durchtrennte.

Nachdem der Schochet der Kuh die Kehle durchgeschnitten hatte, wurde sie an dem Bein mit der Kette hochgezogen, damit sie ausblutete. Eimerweise strömte die rote Flüssigkeit heraus. Die Todeszuckungen dauerten eine ganze Weile. Meine Aufgabe war es, das Blut in die Löcher im Boden zu schieben, durch die es dann in die darunterstehenden Auffanggefäße gelangte. Am Ende des Tages watete ich bis zu den Knöcheln im Blut, trotz der Abflüsse.

Während ich Blut und Eingeweide wegschaufelte, bekam ich mit, wie die zuständigen Männer den Kopf der Kuh abtrennten – dafür brauchten sie immer nur drei Schnitte. Dann zogen andere Arbeiter die Haut ab, rollten sie zusammen und trugen sie weg. Das waren die guten Jobs. Die Jobs der Israelis.

Wir Dorfbewohner schleppten das Fleisch in den Kühlraum, wo es aufgehängt wurde. Das Blut und die Innereien, die ich durch die Löcher im Boden geschaufelt hatte, wurden in den entsprechenden Räumen gepökelt, eingedost und verpackt. Dort arbeiteten Fadi und die anderen Kinder, weil sie so kleine, geschickte Finger hatten. Es gab noch ein weiteres Gebäude, wo durch Sieden das Fett zu Talgseife verarbeitet wurde. Aus Köpfen und Füßen entstand Leim, aus den Knochen Düngemittel. Nichts wurde vergeudet.

Die Tiere wehrten sich, schrien und kämpften. Jetzt verstand ich, warum Baba und Albert Einstein Vegetarier waren. Nach unseren Erfahrungen im Schlachthof aß niemand in meiner Familie je wieder Fleisch.

Im Moschaw hatten sie gute Gründe, weshalb sie den Schlachthof nicht direkt nebenan haben wollten. Im Sommer war da überall dampfendes Blut, und der Gestank war unerträglich. Im Winter zitterte ich schon vor Kälte, wenn ich zur Arbeit kam, und am Abend klapperte ich nur noch mit den Zähnen. Stunde für Stunde, Tag für Tag, watete ich von sechs Uhr morgens bis fünf Uhr abends durch Eingeweide. Nur um die Mittagszeit gab es eine halbstündige Pause.

Die Kamine des Schlachthofs und der dazugehörigen Fabriken stießen dichten, fettigen schwarzen Rauch aus, der über dem ganzen Dorf hing. Weil wir kein Abwassersystem hatten, sickerten Schmutz, Fett und Chemikalien in unseren Boden. Blasen aus Kohlensäure blubberten an die Oberfläche, während Fett und Schmutz die Erde verkrusten ließen. Hin und wieder fing der Boden an zu brennen. Dann rannte das ganze Dorf los, um die züngelnden Flammen mit Brunnenwasser zu löschen.

## 19

Die Pappkartons waren längst verschwunden, der Regen drang durch das Zeltdach und tropfte mir ins Gesicht. Unsere Matten waren durchnässt und voller Schlamm. Die Kälte kannte kein Erbarmen. Vier Jahre waren nun schon vergangen, und wir lebten immer noch in einem Zelt. Es war zwar größer als das erste, aber der Zustand wurde immer unerträglicher.

»Kann mir bitte jemand helfen«, ächzte Abbas. »Ich schaffe es nicht, allein aufzustehen.«

»Du bist nur steif von der Nässe und der Kälte.« Mama ging zu ihm und half ihm auf.

»Wir brauchen ein Haus«, sagte ich.

»Aber wir müssen immer noch Abbas' Krankenhausrechnungen abbezahlen«, seufzte Mama. »Und außerdem haben wir keine Baugenehmigung.«

»Eine Genehmigung kriegen wir nie, solange Baba im Gefängnis ist«, erwiderte ich. »Aber schau dir doch Abbas an – wir haben keine andere Wahl.«

Zwei Monate lang stellten Fadi und ich Lehmziegel her. Nach der Arbeit und außerdem freitagabends und samstags. Hani half uns nach der Schule. Wir bauten neben unserem Zelt ein Haus, das aus einem Raum bestand. Mama und Nadia legten den Boden mit den Teppichen aus, die wir im Zelt benutzt hatten. Vorsichtshalber brachten wir aber nicht alle unsere Habseligkeiten in das Haus. Wir wussten ja, dass unsere Aktion illegal war, deshalb ließen wir ein paar der wichtigeren Sachen lieber im Zelt zurück. Dann war wenigstens nicht alles gleichzeitig in Gefahr.

In der ersten Nacht, die wir in unserem neuen Haus verbrachten, lag ich auf meiner Schilfmatte unter einer Decke und lauschte dem Regen, der auf unser Dach rauschte. Morgens erwachte ich trocken und ausgeruht.

»Ich habe tatsächlich ein paar Stunden geschlafen«, verkündete Abbas. Meistens waren seine Schmerzen so stark gewesen, dass er nicht länger als zwanzig Minuten am Stück schlafen konnte. Ich war stolz, dass meine anderen Brüder und ich es gemeinsam geschafft hatten, dass er weniger leiden musste. Bestimmt wurde von nun an alles besser.

Aber am nächsten Abend sahen Fadi und ich auf dem Heimweg von der Arbeit, dass dort, wo unser Haus stand, Rauch aufstieg. Wir rannten los. Hani weinte, Abbas verfluchte die Juden, Mama und Nadia schaufelten Erde auf die letzten Flammen. Als Mama uns sah, sank sie auf die Knie und begann zu beten. Sie rief Allah und Mohammad um Beistand an und alle, die uns vielleicht helfen könnten. Unser Haus war nur noch Schutt und Asche.

»Die israelischen Siedler haben gemerkt, dass wir bauen«, sagte Mama. »Und nun waren die Soldaten hier, um alles zu überprüfen.«

Nadia schüttelte verzweifelt den Kopf. Ihre Augen waren rotgeschwollen. »Und weil wir ihnen keinen Genehmigungsschein vorlegen konnten, haben sie das Haus mit Paraffin übergossen und angezündet.«

»Wir haben versucht, wenigstens die Matten und die Decken zu retten – oder irgendetwas. Aber es war zu spät«, klagte meine Mutter.

»Meterhohe Flammen waren das.« Nadia hob die Hände – sie waren mit Lumpen umwickelt. »Zum Glück waren Abbas und Hani im Zelt und nicht im Haus, als die Soldaten gekommen sind. Aber das Feuer hat sich blitzschnell ausgebreitet und sofort auch das Zelt erfasst.«

Mama sah das Entsetzen auf meinem Gesicht. »Wir hatten gerade noch genug Zeit, um Abbas wegzubringen«, sagte sie. »Aber der Wasservorrat war rasch verbraucht. Wir haben es nicht bis zum Brunnen geschafft.«

Fadi packte einen großen Stein und rannte den Berg hinunter. Ich wollte hinter ihm her – aber andererseits konnte ich Nadia und Mama nicht allein lassen, solange das Feuer nicht endgültig gelöscht war.

Dann erst eilte ich hinunter zum Dorfplatz. Wir brauchten ein neues Zelt. Während ich um den Stoffpreis feilschte, sah ich zwei Soldaten mit Helm und Gesichtsschutz, die meinen kleinen Bruder in Handschellen zu ihrem Jeep schleiften. Ich ließ den Stoff fallen und rannte zu ihm. Die Soldaten, die Fadi abführten, waren selbst höchstens achtzehn oder neunzehn Jahre alt, ihre Gesichter waren noch richtig kindlich – wenn auch nicht ganz so kindlich wie Fadis Gesicht. Fadi war dreizehn.

»Was ist hier los?«, fragte ich ihn auf Arabisch.

»Die haben unser Haus kaputt gemacht!«, schrie Fadi. »Was hätte ich sonst tun sollen, Bruder?«

Einer der Soldaten schlug ihn ins Gesicht. »Habe ich dir erlaubt zu sprechen?«, blaffte er Fadi an und schüttelte ihn.

Unmäßige Wut stieg in mir hoch, aber ich zwang mich, ruhig zu bleiben. »Wohin bringen Sie ihn?«, fragte ich mit möglichst neutraler Stimme.

»Dahin, wo alle Steinewerfer landen, die wir erwischen«, sagte er. »Wir bringen ihn ins Gefängnis.«

Der andere Soldat stieß Fadi hinten auf den Militärjeep, mit dem

Gesicht nach unten, kletterte dann selbst hoch und trat dabei mit seinen schwarzen Stiefeln auf Fadis Arme, die hinter dem Rücken gefesselt waren. Ich zuckte zusammen, weil ich seinen Schmerz fühlte.

»Ich hole dich da raus!«, rief ich ihm hinterher, als sie davonfuhren. »Keine Angst!« Es waren nur noch fünfzehn Minuten bis zur Ausgangssperre. Ich konnte Fadi jetzt nicht helfen, also gab ich meinen ganzen Lohn für das neue Zelt aus: Stoff, Stangen aus Zedernholz und Schnüre, und ging zurück zum Mandelbaum, wo meine Familie wartete.

Ich fühlte mich abgestumpft und leer. Schon wieder musste ich eine schlechte Nachricht überbringen. »Fadi ist festgenommen worden.«

Mama starrte mich ungläubig an. »Warum?«

»Er hat einen Stein geworfen«, sagte ich. »Auf die Soldaten.«

Mama breitete die Arme aus, die Handflächen himmelwärts. »Allah, bitte, zeig uns deine Gnade.« Angesichts der grausamen Wirklichkeit war ihr Glaube schwer zu begreifen.

Abbas zitterte am ganzen Körper vor Wut. »Diese Israelis verstehen nur die Sprache der Gewalt.«

Nadia schlang die Arme um Hani, und sie weinten beide.

»Mama«, begann ich. »Mama – du musst morgen zum militärischen Außenposten gehen. Ich kann es nicht übernehmen – ich muss arbeiten. Wenn ich auch nur einen Tag fehle, verliere ich meinen Job.«

In der nächsten Woche ging Mama jeden Tag zum Militärposten. Ohne Erfolg. Schließlich kam ein Brief von Baba: Fadi war bei ihm im Gefangenenlager Dror. Die Israelis verlangten für seine Freilassung eine Summe, die drei Wochenlöhnen entsprach. Ich antwortete Baba, dass ich kommen würde, sobald ich das Geld beisammen hatte.

Vier Wochen später fuhr ich mit dem Bus zum Gefangenenlager, um Fadi zu holen. Baba konnte ich nicht sehen, weil nur am ersten Dienstag des Monats Besuchszeit war. Bis dahin waren es noch drei Wochen, und Mama wollte ihr Kind so schnell wie möglich wieder bei sich haben.

Der Junge, der das Gefängnis verließ, war nicht mehr derselbe wie der Fadi, der an dem Abend verhaftet worden war. Die Haut um seine Augen war gelblich verfärbt, wie ein Bluterguss, der langsam vergeht. An den Handgelenken waren rote Striemen zu sehen. Er wirkte ruhiger, allerdings nicht im positiven Sinn. Hatten die Soldaten seinen Willen gebrochen?

»Ich habe Baba gesehen«, murmelte er im Bus. »So was tu ich nie wieder.«

Ich legte den Arm um ihn. »Wir machen alle Fehler.«

»Baba ist so stark«, fügte er, fast verwundert, hinzu.

Ich wusste genau, was er meinte.

## 20

Die Sonne stand schon sehr tief, als die Aufseher uns zurück ins Dorf führten. Lehrer Mohammad stand beim Tor und kam auf uns zu. Ich erschrak. War Mama etwas zugestoßen? Oder Baba? Oder vielleicht stimmte mit Abbas etwas nicht. Wieso war niemand von meiner Familie da? Waren sie alle tot? Die Arbeiter um mich herum unterhielten sich, aber ich hörte nur Mohammads Schritte, die immer näher kamen.

»Die Israelis machen einen Mathematik-Wettbewerb für alle Schüler im letzten Schuljahr«, sagte er. »Du könntest ein Stipendium für die Hebrew University gewinnen.«

Eine Sekunde lang war ich begeistert – aber genauso schnell verflog die Freude wieder. »Ich habe keine Zeit«, entgegnete ich.

»Du darfst deine Begabung nicht wegwerfen«, sagte der Lehrer. »Ich weiß, im Augenblick sieht es so aus, als gäbe es keinen Ausweg, aber du kannst einen besseren Pfad einschlagen.«

Ach, wenn ich ihm doch glauben könnte! Aber was er vorschlug, war völlig unmöglich. Wie sollte ich das schaffen? Ich hatte keine Chance. Abbas' Sturz lag inzwischen fünf Jahre zurück, aber ich musste immer noch seine Arztrechnungen abzahlen. Insgesamt ging es ihm zwar besser, doch an Arbeit war nicht zu denken. Die einzigen Jobs, die Leute wie wir bekommen konnten, verlangten sehr viel körperlichen Einsatz, und dazu würde Abbas nie wieder fähig sein. Er hatte permanent Schmerzen. Seine Freunde kamen zu unserem Zelt und besuchten ihn, oder er traf sich mit ihnen, zu Hause oder im Teehaus, aber sonst konnte er nicht viel tun. »Meine Brüder verdienen nicht genug ohne mich.«

»Wenn du den Wettbewerb gewinnst, dann finde ich für deine Brüder Jobs in der Umzugsfirma meines Cousins.«

»Ich muss die Familie ernähren.«

»Wenn du einen College-Abschluss machst, kannst du viel mehr Geld verdienen. Lass es uns doch wenigstens versuchen.«

»Nein, das geht nicht.«

Das Lächeln verschwand von seinem Gesicht. »Ich bin nicht dein Vater, Ahmed, aber ich glaube, dass er sich genau das für seinen hochbegabten Sohn wünschen würde.«

Ich schrieb Baba von dem Wettbewerb und dass ich beschlossen hätte, nicht teilzunehmen. Seine Antwort kam prompt.

*An meinen liebsten Ahmed.*

*Du musst dich an dem Wettbewerb beteiligen und dein Bestes geben. Ich werde dich immer lieben, gleichgültig, ob du gewinnst oder verlierst, aber ich wäre enttäuscht, wenn du es nicht einmal versuchen würdest. Ich weiß, die Familie wird anfangs darunter leiden, aber auf lange Sicht ist es doch nur von Vorteil, wenn du aufs College gehst. Du wirst eine bessere und interessantere Arbeit finden. Und wenn du tust, was du gern tust, dann kommt auch das Geld.*

*In Liebe, Baba*

Als ich Lehrer Mohammad erzählte, dass ich nun doch bei dem Wettbewerb mitmachen wolle, traten ihm Tränen in die Augen, und er umarmte mich.

Lehrer Mohammad und ich stiegen am Zentralbahnhof von Herzlia aus dem Bus. Dort warteten keine Soldaten auf uns, wir wurden nicht gefilzt, wir mussten keine Reisepapiere vorlegen. Vom Bus aus hatten wir etwas von Tel Aviv gesehen – eine moderne und saubere Großstadt. Man konnte sich kaum vorstellen, dass sie zum selben Land gehörte wie unser Dorf. Herzlia selbst lag etwa fünfzehn Kilometer nördlich und war kleiner, doch es gab auch hier viele Straßencafés mit Musik – und überhaupt ein Gefühl von Freiheit.

»Hier herrscht nicht das Militär«, sagte Lehrer Mohammad.

Ein Israeli hielt mit seinem Mercedes neben uns. »Brauchen Sie ein Taxi?«

»Ja, bitte zur Herzlia Highschool.« Mit einer Handbewegung signalisierte mir der Lehrer, ich solle auf der Rückbank Platz nehmen.

»Ist es kühl genug dahinten? Soll ich die Klimaanlage höher stellen?«

Ich drehte mich um. Mit wem redete dieser Mann?

»Vielen Dank, nicht nötig«, antwortete Lehrer Mohammad. »Wir sind die Hitze gewöhnt.«

Ich konnte alles gar nicht schnell genug in mir aufnehmen, was ich da sah. Wir fuhren an weißgetünchten Häusern vorbei, die aussahen wie Schlösser. Rot, violett und rosa blühende Bougainvilleen-Sträucher kletterten die Wände hoch, und die gepflegten Gärten waren ein einziges Farbenmeer. Mama wäre von diesem Anblick entzückt gewesen! Und in fast jeder Einfahrt parkte ein Mercedes oder ein BMW.

»Sieht es so im Paradies aus?«, fragte ich leise.

Lehrer Mohammad tätschelte mein Knie. »Wir können es nur hoffen.«

Wellenrauschen, endlose Sandstrände – ich musste an Baba denken, der mit seinem Bruder in diesem Meer schwimmen gegangen war. Wir näherten uns der aus weißem Stein gebauten Schule, die ebenfalls mit roten Bougainvilleen bewachsen war. Ehrfürchtig traten wir ein und gingen an der Turnhalle vorbei, an einem Theatersaal, einer Cafeteria, einer Bibliothek, einem Zeichensaal, einem Musiksaal mit Flügel und wunderschönen, großen Klassenzimmern.

»Wie soll ich da mithalten?« Unsere Dorfschule war so winzig, dass die Kinder in Etappen unterrichtet werden mussten. Wir teilten uns die Bücher, arbeiteten an uralten, wackeligen Tischen und lasen von der kaputten Tafel ab, was der Lehrer mit rationierter Kreide angeschrieben hatte.

Lehrer Mohammad ging zielstrebig weiter. »Genie ist angeboren und kann nicht erlernt werden.«

»Aber die Vorbereitung spielt auch eine Rolle.« Am liebsten hätte ich auf dem Absatz kehrtgemacht und wäre wieder nach Hause gefahren.

»Viele große Männer können ihren Erfolg der Tatsache zuschreiben, dass sie nicht dieselben Privilegien hatten wie andere.«

Die Aula, in welcher der schriftliche Teil des Wettbewerbs stattfand, war so groß wie unsere gesamte Schule daheim. Alle Köpfe drehten sich nach uns um, und zahlreiche Augenpaare musterten mich. Meine verwaschene Kleidung schlotterte an mir, wohingegen die israelischen Teilnehmerinnen und Teilnehmer hübsche Kleider beziehungsweise adrette Anzüge mit Krawatte trugen. Ich passte nicht hierher. Warum hatte ich mich nur überreden lassen?

Die Frau an der Anmeldung musterte mich über ihre Lesebrille hinweg. »Ich brauche deinen Ausweis.«

Ich hielt die Karte in meiner schwieligen Hand. Darauf stand, unübersehbar, das Wort ARAB. Aber um zu merken, dass ich Araber war, brauchte sie keinen Ausweis. Menschen wie ich waren leicht zu identifizieren.

»Du bist der einzige Araber hier.« Sie führte mich zu einem Platz ganz in ihrer Nähe. Dachte sie, ich würde mogeln? Oder hatte sie Angst, ich könnte jemanden umbringen? Der Junge neben mir kaute an seinem Radiergummi. Das Mädchen hinter mir atmete stoßweise, als bekäme sie nicht richtig Luft. Ich zählte schnell durch, wie viele Schüler es waren. 523. Eine nervöse Stimmung erfüllte den Raum. Der Aufsicht führende Beamte verteilte die Zettel mit den Aufgaben.

»Ihr habt zwei Stunden Zeit«, sagte er.

Vierzig Minuten später – die Köpfe der anderen Teilnehmer waren noch gesenkt, Stifte und Radiergummis bewegten sich hektisch – gab ich mein Blatt ab.

»Die Fragen waren viel zu leicht«, sagte ich zu Lehrer Mohammad, der vor der Aula auf mich wartete. »Irgendwas stimmt da nicht.«

Er legte mir die Hand auf die Schulter. »Dank deiner genialen Begabung bist du fähig, das Komplizierte auf das Einfache zu reduzieren.« Ein Lächeln huschte über mein Gesicht.

Mama stand vor dem Zelt, die Arme vor der Brust verschränkt. »Wo warst du?« Ich hatte ihr nichts von meinen Plänen erzählt, weil sie garantiert nicht einverstanden gewesen wäre.

»Bei einem Mathematik-Wettbewerb.« Ich zwang mich zu einem Lächeln – in der Hoffnung, dass es ansteckend wirken würde. »Ich versuche, ein Stipendium für die Universität zu bekommen.«

Doch sie erwiderte mein Lächeln nicht. Mit angehaltenem Atem erwartete ich ihre Reaktion.

»Kommt gar nicht in Frage!« Ihre Stimme bebte vor Empörung. Ich wusste nicht, wann ich sie das letzte Mal so aufgebracht gesehen hatte. »Wer zu hoch hinaus will, bricht sich das Genick.«

»Es ist mir wichtig.«

»Wir. Sind. Nicht. Reich.« Sie betonte jedes Wort einzeln. »Wir müssen Rechnungen bezahlen. Wer weiß, ob Abbas je wieder arbeiten kann. Und Nadia darf ich nicht bitten zu arbeiten – wer würde sie dann noch heiraten wollen?«

»Lehrer Mohammad hat versprochen zu helfen.«

Mamas Gesicht lief feuerrot an. Es würde mir niemals gelingen, sie zu überzeugen. Aber Baba hatte recht. Ich hatte viel bessere Chancen, etwas zu erreichen, wenn ich auf die Universität ging. Erst einmal schob ich das Thema beiseite. Ich bekam sowieso kein Stipendium. Die Israelis würden es nicht zulassen, dass der Sohn eines arabischen Gefangenen gewann.

Ich schrieb Baba und erzählte ihm, dass ich als Erster mit den Aufgaben fertig gewesen war und dass ich Angst hatte, etwas falsch gemacht zu haben. Baba antwortete: Der kluge Geist bewegt sich schnell, wie eine Kugel.

## 21

Lehrer Mohammad reichte mir den Umschlag. Völlig verkrampft nahm ich ihn entgegen, schob meinen schmutzigen Zeigefinger in die Ecke über der zugeklebten Klappe, riss ihn auf und holte den Brief heraus.

*Lieber Mr. Hamid,*

*im Namen der Mathematischen Fakultät der Hebrew University können wir Ihnen die freudige Mitteilung machen, dass Sie einer der zehn Finalisten sind. Sie sind eingeladen, an einem mündlichen Mathematik-Wettbewerb teilzunehmen. Er findet am 5. November 1965 in der Golda-Meir-Aula der Herzlia Highschool statt.*

*Mit freundlichen Grüßen,*
*Professor Yitzhak Schulman*

»Und?« Lehrer Mohammad war ganz aufgeregt.

Mein Herz klopfte wild. Die Welt schien stillzustehen. Ich musste sofort meinem Vater schreiben!

»Erfolg heißt nicht, dass man nie hinfällt, sondern dass man jedes Mal wieder aufsteht.« Lehrer Mohammad hatte feuchte Augen. Er wollte mich trösten.

»Ich habe den ersten Test bestanden.«

Nun erschien ein breites Grinsen auf seinem Gesicht. »Man kann nicht zurückgehen und noch einmal von vorn beginnen, aber man kann hier und jetzt beginnen, ein neues Ende anzustreben.«

Ich schrieb Baba einen Brief, sobald ich wieder in unserem Zelt war. Baba freute sich sehr. Er antwortete, er sei zu hundert Prozent auf meiner Seite, gleichgültig, was geschehen würde.

In der Nacht vor dem Wettbewerb konnte ich nicht schlafen. Kalter Regen prasselte auf unser Zelt und tropfte durch die Löcher, so dass meine Decke klatschnass wurde. Der Wind blies so heftig, dass er sie fast anhob. Total erschöpft machte ich mich auf den Weg zur Arbeit.

Als es Abend wurde, konnte ich kaum noch die Augen offen halten – bis Lehrer Mohammad und ich in die Schule kamen. Vor dem Eingang hielten lauter Luxuslimousinen, und die jungen Hochbegabten, die ausstiegen, waren alle makellos gekleidet, als ginge es hier vor allem um die äußere Erscheinung.

Ich trug noch meine blutbefleckte Arbeitskleidung vom Schlachthof – Hemd und Kordelhose – und kam mir vor wie ein Esel, der mit lauter Vollblutpferden in der Startmaschine steht. Am liebsten wäre ich im Erdboden versunken, doch dann sah ich Baba vor mir, wie er in der Hitze der Negev-Wüste Sand schaufelt, und ich wusste, dass ich bleiben würde.

Die zehn Bewerber saßen in der Mitte des riesigen Holzpodiums. Die Stühle waren hufeisenförmig um die Tafel herum gruppiert. Ich war der kleine, unbedeutende Palästinenser, umgeben von den klügsten Israelis im ganzen Land. Keiner redete mit mir.

Der schwere rote Samtvorhang öffnete sich, und die Zuschauer wurden sichtbar. Ihre neugierigen Blicke wanderten von einem Teilnehmer zum nächsten, als wäre Intelligenz etwas, was man von einem Platz im Publikum aus beurteilen kann. Ich hatte das Gefühl, als würden alle mich anstarren. Hätte ich mich doch nur umgezogen! Mama würde schimpfen, wenn sie wüsste, dass ich in meiner dreckigen, verschwitzten Arbeitskleidung hier saß. Das heißt, eigentlich wollte sie ja gar nicht, dass ich mitmachte.

»Guten Tag. Ich bin Professor Yitzhak Schulman, Dekan der Mathematischen Fakultät an der Hebrew University. Willkommen bei unserem ersten landesweiten Mathematik-Wettbewerb.«

Applaus.

»Hier auf dem Podium sind zehn Sieger versammelt. Jede und jeder von ihnen hat eine enorme Begabung bewiesen.«

Professor Schulman erklärte die Regeln. Jeder Kandidat hatte drei Minuten, um eine Aufgabe zu lösen. Wer einen Fehler machte, musste das Podium verlassen. Die letzten fünf bekamen ein Stipendium an der Hebrew University in Jerusalem, und sie konkurrierten dann um die verschieden großzügig dotierten Plätze. Der Gewinner bekam natürlich die höchste Summe.

Kandidat Nummer eins wippte vor und zurück. Seine Kippa, die mit einer Haarklemme an den drahtigen schwarzen Locken befestigt war, federte bei jeder Bewegung.

Der Prüfer trat ans Mikrophon. »C sei der Einheitskreis $x^2 + y^2 = 1$. Ein Punkt wird zufällig ausgewählt auf C, und ein zweiter Punkt wird zufällig ausgewählt im Inneren von C. Diese Punkte werden unabhängig voneinander ausgewählt, mit gleichmäßiger Wahrscheinlichkeitsverteilung in ihrem jeweiligen Wertebereich. R sei das Rechteck, dessen Seiten parallel sind zu der x- beziehungsweise y-Achse mit der Diagonale pq. Wie hoch ist die Wahrscheinlichkeit, dass kein Punkt von R außerhalb von C liegt?«

Als der Bewerber Nummer eins die Kreide nahm und zu rechnen begann, hatte ich die Aufgabe bereits auf der imaginären Tafel in meinem Kopf gelöst. Ich konnte gewinnen. Es spielte keine Rolle, dass ich nicht die gleichen Ausgangsbedingungen hatte wie die anderen. Ich hatte die Begabung. Aber wenn die Israelis mir eine unlösbare Aufgabe stellten? Wer würde mir dann beistehen?

»Die Wahrscheinlichkeit beträgt $4/\pi^2$.«

»Das ist korrekt«, sagte der Prüfer.

Beifall brandete auf.

Kandidatin Nummer Zwei erhob sich. Ihre linke Schulter war viel höher als ihre rechte.

»Finde, mit Begründung, den Maximalwert von $f(x) = x^3 - 3x$ unter der Bedingung, dass von allen reellen Zahlen die reelle Zahl x der Ungleichung $x^4 + 36 \leq 13x^2$ genügt.«

Schweißtropfen bildeten sich auf ihrer Stirn, während sie auf die leere Tafel starrte. Der Klang der Glocke hallte im Saal wider. Das Publikum stöhnte auf. Mit hängendem Kopf verließ die Kandidatin das Podium.

Als Dritter war ich an der Reihe.

Das Blut pulsierte in meinen Adern, als ich zur Tafel ging. Alle Blicke verspotteten mich. Ich nahm die Kreide.

»k sei die kleinste natürliche Zahl mit folgender Eigenschaft: Es gibt einen Satz ganzer Zahlen $m_1$, $m_2$, $m_3$, $m_4$, $m_5$, von denen keine zwei gleich sein dürfen, so dass das Polynom $p(x) = (x - m_1)(x - m_2)(x - m_3)(x - m_4)(x - m_5)$ genau k Koeffizienten hat. Finde, mit Beweis, einen Satz ganzer Zahlen $m_1$, $m_2$, $m_3$, $m_4$, $m_5$, für die dieses minimale k erreicht wird.«

»Das Minimum liegt bei $k = 3$ und wird erreicht mit $\{m_1, m_2, m_3, m_4, m_5\} = \{-2, -1, 0, 1, 2\}$«, erklärte ich, während ich schrieb. Dann legte ich die Kreide weg, drehte mich um und blickte in den Saal.

Der Prüfer schaute mich an, als stünde er unter Schock. »Das ist korrekt.«

Eine Runde folgte der anderen. Ich schaffte es durchgängig, mich zu konzentrieren, und löste jede Aufgabe souverän. Mein Pulsschlag stockte, als der sechste Teilnehmer versagte. Auf jeden Fall würde ich ein Stipendium bekommen. Von nun an ging es um das beste finanzielle Angebot. Zehn Runden später waren nur noch Kandidat Acht und ich übrig.

Mein Konkurrent trat an die Tafel.

»Ein Pfeil, zufällig geworfen, trifft ein quadratisches Ziel. Unter der Annahme, dass zwei beliebige Abschnitte des Ziels mit der gleichen Fläche gleich wahrscheinlich getroffen werden, soll die Wahrscheinlichkeit gefunden werden, dass der getroffene Punkt näher beim Mittelpunkt ist als beim Rand. Geben Sie Ihre Antwort in der Form $(a\sqrt{b} + c) / d$, wobei a, b, c, d natürliche Zahlen sind.«

Er schloss die Augen und wischte sich die Hände an der schwarzen Hose ab. Dann begann er zu schreiben.

Die Glocke ertönte. Im Saal war es totenstill. Kandidat Nummer Acht wurde nicht vom Podium geführt, denn wenn es mir ebenfalls nicht gelang, meine Aufgabe in der vorgeschriebenen Zeit zu lösen, ging der Wettbewerb weiter.

Lehrer Mohammad saß ganz vorne auf der Stuhlkante und krallte sich in die Armlehnen.

»Faktorisieren Sie dieses Polynom: $7x^3y^3 + 21x^2y^2 - 10x^3y^2 - 30x^2y$.«

Ich holte tief Luft, begann zu schreiben und erklärte dabei laut, was ich schrieb: »$x^2y(7y - 10)\,(xy + 3)$.«

Als ich fertig war, schaute ich hinüber zu dem Prüfer. Ihm stand der Mund offen.

»Das ist korrekt«, verkündete er schließlich.

Lehrer Mohammad hob die Faust. Teilnehmer Nummer Acht kam auf mich zu und reichte mir die Hand.

»Der beste Denker, dem ich je begegnet bin«, murmelte er anerkennend.

Meine Lippen zitterten. Tränen stiegen mir in die Augen. Plötzlich waren wir nicht mehr ein Palästinenser und ein Israeli – wir waren zwei Mathematiker. Der Junge klopfte mir auf die Schulter. »Mein Name ist Zoher. Ich freue mich schon darauf, wenn wir uns an der Universität wiedersehen.« Ich war so ergriffen, dass ich kein Wort über die Lippen brachte. Ich konnte nur nicken.

Der Aufseher hängte mir eine Medaille um den Hals, während ein Fotograf vom *Yedioth Ahronot* eine Aufnahme von mir machte. Mein Magen rumorte. Die anderen Bewerber kamen auch, um mir zu gratulieren. Ich war gefangen in einem Netz widersprüchlicher Gefühle. Eine Welle der Energie wogte durch den Saal. Die Israelis, diese Menschen, die meinen Vater gefangen hielten, applaudierten mir.

Am nächsten Tag erschien auf der Titelseite der israelischen Zeitung mein Foto mit der Medaille um den Hals. Dazu die Schlagzeile »Arabischer Junge errechnet den Weg zum Sieg«. Ich schickte Baba den Artikel. Als Antwort kam eine Zeichnung, auf der er selbst dargestellt war, und mehr als Dreiviertel seines Gesichts bestand aus einem breiten Lächeln.

In der Nacht vor meiner Abreise zur Universität tat ich kein Auge zu. So wie das Stipendium gedacht war, sollte ich damit meinen Lebensunterhalt finanzieren, das war mir klar – aber was wurde nun aus meiner Familie? Konnte ich sie allein lassen? In den letzten sechs Jahren war ich der Mann im Haus gewesen. Würden sie ohne mich zurechtkommen? Voraussichtlich würde ich mindestens drei Jahre weg sein.

Am Morgen stand meine Mutter im Zelteingang. »Ich erlaube nicht, dass du bei den Israelis wohnst.« Sie drohte mir mit dem Finger. »Sie könnten dich töten.«

»Nicht alle sind schlecht«, sagte ich. »Denk doch nur daran, wie Yossi uns geholfen hat.«

»Uns geholfen?«, rief Abbas. »Nachdem sie mich fast umgebracht haben.« Er schüttelte verständnislos den Kopf. »Ich habe ihnen eine Chance gegeben. Eine zweite bekommen sie von mir nicht.«

Meine Geschwister saßen um das Zelt herum, traurig und mit Tränen in den Augen.

»Ich werde Physik und Mathematik studieren«, sagte ich zum hundertsten Mal.

»Der Mensch muss nicht mehr wissen als das, was er für den Alltag braucht.« Mama verschränkte die Arme vor der Brust.

»Ich weiß schon so viel – ich werde mich nie wieder damit zufriedengeben können, im Schlachthof zu arbeiten, Mama. Ich will das Unbekannte entdecken. Ich will meinen Lebensunterhalt mit Physik und Mathematik verdienen.«

Sie verdrehte die Augen, als wäre ich der dümmste Mensch auf der ganzen Welt. »Wenn du uns jetzt verlässt, dann brauchst du gar nicht wieder zurückzukommen.«

»Mein Studium ist die Antwort auf unsere Probleme. Wenn ich es schaffe, dann kann ich für die ganze Familie sorgen.«

»Du hast doch keine Ahnung vom Leben!« Die Worte kamen aus ihrem Mund geschossen. »Deine Träume sind nichts als Träume. Die Israelis haben die Macht, und sie werden dich immer nur als ihren Feind betrachten. Als einen Palästinenser. Es ist Zeit, dass du endlich die Augen aufmachst und siehst, wie die Welt läuft.«

Mit gesenktem Blick erwiderte ich: »Eines Tages werde ich es wiedergutmachen.«

»Wir werden nicht genug Geld haben«, sagte sie. »Tu uns das nicht an.«

»Ich muss gehen.«

»Bitte …« Sie konnte nicht weitersprechen, weil die Tränen ihre Stimme erstickten. Weinend ließ sie sich auf den Boden sinken und schlug die Hände vors Gesicht.

»Hier.« Ich gab ihr den größten Teil meines Stipendiums. »Kauf eine Ziege und ein Huhn. Bau Gemüse an. Wir haben nicht viel Land, aber dann weiß ich wenigstens, dass ihr etwas zu essen habt.«

»Hast du dann noch genug Geld für dich selbst?«

»Wenn es zu eng wird, breche ich das Studium ab und komme nach Hause. Bitte, Mama, erlaube mir wenigstens, es einen Monat lang zu versuchen.« Mit angehaltenem Atem wartete ich auf ihre Antwort.

Endlich nickte sie. Ich umarmte sie, und sie flüsterte mir ins Ohr: »Und bleib fern von den Israelis.«

»Du begibst dich in Lebensgefahr«, warnte mich Abbas.

»Ich weiß. Das Risiko nehme ich auf mich.«

Ich winkte allen zum Abschied. Auf dem Weg zur Bushaltestelle hatte ich Rückenwind, er trieb mich an. Und ich wusste, wer mir diesen Wind schickte.

*Danke, Baba.*

# TEIL ZWEI

## 1966

## 22

Die symmetrische Anordnung der Gebäude hatte auf mich irgendwie eine beruhigende Wirkung. Ich ging den betonierten Weg entlang, an elf Gebäuden vorbei, bis ich zu Haus Zwölf des Shikouney-Elef-Wohnheims kam.

Nervös zupfte ich an meiner Hose, damit sie wenigstens meine Knöchel bedeckte, doch das half nichts. Mama hatte sie vor drei Jahren für mich genäht, als ich noch einen ganzen Kopf kleiner war als jetzt. Aber die aus alten Laken genähte Kleidung und die paar Kleinigkeiten, die ich in meinem zerknitterten Beutel verstaut hatte, waren alles, was ich besaß.

Im Flur duftete es nach Tomatensauce. Was für eine verlockende Begrüßung! Der Geruch kam aus dem ersten Raum links, aus der Gemeinschaftsküche. Ich schaute hinein. Ein Mädchen, in Jeans und einem ziemlich knappen knallroten Top, war gerade dabei, einen Topf mit Gemüse vom Herd zu nehmen, die Hände mit Topflappen geschützt. Ihre schulterlangen Haare flatterten, als sie sich zu mir umdrehte. »Hallo!«, rief sie auf Arabisch.

Ich bekam mal wieder keinen Ton heraus und konnte nur nicken.

»Entschuldige.« Mit dem Topf in der Hand, ging sie an mir vorbei in den Korridor.

Ich hörte hebräisch sprechende Stimmen am anderen Ende des Flurs. Was machten die Israelis hier, in unserem Gebäude? Bestimmt waren es Soldaten. Ich wollte mich verstecken. Aber wo? Die Küchenfenster waren vergittert. Ich konnte nirgends hin. Aber ich wollte auch keinen Ärger. Ich hatte mich zwar im Kopf darauf eingestellt, zwischen lauter Juden zu leben, und beschlossen, dass es kein Problem sein würde – doch jetzt war ich in der Wirklichkeit angekommen. Und merkte, wie sehr ich mich geirrt hatte.

Mir wurde ganz flau, als sie näher kamen – aber sie trugen keine Uniform.

»*Shalom. Mah neshmah?*« Wie geht's so? Zoher begrüßte mich auf Hebräisch und streckte mir die Hand hin.

Ich hätte ihn fast nicht erkannt, in Jeans und weißem T-Shirt.

»*Tov, todah.*« Gut, danke, erwiderte ich auf Hebräisch und vergaß fast zu atmen. Neben Zoher stand ein zweiter junger Mann.

»Er ist das Mathe-Genie, von dem ich dir erzählt habe«, erklärte ihm Zoher.

»Ich heiße Rafael – wie der Erzengel –, aber alle Leute nennen mich Rafi«, sagte sein Freund, der ziemlich pickelige Haut hatte. »Du kannst stolz sein. Zoher ist nämlich nicht so schnell beeindruckt.«

Wir gaben uns die Hand.

»Wir wollen eine Arbeitsgruppe machen«, sagte Zoher. »Mein Bruder hat das Programm schon überstanden, und ich habe seine Notizen geerbt. Hast du Lust, dich mit uns zu verbünden?«

Was hatten sie vor? Wollten sie, dass ich scheiterte? Wollten sie mir etwas antun? Vielleicht war Zoher sauer, weil ich ihn besiegt hatte. Garantiert war dieser Vorschlag eine Falle. Ich hatte noch nie gehört, dass ein Israeli einen Palästinenser aufforderte, bei irgendeiner Gruppe mitzumachen. Aber ich sollte die beiden lieber nicht provozieren. Zoher besaß einen erstklassigen mathematischen Verstand, und außerdem hatte er die Notizen seines Bruders. Blieb mir eine andere Wahl?

Ich lächelte gezwungen. »Warum nicht?«

»Sehr gut. Sonntagabend um sechs«, sagte Zoher. »Zimmer vier.«

Rafi und Zoher wohnten also im Zimmer neben mir. Ich hatte nicht erwartet, dass ich mit Israelis Tür an Tür wohnen würde. War mein Zimmerkollege womöglich auch einer? Dann musste ich ja mit offenen Augen schlafen.

»Wo sind die Toiletten?«, fragte ich.

»Da hinten«, antwortete Rafi.

Ich verabschiedete mich mit einem Winken und ging zur Toilette. Es gab drei Kabinen, drei strahlend weiße Waschbecken und drei rechteckige Spiegel, die mein Ebenbild reflektierten. Wie konnte ich in so einer Umgebung leben, während meine Angehörigen im Freien in einer Zinkwanne standen und sich mit Wasser wuschen, das sie vom Dorfplatz heraufschleppen mussten? Babas Gesicht starrte mir aus dem Spiegel entgegen.

Wie würde Baba mit dieser Situation umgehen? Als ich ihn gefragt hatte, wie er es schaffte, in seinen Briefen immer so heiter und gelassen zu klingen, antwortete er, er gestatte niemandem, ihm seinen Mut und seine Überzeugungen zu nehmen. Er schrieb, wenn er mit Menschen zusammen sei, versuche er immer, gemeinsame Interessen zu finden. Wenn Baba es schaffte, mit seinen Zeichnungen, seinem Gesang und seiner Ud den Respekt der Gefängniswärter zu gewinnen, dann wollte ich das ebenfalls versuchen – nur eben mit meinen Gaben. Ja, sagte ich mir, wahrscheinlich ist es eine sehr gute Idee, wenn ich mich dieser Arbeitsgruppe anschließe.

Ich ging wieder hinaus und den hell erleuchteten Flur entlang. So war das, wenn es Strom gab! Mit meinem Schlüssel öffnete ich die Tür zu meinem neuen Zuhause. Ich wohnte nur mit einem anderen Studenten zusammen, aber das Zimmer war dreimal so groß wie das Zelt, in dem meine ganze Familie wohnte. Ich würde in einem richtigen Bett schlafen, während sie auf dünnen Matten auf dem

Boden lagen. Ich hatte meinen eigenen Schreibtisch und meinen eigenen Schrank, und es gab ein Waschbecken mit fließendem Wasser im Zimmer.

»Willkommen! Ich bin Jameel«, sagte ein junger Mann mit gleichmäßigen Gesichtszügen. Er sprach Arabisch! Er saß mitten im Zimmer an einem Tisch, und ihm gegenüber saß eine Frau, die vermutlich seine Mutter war. Auf dem weißen Tischtuch stand der Gemüseeintopf aus der Küche, dazu Taboulé, Hummus, Baba Ghanoush – ein Auberginenpüree – und Pitabrot.

Was war hier los? Drei Mädchen saßen essend auf den Betten. Aus dem Radio hinter ihnen kam die Stimme der libanesischen Sängerin Fairouz.

»Ich bin Ahmed.«

»Von welchem Planeten kommst du, Ahmad?« Jameel sprach meinen Namen mit einem ländlichen Akzent aus. Die drei Mädchen warfen kichernd die Köpfe zurück.

»Beachte ihn am besten gar nicht!«, rief das Mädchen von vorhin mit dem roten Top und stand auf. »Er ist der einzige Sohn. Total verwöhnt.« Zärtlich verpasste sie ihm eine Kopfnuss.

»Meine Schwestern solltest du auch lieber ignorieren.« Jameel deutete mit einer Handbewegung auf das Essen vor ihm. »Bitte, setz dich zu uns.«

Seine Mutter füllte sofort einen Teller mit Gemüseeintopf. Für mich. Einen Moment lang starrte ich wortlos darauf. Wie gern ich diesen Teller meiner Familie gegeben hätte!

»Bitte, fang doch an«, forderte mich Um Jameel auf.

Ich nahm neben Jameel Platz und begann zu essen. Es schmeckte wunderbar. Die Mutter strahlte vor Glück und tat gleich noch eine Portion auf meinen Teller. Ich verschlang auch diese. Und schon bekam ich wieder Nachschlag.

»Das schmeckt phantastisch!« So etwas Gutes hatte ich nicht mehr gegessen, seit Baba vor sechs Jahren ins Gefängnis gekommen war. Obwohl ich wusste, dass mich mehrere Augenpaare beobachteten, aß ich immer weiter.

Um Jameel lächelte. »Seht euch nur an, wie gut ihm mein Essen schmeckt!«

»Wo ist eigentlich dein Koffer?« Jameel blickte sich um.

»Ich reise gern leicht.« In meiner Tasche waren nur meine zweite Arbeitshose, ein Hemd, das Buch, das Lehrer Mohammad mir gegeben hatte, sowie ein paar andere Kleinigkeiten. Sonst hatte ich nichts.

Nun erhob sich Um Jameel und packte ihre Sachen zusammen – die Familie wollte aufbrechen. »Dann sehe ich dich und Ahmed am sechzehnten«, sagte sie zu ihrem Sohn.

»Niemand fährt jedes zweite Wochenende nach Hause«, entgegnete Jameel leise, aber bestimmt.

»Fang bitte nicht wieder damit an! Ich will mir keine Sorgen machen müssen, ob du auch ordentlich isst und saubere Kleidung anhast. Wenn du nicht zu uns kommst, dann kommen wir zu dir.«

Jameel lief feuerrot an. »Okay. Ich komme.«

»Du auch, Ahmed.« Um Jameel sprach meinen Namen korrekt aus, nicht wie wir im Dorf. »Er braucht bestimmt Hilfe, um auf dem Rückweg das Essen zu tragen.« Um Jameel deutete auf ihren Sohn, aber dann wandte sie sich wieder an mich. »Und glaub ja nicht, dass ich dich hungrig gehen lasse.«

Jameel begleitete seine Familie zur Bushaltestelle. Ich legte mein Hemd und meine Hose in meinen Schrank, dann warf ich einen Blick in Jameels Schrank. Jacken und Hemden und Hosen in verschiedenen Farben, säuberlich aufgehängt auf Kleiderbügeln. In den Fächern über der Hängestange lagen unterschiedlich warme Pullover, außerdem T-Shirts und ein Stapel Schlafanzüge. Unten standen ein Paar Ledersandalen, glänzende schwarze Stiefel mit Plateausohlen und makellos weiße Turnschuhe. Seine Familie musste ganz schön reich sein.

Jameel kam zurück und schloss die Tür hinter sich.

»Ich glaube, meine Mutter hat die ganze Woche nicht geschlafen. Trennungsschmerz.« Er zuckte die Achseln, ging zum Radio und stellte einen Sender mit westlicher Musik ein. Aus seiner Hemdtasche holte er ein Päckchen Zigaretten und bot mir eine an.

»Rauchst du?«

»Nein, danke.«

»Versuch's doch mal.« Er schüttelte eine Zigarette heraus, zündete sie an und wollte sie mir reichen.

»Vielleicht später. Aber du kannst gern rauchen.« Ich setzte mich auf mein Bett. Wie angenehm weich es war!

Jameel steckte die Zigarette zwischen die Lippen und begann, die Hüften zu schwingen und mit dem Kopf zu nicken und im Zimmer herumzutanzen wie ein Sufi-Mystiker in Ekstase. Dann strich er seine Zigarette am Aschenbecher ab und ließ sich aufs Bett fallen. Den Blick zur Decke gerichtet, paffte er lässig vor sich hin.

»Sollen wir uns den Campus ansehen?«, fragte er dann.

»Ich muss mir ein paar Bücher holen.« Lehrer Mohammad hatte mir geraten, möglichst bald die Bücher aus der Bibliothek auszuleihen, weil sie für mich zu teuer waren.

Wir gingen über die üppig grünen Wiesen. Jameel tippte mir auf die Brust.

»Schau dir mal das leckere Lämmchen da drüben an.«

Was meinte er? Ich folgte seinem Blick: Ein israelisches Mädchen saß auf einer Bank vor der Bibliothek. Ihre Bluse war so weit aufgeknöpft, dass man den Ansatz ihrer Brüste sehen konnte. Die Beine hatte sie übereinandergeschlagen, und sie trug Shorts, die kaum länger waren als ihre Unterwäsche.

»Wie gern ich mich an diese Kissen kuscheln würde!« Jameel bleckte die Zähne, schüttelte den Kopf und knurrte wie ein Hund. »Wäre doch super, wenn ich mein Kamel zwischen diesen Hügeln da weiden lassen könnte.«

»Jameel!« Ich blickte mich nervös um, ob irgendwo ein Aufpasser herumstand. »Was ist, wenn dich jemand hört?«

Lachend schlug er mir auf den Rücken, und wir gingen weiter.

## 23

Ich ging in meinen ersten Kurs. Analysis 1. Kurz blieb ich stehen, um alles auf mich wirken zu lassen: frisch gestrichene Wände, viele Tischreihen, vorne der große Schreibtisch des Professors, dahinter ein Lederstuhl mit Rollen und eine glänzende schwarze Tafel, die nagelneu aussah. Der Raum füllte sich schnell mit Studenten, die sich alle lebhaft auf Hebräisch unterhielten. Ich vermied jeden Blickkontakt und suchte mir ganz hinten einen freien Platz.

Ich erwischte einen in der allerletzten Reihe, Allah sei Dank, denn alle anderen Plätze, die noch nicht besetzt waren, befanden sich direkt vor der Nase des Professors. Überall Israelis. Der junge Mann neben mir brummte: »*Yiksah!*«, stand auf und setzte sich vorne hin.

Mein Blick begegnete dem des Professors. Dieser strich sich über den dichten Bart und stützte die Ellbogen auf den großen Schreibtisch. Nach einer Weile erhob er sich und schob seine Kippa zurecht. »Mein Name ist Professor Mizrahi.« Weiße Schaufäden hingen unter seinem Hemd hervor – ein Hinweis darauf, wie religiös er war. Die frommen Juden glaubten, dass Gott ihnen das Land Israel verheißen hatte.

Professor Mizrahis Akzent und sein Name sagten mir, dass er ein sephardischer Jude sein musste. Tja, Pech für mich – gleich mein erster Professor würde mich hassen. Schweiß trat mir auf die Stirn.

»Wenn ich den entsprechenden Namen aufrufe, werden Sie sich zu dem Platz begeben, den ich Ihnen zuweise, und so wird es das gesamte Semester über bleiben.« Er blickte auf den Plan in seiner Hand. »Aaron Levi, Boaz Cohen, Yossi Levine ...« Einen Namen nach dem anderen rief er auf und füllte den Raum von hinten nach vorne. Schließlich deutete er auf den Tisch direkt vor seinem Pult und rief: »Ahmed Hamid!« Seine Aussprache war perfekt.

Ich kam mir vor wie ein Musterstück unter einem Mikroskop. Zwischen zwei sephardischen Juden. Ich, der einzige Nicht-Jude, der einzige Araber in diesem Kurs. Sie würden mich auffressen, bei lebendigem Leib.

»Dann wollen wir mal anfangen.« Professor Mizrahi nahm die Kreide und schrieb auf die Tafel: $3x - (x - 7) = 4x - 5$.

»Mr. Hamid?« Mit der Kreide zeigte er auf mich.

»x ist gleich 6«, antwortete ich.

»Was haben Sie gesagt?« Professor Mizrahi legte den Kopf schief.

Mein Herz klopfte, als würde jemand mit der Faust gegen eine verschlossene Tür hämmern. »x ist gleich 6.«

Professor Mizrahi blinzelte kurz und las die nächste Aufgabe vor.

»Mr. Hamid, bestimmen Sie die Momentangeschwindigkeit beziehungsweise die Veränderung der Entfernung zum Zeitpunkt $t = 5$ für einen Gegenstand, dessen freier Fall durch die Formel $s = 16t^2 + 96t$ gegeben ist!«

»Die Ableitung ist 256, und dies ist die Momentangeschwindigkeit nach fünf Sekunden freiem Fall.«

Die Uhr vorne im Raum tickte ohrenbetäubend laut.

»Besten Dank, Mr. Hamid«, sagte er. »Nicht übel.«


Von acht Uhr morgens bis vier Uhr nachmittags hatte ich Kurse in Mathematik und Physik. Auf dem Weg zur Bibliothek, wo ich lernen wollte, machte ich einen Abstecher zu dem botanischen Garten zwischen den Verwaltungsgebäuden und der Nationalbibliothek. Der Küstenmammutbaum, *Sequoia sempervirens*, und der Riesenmammutbaum, *Sequoia dendron*, waren so gigantisch, dass sie die Gebäude in der Umgebung überragten. Wie gern würde ich Mama diesen Garten zeigen! Und Baba könnte sie vor den Bäumen zeichnen.

An der Bibliothek angekommen, reckte ich den Hals, um die großen Buntglasfenster zu betrachten, die von innen erleuchtet waren, als wären Wissen und Licht ein- und dasselbe. Ich öffnete die Eingangstür, wie die Tür zu einem heiligen Schrein, und das helle Licht fiel nun auch auf mich.

»Tasche auf den Tisch.« Die Worte des bewaffneten Aufsehers trafen mich wie ein eisiger Windstoß. Ich gehorchte, ohne Zögern. Er stülpte meine Tasche um, Notizblock und Bleistift landeten auf dem Tisch. »An die Wand.« Dazu die entsprechende Handbewegung. »Schuhe ausziehen.«

Mein Gesicht begann zu glühen. Ich wollte nicht, dass jemand die Sandalen anschaute, die Mama mir wieder aus einem alten Fahrradreifen gemacht hatte. Doch mir blieb keine andere Wahl. Behutsam öffnete ich die Gummibänder. Der Aufseher steckte seinen Bleistift durch den hinteren Riemen, hob den Schuh in die Höhe und begutachtete ihn von allen Seiten.

»Hierher«, befahl er dann. »Beine auseinander, Arme hoch.«

Während er meine Beine abtastete, betrat ein Israeli mit Uzi und Rucksack die Bibliothek. In Jerusalem mussten alle israelischen Soldaten und Reservisten eine geladene Uzi bei sich tragen.

»Hallo, Motie – ich dachte, du bist im Norden!«, rief der Aufseher dem bewaffneten Mann zu, während er mein rechtes Bein abklopfte. »Bist du abgehauen?«

Motie lachte. »Nein, versetzt worden. Zum Glück ist die Stadt voller Araber – da kann man gar nicht genug Soldaten haben. Es ärgert mich schon, dass ich das Jahr wiederholen muss, deshalb wollte ich nicht auch noch die erste Woche verpassen.«

Für den Bruchteil einer Sekunde wünschte ich mir, ich wäre Jude, damit ich die Bibliothek betreten könnte, ohne gefilzt zu werden.

Vier Israelis, die alle aussahen, als könnten sie mit bloßen Händen Walnüsse knacken, winkten Motie zu und luden ihn an ihren Tisch ein.

Es gab mehrere freie Tische, aber ich wollte einen Einzelplatz. Aus dem Augenwinkel sah ich einen und ging dorthin, mit möglichst neutraler Miene. Dann holte ich meinen Plan mit den Lehrveranstaltungen heraus.

Laute Stimmen lenkten mich ab. Ich blickte auf, und meine Augen begegneten denen von Motie. Ich schaute schnell weg, aber es war zu spät. Er hatte meinen Blick bemerkt.

Ich schaffte es beim besten Willen nicht, mich auf Analysis 1 zu konzentrieren. Die Stimmen wurden lauter.

»Geh du zu ihm rüber«, sagte Motie.

»Du hast die Knarre«, entgegnete eine tiefe Stimme. Dröhnendes Gelächter.

Ich starrte auf meine Unterlagen. Das Papier wurde schon feucht, weil meine Hände so schwitzten.

Ein schrappendes Geräusch – ein Stuhl wurde zurückgeschoben. Näher kommende Stiefelschritte. Ruhig durchatmen, ermahnte ich mich selbst. Dann blickte ich hoch. Der Typ kam direkt auf mich zu, die Uzi in der Hand.

»Entschuldigen Sie bitte – Sie sind doch Motie Moaz, stimmt's?« Die Bibliothekarin stellte sich ihm in den Weg.

»Ja.«

»Sie müssen noch verschiedene Bücher von letztem Jahr zurückgeben.«

Er grinste. »Ich lese leider sehr langsam.« Dieser Mann war es sichtlich gewöhnt, sich durchzusetzen.

Aber die Bibliothekarin ließ sich davon nicht beeindrucken. »Kommen Sie bitte mit. Ich gebe Ihnen die Liste.«

Die Stiefel entfernten sich. Jedenfalls vorübergehend. Ich musste W. L. Wilks' *Calculus* finden, ehe Motie zurückkam. An dem Regal hinter seinem Tisch war ein Schild mit der Aufschrift »Analysis« angebracht. Oder sollte ich lieber warten, bis er und seine Freunde wieder gingen? Aber was, wenn sie den ganzen Abend hierblieben? Und wenn ein anderer Student das Buch dann bereits ausgeliehen hatte? Wieso war die Bücherliste nicht schon vor Beginn der Lehrveranstaltungen verteilt worden? Ich holte tief Luft, durchquerte den gewölbeartigen Raum bis zum anderen Ende und ging zu dem Analysis-Regal.

Die tiefen Stimmen der Männer verstummten, als ich mich meinem Ziel näherte. Mit den Augen ging ich blitzschnell das Analysis-Regal durch und nahm das gesuchte Buch heraus. Die Seiten klebten zusammen. Gab es ein Inhaltsverzeichnis? Am Rand meines Blickfelds tauchten zwei Silhouetten auf, die miteinander flüsterten. Wo war nur dieses Inhaltsverzeichnis? Ah, hier. Ich klappte das Buch zu und klemmte es unter den Arm.

Mit gesenktem Kopf ging ich den schmalen Gang entlang zurück zu meinem Platz. Als ich mein Ziel schon fast erreicht hatte, stellte sich mir Motie in den Weg. Eine Straßensperre. Ich machte kehrt und ging in die andere Richtung. Dort versperrten mir zwei andere Israelis den Weg.

Warum nur hatte ich in dem Kurs die Fragen beantwortet? Jetzt bekam ich die Quittung.

Motie stieß mir den Lauf seiner Uzi in die Magengegend.

»Willst du hier etwas einschmuggeln?« Er stieß noch einmal zu.

»Ich habe ein Buch geholt. Für den Kurs.« Ich fühlte mich alles andere als wohl in meiner Haut. »Entschuldigung – ich muss hier durch.«

Die Adern an seinem Hals schwollen an.

»Entschuldigung. Ich muss hier durch«, wiederholte ich. »Bitte.«

»Komm mit«, befahl Motie.

»Sofort?«

»Wenn alles klappt, tut's nicht weh.« Mit dem Lauf der Maschinenpistole deutete er auf seinen Tisch.

Die Waffe gegen meine Niere gedrückt, führte er an das gewünschte Ziel. »Hinsetzen.« Jetzt deutete er mit der Uzi auf einen Stuhl. Ich setzte mich. Der Gewehrlauf schob mir ein Blatt hin. »Löse die erste Aufgabe«, sagte Motie.

Ich schaute mir die Problemstellung an. Wenn $c(a) = 2000 + 8{,}6a + 0{,}5a^2$, dann ist $c'(300) = ?$

»308,6.« Meine Stimme zitterte.

Er zog die linke Braue hoch. »Was ist dein Geheimnis?«

»Ich habe kein Geheimnis«, presste ich hervor. Daraufhin deutete Motie mit seiner Waffe auf die nächste Aufgabe.

»Ist ja auch egal – solange du uns die richtigen Lösungen lieferst.«

»Woher willst du eigentlich wissen, dass seine Lösung stimmt?«, fragte einer seiner Kumpel.

Motie riss ein Blatt aus seinem Notizblock. »Mach gleichzeitig deine eigenen Hausaufgaben.«

Ein grimmiger Bibliothekar mit Bart kam auf uns zu, die Arme vor der Brust verschränkt. Sein Gesicht kam mir bekannt vor. Unsere Blicke verhakten sich. Es war Kandidat Nummer sechs. Kein gutes Omen.

»Macht der Junge Ärger?«, wollte der Bibliothekar von Motie wissen.

»Alles okay, Daaveed«, antwortete Motie. »Das hier ist das erste Treffen unserer Arbeitsgruppe, stimmt's, Mohammad?«

»Ja«, antwortete ich leise.

»Lauter, Mohammad!«, befahl Motie.

»Ja. Stimmt. Wir sind eine Arbeitsgruppe.« Meine Stimme war kaum besser zu hören als vorher.

Daaveed grinste mich höhnisch an und ging.

Ich schaute mir meine »Arbeitsgruppe« an. Ob meine Gruppe mit Zoher und Rafi am Sonntagabend ebenfalls mit vorgehaltener Waffe stattfinden würde? Ungeduldig blickte ich auf die Uhr. Es war erst 16 Uhr 45. Wie lange wollten diese Typen mich noch festhalten? Blieb mir noch genügend Zeit für meine anderen Aufgaben? Ich beschloss, die Nacht durchzuarbeiten. Ich brauchte keinen Schlaf. Aber Motie würde garantiert müde werden.

Er holte ein Buch aus seinem Rucksack und knallte es auf den Tisch. Mit schwarzem Filzstift hatte jemand »Physik« darauf geschrieben. Auf Hebräisch. Darunter stand *Dienstag und Donnerstag 9–10 Uhr, Professor Sharon*. Das Blut pochte in meinen Schläfen. Reichte nicht *ein* gemeinsamer Kurs?

»*Nu.*« Auf geht's. Motie tippte auf die nächste Aufgabe.

In der Bibliothek war es inzwischen ganz voll. Alle größeren Tische waren von Studenten besetzt, die in ihre Bücher vertieft waren. Ich schaute wieder auf die Uhr. 16 Uhr 46. Immerhin gestattete mir Motie, mit meinen eigenen Hausaufgaben anzufangen. Durchs Fenster strömte helles Sonnenlicht. Wollte dieser Tag denn gar nicht zu Ende gehen?

Wenn Baba hier wäre, dachte ich, würde er wünschen, dass ich Motie beibringe, wie man die Aufgaben löst, damit er es später selbständig tun kann. Bei den restlichen Fragen ging ich also die Lösung Schritt für Schritt mit Motie durch. Nach einer Weile schaffte er es tatsächlich ohne meine Hilfe. Er wollte nur noch, dass ich kontrolliere, ob seine Ergebnisse stimmen. Als wir fertig waren, redete er völlig normal mit mir und brauchte nicht mehr die Unterstützung seiner Uzi.

»Ich muss kurz was essen, aber ich komme wieder.« Er brachte schon fast ein Lächeln zustande, als er hinzufügte: »Du hast mir ganz schön geholfen.«

Erwartete er, dass ich hier in der Bibliothek auf ihn wartete? Mit elf ausgeliehenen Büchern im Arm ging ich zurück zum Wohnheim. Hoffentlich musste ich von nun an längere Zeit nicht mehr in die Bibliothek.

»Mach bitte die Tür auf«, rief ich Jameel vom Flur aus zu. Die Bücher schnitten mir in Handflächen und Unterarme, der Stapel ragte mir über den Kopf. Jameel reagierte nicht. Als ich versuchte, den Schlüssel aus meiner Tasche zu angeln, geriet der Bücherstapel aus dem Gleichgewicht, und meine wertvolle Last landete auf dem Fußboden. Verzweifelt inspizierte ich ein Buch nach dem anderen. Was, wenn eines beschädigt war? Wie sollte ich dafür bezahlen? Das Stipendiengeld hatte ich fast komplett meiner Mama gegeben. Ich besaß nur noch genug, um die Busfahrkarte zurück ins Dorf zu bezahlen, und sechs Brotlaibe.

Mit Herzklopfen schloss ich die Tür auf und deponierte die Bücher alle säuberlich auf meinem Schreibtisch.

## 24

Es war schon nach ein Uhr nachts, als Jameel heimkam. »Willst du deine eigene Bibliothek eröffnen?«, lachte er.

»Hast du noch nicht angefangen, dich für den Kurs vorzubereiten?«, fragte ich.

»Ich perfektioniere mein Englisch – für die Tanzpartys, die am Samstagabend immer hier an der Uni stattfinden.« Er grinste. »Du musst dir echt diese amerikanischen Mädchen ansehen. *Rrr!* Einfach super. Komm am besten mit. Morgen Abend.«

Das ging doch nicht! Ich war hier, um zu lernen. Jameel hatte keine Ahnung, welche Opfer meine Familie für mich brachte.

»Du musst dir Klamotten kaufen.«Jameel strich sich über das Revers. »Ich bring dir bei, wie man sich anzieht.«

Aber wie konnte ich es rechtfertigen, mir eine neue Hose anzuschaffen, während Mama nicht einmal einen warmen Winterpullover besaß, der sie gegen den beißenden Wind schützte?

»Du kannst dir auch gern was von mir leihen«, sagte Jameel und fügte lachend hinzu: »Ich weiß ja, wie knauserig du bist.«

Ich hatte Angst vor dem Physik-Kurs, als ich am Morgen aufwachte. Jameel erzählte, unser Dozent sei bekannt für seinen scharfen naturwissenschaftlichen Verstand – und für seine Abneigung gegen Araber. Physik war seit jeher mein Lieblingsfach, aber jetzt wünschte ich mir, es wäre kein Pflichtkurs.

»Du bist eingewickelt wie eine Mumie«, sagte Jameel zu mir, als wir gemeinsam über den Campus gingen. In seinem schwarzen Rollkragenpullover und der schwarzen Hose und mit einer ledernen Aktentasche über der Schulter sah er aus wie ein Professor. Ich trug die Sachen, die meine Mutter genäht hatte, und spürte richtig, wie mich die Leute anstarrten. In dem Kursraum angekommen, entschieden Jameel und ich uns für die hinterste Reihe.

Im Gegensatz zu den anderen Professoren, die lässig in Jeans und T-Shirt unterrichteten, erschien Professor Sharon in Nadelstreifenanzug und Fliege. Seine dicke Brille, sein stattlicher Bart und der dichte Schnurrbart passten nicht recht zu dem Rest seiner Erscheinung.

»Ahmed Hamid?«, sagte Professor Sharon. Beim Klang seiner Stimme begann meine Oberlippe zu zittern.

»Anwesend.«

»Woher kommen Sie, Mr. Hamid?«

»Aus El-Kouriyah.« Ich konnte selbst hören, wie meine Stimme zitterte.

Nachdem Professor Sharon sämtliche Namen aufgerufen hatte, blickte er direkt zu Jameel und mir und musterte uns, als wären wir eine minderwertige Spezies.

»Wir leben in wenig friedfertigen Zeiten«, begann er mit ernster Stimme. »Jeder einzelne Israeli muss extrem wachsam sein. Kommen Sie bitte zu mir, wenn Ihnen irgendetwas verdächtig vorkommt. Auch wenn es noch so banal zu sein scheint.« Dann räusperte er sich. »Wenn ein hochleistungsfähiges Sturmfeuergewehr, dessen Gewicht fünf Kilogramm beträgt, ein Fünfzehn-Gramm-Geschoss abfeuert mit einer Mündungsgeschwindigkeit von $3 \times 10^4$ cm/s, wie lautet dann die Rückstoßgeschwindigkeit, Mr. Abu Hussein?«

Alle Blicke wanderten zu Jameel.

»Ich bin nicht vorbereitet.«

»Das ist elementares Grundwissen. Wollen Sie eine akademische Null sein? Sie müssen den Sand aus Ihrem Kopf schütteln. Sonst sind Leute wie Sie hier reine Platzverschwendung.«

Professor Sharons Augen begegneten meinen. »Mr. Hamid, können Sie es uns sagen?«

»Minus neunzig Zentimeter pro Sekunde«, antwortete ich.

Professor Sharon schüttelte irritiert den Kopf. »Wie sind Sie zu diesem Ergebnis gekommen?«

»Nach dem Gesetz der Impulserhaltung muss der Gesamtimpuls, ehe der Schuss abgegeben wird, gleich sein wie der Gesamtimpuls, nachdem der Schuss abgegeben wurde. Das Minuszeichen bedeutet nur, der Rückstoß ist der Geschwindigkeit der Kugel entgegengesetzt.«

»Ich bin beinahe bereit, Ihnen zuzustimmen, Mr. Hamid«, sagte Sharon. »Aber ich möchte, dass Sie mehr ins Detail gehen. Auf geht's, überzeugen Sie mich.«

Ich sagte: »Zu Anfang war der Gesamtimpuls von Gewehr und Kugel gleich null, da sie beide ruhten. Mit Hilfe des Impulserhaltungssatzes, in diesem Fall $m_1$ mal $v_1 + m_2$ mal $v_2 = 0$, können wir $v_1$, also die Rückstoßgeschwindigkeit, berechnen.«

Sharon nickte und erklärte feierlich: »Das ist korrekt, Mr. Hamid.« Dann wandte er sich an Motie. »Handelt es sich bei diesem Beispiel um eine beträchtliche Rückstoßgeschwindigkeit, Motie?«

»Ja, allerdings«, antwortete Motie.

»Und was würde geschehen, wenn die Waffe nicht fest an der Schulter des Schützen ruhen würde?« Professor Sharon beugte sich über seinen Schreibtisch.

»Der Schütze würde einen ziemlichen Stoß abkriegen«, sagte Motie.

»Wenn der Schütze aber die Waffe fest gegen seinen Körper drückt, was geschieht dann?«

»Der Körper des Schützen absorbiert als Ganzes den Impuls.«

»Ausgezeichnet, Motie.« Nun war ich wieder an der Reihe.

»Wenn der Schütze eine Körpermasse von hundert Kilogramm hat, wie viel beträgt dann die Rückstoßgeschwindigkeit des Schusses, Mr. Hamid?«

»4,3 Zentimeter pro Sekunde«, sagte ich.

»Erläutern Sie das bitte.« An Professor Sharons Tonfall hörte man, dass er erwartete, ich würde es nicht schaffen.

»Diesmal nehme ich $m_1$, um die kombinierte Masse von Mensch und Waffe zu repräsentieren, weil der Rückstoß nun gleichzeitig sowohl den Schützen als auch die Waffe betrifft. $v_1$ = minus 0,015 kg mal 300 Meter pro Sekunde, geteilt durch die kombinierte Gesamtmasse, die 105 Kilogramm beträgt. Das ist gleichbedeutend mit minus 0,043 Meter pro Sekunde.«

Professor blickte wieder zu Motie. »Wie ist der Impuls dieses Rückstoßes einzuschätzen?«

»Durchaus erträglich«, antwortete Motie.

»Hervorragend.« Professor Sharon lächelte.

Als es klingelte, war Jameel als Erster draußen. Ich wollte schnell hinter ihm her, doch dann tippte mir jemand auf die Schulter.

»Gut gemacht mit den Hausaufgaben.« Motie zog die Augenbrauen hoch. »Ich finde, wir machen Professor Sharons Kurs gemeinsam. Wir sind ein erstklassiges Team.«

Sollte ich schwindeln und behaupten, ich hätte gleich noch einen anderen Kurs? Motie würde das bestimmt überprüfen. Und wenn er herausfand, dass ich gelogen hatte – wer weiß, was er dann mit mir anstellte. Ich würde später, wenn ich wieder in unserem Zimmer war, mit Jameel reden.

Als Motie und ich zur Bibliothek gingen, kam ich mir vor wie ein zum Tode Verurteilter auf dem Weg zum Galgen.

»Tasche auf den Tisch«, befahl der Aufseher. »Alles rausholen.«

»Er ist mit mir zusammen, und wir haben nicht viel Zeit«, mischte sich Motie ein.

Also ging ich hinter ihm her in die Bibliothek, an dem Aufseher vorbei. Innerhalb von dreißig Minuten erledigten wir unsere Hausaufgabe, und wie beim letzten Mal erklärte ich ihm den Lösungsweg. Motie schlug vor, wir sollten jede Woche zusammen Professor Sharons Aufgaben machen. Ich nickte. Warum nicht? Ich musste die Aufgaben ja sowieso machen.

Jameel saß auf seinem Bett und rauchte eine Zigarette.

»Wir Araber haben die Null erfunden«, sagte Jameel. »Mohammad Ibn Ahmad hat sie 967 nach Christus eingeführt. Der Westen hat das Konzept erst im dreizehnten Jahrhundert kapiert. Wir haben die Algebra erfunden. Wir haben der Welt beigebracht, die Trigonometrie von der Astronomie zu trennen. Wir haben die nicht-euklidische Geometrie begründet. Die Europäer haben noch in Höhlen gehaust, als wir die Physik und die Medizin erfunden haben. Hat er vergessen, dass wir Araber früher von Spanien bis China geherrscht haben?« Schweratmend schüttelte er die Faust.

»Wir werden gemeinsam lernen.«

»Möge Allah in Professor Sharons Seele dunkle Finsternis schicken!« Jameel spuckte fast, als er den Rauch seiner Zigarette ausatmete.

Von nun an gingen Motie, Jameel und ich jeden Tag nach Professor Sharons Kurs in die Bibliothek. Wenn Motie dabei war, wurden Jameel und ich nicht gefilzt. Ich erklärte den beiden unsere Hausaufgaben, und sie kapierten alles. Am Ende des Monats bewältigten sie den ganzen Stoff auch allein, aber wir saßen trotzdem immer noch beisammen.

Gelegentlich kam Motie in unser Zimmer, weil er für einen anderen Kurs Hilfe brauchte. Einmal brachte er einen russischen Kuchen mit, den seine Mutter gebacken hatte. Der Kuchen schmeckte phantastisch, und ich musste an den Marmeladekrapfen denken, den Baba vor vielen Jahren von der Arbeit mitgebracht hatte.

Einen Monat später gab Professor Sharon allen ihre Zettel zurück, nur mir nicht. »Die Hausaufgaben sind ein integraler Bestandteil Ihrer Abschlussnote«, begann er, dann wanderte sein Blick zu mir. »Sie, Mr. Hamid, weigern sich offenbar, mich ernst zu nehmen.«

Wovon redete er? Ich hielt seinem Blick stand – und hatte keine Ahnung, was ich sagen sollte.

»Sie haben die gestrige Aufgabe nicht gemacht.«

»Doch. Ich habe sie Ihnen gegeben.« Ich presste die Hände zusammen, damit man nicht merkte, wie ich zitterte.

Die Adern an Professor Sharons Hals schwollen an. »Sie sind ein Lügner, Mr. Hamid!«

Da meldete sich Motie zu Wort. »Professor Sharon.«

Der Professor schaute in seine Richtung. »Was gibt's?«

»Ahmed und ich haben gestern gemeinsam unsere Aufgaben gemacht.«

»Nun, dann hat Mr. Hamid vergessen, sein Blatt abzugeben.«

»Nein.« Motie schüttelte den Kopf. »Ich habe genau gesehen, wie er das Blatt abgegeben hat.«

»Dann werde ich die Sache noch einmal überprüfen.«

Es klingelte.

## 25

Jameel begutachtete sein Spiegelbild. In seinem schwarzen Rollkragenpullover und der Schlaghose hätte man ihn ohne weiteres für einen Juden halten können.

»Bei diesen Tanzpartys gibt es jede Menge tolle Amerikanerinnen. Komm doch mit! Wenn ich mir eine ausgesucht habe, bekommst du den Rest.«

»Ich muss noch ein paar Aufgaben machen.«

»Du bist immer nur am Lernen. Und schau dir deine Klamotten an! Warum spielst du eigentlich dauernd den Märtyrer?«, meckerte Jameel. »In Gottes Namen – leih dir doch was von meinen Sachen. Mir ist es peinlich, wenn man uns zusammen sieht. Du siehst aus wie ein Flüchtling, nicht wie ein Student.«

Nachdem er gegangen war, konnte ich mich nicht mehr konzentrieren. Ich ging an Jameels Schrank, zog meine selbstgenähten Sachen aus und ersetzte sie durch einen schwarzen Rollkragenpullover und eine Schlaghose.

Dann studierte ich meine Erscheinung im Spiegel. Mit geschlossenen Augen malte ich mir aus, ich wäre auf der Party. Die Band spielte. Jungen und Mädchen tanzten zusammen, so wie im Moschaw.

In dem Moment klopfte es an der Tür. Ich zuckte zusammen.

»Ist jemand da?« Der Türknauf drehte sich, und Zoher trat ein. Warum hatte ich nur nicht abgeschlossen?

»Die Teilchendynamik macht mich fertig.« Er ließ sich auf mein Bett fallen und musterte mich von Kopf bis Fuß. »Willst du ausgehen?«

»Ja.« Die Lüge war heraus, ehe ich nachdenken konnte. Nun blieb mir nichts anderes übrig – ich musste zur Party. Aber wie sollte ich das Jameel erklären?

»Kannst du morgen mal bei mir vorbeikommen? Ich muss dich ein paar Sachen fragen.«

»Kein Problem.«

Die Party fand in der Aula am anderen Ende des Campus statt, nicht weit vom Eingang. Zu Fuß brauchte man mindestens eine halbe Stunde.

Als ich an den luxuriösen Kiriya-Wohnheimen und der israelischen Fahne vorbeiging, die hoch an einem Mast flatterte, verfluchte ich mich selbst. Warum schaffte ich es nicht, mich hier entsprechend anzupassen? Warum hatte ich damals, vor so vielen Jahren, Ali geholfen? Warum war ich nicht in den USA oder in Kanada auf die Welt gekommen?

Ich dachte an das fünfte Schuljahr, als Lehrer Fouad ein Exemplar unseres obligatorischen israelischen Geschichtsbuches hochgehalten hatte. »Die Israelis verlangen, dass ich nach diesem Buch unterrichte.« Er schüttelte es empört. »Darin haben die Israelis unsere Geschichte ausgelöscht. Sie nennen Palästina vor 1948 *Eretz Yisrael*, das Land Israel, und uns nennen sie ›die Araber des Landes Israel‹. Aber auch wenn sie sich noch so bemühen – die Geschichte unseres Volkes kann niemals ausgelöscht werden. Wir sind Palästinenser! Und dies ist unser Land.«

Wir skandierten: »*Filistine!*« Palästina!

Lehrer Fouad vertrat die These, wenn am Ende des neunzehnten Jahrhunderts der Antisemitismus in Europa nicht so angewachsen wäre, dann hätten die Juden gar kein eigenes Land haben wollen.

169

Und nachdem die Briten systematisch Juden und Araber gegeneinander ausgespielt hatten, merkten sie, dass sie eine ausweglose Situation geschaffen hatten, und reichten das Palästina-Problem an die UNO weiter. War es da verwunderlich, dass die Vereinten Nationen nach dem Holocaust den größten Teil Palästinas der jüdischen Minderheit zusprachen? Ich wollte, mein Volk hätte diese Teilung widerspruchslos hingenommen, aber Palästina war ja schon vor meiner Geburt von der Landkarte getilgt worden.

Mädchen in Miniröcken oder Hotpants und Highheels hüpften und tanzten zu einer israelischen Band, die westliche Musik spielte. Jameel hatte nicht übertrieben. Er selbst war nicht zu übersehen: Im Zentrum des Raums stand er und redete mit einem zierlichen Mädchen, dessen Haare so golden waren wie die Blütenblätter einer Sonnenblume.

Jameel entdeckte mich. »Du lieber Gott, was …?«

»Mit wem unterhältst du dich da?«, unterbrach ich ihn.

»Das ist Deborah.«

Stroboskoplicht ließ den mit Diamanten verzierten Davidstern an ihrer Goldkette aufblitzen. Er funkelte, als besäße er magische Kräfte. Die sephardischen Juden bei der Arbeit hatten immer einen Stern getragen, damit man sie nicht für Araber hielt.

»Einen Moment bitte«, sagte ich zu ihr auf Hebräisch.

Dann packte ich Jameel am Arm und zerrte ihn zur Tür.

»Willst du mir die Schulter ausrenken?«

Draußen blickte ich mich um. Niemand in Hörweite. »Hast du den Verstand verloren?«

Er riss sich los. »Was ist denn los?«

Ich schaute zum Himmel. »Dieser Typ kapiert aber auch gar nichts.«

»Was soll ich denn kapieren?«

»Von welchem Planeten kommst du?« Am liebsten hätte ich ihn geschüttelt. »Sie ist Jüdin, und du bist ein Palästinenser.«

»Na und?«

»Sag mal – hast du etwa einen IQ unter 60?«

»Ich bin schon oft mit jüdischen Israelinnen ausgegangen. Außerdem ist sie Amerikanerin. Und sie wartet jetzt da drin auf mich – ich muss wieder rein!«

Er ging zum Eingang. Ich starrte ihm fassungslos nach. In der Tür drehte er sich noch einmal um. »Gut, dass du dir endlich meine Klamotten geborgt hast«, sagte er mit einem Grinsen. »So gut hast du noch nie ausgesehen. Und jetzt – komm schon.« Er hielt die Tür für mich auf, aber ich ging zurück in unser Zimmer.

Zoher öffnete die Tür. Auf einem Plastiktisch lag ein Backgammon-Brett. Er bemerkte, dass ich es anschaute.

»Spielst du?«, fragte er.

»Lange her.«

»Ich bin Landesmeister.«

»Dann hast du noch nicht mit allen Bürgern dieses Landes gespielt.«

»Ist das eine Herausforderung?« Er grinste.

Ich wollte nicht zu selbstsicher wirken – das ist immer eine schlechte Strategie. »Ich habe seit einer Ewigkeit nicht mehr gespielt.«

»Gib mir eine Chance!«

Ehe ich ablehnen konnte, zog er den Tisch ans Bett und stellte einen Stuhl auf die andere Seite. Er selbst nahm auf dem Bett Platz und deutete auf den Stuhl. Ich setzte mich hin. Sein weißes durchgeknöpftes Hemd hatte keine einzige Falte.

So mochte ich es am liebsten: ein Wettkampf eins zu eins, mit einem würdigen Gegner. Wie die Israelis auf dem Campus immer sagten: *Jetzt geht's los.*

Er drehte den Würfel in seinen gepflegten Händen. Ich tat es ihm nach, aber meine Hände waren schwielig und hatten viele dunkle

Flecken. Er würfelte eine Fünf, ich eine Sechs. Ich entschied mich wieder mal für die Schnelligkeitsstrategie. Rasch bewegte ich meine Steine von seinem Heimfeld zu seinem Außenfeld; ich wollte ein paar Steine einzeln stehen lassen, um dann mit ihrer Hilfe eine wirkungsvolle Blockade aufbauen zu können.

Backgammon war ja auch Babas Spiel. Ein Krieg, den er gern führte. Wie oft hatten wir zusammen gespielt! Zoher nahm nun die Würfel. Ein breites Grinsen erschien auf seinem Gesicht, und auf seiner hohen Stirn bildete sich eine feine Schweißschicht. Er würfelt die Kombination Fünf-Drei. Nicht einfach. Ich setzte mich aufrecht hin, schaute in seine dunkelbraunen Augen und wandte dann den Blick ab. Er machte seinen Zug, holte aber aus dem Fünf-Drei-Wurf nicht das Optimum heraus. Ich wusste, jetzt hatte ich ihn. Diese Konstellation kannte ich von Baba: Die Steine blieben ungeschützt, und der Gegner hatte dadurch einen entscheidenden Vorteil: Er konnte erreichen, dass die drei Punkte verloren waren. Zoher wischte sich die Stirn mit einem Taschentuch.

Ich setzte meine Steine in einer Reihe, ohne Lücken – und direkt vor seinen. Auf diese Weise konnte ich einen erstklassigen Block machen. Nachdem ich sechs Steine lückenlos gesetzt hatte, konnten Zohers Steine nicht mehr durch. Und sobald ich meine in mein Heimfeld gebracht hatte, fing ich an, sie rauszuziehen.

Auf Zohers makellosem Hemd erschienen die ersten Schweißflecken.

Am Schluss starrte er mit offenem Mund auf das Brett. »Phantastisch«, sagte er. »Wann bekomme ich eine Revanche?«

»Heute in einer Woche.«

Er grinste. »Gut – dann bis zum nächsten Mal!«

Wir reichten uns die Hand, und ich ging zurück in mein Zimmer. Während des gesamten Studienjahres spielten Zoher und ich jeden Samstagabend Backgammon, und er schlug mich kein einziges Mal.

## 26

Jameel und ich waren gerade dabei, die Bücher für unsere zwei-wöchige Reise nach Acre zu packen, als es an der Tür klopfte und Deborah hereinkam.

»Shalom!«, rief Jameel zur Begrüßung. »Kann's losgehen?«

Sie hatte eine ziemlich große Tasche über der rechten Schulter hängen.

»Ich liebe Acre.« Deborah sprach hervorragend Hebräisch, aber ihr amerikanischer Akzent war nicht zu überhören.

Grinsend zwinkerte Jameel mir zu. Mein Blick fiel wieder auf ihren Davidstern. Hatte mein Freund den Verstand verloren? Was, wenn uns die Soldaten zusammen sahen? Und was würden die Leute denken?

»Fertig?«, fragte er mich, ebenfalls auf Hebräisch.

»Du sitzt neben ihr«, sagte ich auf Arabisch. »Und ich werde so tun, als würde ich euch nicht kennen.«

Woraufhin er, nun ebenfalls auf Arabisch, erwiderte: »Tu, was du nicht lassen kannst. Und jetzt machen wir uns endlich auf den Weg.«

Deborah lächelte mir zu. Auch ich verzog freundlich den Mund. Allerdings kostete es mich eine gewisse Mühe.

Auf dem zentralen Busbahnhof ging Deborah zu einem Stand. Jameel zuckte die Achseln. »Sie will Nüsse kaufen für die Fahrt.«

»Nicht mal der Prophet kann dich retten!«

»Gib ihr eine Chance.«

Deborah kam mit einer Tüte warmer Nüsse zurück und bot sie mir an.

»Nein, danke.«

Ihre blauen Augen strahlten wie das Meer in der Sonne. Sie war eindeutig das hübscheste Mädchen, das ich je gesehen hatte.

Jameel und Deborah saßen nebeneinander in der Mitte des Busses. Ich saß ganz hinten, allein, und erledigte meine Hausaufgaben in Organischer Chemie. Als wir ankamen, trödelte ich so lange, bis die beiden ausgestiegen waren und ich hinter ihnen hergehen konnte.

Deborah drehte sich zu mir um. »Komm schon!« Sie blieb stehen und wartete auf mich. Ich hatte Angst – wie würden Jameels Eltern reagieren? Was meine Mutter sagen würde, wenn ich ein Mädchen mit Davidstern nach Hause brächte, wusste ich nur zu genau. Ich sah ihr fassungsloses Gesicht deutlich vor mir.

Die Szene würde folgendermaßen verlaufen: »Ich habe eine Freundin mitgebracht«, würde ich sagen. Mama würde mit offenem Mund dastehen, wie erstarrt, die Augen vor Entsetzen weit aufgerissen. Dann würde sie einen schrillen Schrei ausstoßen und einen Spruch aus dem Koran murmeln. Und selbstverständlich würde sie Allah anrufen, samt dem Propheten Mohammad und allen anderen, die ihr zu Hilfe kommen könnten.

Um Jameel begrüßte uns mit einem Lächeln, mit dampfendem Tee und verschiedenen Delikatessen, die in kleinen Schälchen auf dem Küchentisch standen: Taboulé, Hummus, Oliven, gebackener Halloumi-Käse, Falafel, warme Weinblätter, Labneh, Auberginenpüree und grüne Bohnen in Tomatensauce.

»Willkommen in unserem bescheidenen Heim«, sagte sie in gebrochenem Hebräisch. »Ich wollte, ich hätte noch mehr gemacht.«

Deborah, Jameel und Um Jameel nahmen am Tisch Platz. Ich blieb wie angewurzelt stehen.

»Komm, setz dich zu uns!«, rief Um Jameel.

Gehorsam und wie benommen folgte ich ihrer Aufforderung.

Abu Jameel trug eine Platte mit Fleischspießchen vom Grill draußen herein: Huhn, Lamm und Hackfleischbällchen. Wir erhoben uns, Jameel küsste seinen Vater auf die Wangen, und ich reichte ihm die Hand.

»Das ist meine Freundin Deborah.«

Abu Jameel schüttelte Deborah die Hand.

»Unser Heim ist dein Heim«, sagte er.

Nach dem Essen schlenderten Deborah, Jameel und ich zum arabischen Basar. Es gab so viele verschiedene Stände und Läden, alle mit einem wunderbaren Warenangebot: Intarsien-Schachspiele, Wasserpfeifen, bestickte Stoffe, Amulette gegen den bösen Blick, Ketten aus beduinischen Silbermünzen, Orientteppiche, arabische Kopfbedeckungen und Roben, außerdem T-Shirts, Mützen und Handtücher mit der Aufschrift *Israel*.

Während wir frischgepressten Orangensaft von einem Karren am Straßenrand tranken, hörte ich, wie von einem der Läden eine Männerstimme Jameels Namen rief. Wir gingen zum hinteren Teil des Geschäfts, vorbei an farbenfrohen Kleidern, an goldenen und silbernen Armreifen, an Halsketten und Ringen.

Jameel umarmte den Mann sehr herzlich. Er hatte einen grauen Bart und trug eine rotkarierte Kopfbedeckung. Freundlich lud er uns ein, auf dem gepolsterten Divan Platz zu nehmen. Eine Frau brachte ein kunstvoll verziertes Messingtablett mit Mokkatassen. Genüsslich tranken wir den schwarzen Kaffee und wanderten dann weiter über den Markt. Unser Ziel waren die orientalischen Süßigkeiten.

Mir wurde unterwegs ganz beklommen zumute, als ich beim Metzger ein einziges Stück Fleisch am Haken hängen sah. Ich musste an den jüdischen Schlachthof denken – kein Wunder, dass wir nicht konkurrieren konnten: Wir waren nicht annähernd so effizient wie die jüdischen Israelis, der Metzger hier schlachtete vermutlich eine Kuh im Monat.

Ich beobachtete die Gewürzhändler, die kleine Tüten mit Safran, Kurkuma, Kreuzkümmel und Zimt füllten und abwogen. Eine betörende Mischung nach den verschiedensten Aromen strömte mir in die Nase.

Da entdeckte ich in einer Auslage ein großes rundes Tablett mit Kanafi – eine mit Sirup übergossene, köstliche Süßspeise – und wusste, dass wir bei Jameels Lieblingsladen angekommen waren. Ein Mann brachte uns drei Stücke, füllte drei Wassergläser aus einem Krug, und dann saßen wir da und aßen gemeinsam, Jameel, das jüdische Mädchen und ich.

Auf dem Weg zurück zu Jameels Eltern sah ich von weitem einen Trupp Soldaten. Sie kamen direkt auf uns zu. Schützend stellte ich mich vor Deborah – bis sie vorbei waren.

Lachend verpasste Jameel mir eine Kopfnuss.

»Weißt du, was die tun würden, wenn sie wüssten, dass deine Freundin eine Jüdin ist?« Ich bemühte mich, leise zu sprechen, um keine Aufmerksamkeit zu erregen. »Sie würden uns umbringen. Ich sage dir das klar und deutlich und auf Arabisch – verstehst du mich?«

»Vielleicht ist das auf dem Land so und in den Dörfern, wo du herkommst. Aber in den Städten ist es anders. Wir leben hier friedlich mit den Juden zusammen.«

»Ich fürchte, du bist blind.«

Wir stritten uns noch eine ganze Weile, bis wir plötzlich merkten, dass Deborah verschwunden war.

Nun wurde Jameel doch nervös. »Wo ist sie?«

»Wir hätten nicht mit ihr hierherkommen sollen.«

»Wir müssen sie finden!«

»Weißt du, was sie mit uns machen, wenn ihr etwas zustößt?«

Wir rannten von einem Stand zum anderen und riefen Deborahs Namen. Überall waren Menschen, Kinder im Kinderwagen, alte Männer mit Stock. Lauter verschiedene Sprachen: Französisch, Englisch, Arabisch, Hebräisch, Russisch. Aber keine Spur von Deborah. Wenn ihr etwas passiert war, landeten wir im Gefängnis.

Ich schaute in jeden Laden, und schließlich entdeckten wir sie in einem Geschäft mit Musikinstrumenten. Sie saß auf einem Stuhl und schlug die Saiten einer Ud an. Unsere Panik überraschte sie. Konnte es sein, dass in Amerika alles anders war?

Jameel unterbrach den Ladenbesitzer, der Deborah zeigen wollte, wie man das Instrument spielte. »Wo hast du gesteckt?«, rief er atemlos.

»Ich spiele seit Jahren Gitarre. Jetzt wollte ich endlich mal so eine Ud ausprobieren. An der Uni war ich in einem Konzert und habe mich sofort in das Instrument verliebt.« Sie bezahlte eine Summe, für die ich im Schlachthof zwei Monate hätte arbeiten müssen.

Abends saßen Jameel, seine Eltern und ich im Wohnzimmer und hörten zu, wie Deborah ihr neues Instrument ausprobierte.

Sie versuchte zuerst, im Stehen zu spielen, aber das klappte nicht so recht.

»Die Ud spielt man am besten im Sitzen«, sagte ich höflich.

Deborah setzte sich also auf den Stuhl mir gegenüber und versuchte es noch einmal, doch die Ud drehte sich.

»Ich muss erst mal lernen, wie man sie hält.« Deborah schüttelte ungeduldig den Kopf und schaute mich fragend an. »Sie rutscht mir dauernd vom Schoß und dreht sich zur Decke statt zum Publikum.«

»Es ist besser, wenn du sie weiter oben an die Brust drückst, nicht an den Bauch«, erklärte ich. »Dann dreht sie sich nicht mehr.« Es war unfair. Sie konnte mit diesem teuren neuen Instrument doch gar nicht umgehen! Wahrscheinlich wurde ihr die Ud in ein paar Tagen langweilig, und dann verstaubte sie in einer Ecke.

»So etwa?«

»Ja, schon besser, aber du musst den Hals der Ud vertikal halten.«

Deborah begann wieder zu spielen, und diesmal drehte sich die Ud nicht.

»Mir fällt es schwer mit so einem bundlosen Instrument. Ich bin die Bünde bei der Gitarre gewöhnt, sie geben die Tonhöhe vor.« Sie beschwerte sich, als wäre das ein Riesenproblem, und klimperte weiter.

Allmählich entspannte ich mich. »Warum spielst du nicht als Erstes den Maqam Hijaz?«, sagte ich. Vielleicht meinte sie es ja ernst mit ihrer Bewunderung für unsere Musik. Ich wollte ihr eine Chance geben.

»Den was?«

Klar, woher sollte sie den auch kennen? »Ein ›Maqam‹ ist ein musikalisches Tonsystem mit eigenen Intervallstrukturen, die mit dem westlichen Konzept von ›Tonleiter‹ und ›Tonart‹ verwandt sind. Beim Maqam Hijaz sind die Grundbausteine ein Es, ein b und ein Fis, und die Tonika ist das D.«

Sie spielte die Töne.

Dann schaute sie mich mit ihren schönen Augen an. »Wie war das?«

»Du zupfst nicht ganz richtig.« Ich klang schon wie Baba. »Die Zupfbewegung sollte hauptsächlich aus dem Handgelenk kommen. Du machst sie aus dem Unterarm. Am besten hältst du das Plektrum so, als wäre es die Verlängerung deiner Finger.«

»So?« Sie strich über die Saiten.

»Du musst dein Handgelenk so flach halten wie möglich.«

Sie nickte und strich noch einmal über die Saiten.

»Ja, genau«, lobte ich sie. »Und pass immer gut auf, dass nicht der Ellbogen die Regie übernimmt.«

Deborah spielte den Maqam Hijaz jetzt schon fast perfekt. Sie schien sehr gelehrig zu sein. Ich lächelte – so wie Baba, wenn er mir eine Melodie beigebracht hatte.

Alle klatschten, als Deborah aufhörte.

»Ich wollte, ich müsste nicht schon nächste Woche wieder nach Hause gehen«, seufzte sie.

»Nach Hause?« Betrachteten nicht alle Juden Israel als ihr Zuhause, das Land, das Gott ihnen verheißen hatte?

»Ja, klar, nach Hause – nach Kalifornien«, antwortete sie.

Am Tag vor ihrer Abreise kam Deborah mit einem flachen Karton in unser Zimmer.

»Ich dachte, wir könnten noch mal miteinander essen – American style.« Sie grinste. »Pizza, Coca-Cola und Sonny and Cher.«

Sie stellte die Schachtel auf Jameels Schreibtisch und schloss ihren Kassettenspieler an. Chers Stimme ertönte: »I've got you babe«. Strahlend servierte Deborah Jameel und mir ein Stück Pizza. Wir hatten gerade angefangen zu essen, da klopfte es laut an der Tür.

Es war mein Bruder Abbas. Er blickte sich um, und als sein Blick auf Deborahs Davidstern fiel, wurde er totenbleich. Ich stand auf, schob Abbas nach draußen und zog die Tür halb hinter mir zu.

Er hielt sich die Ohren zu und begann dann zu toben. »Du feierst mit unseren Feinden!«, schrie er heiser und schüttelte die Faust.

»Das ist mein Zimmerkollege Jameel. Er ist Palästinenser, wie wir.«

»Und das blonde Mädchen mit dem Davidstern um den Hals?« Abbas spuckte die Wörter regelrecht aus. »Wahrscheinlich denkst du, ich bin so dumm und halte die auch für eine Palästinenserin.« Er drückte mir einen Umschlag in die Hand. »Der ist gestern angekommen.«

Der Name des Absenders sagte mir nichts. »Aboud Aziz«. Aber die Adresse kannte ich. Das Gefangenenlager Dror. Ich holte den Brief aus dem bereits geöffneten Umschlag.

*Lieber Ahmed,*

*du kennst mich nicht, aber ich bin hier im Lager, zusammen
mit deinem Vater. Er ist gestürzt. Besuche sind immer am ersten
Dienstag im Monat erlaubt, von 12 bis 14 Uhr.*

*Viele Grüße,*
*Aboud Aziz*

Ich hatte mit Baba vereinbart, dass ich ihn nicht besuchen würde,
aber tief in meinem Herzen wusste ich, dass ich schon lange nach
einem Vorwand suchte. Was, wenn Baba gefoltert wurde und nur
so tat, als ginge es ihm gut?

»Soll ich hin?«, fragte ich Abbas.

»Hast du noch ein Gewissen?«

Wie schaffte es Baba, der doch so unpolitisch war und so gerne
Witze erzählte, im Gefängnis zu überleben? Konnte es sein, dass
die anderen Gefangenen ihn verprügelten, weil er zu nett zu den
Israelis war?

»Er hat aber gesagt, ich soll ihn nicht besuchen«, erwiderte ich.
Mein Magen verkrampfte sich immer mehr, als mir klarwurde,
dass heute der erste Montag des Monats war. »Ich fahre morgen zu
ihm«, erklärte ich dann. Nach achtzehn Jahren war die Vorschrift,
dass arabische Israelis eine Genehmigung beantragen mussten, um
reisen zu dürfen, endlich abgeschafft worden.

»Mama schickt das für ihn.« Abbas übergab mir eine Papiertüte
mit Mandeln. »Ich muss wieder zurück nach Hause.«

»Bleib doch hier«, sagte ich. »Du kannst gern in meinem Bett
schlafen.«

»Auf keinen Fall. Ich weigere mich, mit dem Feind zu fraterni-
sieren«

»Warte!« Ich ging mit ihm in die Küche, weil ich ihm die gan-

zen Essenssachen mitgeben wollte, die ich für meine Familie gesammelt hatte. »Bitte, geh nicht.« Doch Abbas schüttelte den Kopf,
steckte die Speisen ein und verabschiedete sich rasch.

»Was ist los?«, fragte Jameel, als ich wieder ins Zimmer kam.

»Mein Vater hatte einen Unfall. Ich muss ihn besuchen.«

»Und wer war das gerade?« Er steckte den letzten Bissen Pizza
in den Mund.

»Mein Bruder.«

»Möchtest du ihn denn nicht hereinbitten?« Er ging zur Tür.

»Nein!«, rief ich, lauter als ich wollte. »Er will gleich wieder nach
Hause. Meine Mutter braucht ihn.«

»Und du?«

»Ich fahre morgen.« Ja, morgen würde ich zu Baba fahren. Abbas hatte mir das Geld für den Bus mitgebracht.

Während Jameel schlief, wusch ich mein Hemd und meine Hose
im Waschbecken und hängte sie auf, damit sie trocknen konnten.
Ich hätte mir gern etwas von Jameel geborgt, aber andererseits
wollte ich lieber nicht auffallen bei meinem Besuch. Mit einem
feuchten Lappen wischte ich meine Sandalen sauber.

Als ich den Ruf des Muezzin hörte, duschte ich schnell und wusch
mir die Haare mit Seife. Am Eingang zum Campus stieg ich in den
Bus. Insgesamt musste ich fünf verschiedene Busse nehmen. Die
Aufzeichnungen der Vorlesungen samt Hausaufgaben würde ich
von Motie, Zoher, Rafi und Jameel bekommen, wenn ich wieder
zurück war.

Während der Fahrt überlegte ich mir, was passieren würde,
wenn die anderen Gefangenen herausfanden, dass Baba für die
Juden Häuser gebaut hatte. War irgendjemand aus unserem Dorf
in letzter Zeit verhaftet worden? Die Israelis hatten bestimmt ein
Interesse daran, dass sich so etwas herumsprach. Ich konnte es vor

mir sehen: Baba, der sowohl von seinen palästinensischen Mitgefangenen als auch von den israelischen Wärtern verprügelt wurde. Verzweifelt umklammerte ich die Tüte mit Mandeln, die Mama meinem Bruder mitgegeben hatte.

Die Sonne brannte gnadenlos auf das Busdach, so dass mir ganz schwindelig wurde und ich mich völlig ausgetrocknet fühlte. Ich dachte an meine erste Reise zu Baba, vor vielen Jahren, als ich absolut ahnungslos hingefahren war, getragen von der Unschuld der Jugend.

Ich lernte unterwegs für die Uni – Mathematik, Chemie, Physik, alles, nur um mich abzulenken. Trotzdem war ich unruhig und hektisch, als wir am Gefängnis ankamen, und mir war übel. Wie betäubt stolperte ich in Richtung Eingang. Wie schwer musste Baba verletzt sein, wenn ein anderer Gefangener sich veranlasst sah, mir zu schreiben? Würde ich ihn überhaupt wiedererkennen?

In dem Augenblick hörte ich einen ohrenbetäubenden Schrei und vergaß sofort, wie elend ich mich fühlte. Der Schrei kam aus dem Lager. Instinktiv rannte ich los. Ein Mann lag zusammengerollt wie ein Embryo auf dem Boden, und ein Wärter rammte ihm immer wieder und wieder seine Uzi in die Rippen. War das Baba? Ich wollte gar nicht hinschauen, doch das Schreien und Wimmern zwangen mich dazu. Plötzlich rührte sich der Mann nicht mehr. War er tot?

Ich konnte nichts tun.

Verzweifelt eilte ich nun zurück zum Eingang und wartete mit den anderen Besuchern, während ein Wärter einen Namen nach dem anderen aufrief. Wenn Baba tot war – würden sie dann seinen Namen rufen? Ich stellte mir vor, wie Babas Name Monat für Monat aufgerufen wurde, und nie war jemand da, der ihn besuchen wollte.

Die Sonne war wie ein glühend heißes Schüreisen. Viele der Wartenden saßen im Sand. Ein alter Mann mit Stock wurde ohnmächtig, seine Familienangehörigen standen um ihn herum und gossen ihm aus einer Flasche Wasser über den Kopf. Warum konnten sie nicht einen Schattenplatz für uns bauen? Arbeiter hatten sie ja mehr als genug. Kleine Kinder schrien und weinten. Und ich war immer noch nicht an der Reihe. Mein Mund war ausgetrocknet, meine Haut brannte. Zwei Stunden später rief der Wärter endlich Babas Namen.

»Wen wollen Sie besuchen?«, fragte der Wärter am Eingang.

»Mahmud Hamid, meinen Vater«, sagte ich, den Blick gesenkt.

»Oh, Sie sind Mahmuds Sohn? Ihr Vater hat eine wunderbare Stimme. Ich lerne von ihm, wie man die Ud spielt.«

Ich reichte ihm die Tüte mit den Mandeln. Er schaute hinein. »Sie dürfen nichts mit hineinnehmen, aber wenn Sie wollen, kann ich Ihrem Vater die Tüte später geben.«

»Vielen Dank.«

»Dann können Sie jetzt hineingehen. Leider müssen alle Besucher untersucht werden.« Er drehte sich um. »Yo Bo'az, das ist Mahmud Hamids Sohn, übernimm du ihn.« Dann wandte er sich noch einmal an mich. »Schön, dass wir uns kennengelernt haben.«

»Ganz meinerseits«, sagte ich und ging zu Bo'az.

Ich betrat den Raum, in dem sich schon viele andere Männer befanden. Bo'az tastete mich ab, ich durfte aber meine Kleidung anbehalten und dann gleich weitergehen.

Baba erschien hinter der Glasscheibe. Sein Gesicht sah aus, als wäre es aus Leder. Tiefe Falten um die Augen und vertikale Furchen in der Stirn. Mir wurde traurig ums Herz. Hatte er immer nur Lügen geschrieben? Doch er lächelte, und kurz leuchtete ein Funke des Vaters auf, den ich kannte.

»Ist Mama etwas zugestoßen? Oder einem deiner Geschwister?«

»Nein, aber ich habe gehört, du bist gestürzt.«

Baba schüttelte den Kopf. »Ich bin gestolpert und hatte eine leichte Gehirnerschütterung – aber jetzt ist wieder alles in Ordnung.«

»Ich habe mit dem Schlimmsten gerechnet.«

Wieder lächelte Baba. »Ich bin so stolz auf dich. Du studierst. Am College! Verpasst du etwa einen Kurs meinetwegen?«

»Ich kann alles nachholen. Von nun an komme ich jeden Monat«, versprach ich.

»Auf keinen Fall. Ich möchte nicht, dass du auch nur einen einzigen Kurs ausfallen lässt. Wenn jemand im Leben etwas Großes erreichen will, müssen er und seine Lieben Opfer bringen.«

Als ich mich verabschiedete, schaute mir Baba tief in die Augen. »Du machst mich sehr stolz«, wiederholte er noch einmal und legte die Hand ans Fenster. Ich tat es ihm gleich. Und als er durch die Tür geführt wurde, blickte ich ihm lange nach, und dann weinte ich wie ein kleines Kind.

## 27

Professor Sharon war nicht da. An seinem Schreibtisch lehnte heute ein sommersprossiger Mann mit blonden Rastalocken. Er trug zerrissene Jeans, und sein Hemd hing aus der Hose. »Ich vertrete Professor Sharon, solange er seinen Reservedienst macht.«

Mir wäre es am liebsten gewesen, wenn dieser Reservedienst sich über die nächsten zwanzig Tage erstrecken würde – bis das Semester vorbei war.

Nach dem Kurs kam ich am Büro des Professors vorbei und warf im Vorübergehen einen kurzen Blick hinein: Ein frisch rasierter Soldat in Uniform sprach mit Sharons Vertreter. Abrupt blieb ich stehen. Vor meinem inneren Auge erschien das Bild von Baba, wie er zu Hause zusammengekrümmt auf dem Boden lag und der Kommandant mit seinem Maschinengewehr brutal auf ihn einschlug. Ich konnte den widerlich grinsenden, skrupellosen Mann immer noch ganz deutlich vor mir sehen – und dieser Soldat in Sharons Büro hatte eine erschreckende Ähnlichkeit mit ihm.

Die Welt kippte, geriet unaufhaltsam aus dem Gleichgewicht. Augen, Nase, Lippen – es war Professor Sharon, ohne Bart. Ich starrte ihn an. Als er mich bemerkte, senkte ich schnell den Blick und eilte weiter.

Seit dem Ereignis damals waren viele Jahre vergangen, und in dem Raum war es dunkel gewesen, bis auf die grellen Taschenlampen, mit denen die Soldaten unsere Familie anleuchteten. Ich konnte nicht sicher sein. Ich versuchte noch einmal, mir den hasserfüllten Kommandanten ins Gedächtnis zu rufen, sein hämisches Grinsen, wie er ausspuckte und mit seinem Gewehr meinen Vater misshandelte. Dieser Soldat war Professor Sharon! Ich schüttelte den Kopf. Nein, er war es nicht. Das konnte nicht sein.

Oder vielleicht doch.

Fünfzehn Tage später betrat ich den Kursraum – und erstarrte. Vor mir saß, in seinen Sessel zurückgelehnt, die Hände hinter dem Kopf verschränkt, Professor Sharon. Sein Blick verhakte sich mit meinem. Wenn hinter mir nicht andere Studenten gekommen wären, die mich in den Raum schoben, hätte ich auf der Stelle kehrtgemacht und wäre gegangen. Mein Herz hämmerte. Ruhe bewahren – in ein paar Tagen ist das Semester vorbei, sagte ich mir.

Professor Sharon verteilte ein Übungsexamen, das wir nach Hause nehmen und dann gemeinsam im Kurs korrigieren würden.

»Ich wollte es selbst korrigieren«, erklärte er mit sehr ernster Stimme. »Aber wegen der eskalierenden arabischen Feindseligkeiten habe ich das Abschlussexamen auf übermorgen verschoben.«

Während der letzten Jahre hatten sich die Spannungen zwischen Israel, Jordanien, Syrien und Ägypten enorm verschärft. Dabei ging es vor allem um Wasser- und Landrechte. Eine nicht enden wollende Serie von Grenzkonflikten war die Folge.

Jameel und ich saßen an unseren Schreibtischen im Wohnheimzimmer. Man konnte riechen, dass in der Küche nebenan jemand Gemüse kochte. Da hörte ich Moties typisches Klopfen an der Tür, dreimal, in rascher Folge.

»Komm rein!«, rief ich auf Hebräisch.

»Bringt euer Übungsexamen in die Küche«, sagte er. »Ich finde, wir sollten es möglichst schnell abhaken. Dann können wir anfangen, für das echte Examen zu lernen.«

Auf dem Küchentisch standen fünf Teller und eine große Schüssel mit einem gekochten weißen Getreide.

»Hast du schon mal Couscous gegessen?«, fragte Zoher.

Ich schüttelte den Kopf.

»Wir lernen heute auf marokkanische Art.« Zoher gab Couscous auf alle Teller, und Rafi löffelte mit einer Kelle gekochtes Gemüse darüber. »Das Couscous meiner Mutter ist das beste in ganz Casablanca.«

Und während wir aßen, lösten wir gemeinsam die Prüfungsaufgaben.

Am Tag des Examens betrat ich die große Aula und setzte mich wie immer in die hinterste Reihe. Ich starrte auf die Tischfläche und versuchte, meinen Kopf klarzubekommen. Da hörte ich, wie eine unbekannte Stimme verkündete, Professor Sharon werde nicht kommen. Mir fiel ein Stein vom Herzen.

Ich drehte das Blatt mit den Fragen um und las die erste Aufgabe, dann die zweite und die dritte. War das ein Versehen? Der Israeli, der links neben mir saß, kontrollierte ebenfalls das Datum. Diese Prüfungsaufgaben waren genau dieselben wie beim Übungsexamen.

Auf den Parkplätzen vor den Gebäuden war anschließend viel Betrieb, Eltern luden Gepäck in ihre Autos, Studenten mit Schultertaschen und Rucksäcken versammelten sich an der Bushaltestelle, in den Fluren, auf der Straße. Das Studienjahr war zu Ende.

Als ich am nächsten Morgen ein Klopfen an meiner Tür hörte, war ich davon überzeugt, dass sich jemand geirrt hatte. Das Gebäude war leer. Jameel war bereits abgereist, und auch ich wollte demnächst aufbrechen, um den Sommer in meinem Dorf zu verbringen.

Ein Student, ein jüdischer Israeli, stand vor mir, die Hände in die

Hüften gestemmt. »Professor Sharon möchte dich in seinem Büro sprechen. Sofort.«

Der Schreck fuhr mir in die Glieder. Ich konnte gar nicht reagieren.

»Was ist denn los mit dir?«, fragte der Student mit einem spöttischen Grinsen.

Mein erster Impuls war: weglaufen, zurück in mein Dorf. Garantiert hatte Professor Sharon das Semesterende abgewartet, um mich zur Rede zu stellen. Aber dann kam mir ein anderer Gedanke. Vielleicht wollte er mir ja zu meinem Prüfungsergebnis gratulieren. Ich war mir sicher, dass ich alle Aufgaben richtig gelöst hatte. Wenn er etwas von Baba wusste, warum sollte er dann bis zum Schluss des Studienjahrs warten?

Ich war trotzdem versucht, seine Aufforderung zu ignorieren, einfach fertig zu packen und nach Hause zu fahren. Doch dann dachte ich an meinen Vorsatz. Es geht bestimmt nicht um Baba, sagte ich mir immer wieder, während ich zu dem Büro ging. Sharon weiß doch gar nicht, wer Baba ist! Mit zitternder Hand klopfte ich an.

»Herein!«, rief der Professor.

Ein Bild von Einstein hing über seinem Schreibtisch, mit der Formel $E = mc^2$. Wenn er Einstein bewunderte, konnte er kein ganz schlechter Mensch sein – oder?

»Haben Sie wirklich gedacht, ich merke so etwas nicht?«, schimpfte er los. Und richtete sich mit drohender Miene hinter seinem Schreibtisch auf.

Was redete er da?

»Sie haben bei der Prüfung betrogen.«

Hatte ich richtig gehört? Jedenfalls ging es nicht um Baba.

»Das hier lag auf dem Fußboden, neben Ihrem Platz.« Er wedelte mit einem Stück Papier, das aussah wie mein Lösungsblatt der Probeprüfung.

»Mein Zettel mit der Probeprüfung befindet sich in meinem Zimmer.«

»Dann holen Sie ihn bitte. Ich habe den Leiter der Fakultät informiert. Falls Sie keine plausible Erklärung vorbringen können, werden Sie exmatrikuliert. Wir haben hier eine Null-Toleranz-Politik.« Er schüttelte den Kopf. »Sie sind genau wie Ihr Vater, dieser Terrorist.«

Auf diese Auseinandersetzung wollte ich mich nicht einlassen. Ich wusste, dass jeder, dem in Israel vorgeworfen wurde, er unterstütze die PLO, sofort deportiert oder eingesperrt oder umgebracht wurde. Der Professor hatte die Macht, über mein Schicksal zu entscheiden. Jede Zelle meines Körpers wollte schreien: Wir verteidigen uns nur gegen den israelischen Terrorismus, sonst nichts!

»Warum gebt ihr Palästinenser nicht einfach auf? Niemand kann euch leiden.«

»Hätten die Juden in den Konzentrationslagern aufgeben sollen?«

»Du hast doch keine Ahnung, wovon du redest!« Professor Sharons Gesicht lief feuerrot an.

»Konnten Hitler und die Nazis die Juden leiden? Wer mochte die Juden?«

»Halt den Mund!«

»Niemand mochte die Juden, aber ihr habt euch gewehrt, auch als alle um euch herum versucht haben, euch zu vernichten. Wir Palästinenser sind nicht anders als ihr.«

»Dieser Vergleich ist unzulässig! Raus hier!«

Ich hatte die Kontrolle über mich verloren. Wie konnte ich es nur wagen, so mit diesem Mann zu reden! Er würde allen Leuten von Baba erzählen. Ich rannte aus dem Zimmer.

Hektisch suchte ich nach meinem Übungstest. Dann klopfte es wieder an der Tür. Sofort spannten sich alle meine Muskeln. Die Tür ging auf.

»Professor Sharon ist einfach nur faul«, sagte Zoher. »Was hat er sich eigentlich dabei gedacht?«

Ich reagierte gar nicht, sondern suchte weiter.

»Hier ist schwarze Pappe und Klebeband«, sagte er. »Alle sollen ihre Fenster verdunkeln.«

Ich hatte keine Ahnung, wovon er redete. »Wie bitte?«

»Damit kein Licht zu sehen ist, falls es Krieg gibt.«

Während der letzten Monate hatten sich die Spannungen bekanntlich zugespitzt, und alle redeten davon, dass es Krieg geben würde, aber ich hatte diese Prognosen nicht ernst genommen.

Ich setzte mich auf meinen Bettrand und hielt mir die Augen zu.

»Was ist los?«, fragte Zoher.

»Professor Sharon sagt, ich hätte betrogen.«

»Du bist der Beste im Kurs.«

»Aber wer glaubt mir – einem Araber?«

»Es klingt total weithergeholt.« Er klang ganz ruhig.

Professor Sharon würde allen von Baba erzählen. Ich wollte weg sein von hier, bevor die ganze Uni Bescheid wusste.

»Entschuldige, aber ich muss los.« Ich stand auf, warf meine restlichen Bücher in eine Papiertasche und rannte zur Tür hinaus. Ich musste nachdenken. Allein.

»Warte doch!«, rief Zoher, aber ich war bereits den Flur hinuntergerannt.

Auf dem Weg zurück in mein Dorf sah ich überall Militär. Die Polizei hatte die Straße zwischen Tel Aviv und Jerusalem abgesperrt, um sämtliche Autos anhalten zu können und ihre Scheinwerfer hellblau zu übermalen, damit der Feind im Fall eines Krieges die Lichter nicht sehen konnte. Als ich endlich zu Hause ankam, wollte Mama gerade hinunter ins Dorf.

»Wird in Jerusalem schon gekämpft?«, fragte sie.

Ich senkte den Kopf. »Ich bin rausgeworfen worden.«

»Umso besser. Wir müssen Reis, Linsen und Kartoffeln kaufen. Und unsere Wasserkrüge füllen.«

Ich folgte ihr den Weg hinunter, der zwischen den Häusern in die Ebene und zum Dorfplatz führte. Dort war viel Betrieb. Es herrschte eine sehr angespannte Atmosphäre. Frauen rannten von einem Stand zum nächsten und balancierten Körbe mit ihren Einkäufen auf dem Kopf. Die Schlange vor dem Laden ging bis zum Teehaus.

»Wir müssen unsere Vorräte aufstocken«, erklärte Mama, ohne mich anzusehen. »Die Ziege und die Hühner und das Gemüse – das reicht nicht aus, vor allem dann nicht, wenn wir da oben festsitzen.«

Da begriff ich, dass tatsächlich ein Krieg bevorstand.

Am nächsten Morgen begab ich mich allein hinunter zum Dorfplatz, um auf die israelischen Arbeitgeber zu warten, aber es kam kein einziger. Also setzte ich mich ins Teehaus zu den anderen Männern und hörte den Rundfunkberichten aus Ägypten zu.

»Geht wieder dahin zurück, wo ihr hergekommen seid. Ihr habt keine Chance«, verkündete eine arabische Stimme im Radio. Auf Hebräisch, aber mit einem starken Akzent. Ich konnte mir ein Grinsen nicht verkneifen. Dieser ganze Albtraum war garantiert schon bald vorbei, und wenn die Araber siegten, dann war Baba wieder ein freier Mann.

Begierig lasen wir die israelische Tageszeitung *Haaretz*. Die Schlagzeile lautete: *Die Araber drohen, uns ins Meer zu jagen.* Das Gewicht, das ich die letzten sieben Jahre mit mir herumgeschleppt hatte, wurde auf einmal viel leichter, und ich spürte fast so etwas wie Hoffnung.

Am 17. Mai 1967, als Ägypten die Noteinsatztruppen der Vereinten Nationen aus dem Sinai auswies, tanzten wir den Dabke

– einen Reihentanz – auf dem Dorfplatz vor dem Teehaus. Der Muchtar, das Oberhaupt unserer Dorfgemeinde, wirbelte seine Perlenkette herum und führte uns Männer an. Wir hakten uns unter, während wir schwungvoll stampften, kickten und sprangen. Mit jedem Aufstampfen unterstrichen wir unsere Verbindung mit dem Land.

Und plötzlich – ein Knall, eine Explosion, Flammen und Rauch überall, ein Feuersturm raste über den Platz. Ich wurde rückwärtsgeschleudert und schlug mit dem Hinterkopf gegen die Kante eines Tisches. Heißer Tee spritzte mir in die Augen und verbrannte meine Haut. Überall um mich herum splitterte Glas. Abu Hassan fiel auf mich, auf ihm landeten andere Männer. Es war ein entsetzliches Geschrei. Ich tastete meinen Hinterkopf ab. Kein Blut, zum Glück.

»Abdul Karim Alwali ist getroffen worden.«

Ich schob mich unter den Männern durch, sprang auf die Füße und schaute mich um. Abdul. Nichts war von ihm geblieben, nur Blut, Hautfetzen und Knochensplitter. Sein Bruder Ziad, der bei ihm gestanden hatte, lag neben ihm auf dem Boden, an seinen Unterarmen hing rotes, rohes Fleisch, wo vor ein paar Sekunden noch seine Hände gewesen waren. Im Gesicht steckten lauter Granatsplitter, sein linkes Auge war zugeschwollen, und er schrie qualvoll.

Der Pick-up des Muchtar kam die Straße entlanggerast und hielt direkt vor uns. Die Dorfbewohner hoben Ziad auf die Ladefläche. Seine Mutter kam angerannt und stieß einen gellenden Schrei aus, als sie ihn sah. Laut schluchzend kletterte sie zu ihm auf den Truck, der Muchtar fuhr los. Kinder kamen aus den Häusern gelaufen, mit Plastikschüsseln, und begannen, Abdul Karims Körperteile einzusammeln.

Abbas saß oben im Zelt fest. Es war sehr beschwerlich für ihn, den Berg hinunterzugehen, und schnell laufen konnte er sowieso nicht. Es gab auch wirklich keinen Grund, warum er dies alles sehen sollte, im Grund war ich dankbar, dass es ihm erspart blieb. Was machten wohl Rafi, Zoher und Motie in diesem Moment?

Am 22. Mai saß ich im Teehaus, als Ägypten verkündete, dass die Straße von Tiran für alle Schiffe, die unter israelischer Flagge fuhren, geschlossen würde. Wir schüttelten die Fäuste, paradierten über den Dorfplatz und skandierten: »In Blut und Geist befreien wir Palästina.« Andere Dorfbewohner schlossen sich uns an, als wir so durchs Dorf zogen.

Am 5. Juni ertönten morgens um Viertel vor acht die Luftschutzsirenen. In mir stieg Jubel hoch. Ich rannte hinunter zu dem beschädigten Teehaus. Wieder riefen wir Siegesparolen und machten das V-Zeichen für Victory. Ich hatte Tränen in den Augen. Palästina würde wieder arabisch werden!

»Israelische Bomber haben den ägyptischen Luftraum überflogen«, verkündete der arabische Reporter aus Kairo. »Die ägyptische Luftabwehr hat drei Viertel der angreifenden Jets abgeschossen.«

Wie gebannt saß ich vor dem Radio und trank einen Kaffee nach dem anderen. Ich konnte nicht nach Hause gehen.

»Die ägyptischen Luftstreitkräfte haben Gegenangriffe gegen Israel geflogen. Israelische Truppen sind in den Sinai eingedrungen, aber ägyptische Streitkräfte haben den Feind attackiert und die Offensive ergriffen.« Wir trommelten mit den Fäusten auf die Tische. Die Araber gewannen! Baba würde entlassen werden! Der Sieg war nah!

»Überall in Kairo feiert die Bevölkerung. Hunderttausende ägyptische Bürger sind auf die Straßen geströmt und rufen: ›Nieder mit Israel! Wir werden siegen!‹« Eine positive Meldung nach der anderen. »Wir haben acht feindliche Flugzeuge abgeschossen.« Ich betete, dass es Überlebende geben möge, damit ein Gefangenenaustausch stattfinden konnte.

»Unsere Flugzeuge und Raketen haben inzwischen alle israelischen Städte und Dörfer unter Beschuss genommen. Wir werden die Würde, die wir 1948 verloren haben, zurückgewinnen.« Endlich wurde alles gut. Ich ging nach Hause, um meiner Familie die frohe Nachricht zu überbringen.

Die Luft war erfüllt vom Lärm eines herannahenden Helikopters. Er kreiste eine Weile über unserem Dorf. Dann – eine ohrenbetäubende Explosion. Der Hubschrauber hatte eine Rakete in die Moschee geschossen. Ich stand wie erstarrt da. Vor ein paar Minuten erst hatte der Muezzin die Dorfbewohner zum Gebet gerufen. Ich rannte zur Moschee.

Überall lagen Leichen, die aus Granatsplitterwunden bluteten. Hände ragten aus den Trümmern. Über den ganzen Platz verstreut lagen Arme, Beine, Oberkörper, Köpfe, zerfetzt von Splittern. Ich sah Um Tariq auf dem Boden liegen, reglos, stumm. Aus ihrem Schädel quoll Blut, im Staub neben ihr bildete sich eine rote Lache. Kleine Stückchen Gehirnmasse klebten in ihren schwarzen Haaren. Ihre vier Kinder zerrten an ihrem Kleid und schrien, sie solle aufstehen. Warum bombardierten sie unbewaffnete Dörfer?

In ihrer Panik rannten die Leute schreiend durcheinander, schubsten und stießen sich, riefen die Namen der Verwandten und Freunde, die sie vermissten. Dichter Rauch stieg auf, ich konnte kaum etwas sehen, meine Augen tränten. Mit gesenktem Kopf begann ich, Trümmer beiseitezuräumen, bis meine Hände bluteten – aber auch dann hörte ich nicht auf. Vielleicht war jemand lebendig begraben. Andere Leute taten das Gleiche wie ich. Der Himmel wurde dunkel. Ich konnte nichts mehr sehen.

Ich musste zurück zu meiner Familie. Mama und Nadia saßen im Zelt und weinten, dicht aneinandergeschmiegt.

»Dafür müssen die Israelis bezahlen«, murmelte Abbas zu Fadi. Er zitterte vor Wut.

Die ganze Nacht hielten wir uns gegenseitig fest: Mama, Abbas, Nadia, Fadi, Hani und ich. Wir wussten, dass jeder von uns sterben konnte, jederzeit.

Weil ich unbedingt irgendetwas Ermutigendes hören wollte, ging ich am nächsten Tag wieder hinunter zum Teehaus. Um elf Uhr morgens verkündete das Radio, dass jordanische Streitkräfte begonnen hätten, Langstreckenraketen auf die israelischen Vorstädte von Tel Aviv zu schießen. Und keine Stunde später berichtete der Sender, jordanische, syrische und irakische Kampfflugzeuge hätten den israelischen Luftraum erreicht.

»Die zionistischen Baracken in Palästina werden dem Erdboden gleichgemacht«, hieß es im ägyptischen Radio.

Explosionen und das langersehnte Dröhnen von Kampfflugzeugen erfüllten die Luft. Unsere arabischen Brüder waren unterwegs.

»Die syrische Luftwaffe hat begonnen, israelische Städte zu bombardieren und israelische Stellungen zu zerstören«, informierte uns Radio Damaskus.

»Wir erleben heute die heiligsten Stunden unseres Lebens, vereint mit allen anderen Armeen der arabischen Brudernationen führen wir einen heroischen und ehrenvollen Krieg gegen unseren gemeinsamen Feind«, predigte Premierminister Juna im Radio. »Viele Jahre haben wir auf diese Schlacht gewartet, um die Schande der Vergangenheit zu tilgen. Greift zu den Waffen und holt euch euer Land zurück, das von den Juden gestohlen wurde!«

Plötzlich hörte ich Schüsse, draußen vor dem Teehaus. Wir rannten hinaus. Überall israelische Soldaten. Dazwischen ein paar barfüßige jordanische Soldaten mit primitiven Gewehren. Ein israelischer Panzer nahm sie unter Beschuss. Die jordanischen Soldaten rannten im Kreis, ihre Uniformen brannten lichterloh. Sie ließen sich auf den Boden fallen und wälzten sich im Staub, um die Flammen zu löschen, aber das Feuer verschlang sie. Kurz darauf lagen dreizehn verkohlte jordanische Leichen auf dem Dorfplatz,

Arme und Beine in verzerrten Positionen, Haut, Muskeln und Sehnen verbrannt. Nur schwarze Knochen blieben von ihnen übrig.

In dieser Nacht fanden wir alle keinen Schlaf. Wir hörten die Einschläge der Mörser und Raketen in der Ferne. Nach ein paar Stunden wurde es ruhiger. Doch auf einmal explodierte eine Mörsergranate ganz dicht bei unserem Zelt. Der Himmel wurde hell, wie von einem Blitz. Dann die nächste Granate, auch wieder in unserer Nähe.

»Raus aus dem Zelt!«, schrie Mama.

Die Rückseite unseres Zeltes brannte bereits. Hektisch stolperten meine Geschwister hinaus in die Nacht. Wir hatten keinerlei Schutz. Schwarzer Rauch überall. Mama blutete im Gesicht. Auch Nadias Gesicht war blutverschmiert. Abbas hielt sich den linken Arm. Hani schluchzte. Ich tastete mit den Händen über mein Gesicht. Warmes Blut. Die Granatsplitter waren durch die Zeltwand hindurch in unsere Haut gedrungen.

Wir versammelten uns unter dem Mandelbaum, und wieder einmal mussten wir zuschauen, wie ein Feuer unsere wenigen Habseligkeiten vernichtete. Die Flammen erleuchteten Mamas schmerzverzerrtes Gesicht. Die Hubschrauber über uns übertönten meine Gedanken.

Was sollten wir tun? Wir versuchten, irgendwie draußen im Freien zu schlafen. Mitten in der Nacht erhellte wieder eine Explosion den Himmel. Flugzeuge feuerten Raketen auf unser Dorf. Flammen schossen himmelwärts. Ich träumte, dass Professor Sharon mich an die Tafel rief, ich sollte eine mathematische Gleichung lösen, konnte aber die Zahlen nicht sehen. Der Professor grinste schadenfroh. Die Israelis lachten und verspotteten mich. In der Ferne ertönten immer noch die Donnerschläge der einschlagenden Geschosse.

Am Morgen erwachte ich von dem hohen Pfeifen einer Rakete. Die wievielte war es? Nadia tröstete den weinenden Hani. Ich hörte Schüsse, Schreie – und rannte den Berg hinunter.

Wie in Trance irrten die Menschen umher. Überall schwelende Trümmer. Der Geruch von verbranntem menschlichem Fleisch erstickte mich. Die Straße war rötlich braun von palästinensischem Blut.

Von der Moschee war einzig und allein die Turmspitze des Minaretts mit ihrer zwiebelförmigen Krone übrig geblieben.

Die Männer im Teehaus skandierten: »Palästina! Palästina!« Ich schloss mich ihnen an, und genau wie sie wiederholte ich das Wort immer wieder, wie ein Mantra. Mein Körper schwang vor und zurück.

Zwei israelische Panzer fuhren auf den Dorfplatz.

»Geht doch nach Jordanien! Oder wir töten euch alle! Ihr gehört nicht hierher!«, rief ein israelischer Soldat durch den Lautsprecher des ersten Panzers. »Diesmal werden wir keinen einzigen Einwohner dieses Dorfes am Leben lassen!« Die Panzer begannen, auf die Menschen zu schießen. Wir drängten uns durch die Hintertür ins Freie. Ich rannte die Straße zum Mandelbaum hinauf.

Mama kochte einen Topf Reis auf einem kleinen Feuer. Ich beschloss, ihr nicht zu sagen, was der Soldat uns angedroht hatte.

Wenn sie uns zwingen sollten, die Grenze zu überqueren, dann würden wir uns erst damit auseinandersetzen, wenn es tatsächlich so weit war. Uns war so wenig geblieben, dass es nicht lang dauern würde, alles zu packen.

»Ich muss die neuesten Nachrichten hören.« Abbas schleppte sich zu mir. »Hilf mir hinunter ins Dorf.«

»Das ist zu gefährlich.« Er würde es nie schaffen, im Angriffsfall zu fliehen, und da unten im Dorf passierte andauernd etwas. Ich musste für ihn ein eigenes Radio bauen. Ich holte den Plastikcontainer hervor, den ich unter dem Mandelbaum verstaut hatte.

Mit Kupferlackdraht und einer Klopapierrolle bastelte ich eine Spule und verband das Drahtende mit einem Erdungskabel aus Isolierdraht. Ein weiteres Stück Draht verwendete ich als Antenne, die ich am Baum anbrachte. Nun brauchte ich noch ein kleines Metallrohr sowie den alten Kopfhörer, und mit ein bisschen Fingerspitzengefühl gelang es mir, die Teile so miteinander zu verbinden, dass ich nur noch eine Weile herumexperimentieren musste – und schon konnte ich arabische Sender empfangen. Abbas hörte nun die ganze Nacht Nachrichten.

Am 10. Juni informierte uns das israelische Radio um halb sieben abends, der Krieg sei vorbei. Die Vereinten Nationen hatten eine Feuerpause gefordert. Die Israelis hatten die ägyptische Luftwaffe vernichtet, gleich am ersten Tag, noch bevor die Flugzeuge starten konnten. Sie hatten die West Bank erobert, den Gazastreifen, die ägyptische Halbinsel Sinai, die syrischen Golanhöhen, Ostjerusalem und die Altstadt mit all ihren Heiligtümern. Die Dorfbewohner fielen sich schluchzend in die Arme. Ich legte den Kopf auf den Tisch und bedeckte meine Augen. Die arabischen Sender hatten alle miteinander gelogen.

»Es begann morgens um 7 Uhr 10«, berichtete der israelische Radiosender Kol Ha Shalom. »Zweihundert unserer Flugzeuge flogen nach Ägypten, so niedrig, dass nicht eine der zweiundachtzig ägyptischen Radarstationen sie entdeckte. Unsere Piloten sind so erfahren, dass sie in absoluter Funkstille fliegen können.«

Ich hielt mir die Ohren zu, musste aber trotzdem alles hören.

»Wir wussten im Voraus Bescheid über unsere Ziele: Wir kannten die Position jedes einzelnen ägyptischen Flugzeugs, sowie den Namen und sogar die Stimme des entsprechenden Piloten. Die Ägypter versammelten ihre Flugzeuge nach Typ: MiG, Ilyushin, Topolor. Jeder Flugzeugtyp hatte seine eigene Basis, wodurch es uns möglich war, klare Prioritäten zu setzen. Die ägyptischen Jets waren auf offenen Flugvorfeldern geparkt. Fast alle Flugzeuge waren am Boden, die Piloten frühstückten gerade. Die Angriffsbedingungen hätten nicht besser sein können. Erstklassige Sicht.

Praktisch kein Wind. Die ägyptischen Piloten hatten nicht mal genügend Zeit, um zu ihren Flugzeugen zu kommen.«

Es war so unfair.

»Wir haben nicht nur alle ägyptischen Flugzeuge, sondern auch die Startbahnen zerstört. Mit Durandal-Bomben, die Krater mit einem Durchmesser von fünf Metern und 1,60 Metern Tiefe hinterließen. Die ägyptischen Flugzeuge waren in einer Falle, aus der sie nicht heraus konnten. Leichte Beute für die Dreißig-Millimeter-Kanonen und die wärmesuchenden Raketen, die sie als Nächstes beharkten. Um acht Uhr waren bereits fünfundzwanzig Einsätze geflogen worden. Vier Flugfelder auf dem Sinai und zwei in Ägypten waren zerstört. Das zentrale Kommunikationskabel, das die ägyptischen Streitkräfte mit dem Hauptquartier verband, war durchtrennt worden. In weniger als einer Stunde zerstörte unsere Luftwaffe zweihundertvier Flugzeuge. Nicht nur unsere Panzer, unsere Artillerie und unsere Luftwaffe waren denen des Feindes überlegen. Wir wussten auch besser, wie man sie effektiv einsetzt.«

Israel beschloss, nur Ostjerusalem und dessen Umgebung zu übernehmen, während die West Bank und der Gazastreifen zu militärischen Besatzungszonen deklariert wurden, weil sie sich dadurch die Möglichkeit offenhielten, sie eines Tages im Austausch gegen Frieden zurückzugeben.

Israels Territorium verdreifachte sich, und etwa eine weitere Million Palästinenser gerieten unter direkte israelische Kontrolle. Ich hatte das Gefühl, als hätte mir jemand einen Tritt in die Magengrube versetzt. Der Staat Israel hatte den Arabern gezeigt, dass er fähig und willens war, strategische Angriffe zu führen, die das regionale Gleichgewicht grundlegend verändern konnten. Nun hatte Israel ein neues Druckmittel. Land für Frieden.

Der Krieg war vorbei.

## 28

Fadi und ich arbeiteten die ganze Woche im Schlachthof, weil wir dringend Geld für ein neues Zelt brauchten. Nachdem wir das Zelt aufgebaut hatten, versammelten wir uns alle darin, um Reis mit Mandeln zu essen.

»Ahmed Hamid. Sofort heraustreten«, dröhnte draußen eine Megaphonstimme. Wir waren starr vor Schreck. Das Militär forderte immer die Dorfbewohner auf, ihre Häuser und Unterkünfte zu verlassen, ehe diese in die Luft gejagt oder plattgewalzt wurden. Allerdings hatte ich noch nie gehört, dass die Soldaten jemanden namentlich aufriefen. Wenn sie eine bestimmte Person im Visier hatten, tauchten sie nachts auf, damit sie den Betreffenden festnehmen konnten während er schlief. Bestimmt hatte diese Aufforderung etwas mit Professor Sharon zu tun. Was, wenn er das Militär angewiesen hatte, mich zu verhaften? Ich konnte unmöglich im Zelt bleiben und abwarten, denn das würde meine ganze Familie gefährden. Also erhob ich mich, um nach draußen zu gehen. Mama packte mich an den Schultern.

»Nein, Ahmed – geh bitte nicht«, wisperte sie mir beschwörend ins Ohr und zog mich an sich.

Fadi, Nadia und Hani waren zu Salzsäulen erstarrt. Fadi hielt ein Stück Pitabrot über seinem Teller. Abbas fluchte lauter, als ihm vermutlich bewusst war, weil er seinen Kopfhörer aufhatte und Nachrichten hörte. Seit ich ihm das Radio gebaut hatte, war er nicht mehr davon zu trennen. Nadia legte tröstend den Arm um Hani.

»Ahmed Hamid. Sofort heraustreten!«

Ich löste mich aus Mamas Umklammerung. Sie schlug die Hände vor den Mund. »Ahmed!« So verzweifelt hatte ich sie noch nie gehört. Wieder streckte sie die Arme nach mir aus.

Ich hob beschwichtigend die Hand. »Alles wird gut.« Dann ging ich hinaus ins Freie und schloss die Zelttür hinter mir.

»Sind Sie Ahmed Hamid?« Der Soldat sprach immer noch durch das Megaphon, obwohl ich direkt vor ihm stand. »Bestätigen Sie es.«

»Ja, ich bin Ahmed Hamid.«

Der Soldat drehte sich jetzt in Richtung Dorf. »Wir haben Ahmed Hamid. Bringt ihn herauf.«

»Was wollen Sie von mir?«, fragte ich auf Hebräisch.

»Jemand möchte Sie sprechen.«

Ich sah die Gestalt eines Zivilisten den Berg heraufkommen, in Begleitung von Soldaten in grünen Kampfanzügen, mit Metallhelmen und M16-Gewehren ausgerüstet. Nach einer Weile erkannte ich ihn. Es war Rafi. Mein Blick begegnete seinen blutunterlaufenen Augen. Ich ging ihm entgegen.

»Zoher ist tot«, sagte Rafi ohne jede Einleitung. »Er ist auf dem Sinai getötet worden, als sein Panzer nicht mehr weiterfahren konnte.«

Ich schüttelte fassungslos den Kopf. Aber – was machte Rafi in meinem Dorf? Mit all den Soldaten? Unterstützte er etwa Professor Sharon bei seinem Plan, mich rauszuwerfen – obwohl ich ihm so viel geholfen hatte? Auch wenn das jetzt ziemlich absurd klang – ich hatte ihn als Freund betrachtet. Wusste er vielleicht von Baba?

»Seine Asche wurde ins Meer gestreut.«

War Rafi etwa hier, um mir deswegen Vorwürfe zu machen?

Warum sonst sollte er fünf Stunden in ein palästinensisches Dorf reisen, mit militärischem Geleit?

Ich senkte den Kopf.

»Zoher hat rausgekriegt, was mit Professor Sharon passiert ist. Er ist zum Dekan gegangen. Du bist entlastet worden.«

Ich schaute ihn ungläubig an. Tränen liefen ihm über die Wangen.

»Das Schicksal des Professors liegt jetzt in deiner Hand.«

Eine Million Gedanken jagten durch meinen Kopf. Es war schwer vorstellbar, dass Zoher mich gegen seine eigenen Leute verteidigt hatte und dass Rafi bis hierhergefahren war, um mich zu holen. In dem Moment erst wurde mir die grausame Wahrheit bewusst, dass ich Zoher nie wiedersehen würde.

»Wo ist euer Haus?«, fragte Rafi.

Ich deutete auf das Zelt.

Er schien überrascht. »Willst du zurück zu deinen beduinischen Wurzeln?«

»Keine Baugenehmigung.«

Das ferne Knattern der Hubschrauber wurde lauter. Ich musste mich zusammenreißen, um nicht zu meiner Familie zu laufen. Es war doch meine Aufgabe, sie zu beschützen!

Rafi wandte sich konsterniert an den Soldaten neben ihm. »Ist der Krieg nicht vorbei?«

»Er ist nie vorbei«, brummte der Soldat.

Mit einer Kopfbewegung deutete Rafi zum Fuß des Berges. »Also – kommst du mit?«

Mama trat aus dem Zelt. »Ahmed!«, rief sie. Abbas folgte ihr humpelnd.

»Ich gehe zurück an die Universität!«, schrie ich laut, um die Hubschrauber zu übertönen.

»Wir müssen reden«, sagte Mama. Sie hielt einen Wasserkrug in der Hand.

»Kann das ein bisschen warten?«

Abbas wurde blass. Er nahm den Kopfhörer ab. »Du gehst mit denen?«

»Kommst du?« Rafi wurde ungeduldig.

»Eine Minute noch, bitte.«

Er blickte zu dem Hubschrauber hoch.

Mama warf den Krug auf den Boden, wo er in tausend Scherben zersprang. »Du bleibst hier!« Streng verschränkte sie die Arme vor der Brust.

Ich ging auf sie zu. »Ich muss gehen, Mama.«

»Tu mir das nicht an«, flehte sie mit Tränen in den Augen.

Ich wusste, dass ich diese Auseinandersetzung nicht gewinnen konnte. »Ich tu's für uns.«

»Sie werden dich töten.«

»Ahmed!«, rief Rafi, der schon ein ganzes Stück entfernt war. »Wir müssen los.«

»Eine Sekunde!«, rief ich ihm auf Hebräisch zu.

Mama packte mich an den Armen und schüttelte mich.

»Geh nicht mit denen!«, beschwor mich Abbas.

»Es ist nur vorübergehend.«

Ein Hubschrauber schwebte jetzt direkt über uns.

»Es tut mir leid«, murmelte ich.

»Ahmed!«, schluchzte Mama.

Ich drehte mich noch einmal um. Sie breitete klagend die Arme aus. Was sollte ich tun? Ich ging zu ihr, und sie drückte mich fest an sich.

»Wie habe ich das verdient? Was habe ich denn verbrochen?«, flüsterte sie.

Ich wollte mich wieder aus ihrer Umarmung befreien, doch sie ließ mich nicht los.

»Ich tu's für uns alle.«

»Was tust du für uns alle?«, fragte sie. »Willst du uns alle töten?«

»Ahmed – es wird gleich dunkel!« Das war Rafi.

Mama wollte mich immer noch nicht gehen lassen. »Ich möchte, dass du heiraten kannst und deine eigene Familie gründest.«

»Ich muss los.«

»Verlass mich nicht – bitte!«

Mit einer raschen Bewegung entzog ich mich ihr und ging. Ich musste zurück an die Universität – Baba zuliebe. Es war mir gleichgültig, wenn alle dort mich hassten, weil sie dachten, mein Vater hätte ein Verbrechen begangen. Zoher hatte sich für mich eingesetzt. Rafi war gekommen, um mich zu holen. Baba glaubte an mich. Wenn man mir mit Feindseligkeit begegnete, musste ich das aushalten. Ich konnte es kaum erwarten, Baba zu schreiben. Es gab so viel zu berichten.

## 29

Der Dekan teilte mir mit, es hänge von meiner Entscheidung ab, ob Professor Sharon gefeuert werden würde oder nicht. Ich bat um Bedenkzeit bis zum ersten Dienstag des nächsten Monats, und er war einverstanden. An diesem Dienstag fuhr ich zum Lager Dror, um alles mit Baba zu besprechen.

Ein provisorisches Lager, mit Stacheldraht eingezäunt und etwa so groß wie ein Fußballplatz, war in der Nähe des alten Komplexes eingerichtet worden. Darin befanden sich so viele Gefangene, dass sie sich kaum bewegen konnten. Der Anblick erinnerte mich an eine riesige Sardinendose. Unter den Zeltdächern befand sich die nackte Erde, keinerlei Fußboden. Und überall waren Aufseher.

Wie immer warteten Männer, Frauen, Jungen und Mädchen am Eingang darauf, dass die Namen ihrer Angehörigen aufgerufen wurden.

Als ich endlich Baba an der Glasscheibe gegenübersaß, erzählte ich ihm von meinem Dilemma. Er überlegte. »Sag dem Dekan, du möchtest nicht, dass Professor Sharon entlassen wird – unter der Bedingung, dass er dich als seinen Forschungsassistenten einstellt.«

Ich schaute verdutzt durch die Scheibe, den Telefonhörer in der Hand. Wie konnte Baba so etwas vorschlagen? Seine Augen waren sehr müde. Doch ich würde tun, was immer er vorschlug.

»Was mache ich, wenn er meine Arbeit sabotiert?«

»Dann soll der Dekan ihn rauswerfen. Die Menschen hassen aus Angst und aus Unwissenheit. Wenn sie diejenigen, die sie hassen, kennenlernen und sich auf gemeinsame Interessen konzentrieren, dann überwinden sie ihren Hass.«

»Ich glaube, du bist zu optimistisch. Professor Sharon ist kein guter Mensch.«

»Finde heraus, was hinter seinem Hass steckt, und versuche, ihn zu verstehen«, sagte Baba.

Ich dachte an das, was Einstein an Chaim Weizmann geschrieben hatte: Sollten die Juden nicht in der Lage sein, einen Weg zur aufrichtigen Zusammenarbeit und Einigung mit den Arabern zu finden, dann hätten sie in den zweitausend Jahren ihrer Leidensgeschichte wirklich nichts gelernt. Einstein warnte auch immer wieder davor, wenn die Juden es nicht erreichten, dass beide Seiten in Harmonie miteinander lebten, dann würde die Zwietracht sie noch viele Jahrzehnte lang verfolgen. Und er war gleichzeitig der festen Überzeugung, dass die zwei großen semitischen Völker gemeinsam eine großartige Zukunft schaffen konnten.

Vielleicht hatte Baba recht.

»Der Dekan hat gedroht, er entlässt mich, wenn Sie nicht mein Forschungsassistent werden«, brummte Professor Sharon. »Ehrlich gesagt – ich war bereit, meinen Hut zu nehmen. Wenn Zohers Vater nicht gewesen wäre, hätte ich mir eine andere Stelle gesucht. Damit eines klar ist: Ich tue dies für Zoher, nicht Ihretwegen.«

Und ich tue es für Baba. »Ich danke Ihnen für diese Möglichkeit. Wenn Sie wollen, kann ich morgen anfangen.«

»Ja, ich weiß. Der Dekan hat mir mitgeteilt, es sei sein Wunsch, dass Sie sofort beginnen. Wir müssen einander nicht sehen. Ich versuche, Silizium als Halbleiter zu verbessern.« Er grinste spöttisch. »Melden Sie sich bitte erst wieder bei mir, wenn Sie herausgefunden haben, wie das geht.« Vermutlich war er davon überzeugt, dass er mir eine unmögliche Aufgabe gestellt hatte. Und wenn ich dann irgendwann mit leeren Händen zu ihm kam, konnte er dem Dekan mitteilen, dass ich nichts tauge. Ich würde ihm beweisen, dass er sich irrte. Von seinem Büro ging ich direkt in die Bibliothek.

## 30

Professor Sharon blickte von seiner Lektüre auf.

»Guten Abend«, sagte ich.

Als er mich sah, griff er sofort in seine Schreibtischschublade, holte etwas heraus und legte es in seinen Schoß. Seine Augen waren pechschwarz. Schwarz wie der Tod. »Ich habe Ihnen doch gesagt, Sie sollen mich nicht belästigen.«

»Ich habe einen Vorschlag.« Nachdem ich zwei Artikel gelesen hatte, war mir eine Idee gekommen. Der erste Text war eine Vorlesung des Physikers Richard Feynman, die dieser 1959 am Caltech in Pasadena gehalten hatte, mit dem Titel »There's Plenty of Room at the Bottom«. Er erörterte dort die Möglichkeit, individuelle Atome direkt zu manipulieren. Ich war überzeugt, dass seine Theorie uns bei unserer Forschungsarbeit helfen konnte. Der zweite Artikel war von 1965 und stammte von Gordon F. Moore. Moore hatte ihn in der Zeitschrift *Electronics* veröffentlicht und darin vorhergesagt, dass sich die Transistorendichte auf integrierten Schaltkreisen alle zwei Jahre verdoppeln würde.

»Unglaublich.« Sharon schlug mit der flachen Hand auf seinen Schreibtisch. »Ich werde dem Dekan berichten, dass die Zusammenarbeit mit Ihnen nichts bringt.«

»Und ich möchte nicht in die Situation kommen, meinerseits dem Dekan mitteilen zu müssen, dass Sie sich meine Idee gar nicht anhören wollten.«

Er trommelte ungeduldig mit den Fingern, als würde ich nur seine wertvolle Zeit verschwenden. »Also – wie lautet Ihr idiotischer Vorschlag?«

»Ich weiß, Sie wollen, dass ich mich darauf konzentriere, Silizium als Halbleiter zu verbessern, aber ich glaube, das Entwicklungspotential des Siliziums ist langfristig eingeschränkt – zu große Wärmeerzeugung sowie Störstellen und andere grundlegende physikalische Eigenschaften.« Meine Stimme bebte leicht.

Er schmetterte das mit einer geringschätzigen Handbewegung ab. »Silizium ist die beste Wahl.«

»Die Siliziumtechnologie hat die Entwicklung revolutionärer Anwendungstechniken des Mikrochips in Computern, im Kommunikationsbereich, in der Elektronik und in der Medizin ermöglicht.«

»Ich verstehe nicht, worauf Sie hinauswollen.«

»Das Moore'sche Gesetz.«

»Was ist mit dem Moore'schen Gesetz?« Er verdrehte die Augen.

»Sein erstes Gesetz besagt, dass der Platz, den ein Transistor auf einem Computerchip benötigt, alle zwei Jahre um etwa die Hälfte schrumpft.«

»Genau das ist der Grund, weshalb wir das Silizium verbessern müssen.«

»Das zweite Moore'sche Gesetz besagt, dass die Kosten, eine Computerchip-Fabrik zu bauen, sich alle sechsunddreißig Monate ungefähr verdoppeln. Sobald sich die Chipgröße im Nano-Bereich befinden wird, schießen nicht nur die Preise in die Höhe – man wird auch eine neue Grundstruktur brauchen, da sich die Materialeigenschaften im Nano-Bereich qualitativ verändern. Beim Übergang vom Mikrochip zum Nanochip müssen sämtliche Prinzipien der Chipherstellung neu überdacht werden.«

»Was wollen Sie damit sagen?«

»Die beste Alternative muss erst noch erfunden werden.«

»Planen Sie etwa, den Chip im Alleingang zu revolutionieren?«

»Wir sollten das Problem nicht von oben nach unten angehen, also nicht top-down, indem wir sozusagen mit einem großen Klotz beginnen und diesen beschneiden, schleifen, schmelzen, formen oder sonst irgendwie in eine nützliche Form zwingen. Wir müssen stattdessen versuchen, die Dinge von unten nach oben zu konstruieren, also bottom-up, indem wir die Grundbausteine zusammensetzen.«

»Sie sind ziemlich ehrgeizig, was? Wissen Sie, wie Sie auf mich wirken in Ihren Lumpenklamotten? Sie sind der Sohn eines Terroristen, Mr. Hamid. Sie sind in einem Zelt aufgewachsen, ohne fließendes Wasser und ohne Strom. Und Sie wollen die Wissenschaft revolutionieren? Sie wagen es, meinem Ansatz zu widersprechen?«

Ich blickte ihm in die Augen. »Sie sehen sehr viel, Professor Sharon. Nichts von dem, was Sie sagen, möchte ich abstreiten. Aber die Tatsache, dass ich in einem Zelt aufgewachsen bin, hat nichts mit dem Ansatz zu tun, den ich hier vertrete.«

»Auf Wiedersehen, Mr. Hamid.«

»Sie hören mir nicht zu, weil ich Araber bin. Ihnen wäre es lieber, wenn ich einen weniger guten Ansatz vortragen würde, weil Sie mir dann nicht zuhören müssten. Ignorieren Sie mich einfach. In ein paar Jahren werden Sie feststellen, dass ich recht habe und dass Sie durch die Zusammenarbeit mit mir an der Spitze des Fortschritts hätten stehen können. Ich kann Ihnen helfen voranzukommen.«

»Was Sie nicht sagen.«

»Es ist wichtig, den Nano-Bereich zu verstehen, wenn wir begreifen wollen, wie die Materie aufgebaut ist und wie die Eigenschaften der Materialien ihre Komponenten spiegeln: ihre Atomzusammensetzung, ihre Form und ihre Größe. Die speziellen Eigenschaften des Nano-Bereichs bedeuten, dass ein Nano-Design erstaunliche Ergebnisse erzielen kann, die auf keine andere Art und Weise erzielt werden können. Wir müssen die Struktur des einzelnen Atoms verstehen, um seine Eigenschaften am besten manipulieren zu können, damit wir Materialien herstellen können, indem wir Atome kombinieren.«

»Das, wovon Sie reden, würde enorm viel Arbeit erfordern. Lebenslangen Einsatz.«

»Ich weiß.«

»Und wenn nichts daraus wird?«

Ich wiederholte, was Baba schon immer zu mir gesagt hatte. »Nur wer es wagt zu scheitern, kann Großes erreichen.«

»Was schlagen Sie vor?«

»Es ist relativ einfach zu berechnen, wie zwei vom Rest der Welt isolierte Körper sich im Schwerefeld des jeweils anderen bewegen, aber die Berechnung wird unmöglich, wenn man dem System auch nur einen zusätzlichen Körper hinzufügt.«

»Wie finden wir Ihrer Meinung nach eine Lösung, mit der wir das Problem umgehen können?«

»Wir können die Werte für Orte, Geschwindigkeiten und Kräfte einsetzen, jeweils zu einem bestimmten Zeitpunkt, und genau berechnen, wie sie sich kurz darauf verändert haben. Dann wiederholen wir das Ganze noch einmal, mit neuen Zahlen. Und so weiter. Wenn wir dies häufig genug tun, und zwar in optimal kurzen Zeitabständen, dann können wir eine sehr akkurate Beschreibung davon bekommen, wie das System funktioniert.«

»Je geringer die Zeitabstände, desto exakter die Beschreibung. Wir müssten unglaublich viele Berechnungen durchführen.« Er zog die Augenbrauen hoch.

»Das Rechnen können die Computer übernehmen«, sagte ich.

»Sind Sie jetzt auch noch Computerexperte?«

»Abends und am Wochenende kann ich helfen, Daten in die Lochkartenmaschine und den Lochkartenleser einzugeben. Wir können mit dem Computer chemische Konfigurationen simulieren, um herauszufinden, welche Kräfte zwischen sämtlichen Atomen in einer spezifischen Zusammenstellung wirken. Sobald wir das wissen, können wir bestimmen, welche Zusammenstellungen und Kombinationen stabil sind und welche Eigenschaften sie haben.«

Professor Sharons Gesicht hatte sich inzwischen entspannt, und ich wusste, dass er innerlich von Hass auf naturwissenschaftliche Neugier umgeschaltet hatte. Das war meine Chance.

»Sie können an Ihrer Idee jetzt im Sommer arbeiten. Es besteht keine Notwendigkeit, dass wir alles besprechen. Im September werde ich mir dann Ihre Ergebnisse ansehen. Falls diese Ergebnisse nichts Sinnvolles versprechen, werden Sie dem Dekan mitteilen, dass Sie nicht mehr mit mir zusammenarbeiten wollen. Falls die Ergebnisse etwas versprechen, behalte ich Sie das ganze Jahr.«

»Einverstanden«, sagte ich.

Professor Sharon lächelte. Ich wusste, dass er hoffte, auf diese Weise dem Versprechen, das er dem Dekan hatte geben müssen, problemlos zu entkommen. Aber so leicht gab ich mich nicht geschlagen.

Den ganzen Sommer lebte ich mehr oder weniger im Computerlabor, gab Zahlen ein, konzentrierte mich auf die einfachsten Formen. Als der Herbst kam, zeigte sich allmählich ein Muster. Ich ordnete meine Lochkarten, trug für Professor Sharon die Daten zusammen und wartete, bis in seinem Büro kein Licht mehr brannte. Dann schob ich meine Ergebnisse unter der Tür durch, in der Hoffnung, dass Sharons Liebe zur Naturwissenschaft größer war als sein Hass auf mein Volk.

Kaum war ich am nächsten Tag wieder im Computerlabor und ließ Zahlen durchlaufen, erschien der Professor.

»Ich habe Ihre ersten Berechnungen angeschaut.« Er nahm meine neuesten Lochkarten und inspizierte sie. »Wie sind Sie zu diesen Ergebnissen gekommen?« Neugierig setzte er sich neben mich, und ich demonstrierte ihm, wie ich die Zahlen eingab. Dann veränderte ich die Bedingungen ganz minimal und gab die Zahlen noch einmal ein. »Ich erlaube Ihnen, noch eine Weile hierzubleiben, und dann werde ich alles neu bewerten. Zeigen Sie mir doch bitte am Ende jeder Woche, wie weit Sie gekommen sind.« Seine Stimme klang indifferent, aber mir war klar, dass er das Potential meines Forschungsansatzes erkannt hatte.

Zum zweiten Studienjahr kam Jameel zurück, und wir teilten wieder ein Zimmer. Rafi, der nun keinen Mitbewohner mehr hatte, stellte Zohers Schreibtisch in unser Zimmer und verbrachte die meiste Zeit bei uns. Motie hatte im Sommer seine Jugendliebe geheiratet und wohnte jetzt in dem Wohnheim für verheiratete Paare. Aber ich sah alle nur sehr selten, weil ich ja meine Freizeit größtenteils im Computerlabor verbrachte.

Ein paar Tage, nachdem die Studenten wieder angereist waren, rief Professor Sharon mich in sein Büro. Da saß er wieder hinter seinem polierten Walnussschreibtisch, umgeben von Regalen mit Mathematik- und Physikbüchern. Ich blickte kurz zu dem Einstein-Bild hoch. Dann zeigte der Professor mir den einzigen Gegenstand auf seinem Schreibtisch: ein goldgerahmtes Foto.

»Meine Familie«, sagte er.

»Oh.« Bangte er um die Sicherheit seiner Angehörigen, weil sie uns unser Land gestohlen hatten? Fürchteten sie, wir könnten kommen, um es uns zurückzuholen? »Lebt Ihre Familie in Jerusalem?«

»Sie sind alle tot.« Sein Blick ließ mich nicht los.

Ich öffnete den Mund, brachte aber keinen Ton heraus. Wollte der Professor mir die Verantwortung für den Tod seiner Angehörigen zuschieben?

»Die Nazis haben sie umgebracht.«

Er reichte mir ein zweites Bild. Es war nicht gerahmt, und der Rand war schon etwas ausgefranst.

»Das bin ich bei meiner Ankunft im Hafen von Haifa.« Er nahm seine Nickelbrille ab und putzte sie mit einem Taschentuch. Dieses Taschentuch hatte er aus seinem braunen Tweedblazer mit den Wildlederflicken auf den Ellbogen gezogen.

Der Mann auf dem Foto wirkte mehr tot als lebendig.

»Das tut mir sehr leid.« War ihm nicht klar, dass es die Nazis waren, die seine Familie umgebracht hatten, nicht die Palästinenser? Rechtfertigte diese Tragödie, was die Israelis uns antaten?

»Nein, es tut Ihnen nicht leid.« Er setzte seine Brille wieder auf. »Wie wollen Sie so etwas verstehen? Israel vergast keine unschuldigen Menschen, um sie dann wie Müll zu verscharren.«

Ich hatte mir und Baba versprochen, dass ich mich nicht in politische Diskussionen locken lassen würde. Aber wie konnte ich ruhig bleiben?

»Israel hat großes Leid über mein Volk gebracht.« Ich wandte den Blick ab, weil ich ihn nicht anschauen konnte. *Und mein Volk ist nicht verantwortlich für die Vergasung der Juden im Zweiten Weltkrieg.*

»Großes Leid?« Er schüttelte den Kopf. »Sie wissen doch gar nicht, was das ist. Was haben meine Eltern den Nazis getan? Nichts. Und was ist mit ihnen passiert? Ich erinnere mich, wie mein Vater in dem Viehwaggon stand. Er drückte einen Beutel mit drei Goldketten, dem Verlobungsring meiner Großmutter und einem silbernen Kerzenleuchter an sich. Das Einzige, was uns geblieben war.« Er schwieg, holte tief Luft und fuhr dann fort: »Er wollte damit unsere Freiheit erkaufen.«

Ich verschränkte abwehrend die Arme vor der Brust. Doch dann ließ ich sie sinken.

»Sobald wir nach Auschwitz kamen, haben die Nazis die Männer von den Frauen getrennt.« Er nahm die Brille wieder ab und drückte mit seinem linken Daumen und Zeigefinger den oberen Nasenrücken zusammen. *»Bishanah habaah bieretz Yisrael* waren

die letzten Worte meiner Mutter. ›Nächstes Jahr im Land Israel.‹«
Er setzte seine Brille wieder auf.

Ich wollte Babas Rat gern befolgen. Er lautete: Ehe du einen
Menschen beurteilst, versuche erst, dich in seine Lage zu versetzen
und dir vorzustellen, wie du dich fühlen würdest, wenn dir das
Gleiche widerfahren wäre wie ihm.

»Ein SS-Mann warf einen Blick auf meinen kleinen Bruder
Avraham, der erst sechs Jahre alt war, und deutete in die Todes-
richtung.« Sharon ballte die linke Hand zur Faust. »Mein Bruder
hat sich ans Bein meines Vater geklammert und geschrien: ›Lass
mich nicht allein!‹«

»Lebt Ihr Vater noch?«, fragte ich. Im Hinterkopf protestierte
ich immer noch. Das Leid, das seiner Familie widerfahren war, gab
ihm nicht das Recht, anderen Menschen Leid zuzufügen!

»Mein Vater hat mir zugeflüstert: ›Tu, was du kannst, um zu
überleben. Kämpfe um dein Leben, mit allem, was du hast, und
wenn du nicht mehr kämpfen willst, denk an mich und kämpfe
weiter.‹ Und dann lief er hinter meinem Bruder her.«

Glaubte er wirklich, dass dieser Schmerz rechtfertigte, was er
uns angetan hatte? Nein, dachte ich, das ist die falsche Frage. Baba
wollte, dass ich mich in Professor Sharons Lage versetzte. »Warum
sind Sie den beiden nicht gefolgt?«

Seine Gesichtsmuskeln spannten sich an. »Ich habe meinem
Vater versprochen zu kämpfen bis zum letzten Atemzug.«

Von Versprechen verstand ich etwas. »Was ist mit Ihrer Mutter
und Ihrer Schwester passiert?«

»Als der Krieg zu Ende war, habe ich alle Leute, denen ich begegnete, gefragt, ob sie etwas über meine Mutter und meine Schwester
Leah wussten, aber keiner konnte mir weiterhelfen.« Er schaute
aus dem Fenster in den Garten. »Es wurden Listen mit den Namen
von Überlebenden herumgereicht. Ich habe jede einzelne Liste
genauestens studiert. Aber ihre Namen tauchten nirgends auf.« Er

schüttelte den Kopf. »Dann begegnete ich eines Tages einer Frau, die ich aus dem Viehwaggon kannte. Ich habe sie angefleht, mir alles zu sagen, was sie weiß. Ich sagte ihr, dass ich nicht aufhören kann zu suchen, bis ich Bescheid weiß.«

»Wusste sie etwas?«

Er nickte. »Sie hatte gesehen, wie ein SS-Mann Leah in den Tod schickte.« Er schwieg einen Moment, dann lockerte er seine Krawatte. »Als meine Mutter hinter ihr herrannte, schoss ihr ein Soldat in den Hinterkopf.«

Kurz schwiegen wir beide.

»Es war nicht mein Volk, das diese Verbrechen begangen hat.« Meine Stimme wurde immer lauter – was ich nicht wollte. Schnell senkte ich den Blick und starrte auf den glänzenden Linoleumfußboden.

»Nein. Aber ihr bedroht mein Volk.«

»Wir haben nichts.«

Professor Sharon erhob sich. »Ihr Volk hat einen legitimen Anspruch auf dieses Land.« Mit offenem Mund starrte ich ihn an. »Halten Sie mich bitte nicht für dumm.« Er trat ans Fenster. »Es gibt keine Alternative. Der Holocaust hat gezeigt, dass die Juden nicht mehr als Minorität in anderen Nationen leben können. Wir brauchen unser eigenes Heimatland.«

»Wir sind nicht schuld am Holocaust.« Ich sprach diesen Satz ganz langsam und betonte jedes Wort.

»Ein Mensch, der verhungert, hat das Recht, sich etwas von den vorhandenen Speisen zu nehmen, auch wenn es bedeutet, dass ein anderer dann weniger hat – solange genug übrigbleibt.«

»Warum sollte jemand gezwungen werden, mit anderen zu teilen?«

»Mit anderen zu teilen ist die moralische Pflicht jedes Menschen, der etwas zu essen hat.«

»Sieger tun, was sie wollen.«

»Ich kämpfe für Leben und Freiheit, nicht für angestammte Rechte«, sagte er.

»Was ist mit Gottes Verheißung für die Juden? Mit dem gelobten Land?«, sagte ich.

Da schlug er mit der Faust auf den Schreibtisch. »Es gibt keinen Gott.« Einen Moment lang schaute er wie gebannt auf etwas, was ich nicht sehen konnte. Als er weiterredete, war seine Stimme anders, weicher. »Sie haben keine Ahnung, wie hart ich gearbeitet habe, um so weit zu kommen.« Er streckte mir seine kräftige Hand entgegen. Ich starrte wortlos darauf. Mein Hass durfte mich nicht daran hindern, das Versprechen zu halten, das ich Baba gegeben hatte. Ich streckte ebenfalls die Hand aus, und er ergriff sie, locker.

»Die hier sind für Sie.« Er reichte mir einen Stapel Lochkarten. »Sie sind auf etwas ganz Zentrales gestoßen.«

In dem Moment wusste ich, dass es mir leidtun würde, wenn ich an meinem Groll festhielt. Dies hier war meine große Chance, und ich musste mich hundertprozentig dafür einsetzen. Jede Woche schob ich meine Ergebnisse unter Professor Sharons Bürotür durch. Er kam gelegentlich im Computerlabor vorbei, um zuzuschauen, wie ich meine Zahlen eingab. Jede Woche wurde das Potential meiner Forschung deutlicher sichtbar. Es dauerte nicht lang, bis Professor Sharon ins Labor kam, um selbst Zahlen einzugeben. Als die Muster immer klarer und unser Verständnis für das Verhalten der Atome stabiler wurden, war Professor Sharon immer, wenn ich das Labor betrat, bereits da und gab Simulationen ein.

Wir trafen uns nun wöchentlich in seinem Büro. Unsere Resultate summierten sich – und wir besprachen uns fast täglich. Schließlich war ich so häufig in Professor Sharons Büro, dass er einen Schreibtisch für mich holen ließ. Wenn ich nicht in einem Kurs saß oder Hausaufgaben machte, war ich damit beschäftigt herauszufinden, wie verschiedene Systeme funktionierten.

Am 23. Oktober 1967 – ich hatte gerade die letzte Simulation dem Professor übergeben – klopfte es an der Tür.

»Es ist offen!«, rief Sharon, ohne von meinen Resultaten hochzublicken.

Im Türrahmen stand Abbas.

## 31

Noch bevor Abbas ein Wort sagen konnte, war mir klar, dass etwas Schreckliches passiert sein musste.

»Möge Allah unseren Vater beschützen«, flüsterte er.

»Was ist mit Baba?«

»Wir müssen sofort ins Krankenhaus.«

Nun blickte Professor Sharon hoch. »Was ist los?«

Ich schaute ihn an. »Ich muss zu meinem Vater.«

»Sie können jetzt nicht weg. Unsere Forschung kommt in die entscheidende Phase.«

»Wenn es um Ihren Vater ginge, würden Sie warten?«

Er zögerte einen Augenblick, dann nickte er bedächtig. »Gehen Sie.« Er legte mir die Hand auf die Schulter und drückte kurz. »Nun gehen Sie schon!«

Abbas starrte uns mit weitaufgerissenen Augen an, und der Mund blieb ihm offen stehen.

Der Professor streckte ihm die Hand hin. »Ich bin Professor Sharon. Ihr Bruder ist mein Forschungsassistent.«

Abbas drehte den Kopf weg, ergriff aber immerhin kurz die Hand des Professors.

Dann eilten wir quer über das Campusgelände zur Bushaltestelle. Abbas humpelte immer noch stark.

»Wer ist dein neuer Freund?«, fragte Abbas, sobald wir draußen im Freien waren.

»Mein Professor.«

»Du warst allein mit ihm im Raum, und ihr habt gearbeitet?« Ich konnte hören, wie schwer es Abbas fiel, seine Stimme unter Kontrolle zu halten. »Ich dachte, es gibt separate Kurse für Araber. So wie früher die Schulen getrennt waren.« Er lachte, doch es war kein fröhliches Lachen. »Und jetzt treffe ich dich allein mit einem Israeli an.«

Ich war zu überrascht, um etwas zu sagen.

»Du bist Araber«, sagte Abbas. »Du bist kein Jude. Sie wollen nur Juden in diesem Land. Je früher du das begreifst, desto besser wird dein Leben sein. Lass dich nicht von verlogenen Ideen wie Gleichheit und Brüderlichkeit blenden.«

»Er will mit mir zusammenarbeiten.«

»Sie sind unsere Feinde. Kapierst du das nicht?«

Ich zog es vor, das Thema zu wechseln. »Was macht das neue Haus?«

»Zohers Vater muss ziemliche Schuldgefühle haben, weil sein Sohn gestorben ist«, sagte Abbas. »Warum sonst würde ein Jude für uns so ein Haus bauen?«

»Zoher war mein Freund. Mir ging's wie dir – ich habe am Anfang nicht geglaubt, dass er es ehrlich meint, aber er hat es mir bewiesen. Er war mit seinem Vater zerstritten, aber der Vater hat trotzdem beschlossen, uns zu unterstützen – im Namen seines Sohnes.« Ich sprach sehr ruhig. So wie Baba mit Abbas gesprochen hätte. »Zohers Vater war nicht verpflichtet, ein Haus für uns zu bauen, aber er hat es trotzdem getan.«

»Garantiert hat er innerhalb von zwei Sekunden eine Genehmigung bekommen«, brummte Abbas. »Er ist Jude. Ein Jude mit seiner eigenen Baufirma. Ich wette, das Ganze hat ihn nicht allzu viel Mühe gekostet.«

»Das Haus hat drei Schlafzimmer, ein Badezimmer und eine große Küche. Er hat einen Holzofen eingebaut, Glasfenster, eine

Eingangstür und eine Hintertür. Ein richtig schönes Zuhause«, sagte ich.

Schweigend gingen wir weiter. Ich passte mein Tempo seinem an und legte ihm die Hand auf die Schulter. »Ich bin froh, dass du gekommen bist.«

Abbas' unausgesprochene Vorwürfe lasteten schwer auf mir. Ich schluckte. »Und wie geht es dir so insgesamt?«, erkundigte ich mich, als wir die Bushaltestelle erreichten.

»Baba ist im Krankenhaus, und ich habe keine Ahnung, was passiert ist. Ich bin achtzehn und ein Krüppel. Amal und Sara sind tot. Mein Bruder macht gemeinsame Sache mit den Mördern. Wie soll es mir da gehen?« Er fixierte mich. »Ich muss ja schon dankbar sein, dass der Professor dich gehen lässt.«

»Er ist kein schlechter Mensch.«

»Möge Gott dir deine Dummheit vergeben.« Er entfernte sich ein paar Schritte von mir. »Du bist vom Teufel in Versuchung geführt worden.«

»Was bringt es uns, wenn wir sie hassen?«

Er warf die Arme in die Luft, die Handflächen zu mir gewandt. »Du musst hören, was Dr. Habash sagt.«

Ich blickte mich um. Wenn irgendein Israeli mitbekam, dass Abbas sich positiv über Dr. Habash äußerte, konnte es geschehen, dass er sofort eingesperrt, ins Exil geschickt oder getötet wurde. Es war gesetzeswidrig, für eine Partei einzutreten, die gegen ein jüdisches Israel war.

»Sei vorsichtig«, sagte ich.

»Du willst nicht, dass ich sage, wir wollen einen säkularen, demokratischen Staat?«

»Er befürwortet Gewalt.«

»Wie sollen wir Palästina befreien? Sollen wir die Israelis vielleicht höflich bitten zu verschwinden?«

»Nur Verzeihen bringt Freiheit.« Ich zitierte Baba. »Was ist besser? Zu vergeben und zu vergessen – oder sich verbittert an der Vergangenheit festzukrallen?«

»Du verrätst Baba und mich und unsere toten Schwestern, wenn du mit unseren Verfolgern Freundschaft schließt. Sie müssen teuer bezahlen für das, was sie uns angetan haben. Es vergeht kein Tag, an dem ich keine Schmerzen habe. Ich kann nicht arbeiten. Baba ist immer noch eingesperrt. Ich bete, dass bald der Tag kommt, an dem wir sie zerquetschen.«

»Wenn wir Rache nehmen, sind wir quitt mit ihnen, aber wenn wir ihnen verzeihen, sind wir ihnen einen Schritt voraus.« Auch das waren Babas Worte.

»Ich hasse sie.«

»Wer hasst, bestraft sich selbst. Meinst du, es macht ihnen etwas aus, dass du sie hasst?«

»Wenn ich aufhöre zu hassen, lassen sie dann Baba frei? Habe ich dann keine Schmerzen mehr? Bringen sie uns Amal und Sara zurück?«

»Und wenn du weiterhasst – erreichst du *dann* all das?«

Mit zusammengekniffenen Augen funkelte er mich an. »Ich habe keine Ahnung, wer du bist.«

Abbas kann sich nicht mehr richtig an Baba erinnern, dachte ich seufzend. Mit ihm über die Israelis zu reden war sinnlos – so ähnlich, wie in einen kaputten Dudelsack zu blasen. Würden wir uns je wieder so nahe sein können wie früher? Ich bezweifelte es.

Auf der Fahrt zum Krankenhaus von Be'er Sheva redete Abbas kaum mit mir. Ich dachte an Professor Sharon und meinen neuen methodischen Ansatz für unser Forschungsprojekt. Im Kopf analysierte ich die Daten und versuchte, eine Strategie zu entwickeln, wie ich die Vorhersagbarkeit optimieren konnte.

Sirenen heulten, als wir uns dem Krankenhaus näherten. Der Geruch des Todes erfüllte die Luft. Als wir eintraten, packte mich eine lähmende Angst.

Der Wärter an der Tür wollte unsere Ausweise sehen.

»Wen möchten Sie besuchen?«, fragte er.

»Unseren Vater. Mahmud Hamid«, antwortete ich.

Der Wärter studierte unsere Papiere und zog die Augenbrauen hoch. »Den Gefangenen?«, wollte er wissen.

»Ja«, sagte ich.

Er nahm das Walkie-Talkie aus seinem Gürtel und forderte militärisches Geleit zur Gefangenenstation an. Zwei Soldaten, mit Helmen und Gesichtsschutz, ausgerüstet mit Uzis und mit Handgranaten, mit Schlagstock und Handschellen, erschienen und führten uns in einen separaten Raum.

»Ausziehen«, befahl der eine.

Ich zog meine Hose aus.

Abbas riss entsetzt die Augen auf, als wäre er gerade Augenzeuge eines Mordes geworden. »Was tust du da?«

»Zieh dich aus.«

»Niemals!«

»Ich werde Baba ausrichten, dass du mitgekommen bist.«

»Aber ich habe ihm so viel zu erzählen!«

Mühsam versuchte er, sein Gewand über den Kopf zu ziehen, doch er konnte die Arme nicht hoch genug heben. Zu Hause half Mama ihm immer. Die Soldaten glotzten stumm, als ich diese Funktion übernahm. Nun standen wir Brüder nebeneinander, in Unterwäsche.

»Alles ausziehen!«, bellte uns der Soldat an.

Abbas senkte den Blick und zog auch seine Unterwäsche aus. Dabei fluchte er die ganze Zeit leise vor sich hin.

»Klappe!« Der Soldat hob seine Uzi über den Kopf.

»Bitte!«, beschwor ich ihn. »Mein Bruder hatte eine schwere Rückenverletzung.« Ich schaute Abbas an und bat ihn auf Arabisch: »Im Namen Gottes, hör auf zu schimpfen!«

Er verstummte.

Die Wärter brachten uns ins Untergeschoss. Zwei Aufpasser hielten vor der Tür Wache. Im Zimmer selbst erwarteten uns noch drei weitere.

Baba lag angekettet auf einer Liege, die hinten in der Ecke stand.

Ich war so betroffen, dass ich kein Wort herausbrachte. Stumm nahm ich Babas Hand. Abbas ergriff die andere.

»Du bist so groß«, sagte Baba zu Abbas. »Es ist schon sieben Jahre her.«

Ängstlich musterte Abbas seinen Vater.

»Keine Sorge«, sagte Baba. »Es geht mir gut.« Er sah aus wie ein müder alter Mann. Ich schaute auf die Krankenakte an seinem Bett. Er hatte drei Rippen gebrochen und eine schwere Gehirnerschütterung erlitten.

»Wer war das?«, fragte Abbas zähneknirschend.«

»Wir haben einen neuen Kommandanten.« Baba schüttelte den Kopf. »Er ist voller Hass. Deshalb ist er durchgedreht. Die anderen Aufseher waren ganz empört.«

Abbas lief feuerrot an.

»Sie haben ihn von mir weggezogen. Ich bin zäh.« Baba versuchte zu lächeln, aber so ganz gelang es ihm nicht.

Dann erzählte er uns von den Porträts, die er gezeichnet hatte, und dass er angefangen hat zu komponieren. Er erkundigte sich nach Mama und dem Rest der Familie. Noch einmal versicherte er uns, dass alles in Ordnung sei, und irgendwie schaffte er es tatsächlich, mich ein wenig aufzumuntern.

Die Glocke schrillte, und alle Besucher mussten sich verabschieden.

»Wir kommen wieder«, versprach ich.

»Nein«, sagte Baba. »Du musst dich auf dein Studium konzentrieren und Geld sparen. Deine Briefe genügen mir.«

»Sie müssen jetzt gehen.« Der Wärter deutete mit seiner Uzi zur Tür. Mit gesenkten Köpfen verließen Abbas und ich den Raum.

Der Bus setzte mich am Eingangstor zu dem dunklen Givat Ram Campus ab. Abbas sagte kein Wort. Auch beim Abschied nicht. In Professor Sharons Büro brannte Licht. Vielleicht arbeitete er noch. Ich betrat das Gebäude und ging den verdunkelten Flur entlang. Da hörte ich laute Stimmen aus seinem Büro.

»Die sind doch keine Menschen!«, schrie eine weibliche Stimme, die ich sofort erkannte. Es war Aliyah – sie hatte diesen Namen angenommen, als sie aus Südafrika nach Israel eingewandert war. Und sie war Professor Sharons Frau.

Aliyah war offenbar nicht damit einverstanden, dass ihr Mann mit einem Araber zusammenarbeitete. Vor ein paar Wochen hatte der Professor die Grippe gehabt und musste zu Hause bleiben, wollte aber, dass ich ihm die neuesten Ergebnisse vorbeibringe. Er wohnte in einer alten arabischen Villa, nicht weit vom zentralen Busbahnhof. Eine unangenehme Szene spielte sich ab: Seine Frau öffnete die Tür, aber nur einen Spaltbreit und durch eine Kette gesichert. Ich reichte ihr die Unterlagen.

»Lass ihn reinkommen!«, rief der Professor von irgendwo im Haus.

»Was sagen dann die Nachbarn?!« Sie knallte wütend die Tür zu, und drinnen erhob sich großes Geschrei. Gleich darauf erschien Professor Sharon und bat mich herein. Aliyah blieb die ganze Zeit im Obergeschoss.

»Der Junge ist ein Genie!«, hörte ich Professor Sharon jetzt sagen. »Seine Ideen sind wirklich vielversprechend.«

Es gab noch andere Probleme in dieser Ehe. Ich hatte gehört, wie der Professor jemandem erzählte, Aliyah nörgle den ganzen Tag an ihm herum – er arbeite zu viel, er verdiene zu wenig, er interessiere sich nur für seine Wissenschaft, er wolle nichts mit ihr zusammen unternehmen. Seiner Meinung nach stellte sie überzogene Ansprüche. Sie habe noch nie im Leben einen Job gehabt, sagte er, wolle aber ständig Geld ausgeben und einkaufen gehen. Sie fand, er solle in der Industrie arbeiten, weil die Universität schlecht bezahle. Ich hatte ihn sogar sagen hören, manchmal wünsche er sich, er hätte sie nie geheiratet.

»Von unten nach oben aufbauen?« Aliyah redete, als wäre sie eine Expertin auf diesem Gebiet. »Das ist doch lächerlich.«

»Du hast doch nicht mal einen Highschool-Abschluss. Was willst du? Er hat recht. Klein ist das neue Groß. Darauf steuert die Wissenschaft zu.«

»Wie kannst du nur mit ihm zusammenarbeiten?« Sie klang richtig angewidert. »Diesen Job sollte ein Jude haben.«

»Für mich steht der Fortschritt der Menschheit an erster Stelle.«

Ich konnte es nicht fassen. Professor Sharon verteidigte meinen Ansatz!

»Wo steckt er überhaupt, dein Assistent, dieser Terrorist?«

Ich wollte wegrennen, in mein Zimmer, aber meine Beine verweigerten mir den Dienst. Wann sonst würde ich je wieder die Gelegenheit haben zu hören, wie Professor Sharon mich verteidigte, selbst wenn es nur dazu diente, seine Frau zu ärgern?

»Ahmeds Vater liegt im Krankenhaus«, antwortete Professor Sharon.

»Die haben doch nur ein einziges Ziel: uns auslöschen.«

»Wir verfügen über ein Druckmittel. Land für Frieden. Was sollen wir mit der West Bank und dem Gazastreifen? Dort leben eine Million Araber. Und bei dem Tempo, mit dem sie sich vermehren, werden sie uns schon bald zahlenmäßig überlegen sein.«

»Araber sind keine Menschen wie wir. Sie sind doch alle Terroristen, einer wie der andere. Den Terrorismus haben die im Blut.«

»Du redest wie ein Nazi. Ich weiß, wenn wir zusammenarbeiten, dann gewinnen wir langfristig alle.«

»Diese jämmerlichen Kakerlaken werden erst Ruhe geben, wenn sie ganz Israel zurückhaben.«

Ein Stuhl schrappte laut über den Fußboden. Ich lief schnell nach draußen.

Am nächsten Morgen kam ich früh ins Büro. Professor Sharon war bereits da. Ich sah einen Koffer in der Ecke stehen, auf dem Sofa lagen ein Kissen und eine Wolldecke. Von diesem Tag an arbeiteten wir rund um die Uhr zusammen. Ich gewöhnte mich an den Professor und freute mich immer auf unsere abendlichen Treffen, bei denen wir die neuesten Ergebnisse diskutierten. Ich freute mich sogar auf den Kaffee, den wir jeden Morgen gemeinsam tranken. Professor Sharon hatte mir die Chance meines Lebens gegeben – oder ich ihm seine. Vielleicht hatten wir sie uns gegenseitig gegeben.

## 32

Das Jahr 1969 begann mit einem Wunder. Die Bibliothekarin rief: »Es schneit!« – und sofort rannten wir alle nach draußen. Da stand ich in meinem kurzärmeligen Hemd und beobachtete hingerissen, wie perfekte weiße Flocken vom Himmel heruntertanzten. Es war der erste Schnee meines Lebens.

Als ich in unser Wohnheimzimmer zurückkam, konnte ich kaum die Finger bewegen, und ich klapperte halb erfroren mit den Zähnen. Ich machte den Petroleumofen an, den man uns für eisige Nächte zur Verfügung gestellt hatte, und schob ihn in die Mitte des Zimmers. Dann wickelte ich mich in eine Wolldecke, die der Universität gehörte, und lernte weiter. Jameel kam herein, in Wintermantel, Handschuhen, Mütze und Schal. In der Hand hatte er eine große Einkaufstasche.

»Du musst einkaufen gehen«, sagte er.

»Der Schnee bleibt nicht lange liegen.«

»Aber es gibt den kalten Winterregen.« Jameel schüttelte ungeduldig den Kopf. »Du musst endlich mal ein bisschen was ausgeben von deinem Geld. Ich kann es nicht glauben, wie du lebst.«

Nachdem Jameel längst eingeschlafen war, widmete ich mich immer noch meinen Büchern. Es war schon nach Mitternacht, als ich plötzlich Rauch roch. Ich trat hinaus auf den Flur, meine Wolldecke um die Schultern geschlungen.

Flammen züngelten an der Tür von Zimmer fünf, in dem zwei Israelis wohnten. Das Feuer kam von einem Petroleumofen im Flur. Wahrscheinlich war es den beiden Israelis zu warm geworden in ihrem Zimmer, und sie hatten den Ofen hinaus auf den Flur gestellt – zu nah an ihre Tür.

»Feuer!«, schrie ich, so laut ich konnte. »Yonathan, Shamouel! Ihr müsst zu eurem Fenster rausklettern!« Ich umwickelte meine Hand mit der Wolldecke, um die Glasscheibe des Feuerlöschers einzuschlagen, und während ich die Flammen ansprühte, schrie ich immer weiter, um alle aufzuwecken. Weißer Schaum bedeckte Tür und Fußboden. Jameel erschien in seinem Bademantel, mit zerzausten Haaren. Andere Türen öffneten sich, und die Studenten strömten auf den Flur, in Pyjamas, Unterwäsche, Bademänteln. Manche kamen barfuß, andere in Schlappen, Armeestiefeln oder Turnschuhen. Jameel holte schnell den zweiten Feuerlöscher und half mir, die Flammen zu bekämpfen. Die anderen versuchten, das Feuer mit ihren Decken zu ersticken.

Die Außentür unseres Gebäudes öffnete sich, und Yonathan erschien, gefolgt von Shamouel. Sie waren aus dem Fenster ins Freie geklettert, als sie mein Geschrei gehört hatten. Überall weißer Schaum. Und dichter Rauch. Jameel, die Israelis und ich arbeiteten danach noch stundenlang, um den Schaum zu beseitigen. Mit zitternden Händen hängte ich die Tür von Zimmer fünf aus und ersetzte sie durch eine andere, die zu einem leerstehenden Zimmer gehörte.

Alle klatschten Beifall.

»Du bist echt ein Held.« Yonathan klopfte mir auf die Schulter. »Kommt, wir gehen in die Küche und stoßen auf Ahmed an.«

So kam es, dass wir alle zusammen in der Küche standen, Juden und Araber, und *Sahlep* – ein Milchgetränk mit Zimt, Kokosraspeln und gehackten Pistazien – tranken.

Ich schloss meinen *Bachelor of Science* in den Fächern Physik, Chemie und Mathematik als Bester des Jahrgangs ab. Professor Sharon schlug vor, ich solle sein offizieller wissenschaftlicher Mitarbeiter werden – zusätzlich zu unserem gemeinsamen Forschungsprojekt. Mein Gehalt würde ausreichen, um meine ganze Familie zu ernähren, denn Mama war eine sehr sparsame Haushälterin.

Er bestand auch darauf, meine Masterarbeit zu betreuen. Gemeinsam hatten wir bereits fünf Artikel in dem angesehenen *Journal of Physics* veröffentlicht. Bevor wir angefangen hatten zusammenzuarbeiten, waren von ihm während seiner ganzen Laufbahn nur drei Veröffentlichungen in dem *Journal* erschienen.

Jameel und ich teilten weiterhin ein Wohnheimzimmer. Er hatte beschlossen, seinen Master in Mathematik zu machen.

In derselben Woche, in der ich meine offizielle Stelle als wissenschaftlicher Mitarbeiter antrat, verliebte ich mich.

»Amani«, sagte sie, als sie an der Reihe war, sich in meinem Kurs vorzustellen. Ich schaute in ihre großen honigfarbenen Augen. Sie erwiderte meinen Blick, wir sahen beide nicht weg. Während meiner ganzen Zeit an der Universität hatte ich kein arabisches Mädchen kennengelernt, das mich wirklich interessierte. Bis Amani kam. Die hübschen Araberinnen heirateten in der Regel schon, bevor sie achtzehn wurden.

Im selben Semester verliebte sich auch Professor Sharon. Die *Association for World Peace* schickte die Journalistin Justice Levy nach Jerusalem, damit sie uns beide über unsere Zusammenarbeit interviewte. Justice war Amerikanerin und hatte wilde rote Haare, die sie sich immer wieder aus dem Gesicht streichen musste. Ihre Augen funkelten, während sie die Bücherregale im Büro des Professors studierte. Sie trug einen langen, fließenden Rock, ein gebatiktes T-Shirt und eine Makramee-Weste, dazu riesige Friedenszeichen um den Hals und an den Ohren. Das absolute Gegenteil seiner Exfrau Aliyah.

Während des gesamten Interviews nahm Professor Sharon keine Sekunde lang die Augen von Justice. Sie sagte, sie finde es großartig, dass er mich als Forschungsassistenten ausgewählt habe. Schon bald gingen die beiden miteinander aus, und nach ein paar Wochen zog er bei ihr ein. Justice bestand darauf, dass er mich mindestens einmal in der Woche zum Essen mitbrachte.

Die Beziehung mit Amani fand allerdings leider nur in meiner Vorstellung statt. Ein paar Wochen, nachdem ich sie das erste Mal gesehen hatte, erwähnte ich Jameel gegenüber, dass sie in meinem Kurs war. Er kannte sie und sagte, sie stamme auch aus Acre.

»Warum ist sie denn nicht verheiratet?«

»Sie hatte jede Menge Angebote«, sagte Jameel. »Aber sie hat alle abgelehnt. Und als ihr Vater sie zwingen wollte, ihren Cousin zu heiraten, ist sie in den Hungerstreik getreten. Du weißt, dass sie die Schule als Jahrgangsbeste abgeschlossen hat, oder?«

Am liebsten hätte ich noch tausend Fragen gestellt, aber irgendwie erschien mir das unangemessen.

Die ganze Woche über freute ich mich auf den Dienstag und den Donnerstag, damit Amani und ich wieder Blicke tauschen konnten.

Am Ende des ersten Semesters sammelte ich die Abschlusstests ein und ging sofort in mein Büro. Professor Sharon hatte für mich ein Zimmer mit Schreibtisch, Lampe und drei Plastikstühlen einrichten lassen, damit ich meine Studenten empfangen konnte. Ich blätterte die Tests durch, bis ich den von Amani fand. Erstaunlicherweise hatte sie nur vierundsechzig Prozent richtig. Ich war enttäuscht. Eigentlich hatte ich erwartet, dass sie beides war, schön und genial. Aber andererseits hatte ich nun die Möglichkeit, ihr zu helfen.

Nachdem ich den Test zurückgegeben hatte, kündigte ich an, dass ich nach dem Kurs in meinem Büro sei und alle Studenten, die das *Moed Bet*-Examen machen wollten, beraten könne. Das *Moed*

*Bet* war eine Zusatzprüfung, die jeder machen konnte, der seine Note verbessern wollte.

Ich saß in meinem Büro und las ein Buch über Quantenmechanik, als es klopfte. »Herein!«, rief ich auf Hebräisch.

Es war Amani. Sie trug eine Schlaghose und ein rotes T-Shirt. Die langen, pechschwarzen Haare umrahmten ihr zartes Gesicht mit der Porzellanhaut. Ich musste tief durchatmen. Sie kam mit einer Freundin, einem übergewichtigen Mädchen mit Akne. Diese Freundin musste aufpassen, dass nichts Ungebührliches passierte.

»Was kann ich für Sie tun?«, fragte ich nun auf Arabisch. Ich wunderte mich, dass ich überhaupt einen zusammenhängenden Satz herausbrachte. Es war eine sehr heikle Situation, wenn ein unverheirateter Mann einer unverheirateten jungen Frau Hilfe anbot. Anständige Mädchen sprachen nicht mit einem Mann, der nicht ihr Ehemann war. Aber wir waren hier nicht auf dem Dorf. Die einzige Regel, die mir wichtig erschien, war, dass die Tür offen bleiben musste.

»Können Sie mir helfen?«, fragte Amani.

»Sind Sie bereit, intensiv zu arbeiten?«

»Ich mache alles, was ich machen muss.« Sie blickte mir direkt in die Augen, als sie das sagte. »Physik ist mein Leben.«

»Warum?«

»Die Naturgesetze.« Sie lächelte. »Sie faszinieren mich.«

Mit einer Handbewegung deutete ich auf die beiden Stühle gegenüber von meinem Schreibtisch. »Bitte.« Die beiden Mädchen nahmen Platz. »Haben Sie Ihren Test dabei?«

Amani legte ihre schwarze Tasche auf meinen Tisch, holte ihren Test heraus und legte ihn vor mich hin. Dabei neigte sie den Kopf zur Seite und strich ihre seidigen Haare zurück, ohne den Blick von mir zu nehmen.

Ich bemühte mich, sie nicht anzuschauen.

»Wir fangen am besten mit der ersten Aufgabe an.« Ich begann, sie vorzutragen. Es ging um die Nennleistung eines Elektromotors in einem Kran und um das Grundproblem Leistung ist gleich Arbeit durch Zeit, und noch ehe ich alles vorgelesen hatte, trug Amani schon genau die richtige Lösung vor.

Ich starrte sie fassungslos an.

Sie zwinkerte mir zu.

Mein Blick fiel auf die Uhr. In fünf Minuten begann der Kurs für fortgeschrittene Physik, den ich unterrichtete. Ich vereinbarte mit Amani einen Termin für den nächsten Morgen, wieder hier in meinem Büro. Irgendwie hatte ich den Verdacht, dass sie eigentlich keine Nachhilfe brauchte. Aber warum hatte sie dann beim Test so schlecht abgeschnitten?

Ich fand es angenehm, vor einem Kurs zu stehen, obwohl ich immer noch Mamas selbstgenähte Kleidung trug. Die Machtverhältnisse hatten sich verändert. In meinen Kursen war ich die Autoritätsperson. Vor allem gegenüber Amani verlieh mir die Position des Lehrenden ein gewisses Selbstbewusstsein.

Sowohl Israelis als auch Araber versicherten mir immer wieder, ich würde aussehen wie der Schauspieler Omar Sharif. Ich hatte in einer israelischen Zeitung ein Foto von ihm gesehen. Nassers Regierung hätte ihm fast die Staatsbürgerschaft entzogen, als seine Affäre mit Barbra Streisand publik wurde und die ägyptische Presse darüber berichtete – Streisand war eine überzeugte Anhängerin Israels. Ich hatte schon öfter gemerkt, dass ein israelisches Mädchen mich interessiert musterte, aber ich hätte mich nie getraut, irgendwie zu reagieren – bis ich anfing zu unterrichten.

Amani kam eine ganze Woche lang jeden Morgen in Begleitung ihrer Freundin in mein Büro. Eines Morgens erschien sie plötzlich allein – sie klopfte, ich öffnete die Tür, doch sie trat nicht ein.

»Silwah ist krank.« Sie zog die Augenbrauen hoch.

Ich zuckte die Achseln. »Ich lasse die Tür offen.«

Grinsend setzte sie sich auf ihren Stuhl. Ich nahm neben ihr Platz. Sie drehte den Kopf zu mir, und unsere Blicke begegneten sich. Wir sprachen beide nicht darüber, aber ich war mir sicher, dass wir uns ineinander verliebt hatten.

Amani bestand das *Moed Bet* mit einem perfekten Ergebnis. Gern hätte ich ihren Erfolg meinen pädagogischen Fähigkeiten zugeschrieben, aber inzwischen glaubte ich, dass sie beim ersten Test absichtlich Fehler gemacht hatte. Weil sie mich näher kennenlernen wollte?

Meine Schwester Nadia war im vergangenen Monat mit einem Witwer namens Ziad verheiratet worden, der sieben kleine Kinder hatte. Mama war außer sich vor Freude. Die Frau des Erwählten war vor kurzem gestorben, und weder unsere Familie noch seine konnte eine Hochzeitsfeier bezahlen. Mama brachte den Ehevertrag nach Hause, und Nadia musste ihn nur unterschreiben.

Sie sah ihren Mann erst, als sie nach der Hochzeit zu ihm zog. Der Raum, in dem sie mit ihm und den sieben Kindern lebte, war halb so groß wie mein Wohnheimzimmer und befand sich im Haus seiner Eltern. Ich bedauerte es sehr, dass Baba nicht dagewesen war, um das alles mitzuerleben. Deshalb beschloss ich, erst nach seiner Entlassung zu heiraten. Er war ganz begeistert, als ich ihm von Amani erzählte. Ich sagte ihm auch, dass ich mit der Hochzeit bis zu seiner Heimkehr warten würde. Meine Mutter war sehr darauf erpicht, dass ich bald eine eigene Familie gründete, aber auch sie wollte, dass Baba teilnehmen konnte. In seinem nächsten Brief schrieb er, ich müsse nicht so lange warten, aber ich überzeugte ihn davon, dass es auch für meine akademische Laufbahn besser sei, wenn ich erst einmal meinen Master abschloss, und dem stimmte er zu.

Als meine Masterarbeit ihrem Ende entgegenging, waren Professor Sharon und ich gerade dabei, erste Einblicke in die Thematik zu gewinnen, wie man Material von unten nach oben aufbaut, also bottom-up. Er schlug vor, ich könnte doch meine Dissertation über dieses Thema schreiben, aber ich wandte ein, die Forschung befinde sich noch im absoluten Anfangsstadium. Klar, unser Ansatz hatte enormes Potential, aber die Lösung konnte sich Jahrzehnte hinziehen, und für die Promotion brauchte ich etwas, was mit Sicherheit schnelle Ergebnisse versprach. Wegen Baba.

»Wenn Sie die Frucht pflücken wollen, müssen Sie ein Risiko eingehen.« Er erklärte, es sei eine langfristige Investition. »Wir können es schaffen, wenn wir zusammenarbeiten.«

»Aber meine Familie –«

»Wollen Sie den sicheren, einfachen Weg einschlagen – oder die Straße, die zu Großem führt?«

»Mein Vater …«

»Möchte Ihr Vater einen Sohn, der unter seinen Möglichkeiten bleibt, oder einen Sohn, der seine Begabung voll ausschöpft?«

Was konnte ich da anderes tun, als dem zweiten Teil der Frage zuzustimmen?


Professor Sharon und Justice hatten geheiratet, während ich mitten in meiner Masterarbeit steckte. Die Beziehung zwischen Amani und mir blieb platonisch – wir trafen uns immer nur, um ihre Physik-Aufgaben zu besprechen. Die erotische Spannung zwischen uns war nicht zu leugnen – aber ich wusste ja, dass wir unsere Sehnsüchte vor der Hochzeit nicht ausleben konnten. Nicht einmal küssen durften wir uns. Alle Leute wussten trotzdem, dass wir ein Paar waren, weil Amani, auch als sie meinen Kurs längst abgeschlossen hatte, weiterhin in mein Büro kam, Semester für Semester, zweieinhalb Jahre lang. Sie würde ihren Bachelor machen, wenn ich das erste Jahr meiner Promotion hinter mir hatte. Und immer schaffte sie es auf die *Dean's List*, die Bestenliste jedes Jahrgangs, und war überhaupt die Nummer Eins in allen ihren Kursen.

Zwei Wochen, bevor sie den Bachelor machte – danach würde sie in ihre Heimat zurückkehren –, saßen wir zusammen in meinem Büro. Sie bereitete sich auf die Abschlussprüfung in Astrophysik vor. Ich schaute sie an und versank in ihren honigfarbenen Augen. Ach, wie sehr ich mich danach sehnte, mit den Fingern durch ihre seidigen schwarzen Haare zu streichen und den Reißverschluss ihres cremefarbenen Kleides zu öffnen … Aber mir war klar, dass ich sie nicht berühren durfte.

»Würdest du mir die große Ehre erweisen, meine Frau zu werden?« Offiziell hätte ich erst ihren Vater fragen müssen, aber solche Vorschriften galten nur auf dem Land.

Sie lächelte.

»Aber ich muss dir noch etwas sagen. Mein Vater ist im Gefängnis.« Ich senkte den Blick und starrte auf meinen Schreibtisch, weil ich ihre Reaktion nicht sehen wollte. Jedes Mal, wenn wir auf Baba zu sprechen gekommen waren, hatte ich versucht, dem Thema auszuweichen. Unsere Beziehung beschränkte sich ja ohnehin auf ihre Besuche in meinem Büro. Alles andere hätte sie in Schwierigkeiten mit ihrer Familie gebracht.

»Das habe ich nicht gewusst«, sagte sie.

»Am Ende des Studienjahrs wird er entlassen.« Wie lange er schon eingesperrt war, wollte ich lieber nicht erwähnen. »Dann würde ich dich gern heiraten.«

»Mein Vater.« Sie verzog das Gesicht, als hätte sie gerade einen Schluck saure Milch getrunken. »Er wird mir nicht erlauben zu heiraten, wenn es nicht nach den traditionellen Regeln geschieht.«

»Wo wollen wir unsere Hochzeit feiern?«, fragte ich.

Sie grinste. »Überall, nur nicht in Acre.«

»Und wo wollen wir wohnen?«

Sie zuckte die Achseln.

»Ich liebe dich.« Ich blickte ihr tief in die Augen. Und ich hätte so gern ihre Hand berührt …

Da beugte Amani sich vor und küsste mich. Darauf war ich nicht gefasst – aber ich wollte mehr, mein ganzer Körper sehnte sich nach ihr. Kurz schloss ich die Augen. Amani duftete wie eine frische Frühlingsbrise.

»Amani.« Ich nahm ihr Gesicht zwischen beide Hände. Sie lächelte und küsste mich wieder. Ich wusste, jetzt war die einzige Möglichkeit, sie zu küssen, deshalb ließ ich sie nicht los. Ihre Augenlider flatterten. Wir neigten die Köpfe zueinander.

»Ist Jameel in eurem Zimmer?«, fragte sie leise.

Hatte ich sie richtig verstanden? Wir konnten nicht noch weitergehen! Wenn irgendjemand etwas mitbekam, war nicht nur Amanis Ruf dahin, sondern auch der ihrer Familie. Niemand würde ihre unverheirateten Schwestern heiraten wollen, und man würde schlecht über ihre Eltern reden. Wenn ihre Familie richtig konservativ war, konnte Amani geschlagen oder sogar getötet werden. Was dachte sie sich nur?

## 33

Abbas und ich warteten vor dem Lagertor. Ich dachte immer noch darüber nach, was wohl zwischen Amani und mir passiert wäre, wenn Jameel nicht in unserem Zimmer gewesen wäre … Nein, es war besser so, sagte ich mir, und bald würden wir ja ohnehin heiraten. Mama und Nadia waren zu Hause und bereiteten alles für Babas Rückkehr vor. Hani war besonders aufgeregt, weil er sich überhaupt nicht an Baba erinnern konnte. Fadi wäre gern mitgekommen, aber das Gesetz schrieb vor, dass nur zwei Personen einen Gefangenen abholen durften, damit die Entlassung nicht gleich in ein Fest überging.

Ich wollte, dass Abbas mich begleitete. Hoffentlich konnte Baba ihn davon überzeugen, dass Gewalt nicht der richtige Weg war. Mein Bruder war immer noch total fasziniert von Dr. George Habash und von der Volksfront zur Befreiung Palästinas, der PFLP.

Um die Mittagszeit öffneten fünf israelische Soldaten das Tor. Dann postierten sie sich neben dem Eingang und zielten mit ihren geladenen Uzis auf Abbas, mich und all die anderen Palästinenser, die ungeduldig auf die Entlassung ihrer Verwandten warteten.

Während wir den Soldaten gegenüberstanden, nahm der Wind zu. Sand wirbelte durch die Luft, die Bewegung ging über in eine Art springenden Tanz, bei dem die Sandkörner durch Reibung ein elektrostatisches Feld erzeugen – der saltierende Sand ist im Verhältnis zum Boden negativ geladen und lockert dadurch immer noch mehr Sandteilchen. Ehe wir's uns versahen, waren wir von einem Sandsturm eingehüllt – man sah die Hand nicht mehr vor Augen, die Körner drangen in Mund, Ohren und Nase. Kinder schrien, die Männer hielten sich ihre Kufija vors Gesicht. Die Frauen taten das Gleiche mit ihrem Schleier. Abbas hob die Arme, um sich zu schützen, aber durch die hektische Bewegung durchfuhr ihn der Schmerz, und er verzog gequält das Gesicht. Als der Sturm nachließ, klopfte ich den Sand ab und wollte dann Abbas helfen, aber er fuhr mich an, ihn gefälligst in Ruhe zu lassen. Die Spannung zwischen uns war mit Händen zu greifen. Ich konnte es immer noch nicht fassen, dass wir uns so weit voneinander entfernt hatten. Wie sehr wünschte ich mir, etwas Verbindendes zu finden! Doch er sabotierte alle meine Versuche. Er kam einfach nicht darüber hinweg, dass ich mit Professor Sharon zusammenarbeitete.

Die Gefangenen saßen weiter hinten auf dem Boden, einer neben dem anderen, in mehreren Reihen. Alle waren mit Sand bedeckt. Einer der Soldaten begann, die Nummern der Gefangenen vorzulesen.

Wenn ein Gefangener seine Nummer hörte, drehte er sich um, so dass er in Richtung Lager blickte.

Ich entdeckte Baba unter ihnen.

Der befehlgebende Soldat stellte die achtundzwanzig Gefangenen, die entlassen werden sollten, nebeneinander auf. Als Baba zu den anderen trat, schüttelten diese ihm die Hand, oder sie klatschten ihn ab. Sogar die Wärter, die in der Nähe standen, riefen ihm zum Abschied etwas zu und wünschten ihm Glück. Bei diesen Zurufen zuckte Abbas jedes Mal zusammen wie bei einem Peitschenhieb. Ein Gefangener nach dem anderen trat durch das Tor, und zwei Soldaten tasteten jeden Einzelnen ab, ehe er zu seinen Angehörigen gehen durfte, geleitet von bewaffneten Aufsehern.

Die Gefangenen, alle schwarz gekleidet, waren in unterschiedlichem Alter. Manche sahen aus, als wären sie höchstens zwölf oder dreizehn, andere schienen schon über siebzig zu sein. Fünf der Gefangenen konnten nicht ohne Hilfe gehen und wurden von Wärtern gestützt. Baba war der Letzte in der Reihe, weil so viele sich von ihm verabschieden wollten. Sogar die Wachen am Tor klopften ihm auf die Schulter.

Ich konnte nicht länger warten und rannte meinem Vater entgegen. Zwei seiner Schneidezähne fehlten, und sein Gesicht war zerknittert wie eine alte Papiertüte. Abbas und ich küssten beide seine rechte Hand.

Ein Stück entfernt wartete Onkel Kamal mit dem Auto, das er als Taxi benutzte. So viel Zeit war seit Babas Verhaftung vergangen, dass die Israelis unsere Freunde und Verwandten nicht mehr im Visier hatten.

Mama und Nadia hatten den ganzen Wagen mit Plastikblumen geschmückt und jede Menge Datteln und Mandelkekse eingepackt, dazu Pistazien und Mandelkerne, Feigen, Aprikosen, Orangen und Trauben. Und natürlich Wasserflaschen. Baba nahm vorne neben Onkel Kamal Platz, schaute sich aber immer wieder zu uns um. »Ich kann es nicht fassen, dass du ein richtiger Student bist«, murmelte er ein ums andere Mal.

Abbas krümmte sich vor Schmerzen, hielt sich die Rippen und starrte aus dem Fenster. Weder Baba noch ich hatten eine Idee, wie wir ihn aufheitern könnten.


Im Hof unseres neuen Hauses drängten sich schon die Dorfbewohner, als wir kamen. Ich war sehr froh, dass Baba nie die elenden Zelte zu Gesicht bekommen hatte, in denen wir so viele Jahre gelebt hatten. Er konnte kaum aus dem Auto steigen, weil Mama, Nadia und Fadi sich sofort auf ihn stürzten, um ihn zu umarmen und zu küssen. Mit Tränen in den Augen seufzte er: »Ach, wenn doch Amal und Sara noch bei uns wären.«

Hani hielt sich im Hintergrund. Ich führte ihn zu Baba, und er streckte zögernd seinem Vater die Hand hin, die dieser mit beiden Händen ergriff. Vater und Sohn waren noch ziemlich befangen, aber ich war mir sicher, dass sie sich schnell aneinander gewöhnen würden. Die Verwandten und die Dorfbewohner umringten Baba und hörten nicht auf zu jubeln.

Abu Sayeed hatte seine Geige mitgebracht, und Mama reichte Baba eine gebraucht gekaufte Ud. Es dauerte nur ein paar Minuten – und schon war es, als lägen nicht vierzehn lange Jahre zwischen heute und der letzten Begegnung. Baba und Abu Sayeed spielten zusammen, als hätten sie gestern erst miteinander musiziert. Baba gab seine schönsten Lieder zum Besten. Wir lachten, sangen und tanzten bis tief in die Nacht hinein.

Das Militärregime war hier 1966 beendet worden, deshalb gab es keine Ausgangssperre mehr. Inzwischen herrschte das Militär in der West Bank und im Gazastreifen. Die Zelte auf der anderen Seite der Grenze, in den Flüchtlingslagern der West Bank, wurden nach und nach durch ein Labyrinth aus Betonmauern und Wellblechdächern ersetzt. Tagsüber hörten wir Bulldozer. Und Schüsse. Nachts war es still, weil ja niemand ins Freie durfte.

Am nächsten Tag führte ich Baba um unser Haus herum und zeigte ihm die vierzehn Olivenbäume, die wir in seinem Namen gepflanzt hatten. Amal und Sa'dah, die beiden ursprünglichen Olivenbäume, waren groß und kräftig. Bei ihrem Anblick musste ich immer an uns alle denken – an mein Volk. Ich hatte viele Stunden damit verbracht zuzuschauen, wie die Israelis von den Bäumen, die sie in unserem Dorf konfisziert hatten, Oliven ernteten. Sie prügelten mit Stöcken auf die Bäume ein, bis die Früchte abfielen. Ich hatte immer gestaunt, wie die Bäume trotz dieser Misshandlungen, trotz Trockenheit und Hitze überlebten und neue Früchte trugen, Jahr für Jahr, Jahrhundert für Jahrhundert.

Ich wusste, dass ihre Kraft in den Wurzeln ruhte, die so tief reichten, dass sie überlebten, auch wenn der Baum selbst gefällt

wurde – sie schickten dann für neue Generationen neue Schösslinge nach oben. Ich war fest davon überzeugt, dass die Kraft unseres Volkes ebenfalls in unseren Wurzeln lag, genau wie bei den
Olivenbäumen.

Unter dem Mandelbaum trug ich meinem Vater meinen Wunsch
vor, Amani zu heiraten. Er gab mir seinen Segen. Als dann am
Abend Mama mit meinen Brüdern und mir draußen im Freien saß
und wir alle Tee tranken, teilte ich ihnen meine Pläne mit.

»Endlich!«, platzte Mama heraus.

Als Nächstes würde ich zu Amanis Familie gehen und offiziell
um ihre Hand anhalten.

## 34

Im Bus zu Amanis Elternhaus legte ich mir zurecht, was ich ihrem Vater sagen würde. Und ich malte mir unser gemeinsames Leben aus: Die Hochzeit würde in meinem Dorf stattfinden. Unseren ersten Sohn würden wir Mahmud nennen. Ich stellte mir vor, wie ich Amani küsste, sie streichelte. Nach der Promotion würde ich dann für einen Post-Doc-Aufenthalt ins Ausland gehen, vielleicht nach Amerika. Und danach würde ich Dozent an einer amerikanischen Universität werden. Amani wollte sehr gern in die USA.

Als ich an die Haustür klopfte, machte ich mir plötzlich Sorgen, wie mein Atem roch. Meine Kehle war so trocken. Wie sollte ich mit Mundgeruch um Amanis Hand anhalten? Während ich noch grübelte, öffnete ein Mann die Tür.

»Guten Abend. Ich bin Ahmed Hamid.«

Der Mann, der wie Ende vierzig aussah, hatte die gleiche Wangen- und Kinnpartie wie Amani. Ich wartete, aber er sagte kein Wort. Warum bat er mich nicht herein?

»Ich promoviere in Physik an der Hebrew University. Ich würde gern mit Ihnen sprechen.«

Mit ausdrucksloser Miene winkte er mich hinein. Dann schaute er nach draußen, als wollte er sich vergewissern, dass mich niemand hatte kommen sehen. Drinnen blieb ich stehen, weil er mir nicht anbot, auf den Sitzkissen Platz zu nehmen. Der Gedanke an meinen Atem quälte mich immer noch.

»Ich habe an der Universität Ihre Tochter Amani kennengelernt.« Ich konnte es nicht fassen, dass der Vater mir nicht einmal ein Glas Wasser anbot. Er musterte mich nur finster. Die Stille war erdrückend. Jeder Moment fühlte sich an wie ein ganzer Monat.

»Ich bin aus dem Dreieck.« Dieses arabische Siedlungsgebiet in Israel kannte er bestimmt. Aber all meine zurechtgelegten Sätze waren wie weggeblasen. Wieder herrschte peinliches Schweigen. Amanis Vater musste doch wissen, was ich wollte. Warum sonst sollte ich hier sein? Ich promovierte in Physik. Ich hatte mir den Respekt von Professoren und Studenten, Juden und Arabern erworben.

Amani war schon einundzwanzig. Die meisten arabischen Mädchen in den ländlichen Regionen waren in diesem Alter nicht nur längst verheiratet, sondern hatten auch bereits mehrere Kinder.

Ich dachte an Mamas Freudensprünge, als Ziad um meine Schwester Nadia angehalten hatte, obwohl er ihr nicht mehr bieten konnte als ein Zimmer im Haus seiner Eltern. Nadia und Ziad hatten noch zwei eigene Kinder bekommen, und nun war Nadia wieder schwanger. Schon jetzt wohnten in dem Zimmer elf Menschen.

Die Hände in die Hüften gestemmt, stand Amanis Vater da, als würde ich ihm seine wertvolle Zeit stehlen.

»Ich möchte Sie um die Hand Ihrer Tochter Amani bitten.«

»Nein«, kam die prompte Antwort.

Es fühlte sich an wie eine Ohrfeige. Eine Weile stand ich einfach nur da, unter Schock. Ich war gar nicht auf die Idee gekommen, dass ihr Vater nein sagen könnte. Vielleicht wusste er ja, dass Baba gerade erst aus dem Gefängnis entlassen worden war. Konnte es sein, dass die Israelis es ihm gesagt hatten? Aber – wie sollte ich reagieren?

»Und warum nicht?«, fragte ich schließlich.

»Sie ist mit dem Sohn meines Bruders verheiratet.«

Ein Messerstich ins Herz wäre weniger grausam gewesen.

»Wo ist sie?«, fragte ich. »Ich möchte mit ihr sprechen.«

»Sie lebt jetzt bei ihrem Mann.«

Ich schaffte es, im Hinausgehen zu sagen: »Danke. Danke für Ihre Zeit, Doktor.« Auf der Straße verfluchte ich meine Kultur dafür, dass sie Frauen das Recht verweigerte, sich ihren Ehepartner selbst auszusuchen. Ich hatte geglaubt, Amani würde darauf warten, dass ich kam und um ihre Hand anhielt. Wie sollte ich Baba beibringen, dass ich abgewiesen worden war? Hatte er nicht schon genug gelitten? Und ich? Wie sollte ich ohne Amani weiterleben? Hatte sie gewusst, dass sie ihren Cousin heiraten sollte? War er derjenige, dem sie durch den Hungerstreik hatte entrinnen wollen? Hatte sie sich deshalb mit mir getroffen? Damit er sie nicht mehr wollte? Hatte sie mit mir schlafen wollen, damit er sie, falls sie mit ihm zwangsverheiratet würde, wieder zu ihrer Familie zurückschicken würde, weil sie keine Jungfrau mehr war?

Ich ging zu Jameel. Er hatte gewusst, dass ich bei Amanis Vater vorsprechen wollte. Warum hatte er mir nichts von dem Cousin gesagt?

Abu Jameel, in seinem weißen Gewand und mit seinem perfekt getrimmten Schnurrbart, machte mir auf. »Welche Ehre«, sagte er. »Herein, herein. Bitte, mach es dir gemütlich. Um Jameel, bring Tee, wir haben heute einen ganz besonderen Gast. Ahmed ist hier.«

Um Jameel kam mit Teegläsern und Gebäck. »Zu Ehren deines Besuchs werde ich ein Tablett mit meinen leckersten Süßigkeiten bringen.« Sie lächelte.

»Jameel hat mir erzählt, dass du deinen Doktor machst. Ich bin ja so froh, dass ihr zwei weiter zusammenwohnen könnt«, sagte Abu Jameel.

Um Jameel kam mit Dattelgebäck, das noch warm war, und einem Teller Baklava zurück. Nachdem wir uns eine Stunde lang über meine Studienerfolge, Physik, Chemie und die Universität im Allgemeinen unterhalten hatten, kam Jameel ins Wohnzimmer.

»Welche Ehre. Ich möchte dir etwas zeigen«, sagte er und führte mich in sein Zimmer.

Ich war froh, dass ich allein mit ihm reden konnte. Allerdings hatte es mir nach der Abfuhr auch gutgetan, von Abu Jameel, dem Direktor der Arabischen Oberschule von Acre, so respektvoll behandelt zu werden.

»Du weißt es? Das mit Amani?«, fragte Jameel, sobald wir in seinem Zimmer waren.

»Ja – aber hast du Bescheid gewusst?«, fragte ich zurück.

»Es ist erst gestern passiert.«

Und gestern hatte ich meinen Plan, um Amanis Hand anzuhalten, mit meiner Familie gefeiert, als wäre unsere Heirat beschlossene Sache.

»Hat er sie verdient?«

»Na ja – er ist von der Universität Haifa geflogen. Ich wette, Amani wird ihn ernähren müssen.«

»Und ihre Freundschaft mit mir? Hat die keinen gestört?«

»Gerede ist wie ein Wüstensturm – heftig, aber schnell vorbei.«

Ich blickte niedergeschlagen auf den Boden. »Hat sie gewusst, dass sie ihn heiraten soll?«

»Ich glaube schon.«

Ich rang nach Atem. Sie hatte mich nur benutzt.

Auf der Heimfahrt dachte ich an Amani und wurde immer wütender. Plötzlich wurde mir so richtig bewusst, dass meine Familie ja darauf wartete, dass ich mit einer guten Nachricht zurückkam.

Oben auf dem Berg rannten mir Mama und Nadia jubelnd entgegen. Baba stand lächelnd vor unserem Haus. Ich senkte den Kopf. Mama und Nadia tanzten um mich herum. Was sollte ich nur machen?

»Endlich einmal etwas Gutes«, jubelte Mama.

Sie und die hochschwangere Nadia mit ihren beiden Kindern

und den sieben Stiefkindern folgten mir nach drinnen. Es duftete nach feinem Mandelgebäck. Wahrscheinlich hatten sie den ganzen Tag gebacken, damit wir meine Verlobung angemessen feiern konnten.

»Glückwunsch, mein Sohn.« Baba breitete die Arme aus, ließ sie dann aber wieder sinken. »Lasst mich kurz allein mit Ahmed sprechen.« Wir gingen zusammen hinaus zum Mandelbaum.

Ich stand da, mit gesenktem Kopf.

Baba legte mir die Hand auf die Schulter. »Was ist, mein Sohn?«

»Es wird keine Hochzeit geben.«

»Es hat nicht sollen sein.« Baba umarmte mich.

Ich stieß ihn weg. »Was soll ich jetzt tun?«

»Ob unser Leben erfolgreich verläuft, hängt nicht von der Zahl unserer vermeintlichen Fehlschläge ab, sondern davon, wie wir auf diese Misserfolge reagieren. Es hat seinen Sinn, dass dies so passiert ist. Die Richtige für dich ist noch irgendwo dort draußen. Du musst sie nur finden.« Er tätschelte mir den Rücken. Ich war so niedergeschmettert, dass Baba mich stützen musste, als wir wieder hineingingen. »Konzentriere dich auf dein Studium und hab Geduld. Wenn du es am wenigsten erwartest, wirst du sie finden.«

Die nächsten drei Jahre war Professor Sharon mein Doktorvater. Meine Dissertation über den Bottom-up-Aufbau eines Nicht-Silizium-Materials fand internationale Beachtung, und ich bekam den Israel-Preis für Physik. Professor Smart, ein Nobelpreisträger vom MIT, dem Massachusetts Institute of Technology, kontaktierte Professor Sharon wegen einer möglichen Zusammenarbeit und redete ihm zu, sein bevorstehendes Forschungsjahr am MIT zu verbringen. Sharon teilte ihm mit, er werde nicht ohne mich gehen.

»Ich kann nicht weg«, sagte ich. »Meine Familie braucht mich.«

Über seinen Schreibtisch hinweg musterte er mich prüfend. »Ich brauche Sie auch.«

»Ich kann meine Angehörigen nicht im Stich lassen«, sagte ich. Trotz meines Vollzeitstudiums konnte ich sie von dem Geld unterstützen, das ich als Lehr- und Forschungsassistent von Professor Sharon verdiente. Wenn ich wegginge, müssten sie alle von Fadis schlechtbezahltem Job im Schlachthof leben. Der Professor kannte meine Situation.

»Ich habe schon mit Smart geredet.« Ein Lächeln breitete sich langsam über sein Gesicht. »Sie können bei uns als Post-Doc arbeiten. Wir zahlen Ihnen zehntausend Dollar jährlich. Sie wissen ja, dass Sie nicht annähernd so viel verdienen können, wenn Sie hierbleiben.«

Er hatte recht. Es gab keine offenen akademischen Stellen, und jeder Job in Israel, der meinen Qualifikationen entsprach, setzte den Militärdienst voraus.

»Geben Sie mir Bedenkzeit.« Ich würde übers Wochenende nach Hause fahren und mit Baba reden. Nachdem wir vierzehn Jahre getrennt gewesen waren, wollte ich eigentlich nicht so schnell so weit wegziehen.

Als ich meinem Vater dann am Wochenende von dem Post-Doc-Angebot erzählte, sagte er, ich müsse unbedingt mitgehen, und sein Rat duldete keinen Widerspruch.

Sobald ich meinen Doktortitel hatte, stiegen Professor Sharon, Justice und ich ins Flugzeug nach Amerika. Ich nahm mir vor, ganz sparsam zu leben, damit ich möglichst viel Geld nach Hause schicken konnte. Durchs Flugzeugfenster sah ich die Flughafengebäude vorbeisausen, als wir beschleunigten. Und ehe ich mich versah, hatten wir schon abgehoben.

»Danke, Professor Sharon«, murmelte ich.

»Du kannst Menachem zu mir sagen«, antwortete er lächelnd.

# TEIL DREI

## 1974

## 35

Durch die großen Fenster des Baker House konnte ich das Ufer des Charles River sehen. Menachem und ich wanderten durch die Gebäude des Massachusetts Institute of Technology. Diese wunderschönen Säulenhallen und Kuppeldächer. Die Gebäude waren alle miteinander verbunden, so dass man von einem ins andere kommen konnte, ohne je ins Freie zu müssen – was mir besonders gut gefiel, denn hier in New England war es so kalt, wie ich es noch nie erlebt hatte.

»Ich habe etwas für dich, in unserem Büro«, sagte Menachem. Justice erwartete uns schon. Sie griff unter seinen Schreibtisch und zog ein riesiges Geschenk mit breitem Goldband hervor. Ich hatte schon sechzehn Jahre kein Geschenk mehr bekommen – seit mir Baba zu meinem zwölften Geburtstag die Linse für mein Fernrohr geschenkt hatte.

»Dafür, dass du bereit bist, Nora Sprachunterricht zu geben«, sagte Justice. »Eine Kleinigkeit von Menachem und mir.«

Nora war die Vorsitzende von Justices Friedensgruppe *Jews for Justice*. Sie war eine der Jüdinnen, mit denen Justice im August nach Gaza fahren wollte. Justice hatte mich gefragt, ob ich Nora Arabischunterricht geben würde. Ich konnte ihr das zwar nicht abschlagen, hatte aber doch die Befürchtung, dass mir durch den Unterricht Forschungszeit verlorengehen würde.

Ich streifte das Goldband vorsichtig ab, weil ich das weiße Einwickelpapier mit den goldenen Friedenszeichen nicht beschädigen wollte. Im Paket fand ich ein Tweedjackett mit Wildlederflecken auf den Ellbogen, einen schwarzen, wollenen Rollkragenpullover, schwarze Stoffhosen und einen langen, schwarzen Wintermantel. Solche Tweedjacketts trug Menachem immer, und er hatte auch einen Rollkragenpullover und einen ganz ähnlichen Mantel.

»Das ist viel zu viel«, murmelte ich.

»Es ist noch viel zu wenig.« Justice umarmte mich. »Probier die Sachen mal an.«

In der Toilette zog ich meine Jeans aus und die neuen Kleidungsstücke an.

»Jetzt siehst du aus wie ein echter Post-Doc am MIT«, sagte Menachem.

Wir sollten Justices Freundin, meine neue Schülerin, im Restaurant Habibi's treffen. Draußen wehte die amerikanische Fahne im kühlen Herbstwind. Sonst hatte ich mich immer davor gefürchtet, im Freien herumzulaufen, weil ich so fror, aber mit den neuen Sachen war mir schön warm, und der Wind im Gesicht fühlte sich erfrischend an.

Anfang November wurde es hier richtig kalt. Menachem musste gemerkt haben, dass ich oft bibberte. Ich hatte mir keinen Mantel gekauft, obwohl ich eigentlich das Geld dafür hätte. Ich sparte ja so viel wie möglich für meine Familie. Baba fand wegen seiner Gefängnisvergangenheit keine Anstellung. Geld verdienen konnte er nur, indem er auf Hochzeiten spielte, aber meistens war die Musik sein Geschenk an das Brautpaar. Abbas konnte nicht arbeiten, und Fahdi verdiente im Schlachthof fast nichts.

Kerzen warfen einen warmen Schein auf die Mosaikfliesen und das dunkle Holz im Habibi's. Ich saß da in meinem neuen Outfit, und aus versteckten Lautsprechern kamen Lieder von Fairouz, als plötzlich das schönste Mädchen, das ich je gesehen hatte, zur Tür hereintrat. Alle Köpfe drehten sich nach ihr um. Licht schien von ihr auszugehen. Locken wie gesponnenes Gold flossen ihren Rücken hinab. Ihre Haut schimmerte wie der Mond.

Als sie auf uns zukam, schoss mir das Blut ins Gesicht. Ich hatte das Gefühl, der Raum würde sich vor ihr teilen wie das Rote Meer. Wir standen auf.

»Das ist Nora«, sagte Justice. Ich starrte das Mädchen mit den goldenen Haaren an. Ihr Kleid erinnerte mich an die bestickte Tracht unseres Volkes.

Justice stellte Menachem vor und sagte dann: »Und das ist Ahmed, dein neuer Arabischlehrer.«

Und ich hatte überredet werden müssen, sie zu unterrichten!

»*Tasharafna.*« Es ist mir eine Ehre, sagte Nora. Bisher hatte ich gar nicht gewusst, dass Arabisch so sexy klingen konnte. »*Inta takoun moualami?*« Wirst du mein Lehrer sein?

Tag und Nacht würde ich ihr zur Verfügung stehen! Ich war bereit, ihr Sklave zu sein.

Wir setzen uns wieder, und Justice erhob ihr Mineralwasserglas.

»Prost«, sagte sie. »Auf die Entstehung neuer Freundschaften.«

Wir erhoben alle unsere Gläser.

»Auf Jimmy Carters Wahlsieg«, fügte Justice hinzu. »Und auf Frieden im Nahen Osten.« Wir stießen an. Nora hätte jederzeit eine Schönheitskönigin sein können, aber sie war, wie uns Justice mitteilte, Jurastudentin in Harvard, erstes Studienjahr.

»Zwei Tage in der Woche arbeitet Nora ehrenamtlich in Dorchester, sie hilft misshandelten Frauen, Kontaktverbotsverfügungen zu erwirken. Am Wochenende macht sie in einer Suppenküche mit. Und letzten Sommer hat Nora in einem palästinensischen Flüchtlingslager in Jordanien Englisch unterrichtet«, sagte Justice.

Nora wurde rot und senkte den Kopf. »Das war keine große Sache.«

»Ich habe einiges über dieses Lager gelesen«, sagte Justice. »Dort herrschen schreckliche Bedingungen.« Sie schüttelte traurig den Kopf und sah dann mich an. »Noras Lebensgeschichte ist überhaupt faszinierend.« Justice sah jetzt Nora an und wartete offensichtlich darauf, dass sie etwas sagte. Aber Nora schwieg. »Sie ist schon immer eine Aktivistin gewesen. Ihre Eltern und sie sind nach Südafrika gegangen, um gegen die Apartheid zu protestieren. Sie ist ein echtes Vorbild.«

»Ich habe längst nicht genug getan«, murmelte Nora.

»Wusstest du, dass Ahmed ein genialer Physiker ist?«, fuhr Justice fort.

Noras und mein Blick trafen sich; ihre Augen hatten die Farbe des Frühlingshimmels nach der Regenzeit. Ihre Wangen waren jetzt leicht gerötet, und sie senkte den Blick. Vielleicht war sie ja nicht nur hübsch und gescheit, vielleicht war sie auch ein bisschen schüchtern. Ich lächelte bei dem Gedanken, dass sie etwas mit den Frauen aus meinem Dorf gemeinsam haben könnte. Für diese Frauen war Schüchternheit fast schon eine Kunstform.

Nora beugte sich näher zu mir. Ich roch den Duft frischer Blumen. »Diese Woche gibt es auf dem Campus einen Vortrag über Mahmud Darwishs Gedichte«, sagte sie leise. »Vielleicht interessiert's dich ja.«

Bevor ich irgendeinen Gedanken fassen konnte, hörte ich mich fragen: »Kann ich dich anrufen?«

»Hast du was zum Schreiben? Ich gebe dir meine Nummer.«

»Sag sie mir einfach! Mit Zahlen bin ich gut.«

Das Essen war vorbei, aber ich hatte Noras Telefonnummer, und meine zukünftige Schülerin schenkte mir noch ein bezauberndes Lächeln, bevor sie im Dunkeln verschwand. Sie war schön, einfühlsam, nett und klug. Sie studierte Jura in Harvard. Sie konnte alles haben, überall hingehen, wenn sie fertig war. Was wollte sie in Gaza?

## 36

Mit ihren blonden Haaren war sie wie eine Orange in einem Korb voller Äpfel. Nora saß in der ersten Reihe, in einer roten Bluse mit Spiegelpailletten. Sie winkte mich zu sich, ihre Silberarmreifen klimperten. Was für ein strahlendes Lächeln!

»Ich bin jetzt in einem Kurs über arabische Dichter. Mahmud Darwish ist einfach phantastisch.« Sie nahm die Notizkladde vom Stuhl neben sich und gab mir durch eine Handbewegung zu verstehen, ich solle mich hinsetzen.

Ich hatte keine Ahnung, wer Mahmud Darwish war.

Professor Elsamooudi, ein Gastprofessor von der Universität Birzeit, trat ans Rednerpult. Die Studenten klatschten.

Laut dem Info-Blatt auf meinem Stuhl war Mahmud Darwish in Palästina geboren, 1948 geflüchtet und ein Jahr später illegal zurückgekehrt. Er war nicht dagewesen, als in dem Gebiet, das jetzt Israel war, die dort verbliebenen Palästinenser gezählt wurden, also hatte ihn Israel in die Kategorie »Inlandsflüchtling« gesteckt und ihm den Status »anwesend abwesend« gegeben. Er wurde mehrmals verhaftet, weil er ohne Genehmigung Reisen unternommen hatte, und als die Repressalien zunahmen, weil er öffentlich seine Gedichte vortrug, ging er 1970 wieder ins Ausland.

»Auch wenn die Israelis sein Geburtsdorf dem Erdboden gleichgemacht haben – die Sehnsucht nach der Heimat Palästina konnten sie nicht auszulöschen«, sagte Professor Elsamooudi. »Ich lese jetzt Mahmud Darwishs Gedicht ›Identitätskarte‹. Dieses Gedicht wurde ein Schlachtruf des palästinensischen Volkes. Die Israelis verhafteten Darwish dafür.«

Als Professor Elsamooudi das Gedicht vorgelesen hatte, klatschte ich, so laut ich nur konnte. Ich wunderte mich selbst, dass ich so tiefbewegt war. Mahmud Darwish war es gelungen, meine Gefühle in Worte zu fassen. Ich hatte gar nicht geahnt, dass das überhaupt möglich war. Dankbar schaute ich Nora an.

»Seine Texte sind so ergreifend.« Sie tupfte sich mit einem Papiertaschentuch die Augen. »Es ist mir peinlich, dass ich weine, aber die Worte haben solch eine Kraft.«

Mir war gar nicht bewusst gewesen, dass Worte so viel Macht und Schönheit besitzen konnten. Ich wollte, mein Bruder Abbas könnte das alles lesen. Vielleicht würde so ein Gedicht ihm ja helfen, seinen Zorn zu kanalisieren – statt immer nur Dr. Habash zu zitieren. Aber ich würde es nicht wagen, ihm einen Abdruck dieses Gedichts zukommen zu lassen. In Israel war das sicher illegal.

»›Identität‹ und ›Identitätskarte‹ waren in den Sechzigerjahren in der arabischen Welt extrem aufgeladene Begriffe«, erklärte Professor Elsamooudi. »Vor allem bei den Palästinensern, die dafür kämpften, ihre nationale Identität zu bewahren. Die Israelis haben das System mit den Identitätskarten bis heute beibehalten.«

»*Ahmed!*«, hörte ich da in lautem Flüsterton. Ich drehte mich um und sah Justice. Neben ihr saß Menachem. Ich winkte ihnen, und sie winkten zurück.

Nach dem Vortrag gingen Menachem, Justice, Nora und ich in ein Café namens Casablanca. Justice und Nora diskutierten über die Unterdrückung in Israel und den Widerstand der Palästinenser und darüber, was sie für den Frieden dort tun könnten. Menachem und ich erörterten mögliche Methoden, Atome wirksamer zu kontrollieren und sie für unsere Zwecke zu manipulieren. Es fühlte sich an, als lebten wir in getrennten Welten, und trotzdem wirkten

Justice und Menachem wie ein sehr glückliches Paar. Vielleicht redeten sie ja nie miteinander?

Justice und Menachem verabschiedeten sich nach der ersten Kanne Tee, aber Nora und ich blieben noch sitzen, bis das Café zumachte. Ich goss immer wieder heißes Wasser nach. Am Ende gab mein Teebeutel keinerlei Geschmack mehr ab.

Nora erzählte mir mehr über ihr ungewöhnliches Leben: wie sie und ihre Eltern, als sie zwölf war, in der Sahara einen Monat mit maurischen Nomaden in einem Zelt gewohnt hatten. Jedes Mal, wenn sie weiterzogen, bauten die Frauen die aus Holzstangen, Palmmatten und schweren Stoffbahnen bestehenden Zelte ab und beluden das Kamel von neuem.

»Hat es dir gefallen, im Zelt zu wohnen?«, fragte ich sie.

»Es war cool«, schwärmte Nora. »Das totale Abenteuer.«

Ich wollte ihr nicht von den Fliegen und Stechmücken erzählen, die uns in den Mund gekrabbelt waren, während wir schliefen. Auch nicht von den Wolkenbrüchen in der Regenzeit und der Gluthitze im Sommer. Nora war offen und herzlich, aber sie hatte nie erlebt, was Leiden ist: Ihre Sicht der Dinge war die einer Touristin, die das Leiden anderer besichtigt und dann das Flugzeug oder den Jeep zum nächsten Abenteuer nimmt. Ich dachte, dass sie noch so viel lernen musste, nicht nur Arabisch, sondern auch über das Leben.

Nora ihrerseits meinte, ich müsse mehr lachen und mehr Pizza essen. Wir verabredeten uns für den nächsten Sonntag.

In dieser Nacht träumte ich, ich würde in einem Bus durch die Wüste zum Ende der Welt fahren, aber Nora kam in einem wallenden weißen Gewand auf einem Kamel angeritten, entführte mich und brachte mich in eine nahe Oase.

Am nächsten Tag auf dem Weg zur Arbeit bemerkte ich die bunten Blätter, die von den Bäumen fielen, die fröhlich zwitschernden Vögel, die Studenten, die auf den Gängen lachten und schwatzten und sich des Lebens freuten. Warum ist mir vorher gar nicht aufgefallen, wie schön das alles war?

Wir trafen uns am Sonntag zum Arabischunterricht und zum Teetrinken und dann am darauffolgenden Wochenende wieder. Die Tage dazwischen waren eine Qual. Wir begannen, uns öfter zu treffen. Nora nahm mich zu vielen Veranstaltungen mit, und wir machten Spaziergänge durch Cambridge.

Ich holte Nora in dem Frauenhaus ab, wo sie ehrenamtliche Arbeit machte. Ich wartete auf einer Bank vor dem alten Haus, wo jetzt Frauen und Kinder Zuflucht vor gewalttätigen Männern fanden. Nora redete nicht viel darüber – sie sagte nur immer wieder, dass sie sich Sorgen um die Kinder mache, die in der häuslichen Gewaltsituation gefangen waren und durch die Maschen eines Systems fielen, das schon für die Mütter kaum genug tun konnte.

Hinter meiner Bank befand sich ein kleiner Garten mit einem Klettergerüst und Schaukeln. Vier Kinder rannten herum. Während ich darauf wartete, dass Nora zur Vordertür herauskam, hörte ich, wie auf dem Spielplatz Streit ausbrach: Zwei Jungen schrien sich an. Der eine boxte den anderen in die Rippen, und dieser fing an zu heulen. Ich drehte mich wieder weg.

Dann hörte ich eine besänftigende Stimme: »Ist ja gut.« Ich drehte mich um, und da kniete Nora, den weinenden Jungen im einen Arm und den, der ihn geboxt hatte, im anderen. Warum bestrafte sie den kleinen Schläger nicht?

»Ich weiß, es macht euch Angst, hier zu sein«, sagte sie ruhig zu ihm.

»Ich hab aber keine Angst, ich hasse ihn.« Der Junge, der zugeschlagen hatte, versuchte, sich Nora zu entziehen, aber sie hielt ihn sanft fest.

»Ich hasse dich auch. Du bist Dreck.« Der weinende Junge hatte jetzt wieder ein großes Mundwerk.

»Wisst ihr, es ist völlig okay, Angst zu haben. Ich habe ganz oft Angst.«

Der kleine Schläger fragte ungläubig: »Warum hast du Angst?«

»Manchmal vermisse ich mein Zuhause und meinen Dad. Manchmal weiß ich nicht, was als Nächstes kommt. Es gibt viele Dinge, die mir Angst machen.«

Die beiden musterten sie skeptisch.

»Es ist total okay, wenn man seinen Dad vermisst. Und wenn man seine Freunde vermisst.«

Der Junge, der zugeschlagen hatte, schien plötzlich ganz traurig. »Ich will nicht hier sein. Ich will nach Hause.«

Nora setzte sich im Schneidersitz auf den Boden, einen kleinen Jungen auf jedem Knie. Sie drückte sie beide an sich, jeder ein Häuflein Mensch, das sich an sie kuschelte. »Das verstehe ich. Manchmal müssen wir Sachen machen, die schwer sind. Aber wenn ihr wütend seid, will ich, dass ihr darüber redet. Am besten erzählt ihr es irgendjemandem. Niemand wird euch bestrafen. Es ist nichts Schlechtes dran, solche Gefühle zu haben, nur andere hauen – das tun wir hier nicht. Okay?«

Die beiden Kinder nickten.

»Und wenn ihr zusammenhaltet, ist alles leichter – dann seid ihr nicht allein.« Sie hielt die Hand zwischen sie. »Großes Ehrenwort?«

Kichernd hakten die Jungen ihren kleinen Finger in den von Nora. Gleich darauf saßen sie wieder friedlich im Sandkasten und spielten mit großen gelben Plastiklastwagen. Ich drehte mich weg, bevor Nora mich beim Zuschauen ertappen konnte. Eines Tages würde sie eine wunderbare Mutter sein.

Ich war verliebt, und ich wusste es. Aber ich wusste auch, dass eine Beziehung zwischen uns unmöglich war. Wie konnte ich mit einem jüdischen Mädchen zusammen sein? Trotzdem schaffte ich es nicht, mich von ihr fernzuhalten.

Unsere Unternehmungen in Harvard hatten alle etwas mit dem

Nahen Osten zu tun – ein Essen im Habibi's, ein Film über drei palästinensische Flüchtlinge, die im Stahltank eines Tanklasters nach Kuweit zu gelangen versuchen, ein Vortrag von König Hussein von Jordanien in der *Kennedy School of Government*, eine Veranstaltung über Menschenrechtsverletzungen in der West Bank und im Gazastreifen, ein Auftritt einer Highschool-Dabke-Tanzgruppe aus dem Flüchtlingslager Deisha, eine Arab Music Night. Oft kamen Menachem und Justice mit, und mindestens einmal in der Woche aßen Nora und ich bei ihnen zu Hause. Nora brachte mir Pizza ins Büro und lud mich ein, sie zum Barbecue einer Freundin zu begleiten. Wir gingen zusammen in den Film *American Graffitti* und in ein Konzert von Bob Dylan im Boston Garden. Als ich sagte, ich hätte für so was kein Geld, weil ich meine Familie unterstützen müsse, war sie zu Tränen gerührt. Ich hatte gedacht, das würde sie abschrecken, aber genau das Gegenteil war der Fall. Sie versicherte mir, dass sie die Karten immer kostenlos bekomme. Ich genoss diese Veranstaltungen, und ganz allmählich dämmerte mir, dass es auf der Welt noch andere wichtige Dinge gab als immer nur die Naturwissenschaften.

Vier Monate, nachdem wir uns kennengelernt hatten, tranken wir Tee im Algiers Coffee House, einem unserer Lieblingslokale. Wir saßen uns gegenüber, und Nora nahm meine Hand.

»Ich möchte gern, dass wir mehr sind als nur Freunde«, sagte sie mit einem Lächeln. »Komm doch mit zu mir.« Fragend hob sie die Augenbrauen.

Mehr als Händchenhalten war bisher zwischen uns nicht gewesen. Ich hatte gewusst, dass dieser Augenblick kommen würde, und ein Teil von mir hatte es sich sogar sehnlichst gewünscht, aber ich war fest entschlossen, diesem Verlangen nicht nachzugeben. Mir war klar, was von mir erwartet wurde: Ich sollte ein Mädchen aus unserem Dorf heiraten, Kinder bekommen, in die Familie zurückkehren. Nora konnte nicht meine Frau werden, und ich achtete sie viel zu sehr, um weiterzugehen als bisher. Aber ich brachte es nicht übers Herz, ihr die ganze Wahrheit zu sagen.

Ich stand so abrupt auf, dass der Tee überschwappte. »Nein«, sagte ich. »Das geht nicht. Ich muss arbeiten.«

Ihr traten Tränen in die Augen.

Ich bemühte mich, in Nora nur meine Schülerin zu sehen. Nur eine gute Freundin. Aber Nacht für Nacht träumte ich von ihr. In meinem Herzen tobte ein Kampf. Ich konnte mich doch nicht auf eine arrangierte Ehe einlassen! Wie sollte ich mit einer anderen Frau zusammen sein können? Nora war intelligent und hübsch. Sie lernte Arabisch. Je besser ich sie kennenlernte, desto klarer wurde mir, dass ich eine Liebesheirat wollte. Und ich wollte eine Frau, auf die ich stolz sein konnte. Eine kultivierte Frau. Doch in meinem Innersten wusste ich, dass es nicht Nora sein durfte.

Sooft Nora mich in ihr Wohnheimzimmer einlud, fand ich eine Ausrede. »Ich habe zu viel zu tun.« »Ich glaube, ich kriege die Grippe.« »Ich habe Kopfschmerzen.« Über diesen Vorwand musste Nora lachen. »Weißt du nicht, dass das normalerweise der Text der Frau ist?«

Eines Abends aßen wir zusammen im Casablanca. Wir saßen in der Nähe des Kamins in dem schummrigen Raum. Kerzenschein spielte auf ihrem Gesicht. Da hörte sie plötzlich auf zu essen, legte ihr Pitabrot weg und richtete sich auf. Ich war damit beschäftigt, mein Pita in das Hummus zu dippen, und wollte gerade abbeißen, als sie sagte: »Ich möchte mit dir zusammen sein, Ahmed.«

Meine Hand erstarrte in der Luft. Wie konnte ich ihr sagen, dass ich sie nicht wollte, weil sie Jüdin war? Mit einer Jüdin zusammenzuarbeiten war eine Sache, aber eine Jüdin zu heiraten und Kinder mit ihr zu bekommen eine ganz andere. In Israel würden meine Kinder dann als Juden gelten und in der israelischen Armee

Militärdienst leisten müssen. Das zusammengeklappte Stück Pita in meiner Hand begann zu tropfen. Ich steckte es schnell in den Mund und kaute, um Zeit zu gewinnen. Ich schluckte, räusperte mich. »Ich habe meiner Mutter versprochen, ein Mädchen aus meinem Dorf zu heiraten.«

»Wir können nicht so weitermachen«, entgegnete Nora. »Es tut so weh. Kannst du deiner Mutter nicht erklären, dass du jemanden kennengelernt hast?«

»Sie würde es nicht verstehen.«

»Und warum nicht?«

»Sie will nicht, dass ich mich mit einem nichtarabischen Mädchen einlasse.«

»Ich liebe dich.« Sie wartete auf eine Reaktion, mit Tränen in den Augen. »Du denkst, ich sei so ahnungslos, dass ich nicht wüsste, was das Problem ist. Aber ich weiß es ganz genau. Ich entscheide mich nur dafür, an die Liebe zu glauben.« Sie stand auf und lief hinaus.

Es brach mir das Herz, aber ich ließ sie gehen.

Nora kam nicht mehr zu ihren Arabischstunden. Jedes Mal, wenn mein Telefon im Büro klingelte, zuckte ich zusammen, aber es war nie Nora. Als Justice mich fragte, was mit ihr sei, sagte ich, Nora sei nicht die Richtige für mich. Ich arbeitete rund um die Uhr. Solange ich beschäftigt war, hatte ich das Gefühl, dass ich es schaffen konnte. Ich brauchte Nora nicht.

Menachem bekam Forschungsmittel in Höhe von zwanzigtausend Dollar vom *Institute for the Advancement of Nanotechnology*, also gingen wir zum Feiern ins Habibi's. Wir redeten darüber, was er mit dem Geld machen wollte, als ich ein Stück weiter an einem anderen Tisch Nora mit Justice und den anderen aus ihrer Friedensgruppe sitzen sah.

»Mir ist nicht gut«, sagte ich.

Menachem schaute zu Justice und Nora hinüber. »Das war Justice' Idee«, sagte er. »Sie glaubt, ihr zwei seid füreinander bestimmt.«

»Es geht nicht.« Ich schnappte mir den Mantel, den mir Justice geschenkt hatte, und ging im Schneetreiben zum Harvard Yard, zu der Bank, auf der Nora und ich immer gesessen hatten. Der Schnee lag kniehoch. Es war bitterkalt, aber ich hatte den Mantel immer noch nicht angezogen. Ich setzte mich auf die Bank und ließ mich von der eisigen Luft bestrafen.

Je weiter ich Nora von mir wegschob, desto mehr wollte ich sie. Ich musste mein Leben wieder in den Griff bekommen. Als ich so im Schneetreiben saß, erschien auf einmal Nora. Ich stand auf. Ehe ich mich versah, umarmte sie mich weinend und hielt mich ganz fest.

»Ich halte es nicht aus ohne dich«, schluchzte sie.

»Nicht weinen.«

»Es tut mir so leid, aber ich weiß nicht mehr, was ich tun soll.« Ihre Haare rochen nach grünen Äpfeln und Zimt. »Ich liebe dich.«

»Bitte nicht, Nora.«

»Ich bin nicht so stark wie du.«

»*Ich* bin schwach«, entgegnete ich.

»Begehrst du mich denn gar nicht?«

Meine Arme blieben starr neben meinem Körper. »Doch, natürlich.«

»Was ist es dann?«

»Die Pflicht. Meine Familie.«

»Bitte sag nicht, ich sei nicht gut genug.« Tränen rannen ihr übers Gesicht. »Zeig ihnen, dass du ein jüdisches Mädchen lieben kannst. Geh mit gutem Beispiel voran.«

Nora küsste mich auf den Mund, und ich erwiderte den Kuss. Nur ganz kurz gestattete ich mir diesen Genuss – Noras wunderbare Lippen, die so weich und so einladend waren, wie ich es mir vorgestellt hatte –, doch dann schob ich sie weg und brachte sie zu ihrem Auto. Als sie davonfuhr, dachte ich zum ersten Mal, dass ich sie vielleicht doch heiraten könnte. Ich würde Baba um seinen Segen bitten.

Von meinem Geld hatte ich im Haus meiner Eltern Telefon legen lassen. Ich ging in mein Büro und rief Baba an.

»Baba«, begann ich, ohne die üblichen einleitenden Höflichkeitsfloskeln. »Bitte, hör zu. Ich habe das Mädchen kennengelernt, das ich heiraten möchte. Sie ist wunderschön, klug, nett. Sie spricht arabisch und will Menschenrechtsanwältin werden. Aber da gibt es etwas.« Ich holte tief Luft. »Sie ist Jüdin.«

Schweigen.

Endlich sagte er: »Die Juden sind nicht unsere Feinde.« Er sprach langsam, wählte seine Worte mit Bedacht. »Bevor die Idee vom Judenstaat aufgekommen ist, haben Juden und Araber friedlich zusammengelebt. Macht dich dieses Mädchen glücklich? Liebt sie dich? Liebst du sie? Habt ihr dieselben Werte und dieselbe Lebensauffassung?«

»Ja. Auf alle Fragen: ja«, sprudelte es aus mir heraus.

»Dann habt ihr meinen Segen«, sagte Baba. »Du hast so viel gelitten. Du bist ein erwachsener Mann. Es steht mir nicht zu, dir vorzuschreiben, wen du heiraten sollst. Das ist allein deine Entscheidung.«

Mama kam an den Apparat. »Im Namen Gottes, willst du mir mit bloßen Händen das Herz herausreißen?«

»Er paktiert mit dem Feind!«, schrie Abbas im Hintergrund.

Ich hörte Gerangel, und es klang, als würde der Hörer fallengelassen. »Ruf später noch einmal an«, sagte Baba. Ich hörte Abbas noch rufen: »Er hat den Verstand verloren!«, dann klickte es, und die Leitung war tot.

Ich wartete vor der juristischen Bibliothek auf Nora. Als sie mich sah, war es, als würde eine dichte Wolkendecke aufreißen und ein Sonnenstrahl genau auf ihr Gesicht fallen – nur dass es schon dunkel war. Wir gingen zusammen über den Harvard Yard. Sterne standen am Himmel. Schneeflocken schwebten herab und landeten auf ihrer blauen Skimütze. Ein perfekter Abend. Ich begleitete sie zu ihrem Wohnheim.

»Kann ich mit raufkommen?«, fragte ich.

Ihre Augen wurden groß. »Ja, klar.«

Ich folgte ihr die Stufen hinauf. Sie schloss ihre Zimmertür auf, und als wir eintraten, blieb ich verblüfft stehen. Noras Wände hingen voll mit gerahmten Fotos von ihren Reisen.

Auf einem der Fotos war Nora acht oder neun Jahre alt und hockte zwischen lauter Mädchen mit glatten dunklen Haaren, die jeweils eine Stange mit zwei Eimern auf den Schultern trugen.

»Das bist ja du!« Ich bestaunte die kleine Nora.

»Ja – in Laos. Das Bachwasser war gesundheitsgefährdend, aber es gab kein anderes. Drei Monate im Jahr trocknete der Bach aus. Die Kinder gingen dann jeden Tag fünf Meilen zu Fuß, um Wasser zu holen. Sie haben es über die Hügel und über eine klapprige Brücke nach Hause getragen. Meine Eltern haben eine Pumpe mitten im Dorf gebaut und eine neue Brücke finanziert.«

Auf einem anderen Foto kniete Nora mit drei dünnen schwarzen Mädchen in einem Kohlbeet.

»Das ist in Ruanda. Wusstest du, dass vierzehn Prozent der Weltbevölkerung jeden Abend hungrig schlafen gehen? Meine Eltern waren bei einer Organisation, die in verschiedene Armutsgebiete ging und die Leute dort beim Anbau von Gemüse beriet.«

Warum war nie jemand in mein Dorf gekommen? Und warum versuchte Nora jetzt, da wir allein in ihrem Zimmer waren, nicht, mich zu küssen?

»Hast du gewusst, dass im Unterschied zu den USA und Europa, wo fast hundert Prozent der Kinder zur Schule gehen, in ärmeren Ländern nur fünfundvierzig Prozent der Mädchen und fünfundfünfzig Prozent der Jungen eine Schulbildung erhalten, die über die Grundschule hinausgeht? Fünfhundertfünfzig Millionen Frauen und dreihundertzwanzig Millionen Männer auf der Welt können nicht lesen und schreiben.«

Ich dachte an meine Mutter, die nie die Möglichkeit gehabt hatte, zur Schule zu gehen. Und an Amal und Sara, die gestorben waren. Und an Nadia, an Abbas und Fadi, die gezwungen gewesen waren, die Schule abzubrechen. Nur Hani hatte weitergemacht. Er würde am Ende des Schuljahres den Highschool-Abschluss haben.

Ich drehte Nora zu mir, legte ihr die Finger auf die Lippen und sah ihr tief in die Augen. »Würdest du mir die Ehre erweisen, meine Frau zu werden?«

»Ahmed.« Sie schien verdutzt. »Äh – ja!«

Ich beugte mich zu ihr, und wir küssten uns zum zweiten Mal. Am liebsten hätte ich sie ewig weitergeküsst. »Komm mit in mein Büro. Ich muss meine Eltern anrufen.«

»Ruf von hier aus an.«

»Das ist zu teuer.«

»Ruf ruhig von hier aus an. Deine Familie braucht alles Geld, das du verdienst. Wir können von meinen Treuhandfonds leben. Bitte, widersprich mir nicht. Ich lasse nichts anderes zu. Ich könnte nicht damit leben, dass ich ihnen Geld wegnehme.« Sie reichte mir das Telefon, und ich wählte die Nummer.

»Sie hat ja gesagt!«, berichtete ich Baba. »Wir werden heiraten.«

»Möge Gott euch viele glückliche gemeinsame Jahre schenken. Kann ich mit deiner Verlobten sprechen?«

Ich reichte Nora den Hörer.

»Ich werde mich gut um Ihren Sohn kümmern«, sagte sie auf Arabisch, mit einem zauberhaften Lächeln. Dann gab sie mir den Hörer zurück.

Wir saßen nebeneinander auf ihrem Bett.

»Ich möchte so bald wie möglich heiraten«, sagte ich.

»Ich auch.« Sie beugte sich zu mir, um mich zu küssen.

»Halt.« Ich wich zurück. »Wir warten lieber, bis wir verheiratet sind.« Das wollte ich für Baba tun.

Nora lachte. »Ist das dein Ernst?«

»Ja.«

Sie stand auf und stemmte die Hände in die Hüften. »Dann heiraten wir sofort.«

»Und deine Eltern?« Sie hatte gesagt, ihre Eltern seien linksliberal, aber sie waren doch auch Juden.

»Sie haben mir mein Leben lang eingehämmert, dass alle Menschen gleich viel wert sind, dass Verschiedenheit eine Beziehung nur bereichert. Du wirst es ja selbst sehen, wenn du sie kennenlernst. Und du wirst sie mögen.«

»Ich will dich diesen Sommer in meinem Dorf heiraten.«

»So lange warte ich nicht.«

»Meine Familie muss dabei sein.«

»Gut – die Zeremonie machen wir dort«, erklärte Nora. »Und den gesetzlichen Teil hier. Das ist einfacher. In Israel sind solche Mischehen sowieso nicht erlaubt. Deine Eltern müssen es ja nicht erfahren. Wenn du willst, können wir dort auch einen muslimischen Ehevertrag schließen. Dann kannst du früher die Staatsbürgerschaft beantragen. Ich organisiere alles.«

Ich war einverstanden. In dieser Nacht schliefen wir nicht miteinander, aber ich küsste Nora noch einmal leidenschaftlich, bevor ich ihr Zimmer verließ. Wir waren verlobt.

## 37

»Orangenblüten stehen für ewige Liebe«, verkündete Nora, als sie mir mit Blüten im Haar die Tür öffnete. Dann überreichte sie mir einen Karton. »Neue Kleider für unser neues Leben.« In dem Karton waren ein weißer Rollkragenpulli und weiße Hosen. Ich zog mich auf der Männertoilette des Gerichtsgebäudes um.

»Ahmed«, sagte der Friedensrichter. »Bitte beginnen Sie.«

Ich schaute auf das Blatt Papier in meiner Hand. »Du hast mich gelehrt, dass Liebe ein Gefühl ist, das wir nicht kontrollieren können.« Ich warf Nora einen kurzen Blick zu und lächelte. »Ich wollte mich nicht in dich verlieben, aber ich hatte keine Wahl. Gott hat dich eigens für mich erschaffen.« Sie nahm meine freie Hand und hielt sie. Ich blickte wieder auf den Text. »Du hast mein Dunkel erhellt. Ich kann mir ein Leben ohne dich nicht mehr vorstellen. Du bist meine Sonne.« Das Blatt fiel zu Boden, als ich ihre beiden Hände nahm und ihr in die Augen schaute. »Unsere besten Tage liegen noch vor uns. Ich freue mich darauf, eine Familie zu gründen und mit dir alt zu werden. Ich gelobe, dich ewig zu lieben.«

Der Beamte sah sie an. »Nora.«

Sie zog ihr eigenes Blatt aus dem weißen Seidenkleid, das wie Mondlicht schimmerte. »Möge unsere Heirat der erste Schritt dahin sein, zwei Menschen miteinander zu verbinden, zu verweben.« Nora ignorierte jetzt das Blatt und legte ihre ganze Sehnsucht in ihren Blick. »Unsere Liebe bestätigt, was ich schon wusste. Liebe überwindet alle von Menschen errichteten Barrieren. Du bist der Einzige für mich.« Dann sah sie wieder auf ihren Text. »Ich glaube, dass eine gute Ehe nicht nur daraus erwächst, dass man den richtigen Menschen findet, sondern auch daraus, dass man selbst der richtige Mensch *ist*. Ich hoffe, dass du am Ende deiner Tage zurückblicken wirst und mit Gewissheit sagen kannst, dass der heutige Tag der war, an dem du mich noch am wenigsten geliebt hast.« Sie legte das Blatt auf den Tisch des Friedensrichters und nahm meine Hände. »Möge dich meine Liebe frei machen. Ich gelobe, dich ewig zu lieben.«

Der Beamte reichte Nora den wassergefüllten Krug, den sie selbst mitgebracht hatte, und sie trank einen Schluck. Es war ein ganz besonderer Krug mit zwei Tüllen.

»Das Wasser symbolisiert die Heiligkeit eurer Verbindung.« Der Richter las die Worte vor, die Nora geschrieben hatte, und reichte dann mir den Krug. Ich trank aus der anderen Tülle. »Wasser ist ein grundlegendes Element, ohne das kein Leben möglich ist.« Dann stellte der Friedensrichter den Krug auf seinen Tisch und sah mich an. »Willst du, Ahmed Hamid, Nora Gold zu deiner dir rechtmäßig angetrauten Frau?«

Ich nahm Noras Hand in meine Hände. »Ja, ich will.«

In Noras Augen glänzten Tränen.

»Willst du sie Zeit eures Lebens lieben, achten und ehren?«

»Ja, ich will.«

»Willst du sie lieben und zu ihr stehen, in Gesundheit und in Krankheit, Wohlstand und Armut, Freud und Leid, und ihr treu sein, solange ihr beide lebt?«

»Ja, ich will.« Ich lächelte Nora an, sie drückte meine Hand, und wir mussten ein bisschen lachen.

»Diesen Ring, der endlos ist, tragt als Zeichen der nimmer endenden Liebe.« Er gab jedem von uns den Ring des anderen. »Sprecht mir nach«, sagte er. »Mit diesem Ring nehme ich dich als meinen Mann.« Und dann: »Mit diesem Ring nehme ich dich als meine Frau.«

Als wir die schlichten Goldringe an den Finger gesteckt hatten, erklärte uns der Friedensrichter zu Frau und Mann.

Später, im Wohnheimzimmer, ging Nora zu ihrem Bett und streckte die Hand zu mir aus. Ich bewegte mich auf sie zu, als hätte sie mich hypnotisiert. Unsere Lippen trafen sich. Sie streifte mir den neuen Blazer ab und legte ihn über den karierten Stuhl neben ihrem Bett. Mein Hemd landete auf dem Fußboden und blieb dort liegen.

Ich hatte Angst, ich würde mich ungeschickt anstellen, aber als sie sich an mich schmiegte, fühlte ich ihre Wärme und entspannte mich. Wir küssten uns. Ihre Zunge spielte zwischen meinen Lippen, bis sie sich öffneten. Nora geleitete mich zu einer Lust, die ich nicht für möglich gehalten hätte. Das Adrenalin pulsierte in meinen Adern.

Meine Hände wanderten um ihre Taille herum und streichelten ihren Rücken. Kurz entzog sie sich mir und öffnete den Reißverschluss ihres Kleides. Mein Blick fiel auf ihre rosa lackierten Fußnägel, als Nora aus dem kleinen Teich von Weiß stieg, der ihr Kleid jetzt war. Selbst ihre Zehen sind wunderbar, dachte ich. Überhaupt – wie schön sie war! Die seidige Haut, die sanften Konturen ihres Körpers. Sie trug jetzt nur noch ein leuchtend weißes Spitzen-Etwas, das sich perfekt um die vollen runden Brüste schmiegte. Dass es so ein Kleidungsstück gab, war für mich noch so ein Wunder. Dann glitt auch das zu Boden.

Nora ließ sich aufs Bett sinken und lehnte sich zurück, wie ein Marmorakt in einem von Babas Kunstbüchern. Ich näherte mich ihr zögernd. War im Bett genug Platz für uns beide? Oder würde ich sie erdrücken?

Nora lächelte verschmitzt. Sie griff an den Reißverschluss meiner Hose und zog daran, aber er rührte sich nicht. »Du musst mir helfen«, flüsterte sie.

Ein Faden hatte sich eingeklemmt. Ich ruckte am Reißverschluss und bekam ihn auf.

»Zieh dich ganz aus, mein geliebter Ehemann.«

Ich merkte, dass ich rot wurde. Wie sollte ich mich nackt ausziehen, wenn sie mich anschaute?

Als könnte sie meine Gedanken lesen, schlüpfte Nora unter die Decke und schlug sie für mich zurück. Schnell streifte ich Hose und Unterhose ab und sprang so eilig ins Bett, dass die Matratze wippte. Wir lachten beide, und ich war froh.

Sie strich mit den Händen über meine Brust. »Was für ein schöner Mann mein Ehemann ist.« Ihr Arabisch war melodisch wie Musik.

Ich holte tief Luft. »Längst nicht so schön wie du, meine Ehefrau.«

Ich sah in Noras funkelnde Augen, fühlte ihre weißen Finger in meinen schwarzen Haaren. Ich würde jetzt mit ihr schlafen. Es gab auf der ganzen Welt keine andere Frau. Nur Nora. Und seltsamerweise erinnerte mich ausgerechnet dieses jüdische Mädchen an zu Hause. Nora in den Armen zu halten erfüllte mich mit einem Gefühl der Vollständigkeit, mit einem Gefühl der Geborgenheit und der Liebe. Ich hätte mir nie träumen lassen, dass eine jüdische Frau diese Emotionen in mir wecken würde.

Nachher lagen wir, außer Atem, dicht aneinandergeschmiegt da. Die Bettdecke war auf den Boden gerutscht, und meine Schüchternheit war verflogen. Ich musste lachen – und konnte nicht mehr aufhören.

## 38

Wir fanden ein Apartment in Somerville, und ich trug Nora über die Schwelle, was mich fast umbrachte, weil unsere Wohnung im dritten Stock lag – in einem Haus ohne Aufzug. Nora bestand darauf, die Miete von ihrem Treuhandfonds zu zahlen. Ich wusste, es war unmännlich, die Ehefrau bezahlen zu lassen, aber meine Familie bedeutete mir so viel, dass ich meinen Stolz überwand.

Unser Hauptraum war nur zweieinhalb auf dreieinhalb Meter groß, aber die Wohnung war unser kleines Schloss. Links befand sich die Miniküche mit avocadogrünen Einbauten und einem Fenster auf zwei Seiten. Der goldorangefarbene Teppichboden ging bis ins Bad und endete an einem orange und grün geblümten Duschvorhang.

»Es ist so toll!« Nora schien aufrichtig begeistert. »Unsere eigene Wohnung.«

Ich hatte das Gefühl: Endlich beginnt mein Leben.

Mit dem Geld von Noras Treuhandfonds kauften wir eine Matratze, eine avocadogrüne Überdecke mit einem großen orangefarbenen Blumenmuster, zwei quadratische Tischchen, zwei Klappstühle, einen orangefarbenen Resopalküchentisch, ein zweisitziges schwarzes Kunstledersofa, einen Perlenvorhang, den Nora in die Öffnung zur Schlafnische hängen wollte, eine orangefarbene Stimmungsleuchte und ein orangegelbes Poster mit einem Friedenszeichen in der Mitte und der Parole »Make love, not war«. Wir stellten das kleine Sofa an die Wand neben der Miniküche und legten die Matratze in die Schlafnische. Die beiden kleinen Tische und die Klappstühle kamen mitten in den Hauptraum, und den Resopaltisch platzierten wir vor die Miniküche und benutzten ihn auch als Arbeitsplatte zum Kochen.

Wie schon in ihrem Wohnheimzimmer pflasterte Nora die Wände mit ihren gerahmten Fotos – so wie Baba es zu Hause mit seinen Bildern gemacht hatte. Zwischen die Fotos hängte sie auch Souvenirs von ihren Reisen: ein *Retablo* aus Ayacucho in Peru, eine Art Altarbild, das aus einem bemalten Holzkästchen mit einer Pappmaché-Palmsonntagsszene darin bestand; außerdem ein Kudu-Horn von den Massai, einen mit Perlen bestickten Zulu-Gürtel sowie Pfeil und Bogen von den Buschleuten in der Kalahari.

Auf die Fensterbank unserer Schlafnische stellte ich den Krug mit den zwei Tüllen. Daneben legte ich den Silberlöffel mit unseren eingravierten Namen, den uns Menachem und Justice geschenkt hatten.

»Damit ihr niemals hungern mögt«, hatte Justice gesagt.

Über das kleine Sofa hängte ich die beiden Bilder, die mir Baba zum Abschied geschenkt hatte. Das eine zeigte uns alle zusammen, bevor Amal und Sara gestorben waren. Er hatte die beiden Mädchen so gezeichnet, wie er sie zuletzt gesehen hatte. Direkt daneben die Zeichnung, die er in der Woche vor meiner Abreise gemacht hatte, von den verbliebenen Mitgliedern meiner Familie. Die beiden Bilder nebeneinander zu sehen machte mich allerdings sehr traurig, deshalb hängte ich das neuere lieber in die Schlafnische.

Die Wohnung war mein erstes eigenes Zuhause, und ich fand es großartig – Noras eklektischen Geschmack, die Fotos von ihr, meine schöne junge Frau, das Kunsthandwerk und die orangeglühende Stimmungsleuchte.

»Wir sind gleich da«, sagte Nora; sie rutschte aufgeregt auf dem Sitz hin und her und drückte meine Hand. Das Taxi fuhr durch gepflegte, von Bäumen gesäumte Straßen mit Häusern, die so groß waren wie Schlösser. In den Einfahrten standen Ferraris, Lamborghinis und Rolls Royces. Schließlich bog der Fahrer in eine der Einfahrten ein. Das schmiedeeiserne Tor öffnete sich, und wir folgten der gewundenen Zufahrt.

»Ich wusste nicht, dass ihr so reich seid.«

»Mir ist das nicht wichtig«, erwiderte Nora, wie um sich zu entschuldigen. »Das meiste hat mein Vater geerbt. Meine Eltern nutzen das Haus, um Charity Events zu veranstalten.« Das Thema war ihr sichtlich unangenehm. »Du glaubst nicht, was sie an Spenden zusammenkriegen.« Die Kluft zwischen ihrer und meiner Herkunft wurde noch breiter. Und ich wurde immer nervöser.

Nora drückte auf die Klingel neben der riesigen Haustür.

Ein Mann erschien. »Ihre Mutter ist in der Loggia«, sagte er mit spanischem Akzent.

Nora fühlte sich irgendwie verpflichtet, alle Beweise für den enormen Reichtum ihrer Familie wegzuerklären. »Meine Eltern beschäftigen gern so viele Leute wie möglich.« Sie deutete auf eine Afrikanerin in einem leuchtend rot-gelb-orangefarbenen Gewand, die Blumen arrangierte. »Die müssen alle eine Familie ernähren.«

Wir standen in einer zehn Meter hohen runden Halle mit einer geschwungenen Treppe. Nora führte mich den breiten Flur entlang. Bevor wir die Loggia – was auch immer das sein mochte – erreichten, kamen wir an einem Wohnzimmer mit einem riesigen Kamin vorbei, an einem Esszimmer und einer holzgetäfelten Bibliothek mit Marmorkamin. Dann folgte etwas, das Nora den »Kinderbereich« nannte.

Meine Handflächen waren schon ganz feucht.

»Alle Beschäftigten bringen ihre Kinder mit zur Arbeit«, erklärte Nora. Ihre Eltern hatten drei Erzieher angestellt. Es waren drei Räume, für Babys, Kindergarten- und Vorschulkinder. Für alle Kinder gab es drei Mahlzeiten am Tag, Kleidung und Betten für den Mittagsschlaf.

Draußen war ein Pool, umgeben von einer enormen Gartenanlage.

»Mom!«, rief Nora. Auf dem Sitzplatz mit Terracotta-Fliesen saß eine Frau, offenbar ihre Mutter, unter einem gelben Sonnenschirm. Überall waren Papiere verstreut. Die Frau legte ihren Stift weg und erhob sich.

»So eine Überraschung! Ist alles okay?«

»Mehr als okay.« Nora lächelte. »Das ist Ahmed.«

»Dein Arabischlehrer?«

»Der allerbeste.«

Ihre Mutter streckte mir die Hand hin. »Freut mich sehr.« Sie trug eine bunte, folkloristische Kombination aus Oberteil und Rock, die aussah wie die, die sich Nora in Ghana gekauft hatte. Um den Hals hatte sie ein Friedenszeichen. »Nora hat so viel Gutes von Ihnen erzählt.«

»Wo ist Daddy?«, fragte Nora, auf den Fußballen wippend.

»Er muss jeden Moment nach Hause kommen.«

»Ich warte noch, bis er kommt.« Sie fasste meine Hand. Ihre Mutter legte den Kopf schief.

»Womit wartest du?«, fragte sie.

»Wir haben geheiratet«, platzte Nora heraus. »Ich bin so glücklich. Ist das nicht toll?«

Ihre Mutter musterte uns verdutzt, ehe sie wie vom Schlag getroffen wieder auf ihren Stuhl sank. »Ihr habt was?«

Ich hatte Nora gesagt, wir sollten es ihren Eltern erzählen, aber sie war fest davon überzeugt gewesen, dass sie sich für uns freuen würden, und wollte sie überraschen.

Jetzt lief sie zu ihrer Mutter und umarmte sie, aber diese erwiderte ihre Umarmung nicht.

In dem Moment erschien der Vater. Nora rannte los und fiel ihm um den Hals. »Ich habe geheiratet!«

Ihr Vater blickte zu mir herüber. Vielleicht hielt er mich für einen Bediensteten, der Noras Gepäck zum Pool getragen hatte.

»Und wen hast du geheiratet, wenn ich fragen darf?«

»Ahmed natürlich!« Sie machte einen kleinen Luftsprung. »Wir wollten euch überraschen.«

Die Eltern wechselten einen kurzen Blick. Die Mutter sah aus, als ginge es ihr nicht gut.

»Wie bitte?« Ihr Vater schrie schon fast.

Noras Lächeln erstarb. »Wir lieben uns. Freut ihr euch nicht für uns?«

Wieder schauten ihre Eltern einander an. »Entschuldigt uns bitte einen Moment.« Der Vater nahm die Mutter an der Hand und führte sie ins Haus.

»Ich weiß gar nicht, was sie haben.« Nora kaute auf ihren Nägeln und ging unruhig auf und ab. Sie versuchte, ihr Gesicht vor mir zu verstecken, aber ich sah ihre Tränen. »Das sieht ihnen überhaupt nicht ähnlich.«

Ich schaute zum Pool. Wenn sie ihre Eltern doch nur vorbereitet hätte, so wie ich meine! Nora wirkte so welterfahren, aber in vielem war sie naiv und unschuldig wie ein Kind. Sie wusste nicht, wie tief der Hass war – und unter welchen Phrasen er sich verbarg. Ich legte ihr den Arm um die Schultern.

Später saßen wir alle im Wohnzimmer. Noras Vater stellte sein Whiskyglas auf einen Untersetzer auf dem Marmorcouchtisch. »Musstet ihr heiraten?«

»Ja«, sagte Nora. Sie war nicht mehr so munter wie bei unserer Ankunft.

»Und wann ist der Termin?«, fragte ihre Mutter. »Du weißt ja, es gibt Alternativen.« Der Vater legte beruhigend den Arm um sie.

»Ich bin nicht schwanger«, sagte Nora.

»Aber warum dann diese überstürzte Aktion?« Ihr Vater setzte sich auf die Sofakante. »Du bist noch nicht mal mit dem Studium fertig.«

»Wir wollen zusammen sein. Wir lieben uns.« Noras unverblümte Offenheit schockierte mich.

»Ihr hättet doch auch so zusammenleben können«, entgegnete ihre Mutter. »Warum habt ihr geheiratet?«

Mir stieg schlagartig die Hitze ins Gesicht. »Das ist nicht meine Art«, sagte ich. »Ich respektiere und achte Ihre Tochter sehr.«

»Wir können die Ehe annullieren lassen.« Bedächtig trank der Vater einen großen Schluck von seinem Whisky. »Niemand braucht etwas zu erfahren.«

»Niemals!« Nora sprang auf. »Komm, Ahmed, wir gehen.« Sie nahm meine Hand, und wir waren schon auf dem Weg zur Tür, als sie noch einmal stehen blieb und sich umdrehte. »Ihr seid nichts als blöde Heuchler«, zischte sie. »Ich hatte euch all das wirklich abgenommen. Ihr wollt ihn nicht, weil er Palästinenser ist. Gebt's doch wenigstens zu!«

Ihr Vater hob kapitulierend die Hände. »Stimmt. Das ist einfach ein bisschen zu viel.«

»Ruft mich bitte nicht an – oder erst, wenn ihr bereit seid, Ahmed zu akzeptieren.« Wir verließen das Haus.

Monate vergingen, ohne dass ihre Eltern sich meldeten. Das Geld sperrten sie ihr allerdings nicht, also studierte Nora weiter und plante ihre Gaza-Reise im Sommer. Und vorher wollten wir in meinem Dorf heiraten. Ich war sehr froh, dass wir immer noch meinen ganzen Verdienst meiner Familie schicken konnten.

»Ich brauche sie nicht auf meiner Hochzeit.« Nora zog ihre Unterwäsche-Schublade heraus und entleerte sie in den Koffer.

In dem Moment klingelte das Telefon, und ich nahm ab. »Willst du das wirklich durchziehen?«, fragte Abbas.

»Was?«

»Willst du die Jüdin heiraten?« Er klang unglaublich wütend.

»Sie ist nicht so, wie du denkst«, sagte ich. »Sie ist eine Menschenrechtsaktivistin.«

»Klar«, sagte Abbas. »Das behaupten sie alle. Aber wenn du sie heiratest, bist du für mich gestorben.«

»Lern sie erst mal kennen«, entgegnete ich. »Dann änderst du bestimmt deine Meinung.«

Nora machte ein Zeichen, ich solle ihr das Telefon geben, aber ich wedelte abwehrend mit der Hand. Sie hatte keine Ahnung, wie man mit Abbas umgehen musste.

»Sie oder ich«, sagte er. »Bring sie nicht hierher.« Ich hörte ein lautes Geräusch, dann war die Leitung tot.

Ich würde morgen mit ihm reden, wenn wir da waren.

## 39

Vier Soldaten mit Uzis verfolgten Nora und mich durch ihre Zielgeräte.

»Ihr macht das viel zu auffällig, Jungs«, spottete Nora, als wir auf dem Rollfeld standen.

»Leise«, flüsterte ich ihr ins Ohr. Warum lenkte sie die Aufmerksamkeit auf uns? Sie konnte so provozierend sein, meine impulsive Frau. Das waren israelische Soldaten!

Wir stiegen mit den anderen Passagieren in den Bus zum Flughafengebäude. Zwei Soldaten hefteten sich uns an die Fersen. Ich spürte ihren Atem im Nacken. Nora drehte sich um. »Ihr solltet wirklich mit dem Rauchen aufhören.« Sie zeigte ihnen kurz ein künstliches Lächeln und drehte sich wieder nach vorn.

Was dachte Nora sich nur dabei? Ihr würden sie nichts tun, klar, aber mich konnten sie unbegrenzt einsperren.

Die Soldaten folgten uns ins Gebäude und flankierten uns, während wir in der Schlange standen. Dann folgten sie uns an das Passkontrollfenster.

Ein Mann in Uniform inspizierte unsere Pässe, ohne uns anzusehen. Auf seinem Tresen stand eine kleine israelische Fahne. Mein Foto studierte er besonders ausführlich. Ich war der einzige Palästinenser auf dem Flug gewesen.

Nora wandte sich an die Soldaten. »Wir haben die langsame Schlange erwischt.«

Drei weitere Soldaten erschienen und winkten mich zu sich.

»Ich bin gleich wieder da«, sagte ich zu Nora.

»Ich komme mit.« Sie machte einen Schritt in meine Richtung.

»Nicht nötig, Miss«, sagte ein Soldat.

»Ich bestehe darauf.« Nora ergriff meine Hand.

Wir holten unser Gepäck und wurden an einen Tisch an der Seite geführt. »Bitte, öffnen Sie Ihr Gepäck«, sagte der Soldat. Er nahm alles einzeln heraus: Noras Unterwäsche, ihre Zahnbürste, eine Packung Kondome.

Nora schaute den Soldaten an, ohne eine Miene zu verziehen. Er nahm meine Zeitschrift *Atomic Physics* heraus und blätterte sie durch. »Haben Sie vor, eine Bombe zu bauen?«

»Mein Mann macht sein Post-Doktorat in Physik am MIT«, verkündete Nora stolz.

Der Soldat steckte die Zeitschrift wieder in meine Reisetasche. »Danke für Ihre Kooperation«, murmelte er und schob uns die Gepäckstücke hin. Vielleicht war ja ich hier der Naive. Nora hatte den Soldaten auf eine für mich unfassbare Art provoziert, und er hatte überhaupt nicht darauf reagiert.

Fadi fuhr uns nach Hause, in einem schrottigen kleinen Nissan, an dem mit Klebeband bunte Plastikblumen befestigt waren. Draußen Stromleitungen, Neubausiedlungen, dichter Verkehr, moderne ausländische Autos, Plakatwände mit Frauen in knappen Badeanzügen, Schilder auf Hebräisch und Englisch. Außerdem jede Menge Militärfahrzeuge, die sich durch den Verkehr drängelten. Nora musste auf die Toilette, also hielten wir an einer Tankstelle. Sobald sie außer Hörweite war, beugte sich Fadi zu mir. »Abbas ist weg«, sagte er.

»Wo ist er hin?«

»Er hat einen Zettel dagelassen. Hier.« Fadi reichte ihn mir.

*Ahmed,*

*du lässt mir keine Wahl. Ich verlasse das Land, um unserem Volk zu helfen. Such nicht nach mir, wir sind keine Brüder mehr. Für mich bist du tot.*

*Abbas*

Ich hörte, wie die Wagentür aufging und Nora hinten einstieg. Mir war, als hätte mir jemand mit Stahlkappenstiefeln ins Gesicht getreten.

Nora war während der ganzen Fahrt sehr gesprächig. Zum Glück redete Fadi mit ihr. Ich konnte mich gar nicht konzentrieren.

»Das ist unser Dorf«, erklärte mein Bruder.

»Geht ganz schön steil rauf.« Nora beugte sich vor und spähte zwischen den Vordersitzen hindurch nach oben.

»Die meisten arabischen Dörfer liegen auf hohen Hügeln.«

»Weil man eine gute Aussicht hat?«, fragte Nora.

»Weil man den Feind sieht.« Fadi zuckte die Achseln. »Viele wollten uns schon erobern, die Römer, die Türken, die Briten zum Beispiel, aber am Ende haben wir sie alle nach Hause geschickt.« Er fuhr in unser Dorf hinein und langsam die Straße hinauf.

Alles war noch genauso wie immer: die zusammengedrängten Ein-Zimmer-Lehmziegelhäuser, die unbefestigten Wege, die barfüßigen Kinder, die auf der Straße spielten, die Frauen, die Wäsche auf Waschbrettern in Blechzubern wuschen, die Wäscheleinen, die Ziegen und Hühner, die frei herumliefen.

»Jede Familie baut sich selbst ein Haus«, sagte Fadi. »Es gibt eine spezielle Form, mit der wir die Lehmziegel machen.«

Wo ich auch hinschaute, sah ich Fliegen, Armut und bröckelnde Häuser. Der Gestank nach Abwasser und Eselsmist war penetranter, als ich ihn in Erinnerung hatte.

Als wir uns unserem Haus näherten, hupte Fadi laut. Leute kamen aus ihren Häusern, um uns zu begrüßen – jeder wusste, dass ich mit meiner Braut nach Hause kam. Mama kam weinend angelaufen. Sie umarmte mich fest und flüsterte mir ins Ohr: »Du musst ihn zurückholen. Du darfst sie nicht heiraten. Wenn du sie heiratest, kommt er nie wieder.«

Nora war noch nicht ausgestiegen. Sie wartete im Auto. Ich ging zu Nadia, die mich ebenfalls umarmte. »Er ist weggegangen«, murmelte sie leise. Ihr Mann, ihre drei Kinder und sieben Stiefkinder drängten sich hinter ihr. Da spürte ich, wie Nora meine Hand fasste, und drehte mich mit einem angestrengten Lächeln zu ihr um.

Baba schien zufrieden: Er saß auf dem Mäuerchen, spielte auf seiner Ud und schmetterte dazu ein Willkommenslied. Abu Sayyid begleitete ihn auf der Geige. Die Dabke-Gruppe des Dorfes stampfte und hüpfte im Takt dazu, alle in schwarzen Satinhosen und weißen Satinblusen mit roter Taillenbinde. Die Dorfbewohner versammelten sich um den Tisch mit Süßigkeiten. Andere tanzten fröhlich mit.

Mama, die ein schwarzes Kleid mit roten geometrischen Stickereien auf dem Bruststück trug, hatte sich bisher geweigert, Nora auch nur anzuschauen.

»Mama? Das ist Nora.«

Jetzt schaute meine Mutter ihr in die Augen. »Kannst du keinen Juden finden?«

»Das reicht, Mama.« Und auf Englisch sagte ich zu Nora: »Sie ist manchmal ein bisschen grob. Wenn sie dich besser kennt, wird das bestimmt anders.«

Nora lächelte. »Schon gut«, sagte sie.

Baba beendete sein Lied, kam herüber, umarmte mich und nahm auch ohne Zögern Nora in die Arme. »Willkommen! Willkommen, meine Tochter. Wir sind so froh, dass wir dich in die Familie aufnehmen dürfen. Das Lied, das wir gerade gespielt haben, habe ich für dich und Ahmed geschrieben.«

Nadias Kinder und Stiefkinder umringten Nora. Sie umarmten sie, küssten sie auf die Wangen und streichelten ihre blonden Haare. Nora hockte sich hin und schenkte jedem Kind einen Lutscher. Dabei lächelte sie freundlich. Aber mir war ganz elend zumute.

Als alle sich vorgestellt hatten, ging Mama nach drinnen.

»Wo ist Abbas?«, fragte Nora.

»Er ist gerade nicht da«, antwortete ich.

Dann folgten Nora und ich Nadia in den Hof. Die Kinder hielten Nora an den Händen und hüpften mit ihr im Kreis.

»Achtung, Achtung! Verehrte Gäste!« Baba bildete mit den Händen ein Megaphon. »Ihr seid alle zur Hochzeit meines Sohnes Ahmed eingeladen. Am Freitag. Bitte helft mir, seine wunderschöne Verlobte Nora in unserer Familie willkommen zu heißen, und freut euch mit uns.« Die Frauen jubelten, und Nora lächelte.

Nora schlief in einem Zimmer im Haus meiner Eltern und ich bei Onkel Kamal.

Nach dem Frühstück kletterten Nora und ich auf den Mandelbaum, von dem ich ihr so viel erzählt hatte. Sie wollte durch das Fernrohr schauen, das ich vor langer Zeit gebaut hatte. Sie richtete es auf den Moschaw.

»Ihr seid hier auf einem Stückchen Land zusammengepfercht, wo alles dreck- und fettverkrustet ist«, sagte sie. »Bei euch blubbert Kohlensäure aus dem Boden, während der Moschaw jede Menge fruchtbares Land hat, und sie haben euch auf drei Seiten eingeschlossen, so dass euer Dorf sich nicht ausdehnen kann. Wie viele Leute drängen sich hier?«

»Über zehntausend«, sagte ich.

»Und wie viel Land habt ihr noch?«

»Weiß ich nicht genau.« Ich schluckte.

»Lüg mich nicht an.«

»Ungefähr einen halben Quadratkilometer.«

»In den besetzten Gebieten machen sie das auch so«, sagte Nora. »Sie beschlagnahmen das fruchtbare Land rundum und bauen Siedlungen, mit denen die dann die Araberdörfer ersticken.«

Warum war Abbas einfach verschwunden? Wenn er sich die Zeit genommen hätte, Nora kennenzulernen – er wäre begeistert gewesen.

Sie richtete das Fernglas auf den Schlachthof. »Schau dir bloß diesen schwarzen Rauch an. Er zieht genau über euer Dorf. Ich bin jetzt schon ganz voll Ruß.« Dann nahm sie den Treibgang ins Visier. »Die armen Tiere. Man kann sie ja bis hierher schreien hören!«

»Wollen wir nicht reingehen?«, schlug ich vor. »Ich habe Hunger.«

»Nach dem Riesenfrühstück, das du verdrückt hast?« Sie schwenkte das Fernrohr in Richtung West Bank.

Der Schweiß stand mir auf der Stirn. »Bitte, Nora, ich habe solchen Durst.«

»Dann geh«, sagte sie, ohne das Fernrohr abzusetzen. »Da sind überall Soldaten. Sie lassen die Menschen an einem Kontrollpunkt Schlange stehen. Halten sie hier alle Palästinenser in Pferche eingesperrt?«

Im Camp fielen Schüsse, und Rauch stieg auf.

Nora schaute sofort in die Richtung.

»Komm, wir gehen ins Haus«, sagte ich. »Bestimmt sind schon wieder Leute da, die dich kennenlernen wollen.«

Ich nahm ihr das Fernrohr aus der Hand, und wir kletterten vom Baum.

Verwandte und Freunde strömten herbei. Nora benahm sich höflich und respektvoll, und alle mochten sie. Als sie Um Osammah ein Kompliment über ihre Halskette machte, nahm diese die Kette ab und bestand darauf, sie Nora zu schenken. Nadias Kinder malten Bilder für sie, Baba zeichnete ein Porträt von ihr und hängte es an die Wand. Nur Mama ging ihr aus dem Weg.

»Das ist für dich.« Nora streckte meiner Mutter eine Schachtel hin.

Zögernd nahm Mama sie entgegen und beäugte sie misstrauisch. »Was ist das?«

»Ein Geschenk«, sagte Nora.

Ich hatte keine Ahnung, was es war. Mama machte die Schachtel auf, und heraus kam ein Kleid, bestickt mit geometrischen Blumen. Es wirkte sehr jugendlich im Kontrast zu Mamas faltigem Gesicht. Sie hielt das Kleid hoch und starrte es an, als könnten ihre Augen so viel Schönheit gar nicht fassen.

»Das ist das Muster meines Volkes«, stellte Mama dann sachlich fest. »Woher hast du das?«

»Ich habe eine palästinensische Schneiderin gefunden und ihr beschrieben, wo du herkommst, und sie hat es gestickt«, erklärte Nora. »Ich habe das Kleid extra für dich machen lassen.«

Mama bedankte sich ziemlich unterkühlt und ging aus dem Zimmer.

Dann wandte Nora sich an Baba. »Und das ist für dich.« Sie überreichte ihm ein verpacktes Geschenk.

»Danke, Tochter.« Baba lächelte.

Es war ein großer Bildband auf Arabisch über die Meister der Moderne – Monet, Van Gogh, Gauguin und Picasso. Baba blätterte vorsichtig darin und drückte das Buch an die Brust. »Tausend Dank«, sagte er. »Das ist das Buch, das mir am kostbarsten ist.« Er setzte sich an den Küchentisch und blätterte weiter, hielt bei Van Goghs »Sternennacht« inne, um das Bild genau zu studieren.

Mama kam wieder herein, über dem Arm ein Hochzeitskleid. »Das ist für dich zum Anziehen. Mach es nicht dreckig, es ist nur geliehen. Und egal, was passiert – sag keinem, dass du Jüdin bist.«

Es war ein traditionelles Hochzeitskleid aus mehreren Lagen von goldbesticktem und mit Ziermünzen und Schmucksteinen besetztem Stoff.

Nach dem Morgengebet versammelten sich Nadia und einige andere Frauen hinter dem Haus beim Mandelbaum und begannen mit den Essensvorbereitungen. Mama war nicht dabei. Die Frauen scharten sich um große flache Pfannen; sie hackten Petersilie, schnitten Tomaten, machten Füllungen aus Datteln, Frischkäse und Nüssen. Nadia mischte und knetete den Teig und formte daraus runde Fladen. Andere waren an den fünf kleinen Feuerstellen damit beschäftigt, Reis und Ziegenmilch für Joghurt zu kochen oder den Außenbackofen zu bedienen. Ein Feuer aus Holz und Dung erhitzte das Blech mit den flachen Steinen, auf die der Brotteig kam. Nora saß mitten zwischen den Frauen und knetete ebenfalls Teig.

Unter dem Mandelbaum standen Kisten mit Tomaten, Gurken und Orangen. Als mich die Frauen sahen, jubelten sie fröhlich.

Mama arbeitete allein im Haus.

Gemeinsam trugen Fadi und Hani eine zweisitzige Samtsitzbank ans andere Ende des Hofs, dorthin, wo die Band ihre Instrumente aufbaute. Die restliche Fläche wurde zum Tanzen frei gelassen, bis auf den Rand, wo auf dem Boden weiße Laken ausgebreitet wurden, die als Tische dienen sollten. Am Fuß des Hügels stellten Männer an der Straße lange Holzbänke auf. Während also alle fleißig arbeiteten, gingen Baba und ich ins Teehaus, um Kaffee zu trinken und Backgammon zu spielen. Es war das letzte Mal, dass wir zwei allein zusammen sein konnten, bevor ich ein verheirateter Mann sein würde.

Auf halbem Weg blieb Baba stehen und blickte sich um. »Ich mache mir Sorgen, mein Sohn. Dein Bruder Abbas – er ist so voller Hass, dass man nicht vernünftig mit ihm reden kann.« Er senkte die Stimme. »Ich habe Angst, dass er etwas Schlimmes tut.«

»Das ist alles meine Schuld«, seufzte ich. »Er glaubt, ich habe mich auf die Seite des Feindes geschlagen. Meine Heirat hat ihm den Rest gegeben.«

»Nein – er ist einfach sehr verwirrt. Meiner Meinung nach glaubt er nicht, dass du dich auf die Seite des Feindes geschlagen hast. Für ihn *bist* du der Feind. Es war schwer für ihn, in deinem Schatten aufzuwachsen.«

»Mama macht Nora für alles verantwortlich«, sagte ich.

Baba schüttelte nachdenklich den Kopf. »Ich werde mit ihr reden.«

Wir hörten hinter uns Schritte und gingen weiter zum Teehaus.

Am Abend kamen Gäste mit ihren Gaben: Schafe, Ziegen und eingepackte Geschenke. Der Mann, der die Gäste empfing, dankte ihnen lautstark, während mein Vetter Tareq aufschrieb, wer was mitbrachte.


In Onkel Kamals Haus stand ich nackt in einem Blechzuber mit Seifenwasser, mitten im Raum. Die Männer tanzten singend und klatschend um mich herum und gossen mir mit Bechern und Krügen Seifenwasser über den Kopf. Fadi seifte mir das Gesicht ein und rasierte mich, während mich meine Vettern mit Schwämmen wuschen. Baba war draußen, um die Gäste zu begrüßen – ich war froh, dass er da war, um Menachem, Justice, Rafi und Moti willkommen zu heißen. Mein Herz war so schwer wie ein Betonklotz.

Als ich sauber war, trockneten die Männer mich ab, und ich zog ein weißes Gewand an. Mama kam herein, mit einem Weihrauchgefäß, das die Luft mit einem süßen Duft erfüllte, und sie segnete mich und meine Ehe. Offenbar hatte Baba mit ihr geredet.

»Das Pferd ist da«, verkündete dann Onkel Kamal, und die Männer folgten mir fröhlich klatschend nach draußen.

»Unser Bräutigam ist aufs Pferd gestiegen«, sangen sie, als ich auf dem weißen Pferd saß, das Kränze aus frischen Calla-Lilien um den Hals hatte. Baba, Fadi und Hani liefen direkt hinter mir her. Wir zogen zum Haus meiner Familie, und die Männer sangen: »Ein Pferd von arabischem Blut. Das Gesicht des Bräutigams ist zart wie eine Blume.« Während ich zum Haus meiner Eltern hinaufritt, standen am Wegrand Männer in weißen, beigen und grauen Gewändern mit Jacke und Taillenbinde, andere in Schlaghosen und Seidenhemden. Alle klatschten und sangen. Als ich mich umblickte, sah ich Mama und Nadia in ihren schwarzen Kleidern mit roten geometrischen Formen auf dem Bruststück. Die Frauen standen singend und klatschend hinter den Männern. Kleinere und größere Kinder rannten lachend herum und hielten sich dabei an den Händen. Die Jungen hatten ihre besten Sachen an, weiße Baumwollhemden und Hosen, die ihre Mütter genäht hatten. Die Mädchen trugen farbenfrohe Kleider mit Rüschen und Spitze.

Als wir oben angekommen waren, umringten mich die Männer beim Absitzen. Menachem und Justice winkten mir aus der Menge zu. Im Haus saß Nora auf einer Samtsitzbank, vor dem Gesicht einen handbestickten goldenen Schleier mit goldenen Ziermünzen am Rand. Links von ihr stand Mama, rechts Nadia, und hinter ihnen hing ein Betttuch mit aufgenähten Plastikblumen. Baba reichte mir ein Schwert, und ich ging zu Nora. Mit der Schwertspitze hob ich den Schleier.

Die Frauen ululierten so laut, dass ich kaum denken konnte.

»Du siehst wunderschön aus«, flüsterte ich Nora zu, und ihre Augen leuchteten. War sie mir wichtiger als mein Bruder? Ich wollte, Abbas hätte mich nicht vor diese unlösbare Entscheidung gestellt. Aus dem Augenwinkel sah ich Baba und Mama. Menachem stand in der Ecke, mit Justice, Rafi und Motie und deren Frauen. Nora und ich gingen nun hinaus zu der Samtsitzbank mit der geschnitzten Lehne, die am Ende des Hofs stand. Die Gäste folgten uns in zwei Gruppen. Die erste Gruppe sang: »Unser Bräutigam ist der beste unter den Jünglingen.« Und die zweite Gruppe antwortete: »Der beste unter den Jünglingen ist unser Bräutigam.«

Nora und ich setzten uns auf die Sitzbank. Vor uns tanzten die Gäste. Mama und Baba kamen herüber und küssten mich auf die Wangen. Dann nahmen sie Nora an den Händen, und die drei begannen, miteinander zu tanzen. Menachem, Justice, Motie und Rafi und ihre Frauen versuchten, Arm in Arm mit den Dorfbewohnern den Dabke zu lernen. Und plötzlich dachte ich, dass Frieden ja vielleicht doch möglich war. Ach, wenn doch Abbas die Dinge mit meinen Augen sehen könnte!

Baba spielte auf der Ud und sang Preislieder auf uns, begleitet von Geige, Trommel und Tamburin. Wir thronten auf unserer Sitzbank wie König und Königin, umringt von unseren Nachbarn, die immer weitertanzten. Mama, Justice und Nadia hielten sich an den Händen und hüpften ausgelassen in einem Kreis mit. Aber trotz all der strahlenden Gesichter wusste ich: Dass Abbas nicht mit dabei war, lastete schwer auf meiner Familie.

Die Dorfbewohner bewegten sich nun zum Fuß des Hügels. Nora musste auf einem speziellen Plastikstuhl am Straßenrand Platz nehmen. Die Männer bildeten auf der Straße ein langgestrecktes Oval und tanzten vor Nora, sprangen in die Luft, verdrehten die Hüften, wirbelten herum, sangen und klatschten. Die Frauen saßen auf den langen Bänken auf beiden Straßenseiten. Jedes Mal, wenn uns jemand ein Geschenk überreichte, rief der Sprecher zum Dank einen Segenswunsch. »Möge Allah dich segnen und dir Frieden gewähren!« »Möge der Friede immer mit dir sein!« »Möge der Göttliche dich mit Segnungen überschütten!«

Dann kam Fadi zu mir. »Steig auf«, sagte er. Ich kletterte auf seine Schultern, und er begann in der Mitte der Männer zu tanzen.

»Das reicht«, sagte ich. »Ich bin doch viel zu schwer – ich erdrücke dich ja.«

»Ich kann nicht aufhören.« Irgendwie hatte ich den Eindruck, als würde er die Last auch für Abbas tragen. Er tanzte und tanzte. Mit seinen vierundzwanzig Jahren und seinem schlanken Körper war er kräftiger, als ich gedacht hatte.

Erst nach Mitternacht warteten Nora und ich schließlich vor der Tür meines Elternhauses. Alle anderen standen hinter uns, am Hang und auf der Straße, mit Kerzen in den Händen. Mama reichte Nora ein Stück Brotteig.

»Kleb den Teig an den Türrahmen.« Meine Mutter zeigte auf eine Stelle über der Tür.

Nora schaute mich an. »Tu's«, sagte ich.

»Das wird euch Wohlstand und Kinder bringen«, sagte Mama.

Nun begannen die Dorfbewohner zu singen.

*So betretet euer Heim,*
*Und wie Rosen, Jasmin und Blumen blühen,*
*Sollt ihr mit vielen Söhnen gesegnet werden*
*Von dem Allmächtigen,*
*Der eure Feinde besiegen möge.*
*Möge alles, was wir für euch getan haben, gesegnet sein,*
*Und möge wüstes Land zu euren Füßen zu grünen beginnen.*
*Und wäre da nicht meine Scheu vor euren Freunden und*
*    Verwandten,*
*Würd' ich niederknien und den Boden zu euren Füßen küssen.*

Mama bückte sich und nähte mit Nadel und Faden den Rock von Noras Hochzeitskleid lose an mein Gewand. »Dies wird euch vor den bösen Geistern schützen«, sagte sie und küsste mich auf die Wange. Dann drehte sie sich zu Nora und küsste sie ebenfalls. Alle schauten aufmerksam zu. Die Frauen umringten uns, jubelten und klatschten, als Nora und ich, durch den Faden verbunden, das Haus meiner Eltern betraten.

Am nächsten Tag gingen Nora und ich durchs Dorf, und ich zeigte meiner Frau all die Orte und Plätze, die in meinem Leben eine so wichtige Rolle gespielt hatten, angefangen mit dem Dorfplatz.

Nora blieb mitten auf der staubigen Straße stehen. »Wo ist Abbas? Sag's mir.«

Ich konnte ihr nicht in die Augen sehen. »Er ist auf Reisen.«

»Weil es ja für Palästinenser so einfach ist, eine Sightseeingtour durch Israel zu machen. Und ausgerechnet, wenn sein Bruder heiratet! Außerdem kann er doch kaum laufen, sagst du immer.«

»Das geht dich wirklich nichts an, meine liebe Ehefrau.« Es war mir unangenehm, dieses Gespräch so in der Öffentlichkeit zu führen, auch wenn uns niemand hören konnte.

»Er ist meinetwegen weggegangen. Weil du mich geheiratet hast, stimmt's?«

»Hat meine Mutter dir etwas gesagt?«

Nora war richtig betroffen. »Dann habe ich also recht.« Sie schwieg einen Moment, dann schaute sie mich an. »Du musst sofort los und ihn suchen.«

»Ich kann nicht – das ist nicht so leicht, wie du denkst.«

Sie blieb stehen. »Du musst.«

Ich führte sie weiter, den Hügel hinauf, zurück zum Haus meiner Eltern. »Niemand kann Abbas dahin folgen, wo er jetzt ist. Er ist im Untergrund.«

Am Ende der Woche nahm ich den Bus nach Jerusalem. Menachem und ich waren eingeladen worden, eine dreitägige Vortragsreihe über unsere Arbeit zu halten. Nora wollte nicht weg aus dem Dorf, und Justice blieb mit ihr bei meinen Eltern. Die beiden hatten vor, ihr Arabisch in der Praxis zu üben, bevor sie Ende des Monats nach Gaza fuhren. Ich hatte versucht, Nora die Reise auszureden. Es war viel zu gefährlich dort! Sie sollte stattdessen lieber im Dorf bleiben. Aber davon wollte sie nichts hören.

»Du weißt, was die Israelis mit den Bewohnern von Gaza machen«, sagte sie. »Die Welt hat sie im Stich gelassen. Ich habe dir vor unserer Heirat erklärt, was ich mit meinem Leben anfangen will.«

»Du kannst anders helfen«, beschwor ich sie. »Nutze dein Jura-Diplom. Sammle Geld. Aber so hilfst du keinem.«

»Ich kann nicht mehr in den Spiegel sehen, wenn ich nicht hingehe. Ich will nicht in den USA ein privilegiertes Leben führen, sicher und geborgen, während die Menschen dort leiden und sterben.«

Was sollte ich sagen? Ich hatte Nora geheiratet, wohlwissend, was für ein Mensch sie war, aber ich hatte immer geglaubt, ich könnte sie zur Vernunft bringen. Immerhin hatte ich noch drei Wochen, ihr diesen Gaza-Plan auszureden. Sobald ich aus Jerusalem zurückkam, würde ich das Thema noch einmal ansprechen.

## 40

Als ich gerade zum zentralen Busbahnhof von Jerusalem kam, hörte ich Geschrei. »*Pitzizah!*« Bombe!

Menschen rannten in alle Richtungen. Sie flohen vor einem blauen Rucksack, der bedrohlich auf der Wartebank für den Bus nach Haifa stand.

Leute sprangen über Geländer. Ein kleines Mädchen in einem rosa Kleid mit passendem Häubchen, stolperte und fiel hin. Die Mutter zerrte es hoch.

Ein alter Mann mit einem Krückstock wurde von der Menge umgerissen. Wie aus dem Nichts erschienen zwei Soldaten, hoben ihn auf und brachten ihn in Sicherheit. Die Zivilisten verschwanden. Soldaten übernahmen den Bereich. Ich flüchtete mit den anderen hinter das Absperrband.

Ein Team von Soldaten sprengte den Rucksack. Papierfetzen flogen durch die Luft.

Ich war in mein *Journal of Physics* vertieft, in einen Aufsatz über die Entwicklung eines neuen Mikroskops, das mittels des Tunnelstroms die Zustandsdichte von Materialien sondieren konnte. Ich wollte nachvollziehen, wie die Forscher von IBM dieses Mikroskop zur Beobachtung von Oberflächen auf der atomaren Ebene zu entwickeln versuchten. Mein Blick fiel auf die Uhr in Menachems Büro. Zehn Uhr morgens. Unseren nächsten Vortrag sollten wir erst um zwölf halten. Ich hatte genug Zeit, den Aufsatz zu Ende zu lesen. Unsere Präsentation am Vorabend war ein großer Erfolg gewesen.

»Noch einen Schluck?« Menachem hielt die Teekanne hoch.

»Nein, danke. Ich hab noch.«

Das Telefon klingelte. Menachem ging dran, weil ich das Klingeln ignorierte. Zu viel zu tun – und zu wenig Zeit.

»Ja«, sagte Menachem.

Irgendetwas an der Art, wie er es sagte, ließ mich aufblicken. Seine Hände begannen zu zittern. Fast ließ er seine volle Teetasse fallen, konnte es aber gerade noch verhindern. Er schaute mich an, und ich wusste: Es war etwas passiert. Tränen liefen ihm übers Gesicht.

»Es tut mir so leid«, sagte er und gab mir den Hörer.

War Abbas etwas zugestoßen?

Ich hielt den Hörer ans Ohr.

Justice bekam die Worte nur mit Mühe heraus, weil sie so weinte.

»Ahmed, ich muss dir etwas sehr Schlimmes sagen.« Ihre Stimme brach. »Wir wollten das Haus deiner Familie schützen. Die Soldaten sind gekommen. Sie haben gesagt, dein Bruder sei in einer Terrororganisation. Der Bulldozer hat Nora niedergewalzt. Sie ist auf dem Weg ins Krankenhaus gestorben. Es tut mir so leid – es tut mir so unendlich leid …«

Stumm legte ich auf. Ich konnte nicht noch mehr hören. Dann schaute ich Menachem an.

»Nichts wird je wieder gut sein in meinem Leben«, sagte ich tonlos.

## 41

Später erfuhr ich Genaueres. Nora und Justice hatten sich zwischen die Bulldozer und das Haus meiner Familie gestellt. Sie trugen orangefarbene Leuchtwesten, die sie eindeutig als unbewaffnete Zivilisten kennzeichneten; Justice hatte die Westen immer in ihrem Auto dabei. Meine Familie flehte Justice und Nora an, sich nicht in Gefahr zu bringen, aber die beiden waren der festen Überzeugung, zwei amerikanischen Jüdinnen würden die Israelis nichts tun. Baba versuchte trotzdem immer wieder, ihnen die Aktion auszureden, aber sie hörten nicht auf ihn.

Justice rief dem Bulldozerfahrer durch ihr Megaphon auf Hebräisch zu, er solle anhalten. Sie war immer bereit, gegen Ungerechtigkeit zu protestieren. Nora reckte die Arme, so hoch sie konnte, und schwenkte sie. Im Bulldozer saßen ein Fahrer und ein Fahrzeugkommandant. Nora und Justice hatten die ganze Zeit Blickkontakt mit dem Fahrer. Vor Ort war außerdem noch ein Einsatzkommandant, der von einem Schützenpanzer aus zusah.

Der Bulldozer kam immer näher und schob Erde vor sich her. Justice und Nora kletterten auf den Erdhaufen. Sie konnten jetzt direkt in die Kabine schauen. Der Bulldozer fuhr weiter. Justice schaffte es noch beiseitezuspringen. Nora verlor den Halt und kam unter die Schaufel. Der Bulldozer fuhr weiter. Meine Familie und Justice hämmerten mit den Fäusten an die Scheiben der Kabine. Der Bulldozer fuhr unbeirrt weiter, bis die Schaufel ganz über Nora hinweg war, und setzte dann zurück. Meine Familie und Justice rannten zu ihr. Nora war noch am Leben. Sie sagte etwas von einem Versprechen. Was genau, weiß ich nicht. War es ein Versprechen, das sie mir gegeben hatte? Ein Versprechen gegenüber dem palästinensischen Volk, dem sie unbedingt helfen wollte? Noch im Krankenwagen wurde Nora für tot erklärt. Sie hatte das Haus meiner Familie gerettet. Die Zerstörung wurde abgeblasen.

Noras Eltern kamen. Sie wollten ihren Leichnam nach Amerika mitnehmen, aber ich überredete sie, Nora in meinem Dorf zu begraben, unter dem Mandelbaum. Ihr Tod musste einen Sinn haben. Tausende von Menschen, Palästinenser und Israelis, zogen durch das Dorf, hielten sich an den Händen und riefen: »*Schalom Achschaw!*« »Frieden jetzt!« Noras Körper war so schlimm zugerichtet, dass wir ihn nicht auf einem Brett zur Grabstätte tragen konnten, wie wir es sonst bei Märtyrern machten. Wir begruben meine Frau in einem Holzsarg unter dem Mandelbaum.

Man hat mir erzählt, dass ich jedem, der danach fragte – Freunden, Verwandten, Studenten – in allen Einzelheiten berichtete, was ich gehört hatte: Wie der Bulldozer Noras zierliche Gestalt zerquetschte. Nach der Beerdigung legte ich mich ins Bett und verließ das Haus nicht mehr. Ich lag in dem Bett, das Abbas gehörte – es war das einzige richtige Bett und erinnerte mich die ganze Zeit daran, dass ich meinen Bruder für Nora hingegeben und jetzt alle beide verloren hatte. Am Fußende des Betts stellte ich das Bild auf, das Baba von Nora und mir auf der samtenen Sitzbank gezeichnet hatte.

Ich konnte nicht essen, nichts schmeckte mir. Mama brachte mir meine Lieblingsspeisen, aber ich hatte keinen Appetit. Manchmal setzte sie sich neben mich, hielt mir einen Dattelkeks oder ein Stück Pita an den Mund und redete mir zu, etwas davon zu essen, so wie sie es mit Abbas nach seinem Unfall gemacht hatte.

»Mama, bitte. Lass mich. Ich bin kein Kind mehr.«

»Ein Kind ist ein Kind, auch wenn es eine Stadt erbaut hat.« Sie kniff mich zärtlich in die Wange. »Du kannst Nora nicht folgen, mein Sohn. Dein Platz ist hier. Du musst essen.« Immerhin aß ich dann ein, zwei Bissen, aber nur, um eine Weile meine Ruhe zu haben.

Nicht einmal Baba konnte mich trösten. Ich hatte Nora im Stich gelassen, ich hätte sie beschützen müssen – sie war meine Frau. Aber sie war auch Nora, die sich nicht beschützen lassen wollte. Was hätte ich tun können?

Baba hörte mir zu und sagte: »Schlage das Wasser, und am Ende ist es immer noch Wasser.«

Noras Eltern forderten eine Obduktion und Ermittlungen, aber es wurde keine Anklage erhoben. Die israelische Regierung befand auf Unfalltod. Justice war im Gerichtssaal, und sie erklärte allen, dass es kein Unfall war. Meine Familie sagte dasselbe. Meine Frau war kaltblütig ermordet worden.

Als wir in meinem Dorf waren, hatte mir Nora das Versprechen abgenommen, eines Tages meine Geschichte aufzuschreiben. Ich versuchte damals, ihr klarzumachen, dass meine Geschichte niemanden interessieren würde, aber sie bestand darauf. Hatte sie dieses Versprechen gemeint?

Ich wollte nicht weiterleben, ich wollte sterben, wie Nora. Alles erschien mir so sinnlos. Aber ich wusste, das durfte ich Baba nicht antun. Er hatte genug gelitten.

Am Ende des Monats stand Menachem vor unserer Tür. Ich sagte Baba, er solle ihm sagen, dass ich schlafe, aber Baba führte ihn stattdessen in das kleine Schlafzimmer.

»Einstein hat einmal geschrieben, dass geistige Arbeit ihn durch alle Wirren dieses Leben führen wird«, sagte Menachem. »Es wäre gut, wenn du dir an ihm ein Beispiel nehmen würdest.«

Ich setzte mich langsam auf.

»Ich will dir nur sagen: Die einzige Möglichkeit, mit der Komplexität der menschlichen Gefühle fertigzuwerden, ist, sich in die Wissenschaft zu stürzen und das Nichterklärte zu erklären«, fügte er noch hinzu.

Obwohl ich nicht auf ihn hören wollte, wusste ich, dass er recht hatte. Einsteins Worte konnte ich nicht ignorieren. Einstein war ein großer Physiker. Der größte überhaupt.

»Ich gehe hier nicht ohne dich weg.« Menachem saß am Fuß-ende meines Bettes, als hätte er vor, dort Wurzeln zu schlagen.

Ich packte meine Sachen, und noch am selben Abend fuhren wir ab.

## 42

Wieder in Somerville, packte ich Noras Erinnerungsstücke in Kartons. Das Foto, wie sie in Südafrika ein Schild *Stop Apartheid Now* schwenkte. Die siebenjährige Nora beim Marsch auf Washington, mit einem *We Shall Overcome*-Transparent, das sie zusammen mit ihren Eltern trug. Nora in Los Angeles, auf dem T-Shirt das »P« der Parole PEACE NOW, die sie und ihre Freunde gemeinsam bildeten.

Ich füllte zwei große Kartons mit Fotos aus der Zeit, bevor wir uns kannten. Diese Bilder standen ihren Eltern zu, also schickte ich sie nach Kalifornien. Die Fotos von uns beiden behielt ich – immer wir beide: beim Unterschreiben des Ehevertrags vor dem Friedensrichter, in ihrem Wohnheimzimmer, auf einer Bank im Harvard Yard. Und die ganzen Bilder von unserer Hochzeit in meinem Dorf. Ich steckte all diese Fotos in einem Umschlag in meine Aktentasche. So würde ich Nora immer bei mir haben. Ich behielt auch den Löffel und den Krug mit den zwei Tüllen.

Am 17. September 1978, ein Jahr nach Noras Tod, unterzeichneten Israel und Ägypten das Camp-David-Abkommen. Ein paar Monate später sah ich einen Nachrichtenbeitrag über das Gipfeltreffen der Arabischen Liga in Bagdad, das sich gegen das Abkommen richtete. Da entdeckte ich plötzlich Abbas. Mein Bruder stand auf der Treppe vor dem Gebäude. Ich traute meinen Augen nicht. Seit über einem Jahr hatte die Familie nichts mehr von ihm gehört. Jede Kommunikation mit einem Araber außerhalb Israels war verboten – erst recht mit einem, der für Dr. Habash arbeitete. Dafür konnte meine Familie verbannt, gefoltert oder jahrelang eingesperrt werden. Und selbst wenn wir Kontakt mit ihm hätten aufnehmen wollen – wie hätten wir ihn finden sollen? Er war im Untergrund, irgendwo in der arabischen Welt, und dorthin konnten wir nicht gelangen. Aber immerhin wussten wir jetzt, dass er noch lebte und sich derzeit in Bagdad befand.

Im Februar 1979 kam es zur islamischen Revolution im Iran, und der Schah wurde abgesetzt. Dann, am 26. März 1979, unterzeichneten Israel und Ägypten im Weißen Haus einen Friedensvertrag. Ich dachte an Abbas, stellte mir vor, wie zornig es ihn machen musste, dass Ägypten bereit war, mit Israel Frieden zu schließen, obwohl die Lösung des Palästinenserproblems noch nicht einmal Teil des Deals war. Nora wäre ebenfalls empört gewesen. Und selbst ich hatte das Gefühl, dass Ägypten mein Volk verraten hatte.

Jeden Morgen stand ich auf, ging ins Bad, putzte mir die Zähne, duschte, zog mich an und ging aus dem Haus. Und arbeitete. Die Arbeit war das Einzige, was mir Halt gab. Zuerst konnte ich mich trotz aller Bemühungen nicht konzentrieren. Aber es war ja nicht das erste Mal, dass ich Trauer und Schmerz durchlebte. Nur die Arbeit konnte mich retten. Also stürzte ich mich so intensiv in meine Forschung, dass mir gar keine Zeit mehr blieb, an irgendetwas anderes zu denken.

Ich las jeden Quantentunnel-Artikel, den ich finden konnte, und arbeitete mit Menachem rund um die Uhr daran, die Spin-Anregungen zu beobachten, um die Ausrichtung und den Grad der Anisotropien zu bestimmen, die von einzelnen Eisenatomen in Kupfer erzeugt werden.

Dieser Tunneleffekt faszinierte mich ungeheuer. Es war, als würde man einen Baseball an eine Mauer von einem Kilometer Höhe werfen, und der Ball käme dann, statt abzuprallen, auf der anderen Seite der Mauer heraus.

Ehe wir unsere Theorie auf irgendetwas anwenden konnten, mussten wir allerdings genau herausfinden, was auf der atomaren Ebene passierte. Wenn wir dann endlich in der Lage wären, das Atom zu manipulieren, würden sich unglaubliche Möglichkeiten eröffnen.

Der Schmerz kam in Wellen, doch wie ein erfahrener Soldat war ich mit der Zeit darauf vorbereitet. Er begann immer mit einem hohlen Gefühl im Bauch.

Menachem und Justice sorgten dafür, dass ich genügend aß. Justice schickte mir ein Frühstückssandwich oder Muffins ins Büro. Sie gab Menachem ein Mittagessen für uns beide mit, das er dann warm machte. Meistens versuchte sich Justice an nahöstlichen Gerichten – Limabohnen. Linsen und Reis, Erbsen und Reis. Sie meinte es gut, aber leider war ihr Herz größer als ihre Kochbegabung.

Ich hatte mich schon immer gefragt, wie Menachem es geschafft hatte, nach der Heirat so stark abzunehmen und dann immer schlank zu bleiben. Jetzt wusste ich, warum.

Nachmittags machte Menachem Pfefferminztee, den wir während der Arbeit tranken. Irgendwie schämte ich mich, dass ich mich von den beiden so versorgen ließ, aber ich konnte ihre Freundlichkeit nicht zurückweisen. Ich hätte es auch gar nicht geschafft, mich vernünftig um mich selbst zu kümmern. Mit meiner Arbeit war Menachem allerdings sehr zufrieden. Wir machten riesige Fortschritte. Ich wusste, Nora wäre stolz auf mich gewesen.

Die New York University bot uns Stellen an. Endlich könnte ich Professor werden.

»Ich gehe nur hin, wenn du mitgehst«, erklärte Menachem.

Eigentlich war ich noch nicht so weit, aber ich wusste, dass ich eine Veränderung brauchte – dass ich aus der Wohnung weg musste, in der ich mit Nora gewohnt hatte.

»Du würdest Professor«, sagte er. »Wir könnten uns gemeinsam um Forschungsgelder bewerben.«

»Was will Justice?«

»Das, was für dich das Beste ist«, sagte er.

Justice gab sich die Schuld an Noras Tod. Sie konnte nichts dafür, das sagte ich ihr immer wieder, aber sie sah es nicht so. Die Professur brachte das Vierfache von dem, was ich am MIT verdiente. Was gab es da noch lang zu überlegen? Das Geld würde ich meiner Familie schicken. Fadi arbeitete nicht mehr. Ich hatte den Lehrer Mohammad dafür bezahlt, ihm Unterricht zu geben – Fadi ging jetzt in die Schule und konzentrierte sich ganz darauf. Er würde dieses Jahr die Highschool abschließen und interessierte sich sehr für Naturwissenschaften. Am liebsten würde er dann in Italien Medizin studieren, und ich war fest entschlossen, ihm das zu ermöglichen. Hani studierte Nahostwissenschaften an der Hebrew University.

Zwei Wochen später holte ein Mann in schwarzem Nadelstreifenanzug Menachem, Justice und mich mit einem glänzend schwarzen Cadillac vor dem Science Center der New York University ab. Es war der Makler, den die Universität beauftragt hatte, mir bei der Wohnungssuche zu helfen. Justice und Menachem hatten schon eine Bleibe.

Trotz der luxuriösen Mietwohnungen, die den Fakultätsmitgliedern zur Verfügung standen, entschied ich mich für das billigste Apartment, das ich finden konnte. Ich brauchte nicht viel. Ich wollte möglichst viel Geld nach Hause schicken. Es war eine kleine Wohnung, Wohnbereich und ein Minischlafzimmer. Ganz ähnlich wie das Apartment, in dem ich mit Nora gewohnt hatte. Das Fenster ging auf einen Parkplatz hinaus. Auf Kosten der NYU brachte ein Umzugsunternehmen das schwarze Kunstledersofa, den Resopaltisch, die Matratze, die beiden Tischchen und die zwei Klappstühle sowie meine übrigen Habseligkeiten in die neue Wohnung. An der Uni bezog ich das Büro neben dem von Menachem, und wir setzten unsere Arbeit fort.

Ich war in New York. Nora hatte diese Stadt geliebt. Bestimmt wäre sie mit mir zu Lesungen, ins Kino, ins Museum und in Broadway-Shows gegangen. Sie hätte an Demonstrationen teilgenommen, wäre mit mir essen gegangen, hätte mit mir im Washington Square Park gesessen und gelesen. Sie hätte es so genossen, in New York zu leben.

Mir war es egal, wo ich war.

## 43

Brutal getötete palästinensische Kinder lagen auf Müllhaufen, zwischen israelischem Militärmaterial und leeren Whiskyflaschen. Die Häuser des palästinensischen Flüchtlingslagers Schatila waren gesprengt und dem Erdboden gleichgemacht worden. Die Fernsehkamera zoomte auf die israelischen Leuchtkörper, die, noch an ihren kleinen Fallschirmen befestigt, überall verstreut lagen.

Die Leichen palästinensischer Frauen bedeckten eine Schutthalde. Die Kamera richtete sich auf eine junge Frau – sie lag mit zerrissenem Kleid auf dem Rücken, ein kleines Mädchen unter sich. Die Kleine hatte lange dunkle Locken, ihre Augen waren offen, aber sie war tot. Daneben, wie eine weggeworfene Puppe, ein weiteres Kind, das weiße Kleidchen voll Blut und Dreck.

Justice schrie auf, und Menachem und ich starrten fassungslos auf den Bildschirm.

Im Juni waren neunzigtausend israelische Soldaten im Libanon einmarschiert, um die sechstausend Mitglieder zählende PLO zu vertreiben. Im August war der Libanon verwüstet, seine Infrastruktur zerstört. Die Folge: hundertfünfundsiebzigtausend getötete, vierzigtausend verwundete und vierhunderttausend obdachlose Flüchtlinge.

»Die Israelis haben einen Genozid verübt«, sagte Justice und brach in Tränen aus.

Auf Betreiben der USA war es zu einem Waffenstillstand gekommen. Die PLO-Kämpfer waren abgezogen, und Israel hatte sich bereit erklärt, die Sicherheit der in den Lagern zurückgebliebenen palästinensischen Flüchtlinge zu garantieren, also auch die der Menschen in Sabra und Schatila.

»Dafür ist Scharon verantwortlich«, sagte Menachem.

Drei Tage lang hatten die Israelis unter dem Oberkommando des Verteidigungsministers Ariel Scharon die Lager Sabra und Schatila umstellt, damit nur ja niemand entkommen konnte, während die christlich-libanesischen Phalange-Milizen Tausende palästinensischer Frauen und Kinder abschlachteten. Die Israelis wussten ganz genau, dass die Phalangisten den Libanon von den Palästinensern säubern wollten.

Ich musste ständig an Abbas denken. Wo war er? Lebte er überhaupt noch? Ich hatte keine Ahnung. Sobald ich amerikanischer Staatsbürger geworden war, hatte ich mehrere Privatdetektive beauftragt, nach ihm zu suchen, aber keiner hatte irgendwelche Hinweise gefunden. Ich hatte das schreckliche Gefühl, dass er sich im Libanon aufhielt. Abbas war schwer behindert. Man hätte ihn bei den Frauen, Kindern und Alten zurückgelassen. Männer wie er waren an die Wand gestellt worden.

Am Abend nahm ich ein Taxi zurück zu meiner Wohnung. Dort saß ich auf dem schwarzen Sofa, umgeben von meinen Sachen – die naturwissenschaftlichen Nachschlagewerke, Physikzeitschriften, meine Lehrbücher der Quantenmechanik, Nanotechnologie und Mathematik für Physiker. Außerdem noch der Silberlöffel und der Krug mit den zwei Tüllen.

Während ich auf die Telefonverbindung zu meinen Eltern wartete, beschloss ich, ihnen nichts von meinen schlimmen Vorahnungen wegen Abbas zu sagen. Schließlich war es ja nur ein Gefühl.

»Ich habe eine Frau für dich gefunden«, verkündete Mama. »Sie passt perfekt zu dir.«

»Ich habe schon eine Frau.« Meine Eltern hatten offenbar noch nichts von dem Massaker gehört. Hoffentlich würden sie es nie erfahren.

Baba kam ans Telefon. »Ahmed, bitte, denk drüber nach – deiner Mutter zuliebe. Und auch mir zuliebe. Nora ist tot. Du musst ja nicht aufhören, sie zu lieben. Dein Herz ist groß genug für beide. Bitte, mein Sohn, du hast noch dein ganzes Leben vor dir. Vergeude es nicht.«

Was sollte ich sagen? Ich war es meinen Eltern schuldig. Sie erwarteten Enkelkinder von mir.

»Die arrangierte Ehe ist nun mal in unserer Kultur üblich«, sagte Mama.

»Ich lebe aber nicht mehr zu Hause.« Ich stellte den Fernseher an und den Ton aus. Alte Männer lagen übereinander, die Gliedmaßen ineinanderverhakt, die Körper mit Fliegen bedeckt. Ich versuchte, Gesichter zu erkennen. Konnte Abbas dabei sein?

»Wo du lebst, ist egal«, sagte Mama. »Das ist unsere Tradition, die von Generation zu Generation weitergegeben wird.«

»Aber Baba hat dich selbst ausgesucht.« Erschöpft machte ich den Fernseher aus. Ich wollte nichts mehr mit dem Nahen Osten zu tun haben.

»Sie ist die Tochter von Mohammad Abu Mohammad, dem Dorfheiler.«

»Dem Mohammad, der in der Schule drei Klassen über mir war?«

»Er ist im ganzen Dorf für seine Heilkunst hochgeachtet. Sogar aus anderen Dörfern kommen Leute, um seine Tränke zu trinken und seinen Segen zu empfangen. Er ist bereit, dir seine Tochter zur Frau zu geben.«

»Und wie alt ist sie?«

»Sie ist Ende des Jahres mit der Oberschule fertig.«

»Was soll das? Ich bin vierunddreißig.« Wie absurd. Was hatten wir gemeinsam? Wie konnte sie mit Nora mithalten, die gebildet gewesen war, aus dem Westen, selbständig, mit eigenen Ansichten?

»Bitte, mein Sohn«, sagte Baba. »Tu's für mich.«

Ich dachte daran, wie er mit einer Waffe niedergeprügelt worden war. Wie er, als er schon halb bewusstlos dalag, mit Fußtritten traktiert worden war. Wie er in dieser Hölle von einem Gefangenenlager gelitten hatte. Ich würde das Mädchen heiraten, um seinetwillen. Es gab keine Alternative. Das war der Preis, den ich für die Absolution zahlen musste.

»Leitet es in die Wege«, sagte ich. »Ich heirate sie, wenn sie mit der Schule fertig ist.«

Dadurch, dass ich diesen Satz aussprach, gestand ich mir selbst ein, dass Nora nicht zurückkommen würde.

»Danke, mein Sohn«, sagte Mama. »Du machst mich sehr glücklich. Soll ich dir ein Foto von ihr schicken?«

»Wenn ihr sie akzeptabel findet, genügt mir das.«

Wenigstens konnten sie sich jetzt, wenn sie von dem Massaker erfuhren, mit dem Gedanken an meine bevorstehende Heirat trösten.

## 44

Fadi, der für die Semesterferien aus Italien gekommen war, holte mich am Flughafen ab und fuhr mit mir im viertürigen Nissan meiner Eltern nach Hause. Mama, Baba, Hani, Nadia, Ziad und die Kinder erwarteten mich im Hof. Ich war immer erleichtert, wenn ich nach Hause kam und sah, dass das Haus noch stand. Und ich war stolz, dass meine Familie von dem Geld, das ich schickte, so gut leben konnte.

Baba umarmte mich als Erster. Dann Mama. Die Frauen ululierten.

»Komm«, sagte Baba und führte mich nach drinnen. Für einen Anbau hatten sie zwar keine Genehmigung bekommen, aber sie hatten alles renoviert und sich neu eingerichtet. Im Wohnzimmer standen jetzt ein handgeschnitztes Mahagonisofa mit roten Polstern und dazu passende Sessel und Ottomanen. Mama hatte einen neuen Kühlschrank, eine Spülmaschine, eine Waschmaschine sowie einen Trockner. Die Böden waren aus Marmor, die Waschbecken aus Porzellan. Das Bad war fast luxuriös: Waschbecken, Dusche und Badewanne, alles neu. Mama führte die Toilettenspülung vor. Sie war rundum stolz und glücklich.

Wir setzten uns in die Küche, an einen dunklen Holztisch mit elf kleinen Hockern drum herum.

Nach dem Essen gingen Mama und Baba mit mir zu Noras Grab unterm Mandelbaum. Sie hatten eine Bank aufgestellt, unter einem dicht mit Bougainvillen bewachsenen Spalierbogen. Umgeben war das Grab von weißen Vergissmeinnicht, Riesensonnenblumen und Rosen in allen Farben.

Mama küsste mich auf die Wangen, und ich umarmte Baba.

Am nächsten Tag gingen meine Eltern und ich zum Haus von Yasmines Eltern. Es war so ähnlich wie unser altes Haus, das die Israelis gesprengt hatten: ein kleiner Lehmziegelbau mit einem Fenster, das Läden hatte, einer Wellblechtür und einem kleinen Hof. Mohammad öffnete und empfing uns mit einem warmen Lächeln. Baba blickte respektvoll zu ihm auf.

»Kommt bitte herein.« Der Vater meiner zukünftigen Ehefrau trug ein langes weißes Gewand und eine arabische Kopfbedeckung. Die Mutter meiner Braut erschien. Sie war ziemlich korpulent. Wie ein Zelt wirkte sie in ihrem langen bestickten Kleid. Sie streckte mir ihre schwielige, raue Hand hin und schenke mir ein breites, teilweise zahnloses Lächeln. Im Gesicht hatte sie schwarze Härchen, wie leichter Bartwuchs. Mir kamen jetzt doch Zweifel an dieser arrangierten Ehe. Warum hatte ich nicht um ein Foto gebeten?

»Willkommen, willkommen«, sagte Mohammad und küsste mich auf beide Wangen.

»Bitte, kommen Sie herein«, sagte meine zukünftige Schwiegermutter zu uns. »Setzen Sie sich.«

Plötzlich war mir ganz übel. Was, wenn meine Braut so aussah wie ihre Mutter? Konnte ich noch zurück? Was war mit mir los? Warum beschäftigte mich das überhaupt?

Meine Eltern und ich betraten das Haus und setzten uns auf den festgestampften Erdboden. Meine zukünftige Schwiegermutter und ein paar von meinen zukünftigen Schwägerinnen, allesamt verschleiert, stellten kleine Teller mit Speisen auf den Boden.

»Was machen Sie?«, fragte Mohammad.

Ich wusste, dass das nur eine Formalität war. Meine zukünftigen Schwiegereltern wussten längst alles über mich, sonst wäre ich nicht hier. »Ich bin Professor an der New York University in den Vereinigten Staaten.«

»Wo wird meine Tochter leben?«

»Ich habe ein vollausgestattetes Apartment mit Bad, Küche, Waschmaschine, Trockner und Spülmaschine.«

»Wie viel haben Sie gespart?«

Ich hatte ganz vergessen, wie direkt die Menschen meines Volkes in manchen Digen sein konnten. Ich nannte eine Zahl, die alle erst einmal zum Schweigen brachte.

»Wie oft wird sie nach Hause kommen?«

»Jeden Sommer und jedes Jahr im Dezember für drei Wochen.« Ich sagte genau das, was Mama mir vorgegeben hatte, und machte mir in Gedanken noch mal klar, dass ich diese Ehe meinen Eltern zuliebe einging. »Ich möchte Sie um die Hand Ihrer Tochter bitten.«

Mohammad stutzte. Er hatte vermutlich noch hundert Fragen auf Lager, aber so viel Geduld konnte ich nicht aufbringen. Ich sah Baba an und lächelte.

»Ich willige ein«, sagte Mohammad.

Ich seufzte erleichtert.

Die Frauen ululierten und schenkten Tee ein.

»Hol deine Schwester aus dem Haus eurer Großmutter«, sagte Mohammad zum Bruder meiner Braut.

Alles an meiner Braut zeigte, wie wenig gebildet sie war. Der Schleier, die dichten, ungezupften Augenbrauen, das traditionelle Gewand. Am liebsten hätte ich auf der Stelle meinen Antrag zurückgenommen. Yasmine war nicht groß, so wie Nora. Ihr Gesicht war nicht feingeschnitten wie das von Nora; die Züge waren unter einer Schicht Babyspeck begraben. Ihre Zähne waren gelb und standen schief, und sie war mollig. In meiner Kultur galt Molligkeit bei einer Frau als schön, aber inzwischen gefiel mir eine schlankere

Figur besser. Yasmines Haare konnte ich wegen des Schleiers nicht sehen, aber bestimmt waren sie so schwarz wie ihre Augenbrauen. Und sie war unglaublich jung. Wie sollte ich sie in die Staaten mitnehmen? Sie passte doch nicht auf eine Fakultätsfeier! Was würde Menachem denken?

Ach, wenn doch Nora bei mir wäre. Ich hing immer noch so an ihr.

Yasmine lächelte mit den Augen, senkte dann den Kopf und schaute mich nur noch einmal kurz und verstohlen an. Dieser Blick sollte sinnlich und unterwürfig zugleich wirken. Das war mir klar. Ich würde sie gern anziehend finden, aber jetzt im Moment erschien mir das unmöglich.

»Das ist deine Braut«, sagte mein künftiger Schwiegervater. Ich lächelte und versuchte, das Bild von Nora und ihren goldenen Haaren wegzuwischen. Aber mein Herz krampfte sich zusammen.

»Ist sie nicht hübsch?«, fragte mich Mama vor allen Leuten.

Ich lächelte gezwungen. »Ja, sehr.«

Yasmine und ich unterschrieben den Ehevertrag, und schon war ich gesetzlich verheiratet. Die Hochzeitszeremonie sollte am nächsten Tag stattfinden. Eine tiefe Traurigkeit überkam mich.

Wir saßen alle auf dem Fußboden, wie es auch in meiner Familie üblich gewesen war, bevor ich angefangen hatte, Geld zu schicken. Yasmine und ihre Mutter trugen noch mehr Schälchen auf: Taboulé, Salate aus Tomaten, grünen Bohnen, Schwarzaugenbohnen und Limabohnen, dazu Auberginenpüree und Hummus. Bestimmt hatten die Frauen seit Sonnenaufgang Speisen für diesen Anlass zubereitet.

Wir aßen alle nicht viel, Yasmines Familie vor lauter Freude und ich wegen des Schocks. Hoffentlich gelang es mir irgendwie, sie lieben zu lernen – um Yasmines und um meiner Eltern willen. Die Freude darüber, Baba und Mama einen Gefallen zu tun, hätte eigentlich in meinem Kopf keinen Platz für solche egoistischen

Gedanken lassen sollen – aber ich fragte mich trotzdem, wie in aller Welt ich es schaffen sollte, den Rest meines Lebens mit diesem jungen Mädchen zu verbringen. Ihr dicklicher Körper und die dunklen Haare würden mich ständig an Nora erinnern, an ihre schlanke Gestalt und ihre goldblonden Haare. Ich hasste mich selbst dafür.

Am nächsten Morgen kam Mama, um mich für die zeremonielle Reinigung abzuholen.

»Es ist Zeit«, sagte sie.

Ich hatte ein lautes Klingeln in den Ohren. War das eine Warnung? Diese Heirat würde Baba und Mama zufriedenstellen. Das war das Einzige, was zählte. Es war meine Pflicht als ältester Sohn. Ich stand in dem Zuber, während meine männlichen Verwandten und Freunde um mich herumtanzten, mich wuschen und rasierten. Körperlich war ich anwesend, aber in Gedanken war ich ganz woanders. Ich dachte an den Abend, an dem ich Nora zum ersten Mal gesehen hatte. Es war mir vorgekommen, als würde sie durch den Raum schweben. Was machte ich hier? Würde Nora meiner Wiederverheiratung zustimmen? Nein, sie würde nicht wollen, dass ich Yasmine heiratete. Sie würde sagen, ich müsse erst einmal etwas für ihre Bildung tun. Ich schüttelte den Kopf. Heute war mein Hochzeitstag. Ich durfte ihn mir nicht dadurch verderben, dass ich dauernd an Nora dachte. Das war Yasmine gegenüber nicht fair. Also richtete ich stattdessen meine Gedanken auf meine wissenschaftliche Arbeit – auf die kleinen Schwankungen, die eventuell die thermodynamischen Variablen veränderten und dadurch auch entscheidende Veränderungen in der Struktur herbeiführen konnten, was dann wiederum den Erfolg meiner Forschungsarbeit gefährden würde.

Als ich für sauber erklärt worden war, zog ich ein weißes Gewand an und ging mit den Männern zu Yasmines Haus. Wenn das

Hochzeitskleid nicht gewesen wäre, hätte ich sie gar nicht erkannt, weil sie so dick geschminkt und ihre Haare so aufgebauscht waren.

Nach der Zeremonie führte ich Yasmine, die nun meine Frau war, in das Zimmer im Haus meiner Eltern – das Zimmer, das ich damals mit Nora geteilt hatte. Zum Glück hatte jemand unser Hochzeitsporträt abgehängt. Das Letzte, was ich wollte, war, dass Nora auf mich herabblickte, während ich meine neue Ehe vollzog. Draußen wartete das ganze Dorf darauf, dass ich mit dem Bettlaken hinaustrat.

Ohne Vorwarnung stürzten die Erinnerungen auf mich ein – Erinnerungen an meine erste Liebesnacht mit Nora. Alles war wieder da: wie sie mir übers Haar streichelte und mich küsste. Wie sie leidenschaftliche arabische Worte flüsterte. In jener Nacht damals gab es nur uns beide auf der ganzen Welt. Es war mein erstes Mal. Ich hielt sie in den Armen und wünschte mir, so würde es ewig bleiben. Ihre Berührungen elektrisierten mich, ihr Arabisch klang so wunderbar sexy, ihre Schönheit besaß einen unfassbaren Zauber, ihr Körper erregte mich …

Ich schaute meine neue Braut an und merkte, dass sie am ganzen Leib zitterte. »Hab keine Angst«, beruhigte ich sie. »Das wird schon.«

Ich nahm sie an der Hand und führte sie zum Bett. Das hier tat ich alles für Baba.

»Zieh dich aus.«

Sie war dicklich, mit kleinen Speckröllchen, aber nicht ganz unattraktiv. Mit geschlossenen Augen zog ich sie an mich und küsste sie – und dachte prompt daran, wie ich Nora das erste Mal geküsst hatte. Ich bemühte mich verzweifelt, diese Gedanken aus meinem Kopf zu verbannen: Es war Yasmine gegenüber wirklich nicht gerecht. Aber ich kam nicht dagegen an. Während wir miteinander schliefen, stellte ich mir vor, Yasmine wäre Nora.

Yasmines Schmerzenslaute holten mich in die Wirklichkeit zurück. Sie war noch Jungfrau, und es tat ihr weh. Ich öffnete die Augen und sah ihr rundes, junges Gesicht vor mir. Ach, es war alles so schrecklich verkrampft. Das sollte also mein neues Leben sein. Yasmine lag neben mir auf dem Bett, reglos, wie ein Klumpen Fleisch. Sie hatte keine Erfahrung, kannte keine Tricks. Ja, sie war so gehemmt, dass sie, als ich ihr sagte, sie solle die Hüften bewegen, feuerrot wurde und in Tränen ausbrach.

In der Nacht hatte ich einen Traum: Ich war ein Vogel, der in eine Falle geraten war und in einen Käfig gesteckt wurde, aus dem er zu entfliehen versuchte. Yasmine tat mir so leid. Sie verdiente einen Mann, der sie liebte.

An den folgenden Tagen verbrachte ich meine Zeit mit den Männern, und Yasmine blieb bei den Frauen. Die Mahlzeiten nahmen alle gemeinsam ein. Abends zogen Yasmine und ich uns in unser Zimmer zurück. Wir hatten Sex und schliefen dann nebeneinander ein wie zwei Fremde. Morgens trafen wir uns mit meiner Familie zum Morgengebet und anschließend zum Frühstück. Wir wechselten kaum ein Wort – wir hatten ja auch nichts gemeinsam. Sie redete nicht, außer wenn sie direkt angesprochen wurde. Und was hätte ich ihr sagen sollen?

Zwei Wochen nach der Hochzeit stiegen Yasmine und ich ins Flugzeug nach New York.

## 45

Während des Flugs saßen wir die meiste Zeit stumm da, und Yasmine klammerte sich an den Armlehnen fest, als würde sie sonst gleich aus dem Flugzeug geschleudert. Nach acht Flugstunden ergriff sie die Initiative und fragte mich: »Wie ist New York?«

»Genau das Gegenteil von unserem Dorf.«

»Warst du schon mal auf dem Times Square?«

Ich schaute sie verblüfft an. »Ja, klar – aber was weißt du vom Times Square?«

Sie zuckte verlegen die Achseln.

»Und warst du auch schon auf der Freiheitsstatue?«, fragte sie dann.

Ich schüttelte den Kopf. »Für solche Unternehmungen habe ich keine Zeit, Yasmine. Ich arbeite.«

»Hast du viele Freunde in New York?«

»Meine besten Freunde, Menachem und seine Frau Justice, leben dort. Freust du dich auf New York?«

»Ich habe Angst. Und ich habe auch Angst, dass ich meine Familie vermisse.« Sie fing an zu weinen.

Ich wollte sie trösten, wusste aber nicht, wie. Wir sagten nichts mehr, bis wir vor meinem Apartment standen.

»Da sind wir.« Ich öffnete die Tür.

In den Jahren, die ich jetzt schon dort lebte, hatte ich keinerlei Verschönerungen vorgenommen. Justice hatte mir geraten, für meine Frau neue Möbel zu kaufen, aber ich wollte darauf kein Geld verschwenden. Ich war der reiche Ehemann aus New York und besaß nicht einmal ein richtiges Bett. Mir genügte es so, und für Yasmine war es garantiert mehr, als sie je gehabt hatte. Sie blieb in der Tür stehen und betrachtete alles: den malvenfarbenen Flauschteppich, den Resopaltisch vor dem Herd, die Spüle und den Kühlschrank sowie das schwarze Kunstledersofa mit Blick auf den Fernseher – meine einzige Neuanschaffung.

Ihre Lippen formten ein staunendes »Oh«.

»Es ist wundervoll«, sagte sie, und ich wusste, sie meinte es ehrlich. Sie war festgestampften Erdboden gewöhnt und ein Außenklo hinter dem Haus. Verlegen senkte sie den Blick. »Ich hätte mir nie träumen lassen, dass ich irgendwann so leben würde.«

Mein Magen krampfte sich zusammen. Worauf hatte ich mich eingelassen?

Ich arbeitete jetzt nicht mehr bis tief in die Nacht in meinem Raum in der Universität. Aber ich arbeitete trotzdem auch weiterhin genauso viel – ich stellte einfach zu Hause einen Schreibtisch auf. Yasmine saß neben mir auf dem Boden wie eine gehorsame Dienerin, nähte, stickte oder strickte Decken für das Baby, das nicht kommen wollte. Wir wechselten kaum ein Wort. Sie verließ die Wohnung nie, außer in meiner Begleitung. Sie wartete den ganzen Tag allein in diesen vier Wänden auf meine Rückkehr und folgte mir dann auf Schritt und Tritt. Wahrscheinlich sehnte sie sich verzweifelt nach menschlicher Nähe.

»Um Himmels willen – mach doch endlich einen Englischkurs!«, sagte ich immer wieder. »Du musst mal raus aus der Wohnung! Das ist doch nicht gesund. Eine Ehefrau muss allein einkaufen gehen. Ich kann diese Last nicht tragen. Ich muss arbeiten.«

Yasmine hatte eine Litanei an Ausreden parat. »Ich habe Angst.« »Ich habe Heimweh.« »Ich brauche kein Englisch zu können.«

Sie schien von mir zu erwarten, dass ich mich um ihre Unterhaltung kümmerte. Mit jedem Tag respektierte ich sie weniger. Ich fragte mich schon, ob sie den Schleier trug, um zu verbergen, wie stur sie war und wie leer ihr Kopf. Ihr ganzes Leben, ihr ganzes Denken, alles drehte sich um mich – und ich bekam keine Luft mehr.

Abends wartete sie geduldig im Bett, dass ich meinen Samen in sie pflanzte, aber Monat für Monat setzte pünktlich ihre Periode ein. Ein Kind zu zeugen wurde zu einer lästigen Pflicht. Unser Sexualleben widerte mich an. Ich machte das Licht aus, drehte mich auf die Seite und entschuldigte mich. »Ich habe Kopfschmerzen.« »Ich habe Rückenschmerzen.« »Ich habe einen Krampf im Bein.«

»Ist bei dir etwas nicht in Ordnung?«, fragte sie schließlich.

Ich versuchte also wieder, ihr meinen Samen einzupflanzen. Das fehlte mir gerade noch, dass sie ihrem Vater berichtete, ich würde meine ehelichen Pflichten nicht erfüllen – dann konnte es nämlich passieren, dass die ganze Familie sich einmischte.

Als Yasmine mir das erste Mal erklärte, sie sei überzeugt, die Tränke und Gebete ihres Vaters würden sie fruchtbar machen, starrte ich sie verdutzt an. Das durfte nicht wahr sein – war sie wirklich so dumm?

»Wie kannst du diesen abergläubischen Quatsch ernst nehmen?«, fuhr ich sie verächtlich an. »Wir müssen zu einem Spezialisten gehen.«

»Mein Vater ist ein Spezialist«, erwiderte Yasmine.

»Dein Vater hat keine Ahnung. Er hat ja noch nicht mal die Oberschule abgeschlossen.« Ich hasste mich für meine Grausamkeit, wusste aber nicht, wie ich es ihr sonst klarmachen sollte.

»Es gibt eine Menge Leute, die an die Kräfte und den Segen meines Vaters glauben. Er hat schon viele geheilt, und ich glaube an die Wunder, die er vollbringt.«

»Wunder gibt es nicht.«

Auf diese Worte hin senkte sich wieder die gewohnte Stille über den Raum.

Nach einer Weile sagte Yasmine: »Du hast keinen Glauben.« Sie schüttelte ratlos den Kopf und schlug die Hände vors Gesicht. Sie glaubte nicht nur an die Gebete ihres Vaters, sie betete auch selbst und gab mir Anweisungen, welche Gebete ich sprechen sollte. Nora und ich hätten bestimmt wunderbare Kinder bekommen – davon war ich überzeugt.

»Ich glaube an die Wissenschaft.« Meine Wangen brannten. So fühlte es sich wahrscheinlich an, als moderner Mensch in vor-islamischen Zeiten zu leben, in denen weibliche Kinder lebendig begraben wurden.

»Wissenschaft?« Yasmine nahm die Hände vom Gesicht und musterte mich mitleidig.

»Wir müssen zu einem Fruchtbarkeitsspezialisten gehen.« Ich war wütend und überhaupt nicht der einfühlsame Mann, der ich gern sein wollte. »Du wirst sehen, dieser Arzt kann uns helfen.«

»Wie du meinst«, sagte Yasmine.

Ich wusste, dass sie nicht an die moderne Medizin glaubte. Aber sie war froh, dass ich ihr Aufmerksamkeit schenkte. Wir gingen ja nie tagsüber zusammen irgendwohin. Ich fuhr zur Arbeit, sie blieb zu Hause, kochte und putzte.

Ich vereinbarte einen Termin bei Dr. David Levy, einem Fruchtbarkeitsspezialisten in Manhattan.

Yasmine und ich saßen nun in zwei edlen Ledersesseln vor Dr. Levys Mahagonischreibtisch. Die Wand war mit Urkunden gepflastert. Ein Grundstudiumsabschluss aus Yale, *summa cum laude*. Ein Medizinexamen aus Harvard, ebenfalls *summa cum laude*. Den Facharzt hatte er in Reproduktionsendokrinologie und Unfruchtbarkeitsbehandlung gemacht. Außerdem hingen da mehrere Urkunden, die Preise für Forschung, Lehre und Patientenversorgung dokumentierten. Promoviert hatte Dr. Levy über die embryonale Frühentwicklung.

Er kam herein. Ein Mann mit pomadisierten Haaren, einem festen Händedruck und einer Stimme, die ideal wäre fürs Radio. »Ich habe mir Ihre Testergebnisse angesehen, Dr. Hamid. Ihre Spermienzahl liegt im Normbereich.«

Ich bemühte mich, ein Lächeln zu unterdrücken. Ich drehte mich zu Yasmine, die in ihrem traditionellen schwarzen Gewand mit Schleier neben mir saß – sie weigerte sich, die modernen Kleider anzuziehen, die ich ihr gekauft hatte. Ich übersetzte für sie die Mitteilung des Arztes.

»Was sind Spermien?«, fragte sie.

»Ich muss nun Ihre Frau untersuchen«, sagte Dr. Levy, und ich begleitete Yasmine ins Untersuchungszimmer.

Die Sprechstundenhilfe reichte ihr einen weißen Untersuchungskittel. »Ich bin gleich wieder da«, sagte sie.

Das Neonlicht schmeichelte Yasmines dicklichem Körper nicht gerade. Bedächtig zog sie sich aus und achtete die ganze Zeit darauf, dass ihr Schleier nicht verrutschte. Ihr Schlüpfer war groß und weiß, ihr Büstenhalter hatte Vollschalen. Nora hatte nie einen Büstenhalter getragen.

Yasmine zog den Untersuchungskittel an.

Im Taxi nach Hause saß Yasmine zusammengekauert neben mir, fast wie ein Embryo.

»Dein Gebärmutterhalsschleim ist normal«, sagte ich – und wusste genau, dass sie die Bedeutung dieses Satzes nicht verstand. Was sollte ich noch alles auf mich nehmen? Wenn sie wenigstens allein zum nächsten Termin gehen könnte, bei dem sie der Arzt auf Eileiterblockaden untersuchen wollte. Aber Yasmine verließ ja die Wohnung nicht ohne mich.

Dr. Levy fand bei Yasmine keine Eileiterblockaden. Die Testergebnisse waren alle normal, aber drei Monate später war sie immer noch nicht schwanger. Zweimalige Intrauterinbefruchtung – und immer noch kein Erfolg. Der nächste Schritt war die In-Vitro-Fertilisation. Die kostete zehntausend Dollar und wurde von meiner Krankenversicherung nicht übernommen. Ich fand, wir sollten erst mal eine Pause einlegen.

Ich wollte eigentlich nicht nach Hause fahren, aber Baba bat mich, zu Fadis Hochzeit zu kommen. Fadi hatte sein Medizinstudium in Italien abgeschlossen und das Arztexamen in Israel abgelegt. Als erster Arzt in unserem Dorf hatte er seine Praxis am Dorfplatz eröffnet und um die Hand von Onkel Kamals Tochter Mayadah angehalten. Hani war inzwischen im letzten Jahr seiner Doktorarbeit.

Baba glaubte ebenfalls ganz fest, dass Yasmines Vater unser Fruchtbarkeitsproblem beseitigen konnte. Mein Vater war ein kluger Mann, aber ich wusste, in diesem Punkt irrte er sich. Wie sollte ich ihm das klarmachen? Mit Mama konnte ich sowieso nicht über das Thema reden – sooft ich anrief, war ihre erste Frage: »Ist Yasmine schon guter Hoffnung?«

Yasmines Vater erwartete uns im Haus meiner Eltern, und alle bestanden darauf, dass wir direkt zu ihm gingen. Ich konnte es selbst nicht fassen, worauf ich mich da eingelassen hatte. Noch bevor wir das Haus betraten, roch ich den Weihrauch, und als wir drinnen waren, verbrannte Mohammad noch mehr davon. Nachdem er einen Tee zubereitet hatte, wandte er sich uns zu und nahm unsere Hände.

»Bitte, gewähre ihnen ein Kind«, sagte er immer wieder in einem speziellen Singsang.

Yasmine stimmte ein. »Du musst auch mitbeten, Ahmed«, sagte sie.

»Bitte, gewähre uns ein Kind«, stimmte ich mit ein, in der Hoffnung, dass ich schneller wieder wegkam, wenn ich mich nicht sperrte.

Einen Monat später kehrten wir nach New York zurück. Yasmines Periode war überfällig, also besorgte ich einen freiverkäuflichen Schwangerschaftstest und erklärte ihr, wie er funktionierte. Als sie aus dem Bad kam, waren da zwei rote Striche. Sie war schwanger.

Schwanger.

Ich musste an Einstein denken, der gesagt hatte: »Wissenschaft ohne Religion ist lahm, Religion ohne Wissenschaft ist blind.«

Meine Frau lächelte mich an, und ich erwiderte ihr Lächeln. Wir würden ein Kind bekommen.

Justice und Menachem hatten Yasmine und mich schon ganz oft zum Essen eingeladen, aber ich hatte immer eine Ausrede gefunden. »Yasmine ist noch müde von der Reise.« »Sie hat Grippe.« »Sie hat Kopfschmerzen.«

Yasmine war schon über ein Jahr da, als Justice eines Tages in mein Büro marschiert kam. Ich benotete gerade die Tests meiner Studenten. Justice setzte sich auf den Stuhl vor meinem Schreibtisch und strich sich die widerspenstigen roten Haare aus dem Gesicht.

Ich war ihr aus dem Weg gegangen. Sie wollte unbedingt meine Frau kennenlernen, das war mir klar. Aber ich wollte das Unausweichliche so lange wie möglich hinausschieben.

»Hat es einen bestimmten Grund, warum du uns nicht mit Yasmine zusammenbringen willst?« Sie legte den Kopf schief und musterte mich prüfend.

»Sie ist nicht wie Nora.«

»Das habe ich auch nicht erwartet.«

Ich schwieg einen Moment und versuchte, meine Gedanken zu sortieren. »Sie ist jung und unerfahren.« Ich hätte gern noch hinzugefügt: Und sie sieht aus, als könnte sie meine Tochter sein. Worüber wollt ihr euch mit ihr unterhalten?

»Du bist unser bester Freund.« Justice lächelte. »Wir mögen sie bestimmt. Also – heute Abend bei uns, zum Essen.«

Sie stand auf und sah mich an. »Und ein Nein lasse ich diesmal nicht gelten.« Ehe ich etwas sagen konnte, war sie schon zur Tür hinaus. Ich hätte mich gern irgendwie gedrückt, aber mir war sonnenklar, dass das nicht ging.

Als ich nach Hause kam und gerade den Wohnungsschlüssel herausholen wollte, riss Yasmine schon die Tür auf. Sie trug ein schwarzes Kleid mit roten geometrischen Stickereien auf dem Bruststück – genau wie Mamas Kleid. Hatte sie etwa hinter der Tür auf meine Rückkehr gelauert? Jedenfalls war sie nicht untätig gewesen. Der Duft von Pita – in der Backmaschine, die ich ihr gekauft hatte – erfüllte den Raum. Der Tisch war gedeckt, zwei Teller und Mezze in kleinen Schälchen: Auberginenpüree, Hummus, Taboulé, Ziegenkäse und Falafel. Auf dem Herd köchelte ihr Musaka'a: ein palästinensisches Gericht aus Auberginen, Tomaten und Kichererbsen.

»Kannst du dich bitte umziehen?«, sagte ich. »Menachem und Justice haben uns zum Essen eingeladen.« Ich hätte sie ja angerufen und ihr Bescheid gesagt, aber sie weigerte sich immer noch, ans Telefon zu gehen.

»Und das Essen, das ich gemacht habe?« Sie war ganz geknickt.

»Stell's in den Kühlschrank.«

Tränen traten ihr in die Augen. Sie senkte den Kopf, drehte sich um und ging zum Tisch. Sie war im dritten Monat schwanger und sehr empfindlich.

»Warte.« Ich rief Justice an, schilderte ihr die Situation und lud die beiden stattdessen zu uns zum Essen ein.

»Bitte, Yasmine«, sagte ich dann so höflich wie möglich zu meiner Frau. »Könntest du, bitte, die westlichen Sachen anziehen, die ich dir gekauft habe? Und, bitte, ohne Schleier.«

»Warum kann ich nicht die Sachen anlassen, die ich anhabe?«

»Wir sind jetzt im Westen. Bitte – verhalte dich entsprechend.«

Yasmine zog einen geblümten Folklorerock und eine locker sitzende Bluse an. Sie wollte sich die Haare flechten, aber ich sagte, dann sähe sie zu jung aus. Also ließ sie die Haare offen, und ich war verblüfft, wie hübsch sie aussah.

Als Menachem und Justice kamen, versteckte sich Yasmine hinter mir, wie ein Kind. Justice ging auf sie zu, als wären sie seit Jahren befreundet, überreichte ihr einen Strauß Sonnenblumen, nahm sie an der Hand und führte sie zum Sofa. Dabei plauderte sie munter drauflos – sie wusste ja nicht, dass meine Frau kaum Englisch konnte.

»So eine schöne Frau.« Menachem schnupperte. »Ist das frischgebackenes Pita, was ich da rieche?«

Als Menachem und Justice das ganze Pitabrot aufgegessen hatten, buk Yasmine vor ihren Augen noch mehr. Sie bereitete immer alles selbst zu und verbrachte ihre Tage damit, Petersilie zu hacken, Kichererbsen zu pürieren und Teig zu kneten.

»Du musst mir unbedingt das Rezept für dieses Brot geben«, sagte Justice.

Menachem zog den Notizblock hervor, den er immer in der Jackentasche hatte, und schrieb etwas auf. »Ich kaufe dir so eine Backmaschine – und vielleicht kannst du ja ein paar Unterrichtsstunden bei Yasmine nehmen.« Ich musste grinsen, weil ich gut verstehen konnte, warum er sich so begeistert dafür einsetzte, dass Justice auf dem Gebiet des Kochens etwas dazulernte.

Als die Mezze-Schälchen leer waren, räumte Yasmine ab. Anschließend gab sie ihr Musaka'a auf vier Teller, die sie vor uns und vor sich hinstellte. Justice aß einen Happen, schloss die Augen und kostete den Geschmack aus. »Das ist das beste Ratatouille, das ich je gegessen habe.«

Ich wusste nicht, was Ratatouille war, aber dass es ein Kompliment sein sollte, war nicht zu überhören. Yasmine wurde rot.

»Es wundert mich, dass du überhaupt noch das Haus verlässt, Ahmed«, sagte Menachem. »Mit so einer begabten Frau.«

Geredet wurde nicht viel, da wir die meiste Zeit mit Essen beschäftigt waren. Zum Abschluss servierte Yasmine ihr selbstgemachtes Baklava. So etwas Köstliches hatte auch ich noch nie gegessen.

»Du musst Justice unbedingt beibringen, wie man das macht«, murmelte Menachem, bevor er in sein drittes Stück biss.

»Ich würde es schrecklich gern lernen«, sagte Justice. »Dann könnte ich es nächste Woche machen. Da kommt nämlich meine Friedensgruppe zum Essen.«

»Tolle Frau«, flüsterte mir Menachem zu, bevor er ging, und ich spürte, dass er es ehrlich meinte.

Justice blieb am Ball. Einmal in der Woche kam sie zu uns und lernte von Yasmine kochen – und brachte ihr im Gegenzug bei, sich westlich zu kleiden, englisch zu sprechen und selbständiger zu leben.

Im März kam unser Sohn Mahmud Hamid auf die Welt. Schon als ich ihn das erste Mal sah, begriff ich, warum Baba so viele Opfer für mich gebracht hatte. Nun wusste ich, wie es war, jemanden mehr zu lieben als mich selbst. Ich würde alles tun, um meinen Sohn zu beschützen.

Yasmine war nicht weltgewandt, aber als Mutter war sie ein Naturtalent. Sie badete unseren Sohn, stillte ihn, stand mitten in der Nacht für ihn auf, sang ihm vor, wenn er weinte, und erfand komplizierte Geschichten für ihn. Und irgendetwas an dieser neuen Yasmine, der Mutter meines Kindes, weckte in mir echte, leidenschaftliche Liebesgefühle. Jetzt verband uns etwas Gemeinsames. Yasmines Leben war erfüllt – durch ihren Sohn und mich. Ich begann, sie mit anderen Augen zu sehen. Ich sah, was Mama und Baba gesehen hatten, als sie mich drängten, sie zu heiraten: ein einfaches Mädchen aus meinem Dorf. Yasmine und ich, wir waren aus dem gleichen Holz geschnitzt.

# TEIL VIER

## 2009

## 46

Das Jahr 2009 fing nicht gut an. Seit fast einer Woche führte Israel Krieg in Gaza. Yasmine und ich waren gerade von einer Neujahrsfeier zurückgekommen, als ich die Fernbedienung vom Couchtisch nahm und die Nachrichten einschaltete. Yasmine kuschelte sich auf dem Sofa an mich.

»Heute hat ein F-16-Kampfjet eine 2000-Pfund-Bombe auf das Haus von Dr. Nizar Rayan abgeworfen«, sagte der Reporter. »Rayan war einer der wichtigsten Anführer der Hamas und fungierte als Vermittler zwischen der politischen Führung und dem militärischen Flügel. Die Bombe tötete nicht nur ihn, sondern auch seine vier Ehefrauen und elf seiner Kinder im Alter von eins bis zwölf Jahren.«

Man sah Bilder von Dr. Rayan vor seiner außergerichtlichen Hinrichtung und dann von der Verwüstung nach dem Bombenanschlag. Der fünfstöckige Wohnblock, in dem Dr. Rayan mit seiner Familie gewohnt hatte, war dem Erdboden gleichgemacht worden. Männer in gelben Schutzwesten trugen die Toten weg. Leichen, Feuer, Rauch. Verwundete, blutüberströmte Kinder. All das war mit wackeliger Kamera festgehalten worden. Viele Menschen kämpften sich auf der Suche nach weiteren Opfern durch die Trümmer. Doch dann gab es noch eine Explosion, und Panik brach aus. Verzweifelt versuchten die Anwohner, sich in Sicherheit zu bringen.

»Quellen zufolge war Dr. Rayan ein Befürworter von Selbst-

mordattentaten, seit 1994 ein jüdischer Immigrant namens Ba-
ruch Goldstein während des Ramadan in eine Moschee in Hebron
eingedrungen war und das Feuer auf unbewaffnete muslimische
Palästinenser eröffnet hatte«, berichtete der Reporter. »Goldstein
tötete neunundzwanzig Menschen und verletzte mindestens hun-
dertfünfundzwanzig, bevor ihm die Munition ausging.

2001 half Dr. Rayan seinem zweiundzwanzigjährigen Sohn, ein
Selbstmordattentat zu begehen, bei dem dieser Sohn und zwei Israelis ums Leben kamen.«

Jetzt sah man Dr. Rayan, einen korpulenten bärtigen Mann,
umringt von Kämpfern mit schwarzen Sturmmützen. Sie trugen
grüne Stirnbänder, was bedeutete, dass sie zu den Al-Qassam-Bri-
gaden gehörten.

Ich wollte den Fernseher schon ausmachen, da ging ein ge-
krümmter, gehbehinderter Mann auf die Mikrophone zu. Ich
kannte diesen Mann. Es war sechzehn Jahre her, dass ich meinen
Bruder zum letzten Mal gesehen hatte, doch sein Gang war unverkennbar. Abbas war jetzt sechzig Jahre alt, so gut wie kahl, und die
Gesichtshaut hing schlaff herunter, wie eine zu große Maske.

Abbas beugte sich vor und sagte: »Wir werden den Tod unseres
großen Anführers Dr. Nizar Rayan rächen.«

Ich setzte mich kerzengerade auf. »Das ist mein Bruder. Abbas.«

Überrascht zog Yasmine die Augenbrauen hoch. »Keiner der
Privatdetektive, die du auf ihn angesetzt hast, hat es geschafft, ihn
zu finden – und jetzt taucht er im Fernsehen auf?«

Hatte Abbas sich tatsächlich den Qassam-Brigaden angeschlossen? War er nicht in den Untergrund gegangen? Er war schwerbe-
hindert – was konnte er schon für das Militär tun?

»Will dein Bruder sterben? Meinst du, ihn treibt ein heimlicher
Todeswunsch an?«, fragte Yasmine.

Warum lebte er ausgerechnet in Gaza, dem ärmsten und gefähr-
lichsten Ort auf der ganzen Welt? Er hätte unser Dorf nie verlassen

sollen. Zwar gab es auch dort keine politische Gleichberechtigung, aber wir hatten es trotzdem deutlich besser als die Einwohner von Gaza.

»Was werden die Israelis meiner Familie antun?« Ich nahm meine Brille ab und rieb mir die Augen. »Warum muss Abbas sich in die Politik einmischen?« Gaza hatte keine Chance gegen Israel, eine der stärksten Militärmächte der Welt und die einzige Atommacht im Nahen Osten. »Ich muss meinem Bruder helfen.«

»Jetzt wissen wir wenigstens, wo er ist«, sagte Yasmine. »Ich finde, wir sollten versuchen, Kontakt zu ihm aufzunehmen.«

Wir gingen in mein Arbeitszimmer, und Yasmine suchte im Internet nach Abbas' Telefonnummer. In Gaza gab es fünf Männer mit dem Namen Abbas Hamid. Ich rief sie alle an, einen nach dem anderen. Keiner von ihnen war mein Bruder. Keiner wusste, wie ich ihn finden konnte.

Ich kontaktierte verschiedene Regierungsbehörden, darunter auch das Büro des Präsidenten, und hinterließ überall eine Nachricht auf dem Anrufbeantworter: Ich flehte Abbas an, mich zurückzurufen.

Den Rest der dreiundzwanzigtägigen Militäroffensive Israels verfolgte ich im Fernsehen. Ich las in den Zeitungen darüber und recherchierte im Internet. Nachdem ich auf YouTube ein Video gefunden hatte, in dem ein Experte die Wirkungsweise von weißem Phosphor erklärte, den die Israelis in Gaza einsetzten, war ich noch entschlossener, Abbas dort herauszuholen.

Das israelische Militär hatte Phosphorbomben in der Luft hochgehen lassen, angeblich, um eine Nebelwand um das Flüchtlingslager Dschabalija, den am dichtesten besiedelten Ort der Welt, zu erzeugen. Dem Experten zufolge war es an dem Tag, an dem sie das versuchten, allerdings so windig, dass sich gar keine Nebelwand bildete. Stattdessen regneten die brennenden Phosphorteilchen auf Tausende von Zivilisten nieder. Das ist deswegen ganz besonders gefährlich, weil Phosphor durch die Brandwunden absorbiert wird, was zu Leber-, Herz- und Nierenschäden führt und in manchen Fällen sogar zu Organversagen. Außerdem brennt Phosphor in Verbindung mit Sauerstoff immer weiter, bis er vollkommen aufgebraucht ist.

Wie konnte ich meinen Bruder an einem solchen Ort seinem Schicksal überlassen? Was, wenn der Phosphor ihn verbrannte? Die Schmerzen wären unerträglich. Nur zu gut erinnerte ich mich an die grässliche Brandwunde, die mein Sohn Amir sich zugezogen hatte, als ihm ein Topf mit kochend heißer Suppe auf den Arm gefallen war. Im Vergleich zu Verbrennungen mit weißem Phosphor war so eine Wunde absolut harmlos. Ich musste natürlich auch daran denken, wie hilflos ich mich gefühlt hatte, als mein Bruder damals, vor vielen, vielen Jahren, in seinem Krankenhausbett im Koma gelegen hatte.

Ich versuchte rund um die Uhr, Abbas ausfindig zu machen – ohne Erfolg. Doch dann, eine Woche nach dem Waffenstillstand, wendete sich das Blatt. Ich bekam einen geheimnisvollen Anruf von einer Frau. »Wenn Sie Ihren Bruder Abbas wiedersehen wollen, müssen Sie nach Gaza kommen.«

Meine Entscheidung stand sofort fest: Ich würde nach Gaza reisen und versuchen, meinen Bruder zu retten.

»Alles in Ordnung?« Yasmine stand im Bademantel in der Tür meines Arbeitszimmers. »Ich habe das Telefon klingeln hören. Wer war es?«

Der Baum vor dem Fenster erinnerte mich daran, wie Abbas und ich früher auf unseren Mandelbaum geklettert waren, um durch mein Fernglas die Israelis zu beobachten. »Ich muss nach Gaza«, erklärte ich.

Fassungslos starrte Yasmine mich an. »Das ist nicht dein Ernst.«

»Abbas ist in Gefahr. Ich muss mit ihm reden.«

»Indem du dich selbst in Gefahr bringst?«

»Er ist mein Bruder.«

»Du kannst nicht gehen.« Sie betonte jedes Wort.

»Das ist meine einzige Chance, meine Fehler wiedergutzumachen.« Vor meinem inneren Auge sah ich Baba, mit Handschellen an die Pritsche gefesselt. Abbas, der reglos auf dem Boden lag, während die Blutlache um seinen Kopf sich immer weiter ausbreitete. »Ich möchte ihm die Möglichkeiten bieten, die er nie hatte.«

Yasmine verschränkte die Arme vor der Brust. »Warum musst du hinfahren? Warum schickst du nicht einfach jemanden?«

»Das muss ich selbst übernehmen, finde ich.«

»Du hast eine Frau und zwei Kinder. Du hast einen guten Job. In Gaza tobt ein Krieg. Was, wenn die Israelis die Stadt wieder bombardieren, während du da bist? Was ist mit unseren Familien in Israel? Wenn die Israelis versuchen, sich an ihnen zu rächen? Willst du wirklich alles aufs Spiel setzen, um deinen Bruder zu retten?«

»Ja.« Ich hatte das Gefühl, dass ich endlich tat, was ich tun musste.

Yasmine holte tief Luft. Sie wusste, dass ich mich von meinem Entschluss nicht abbringen lassen würde. »Ich komme mit.«

Und ich wusste, dass sie sich von ihrem Entschluss auch nicht abbringen lassen würde.


Fadi holte Yasmine und mich am Flughafen ab und fuhr uns zum Haus meiner Eltern. Unterwegs redeten wir nicht über Abbas, weil wir Angst hatten, das Auto könnte verwanzt sein. Bei seiner ersten Stellungnahme vor laufenden Kameras hatte noch niemand gewusst, wer er war, aber wenige Tage später identifizierte man ihn als Abbas Hamid, einen arabischen Israeli. Dann kam heraus, dass er geheimdienstlich für die Qassam-Brigaden arbeitete und wie die anderen Mitglieder im Untergrund gelebt hatte – bis zum Tod von Nizar Rayan.

Auf der Fahrt durch Tel Aviv schaute Fadi immer wieder in den

Rückspiegel. Jedes Mal, wenn wir die Spur wechselten, folgte uns ein Militärjeep. Er klebte regelrecht an unserer Stoßstange. Wir fuhren quer durch Tel Aviv – vielleicht dachte Fadi, er könnte auf diese Weise unseren Verfolger abschütteln. Ich war völlig verblüfft, wie sehr die Stadt sich verändert hatte. Überall ragten Wolkenkratzer aus Stahl und Glas in den Himmel, Gebäude mit Eigentumswohnungen und Bürotürme, und die neuen vierspurigen Boulevards und Schnellstraßen wechselten sich ab mit hübschen, von Bäumen gesäumten Alleen. Wir fuhren am Strand entlang, wo zwischen üppigen Palmen elegante Cafés, Bars und Geschäfte wie Pilze aus dem Boden geschossen waren. In diese Stadt war eine Menge Geld investiert worden. Über die neue Autobahn, den Highway 6, mit den effizient integrierten Brücken und Tunneln, gelangten wir in Rekordzeit in unser Dorf – und der Militärjeep blieb uns die ganze Zeit auf den Fersen. Er verfolgte uns sogar hinauf auf den Berg, auf dem das Haus meiner Eltern stand.

Zwei Soldaten waren vor der Tür postiert. Schon deshalb hupte Fadi nicht wie sonst, als wir uns näherten, und niemand wartete draußen, um uns zu begrüßen.

»Baba.« Ich ging zu meinem Vater, um ihn zu umarmen, doch er rührte sich nicht von der Couch im Wohnzimmer, sondern starrte wie gebannt auf den Bildschirm, wo gerade Nachrichten kamen. Mit blutunterlaufenen Augen sah er zu mir hoch, dann erst erhob er sich langsam und umarmte uns. Er schien um hundert Jahre gealtert. »Was sollen wir tun?«, flüsterte er mir ins Ohr.

»Yasmine und ich fahren nach Gaza. Wir werden ihn mit nach Amerika nehmen«, flüsterte ich zurück. Wir blieben mitten im Zimmer stehen, Yasmine neben mir.

»Dort ist es viel zu gefährlich«, murmelte Baba leise. »Ich kann dich nicht gehen lassen.«

»In guten Zeiten ist die Entscheidung schwer. Aber in schlimmen hat man keine Wahl«, zitierte ich ihn. »Wie geht es Mama?«

Baba schüttelte ratlos den Kopf. »Sie ist unglaublich.« Dann zog er mich näher zu sich. »Sie ist doch tatsächlich stolz auf Abbas.«

Wie konnte sie stolz darauf sein, dass ihr Sohn sich einer Organisation angeschlossen hatte, die Gewalt für das einzige Mittel hielt, um die Freiheit zu erkämpfen? Mama hatte sich so vehement gegen mein Studium ausgesprochen – und jetzt das.

»Wo ist sie?« Sie weiß einfach nicht genug, sagte ich mir.

Baba ging uns voraus in die Küche, wo Mama das Essen zubereitete. Sie hackte frische Petersilie und summte dabei fröhlich vor sich hin. Die zwei Soldaten sahen ihr durchs Fenster bei der Arbeit zu. Mama winkte ihnen und lachte.

»Mama«, rief ich fassungslos, »was machst du da?«

»Du ziehst ein Gesicht, als hättest du gerade in eine saure Zitrone gebissen«, sagte sie mit einem belustigten Glitzern in den Augen. »Wie lange seid ihr schon da? Kommt, lasst euch umarmen.« Sie drückte erst mich, dann Yasmine. »Ich bin so stolz auf deinen Bruder«, flüsterte sie mir zu. »Ich kann kaum glauben, was er alles erreicht hat. Und das, obwohl sie ihn fast umgebracht hätten.«

In diesem Moment kam Fadi mit seiner Frau und seinen zwei Söhnen herein.

»Wie geht's dir in Rom?«, fragte ich Abdullah, den älteren der beiden. Er studierte seit drei Jahren in Italien Medizin, an derselben Universität, auf der auch sein Vater gewesen war.

Er umarmte mich fest. »Danke, Onkel Ahmed! Das Auto ist super!«

»Du bist ein Hamid! Da musst du stilvoll reisen. Gefällt dir deine Wohnung?«

»Ja, sehr. Vielen Dank noch mal.«

»Und wie ist es in Paris?«, fragte ich Hamza, Fadis anderen Sohn.

»Paris ist ein Paradies für Maler.«

»Hast du deinem Großvater schon was beigebracht?«, erkundigte ich mich und lächelte Baba zu.

»Er hat mich längst überflügelt«, brummte mein Vater.

Nadia, die jetzt in derselben Straße wohnte wie meine Eltern, besuchte zur Zeit Hani in den Staaten. Ich hatte ihr angeboten, finanziell dafür aufzukommen, dass ihre zehn Kinder und sieben Stiefkinder die Uni besuchen konnten. Nur zwei meiner Nichten hatten gleich nach der Schule geheiratet. Unter den Hochschulabsolventen waren zwei Herzchirurgen, ein orthopädischer Chirurg, ein Radiologe, ein Maschinenbauingenieur, ein Architekt, ein Dozent für kreatives Schreiben, ein Menschenrechtsanwalt, ein Grundschullehrer, zwei Krankenschwestern und ein Bibliothekar. Von meinen noch lebenden Geschwistern hatten Abbas und Nadia als Einzige die Schule nie abgeschlossen.

Hani war mit seiner Frau nach Amerika gezogen. Die beiden hatten sich an der Hebrew University in Jerusalem kennengelernt. Nachdem er seinen Doktor in Nahoststudien gemacht hatte und sie ihren Bachelor im selben Fach, waren sie zusammen nach Kalifornien gezogen. Hani war inzwischen Professor für Nahoststudien an der UCLA, der University of California in Los Angeles.

Am nächsten Morgen fuhren Yasmine und ich zur amerikanischen Botschaft in Jerusalem, um bei der israelischen Regierung einen Antrag zu stellen. Wir brauchten die Genehmigung, nach Gaza einreisen zu dürfen.

»Mein Bruder ist dort«, erklärte ich. »Ich muss ihn sehen.«

»Ich will ehrlich sein«, sagte die Dame an der Rezeption. »Sie verschwenden Ihre Zeit. Israel lehnt alle Anträge ab.«

»Es ist ein Notfall.«

»Darf ich Ihnen einen guten Rat geben? Hören Sie auf mich. Gehen Sie zurück nach Amerika.« Sie sah an uns vorbei. »Der Nächste, bitte!« Hinter uns hatte sich bereits eine lange Schlange gebildet, und die Frau arbeitete allein.

»Können wir wenigstens den Antrag einreichen?«, fragte Yasmine.

»Nein, geht leider nicht. Es würde unserer Reisewarnung für Gaza widersprechen.«

Enttäuscht, aber immer noch fest entschlossen, kehrten Yasmine und ich in die Staaten zurück.

## 47

Yasmine stellte einen Teller Kallaj auf den Tisch.

»Solches Gebäck habe ich noch nie gesehen.« Menachem lud sich eine der Teigtaschen auf den Teller.

»Die haben wir diese Woche im Angebot«, erklärte Justice. »Wir kommen mit dem Backen gar nicht hinterher.«

Vor zehn Jahren hatten Justice und Yasmine gemeinsam eine nahöstliche Bäckerei namens »Pastries for Peace« eröffnet. Inzwischen gehörten ihnen dreiundzwanzig solcher kleinen Betriebe überall in den USA. Die Einnahmen spendeten sie einer Organisation, die palästinensischen Unternehmensgründerinnen Mikrokredite gewährte.

Ich starrte auf das Porträt von Abbas, das Baba mir gegeben hatte, bevor wir nach Amerika zurückgeflogen waren – das Bild ohne meine toten Geschwister.

»Ihr wisst ja, dass sich mein jüngerer Bruder der Hamas angeschlossen hat«, sagte ich. »Abbas hatte kein leichtes Leben. Ein irakischer Israeli hat ihn von einem Baugerüst gestoßen, als er gerade mal elf war. Bei dem Sturz hat er sich das Rückgrat schwer verletzt. Seither kann er nicht mehr aufrecht gehen. Mein Vater war im Gefängnis, und wir mussten in einem Zelt wohnen. Könnt ihr mir helfen?« Meine Sätze hatten total anders geklungen, als ich sie im Kopf eingeübt hatte. Justices Augen wurden bei jedem Wort größer, während Menachem keine Miene verzog.

Ich schob meine Brille nach oben und presste die Finger auf die Nasenwurzel. Yasmine brachte uns Kaffee, setzte sich neben mich und drückte meine andere Hand. Ich musste mich zusammenreißen. Es ging hier schließlich um Abbas. Zur Not würde ich auch betteln.

Menachem schwieg immer noch. Dann schaute er mich an, als würde er sich richtig darüber freuen, dass ich ihn um Hilfe bat. »Was kann ich für euch tun?«

Ich stand auf und trat kurz ans Fenster. Die Hände tief in den Hosentaschen vergraben, drehte ich mich wieder zu ihm um. »Yasmine und ich müssen nach Gaza. Kennst du jemanden, der uns dabei behilflich sein kann?«

»Du weißt – ihr begebt euch in Lebensgefahr.«

Ich zuckte nur die Achseln.

Ich war zweiundsechzig Jahre alt, aber Abbas war immer noch mein kleiner Bruder.

## 48

Sechs Monate später saßen Yasmine und ich auf dem Rücksitz eines Taxis, das uns von Jerusalem nach Gaza bringen sollte. Wir kamen an Olivenhainen und Mandelbäumen vorbei, dann an den Orangenhainen, und als ich die Weizenfelder sah, krampfte sich mein Magen zusammen.

Wir versuchten seit drei Wochen, durch den Grenzübergang nach Gaza zu gelangen. Jeden Tag hatten wir Stunden damit vergeudet, die israelischen Beamten am Kontrollpunkt Erez zu bitten, uns hineinzulassen. Dass Menachem Himmel und Hölle in Bewegung gesetzt hatte, um uns die Erlaubnis der israelischen Regierung zu beschaffen, half nichts. Tag für Tag trugen wir den Grenzbeamten unseren Fall vor, und jedes Mal sagten sie, wir bräuchten noch ein anderes Formular. Tag für Tag standen wir um fünf Uhr auf, um mit neuen Papieren noch einmal Anlauf zu nehmen.

Ich präsentierte Briefe von Menachem und zwei jüdischen Nobelpreisträgern, mit denen ich am MIT zusammenarbeitete. Yasmine und ich schrieben beide eine persönliche Erklärung, dass wir bereit waren, die volle Verantwortung zu übernehmen – wir würden die israelische Regierung für nichts, was uns in Gaza passierte, haftbar machen. Und wir bestätigten, dass wir uns freiwillig in ein Kriegsgebiet begaben. Keine unserer Bemühungen fruchtete. Jeden Tag lautete die Antwort der Grenzwache: »Kommen Sie morgen mit einem anderen Dokument zurück.«

Unser arabischer Fahrer rauchte pausenlos bei geschlossenen Fenstern – im Inneren des Taxis hing schon eine dicke Qualmwolke. Obwohl die Fenster zu waren und ich einen dicken Pullover und einen Regenmantel trug, war es im Auto eiskalt. Yasmine zitterte richtig, weil sie so fror. Wir waren Winterwetter gewöhnt, aber diese feuchte Kälte kroch in alle Ritzen.

»Könnten Sie bitte die Heizung anstellen?«, bat ich den Fahrer.

»Die Heizung ist kaputt«, erwiderte er und drehte sich zu uns um. »Die Reparatur würde mich tausend Schekel kosten. Wer hat schon so viel Geld?«

Ich griff in meine Tasche und zählte tausend Schekel ab. »Für Sie«, sagte ich und reichte ihm die Scheine.

»Was wollen Sie dafür?« Er musterte mich argwöhnisch. »Ich war schon viermal im Gefängnis. Noch mal lasse ich mich nicht einbuchten.«

»Wir möchten nur, dass Sie uns zum Kontrollpunkt Erez fahren.«

»Warum wollen Sie nach Gaza?«

»Ich muss meinen Bruder sehen.«

»Na, dann viel Glück.« Er zog an seiner Zigarette und blies mir den Rauch direkt ins Gesicht. »Die Israelis lassen Sie garantiert nicht rein. Als sie 2005 da abgezogen sind, haben sie die Menschen in Gaza eingesperrt und den Schlüssel weggeworfen. Wissen Sie, wie oft ich schon Leute zum Kontrollpunkt Erez gebracht habe? Keiner von ihnen wurde je durchgelassen. Warum soll es bei Ihnen anders sein?«

»Wir haben die richtigen Papiere«, erklärte Yasmine. Sie blieb immer optimistisch.

»Bevor die Israelis den Gaza-Streifen abgesperrt haben, sind immer massenhaft Palästinenser über den Grenzübergang gekommen, weil sie hier arbeiten. Israel hat Gaza in einen Pool von Billigarbeitern verwandelt. Was hatten die Menschen dort schon für eine Wahl? Man hat ihnen nicht erlaubt, ihre eigene Wirtschaft aufzubauen.« Er nahm noch einen tiefen Zug und stieß den Rauch langsam aus. »Und kaum waren sie völlig abhängig, da verzieht sich Israel und schneidet sie vom Rest der Welt ab.«

»Ich weiß«, sagte ich leise. »Ich kenne die Situation.« Ich bekam kaum Luft. Das Letzte, was ich jetzt brauchte, war eine Diskussion über Politik.

Vor einem großen, glänzenden Gebäude stiegen Yasmine und ich aus. Der Kontrollpunkt Erez war eine regelrechte Festung. Als wir endlich an die Reihe kamen, reichten wir dem israelischen Soldaten am Schalter unsere Papiere. Er war unglaublich jung – ich hätte sein Großvater sein können. Aufmerksam studierte er unsere Genehmigungsbescheide.

»Warten Sie bitte hier, bis ich Sie rufe«, sagte er und bedeutete uns mit einer ungeduldigen Geste, wir sollten zur Seite gehen.

»Hierher!«, rief uns da ein Mann zu, der mit einem anderen ein Stück abseits stand. »Jake Crawford«, stellte er sich vor. »Ich bin vom Congressional Research Service. Und das ist mein Kollege, Ron King.«

»Ahmed Hamid. Und das ist meine Frau Yasmine.«

Es regnete in Strömen, und die Kälte kroch uns bis in die Knochen.

»Machen Sie doch kein so mürrisches Gesicht«, sagte Jake. »Es könnte schlimmer sein. Wir könnten am Kontrollpunkt Karni stehen.«

»Warum? Was ist da?«, wollte ich wissen.

»Da ist immer ein Riesenstau. Ein Kollege von uns versucht schon seit Monaten, einen LKW voller Wasservorräte dort durchzubringen.«

»Die Leute in Gaza werden krank.« Ron schüttelte verärgert den Kopf. »Das Wassersystem und die Kanalisation fallen aus. Israel lässt nicht zu, dass die benötigten Ersatzteile geliefert werden. Die

Menschen in Gaza können ihr Wasser nicht trinken, und die Israelis machen es unserem Kollegen unmöglich, sauberes Wasser in die Stadt zu bringen.«

Jake seufzte. »Sie glauben gar nicht, wie viele Lieferanten dort seit einer halben Ewigkeit festsitzen und nicht nach Gaza reinkommen.«

Stunden vergingen, bis man uns schließlich mitteilte, unsere Papiere würden bereitliegen. Wir reichten sie dem israelischen Grenzbeamten durch einen Schalter, ähnlich wie auf der Bank. Dann durchsuchte man uns, das Gepäck wurde regelrecht auseinandergenommen, jeder Gegenstand genauestens inspiziert. Unsere nächste Etappe war das glänzende Edelstahlgebäude, eine Mischung aus Gefängnis und Flughafenterminal. Garantiert hatte es über eine Milliarde Dollar gekostet, so viele Videokameras, Metalldetektoren, Röntgengeräte und andere Überwachungsmaschinen gab es hier. Von sieben Schaltern war nur einer geöffnet. Wir wanderten durch ein Labyrinth aus Checkpoints, Wartebereichen und Personenschleusen. Ins Lager Dror hineinzukommen war ein Kinderspiel im Vergleich. Aber anscheinend hatte Menachems Telefonat mit dem israelischen Stabschef gestern Abend tatsächlich etwas bewirkt.

Es war bereits dunkel, als wir ins Freie traten. Wir folgten den Schildern nach Gaza und durchquerten dann einen langen Betontunnel, der mich an den Treibgang für die Kühe damals im Schlachthof erinnerte. Danach mussten wir unser Gepäck etwa anderthalb Kilometer weit eine unbefestigte Schotterstraße entlangschleppen, bis wir Gaza erreichten. Verzweifelte Taxifahrer stürzten sich wie die Geier auf uns, sobald sie uns erblickten.

»Ich nehme Sie mit!«, schrien sie alle durcheinander.

Klitschnass und durchgefroren setzten wir uns auf die zerrissenen Sitzpolster irgendeiner Taxi-Rückbank.

Die Straße vor uns war abgesperrt.

»Ein Hamas-Checkpoint«, erklärte der Fahrer. »Nur eine Formalität.«

»Guten Abend«, begrüßte uns der Hamas-Beamte. Wir reichten ihm unsere Pässe, er sah sie sich kurz an und gab sie uns zurück. »Willkommen in Gaza«, sagte er lächelnd.

Es war zu spät, um nach Abbas zu suchen, also fuhren wir direkt zu unserem Hotel.

Auf dem Weg dorthin kamen wir an mehreren unverputzten Betonziegelbauten vorbei, in denen riesige Löcher klafften. Die meisten Fenster waren mit Plastikplanen zugehängt. Es regnete immer noch. Auf den Straßen drängten sich unzählige Menschen aller Altersgruppen, zwischen verrosteten Autos und alten Eselskarren. In den Ruinen und Trümmerhaufen sah man kaputte Fernseher, Boiler, Kabel und verbogene Eisenträger. Unbewohnbare Mietshäuser säumten die engen Straßen, und an jeder Ecke standen verlassene Scharfschützentürme. Kinder tobten barfuß durch den Schlamm. Überall lag Müll herum. Und mitten in dieser ganzen Verwüstung standen Zelte, Reihe um Reihe. So weit das Auge reichte, nichts als Elend und bittere Armut. Yasmines Augen waren vor Schreck und Entsetzen geweitet.

»Warum gibt es hier keine Bäume?«, fragte ich den Fahrer. Baba hatte mir so oft erzählt, wie in Gaza die Orangenhaine mit ihrem süßen Geruch die Luft erfüllten. Unsere Orangen seien nicht halb so lecker wie die saftigen, nahezu kernlosen Orangen, die es in Gaza gab, hatte er immer gesagt. In seinen Erzählungen war Gaza eine Art Urlaubsparadies am Meer gewesen, in dem dank der günstigen Lage der Handel florierte.

»Die Israelis haben alle Bäume in der Gegend gefällt«, erklärte der Fahrer. »Sie können sich bestimmt vorstellen, was für ein Sicherheitsrisiko die Bäume für sie waren: Die Orangen hätten auf ihre Panzer fallen können!«

Wir bogen in ein Viertel ein, das hauptsächlich aus Häusern und Wohnblocks bestand, die aus Stein und Beton gebaut waren und zum größten Teil noch intakt waren – nur hier und da war ein Gebäude beschädigt. Dann bog der Fahrer wieder ab, und wir fuhren eine gepflasterte Straße entlang zu einem weißen Palast.

Der Portier hieß uns herzlich willkommen. Das Hotel war für Würdenträger und Journalisten aus aller Herren Länder gebaut worden, und selbst jetzt noch verströmte es eine Aura von privilegiertem Luxus. Von den hohen, gewölbten Decken hingen glitzernde Kronleuchter. Eine helle, saubere und geräumige Lobby – ich war richtig dankbar für die angenehme Unterbringung. Unser Zimmer war dekoriert mit Schwarzweißfotos aus Gaza, wie es in besseren Zeiten ausgesehen hatte. Vom Fenster aus konnten Yasmine und ich die Brandung der Wellen hören. Eine frische Meeresbrise vermischte sich mit dem Sandelholzduft des Hotels.

»Die Wellen klingen wütend«, seufzte Yasmine. »Bei dem stürmischen Seegang würdest nicht mal du schwimmen gehen.«

Ich hatte im Mittelmeer schwimmen gelernt, bei einer Physik-Konferenz in Barcelona. Die Konferenz fand während der Sommerferien statt, deshalb konnten Yasmine und meine Söhne mich begleiten. Im Anschluss fuhren wir an die Costa Brava und verbrachten ein paar Tage in einem Hotel direkt am Strand. Mahmud war damals neun und Amir noch nicht ganz acht. Jeden Morgen standen wir ganz früh auf, um an unserem Privatstrand schwimmen zu gehen.

»Die Wellen sind jedenfalls nicht wie die in den Hamptons, so viel ist sicher«, stimmte ich zu. Dort hatten meine Söhne mir das Wellenreiten beigebracht, als wir in New York City wohnten.

»Das Wasser ist vergiftet«, sagte Yasmine.

## 49

Als wir morgens allein im Speisesaal saßen und frischen Erdbeersaft tranken, kam ein Mann in einem Nadelstreifenanzug an
unseren Tisch. »Willkommen. Willkommen!«, sagte er. »Ich bin
Sayeed El-Sayeed, der Besitzer dieses Hotels.«

»Bitte – setzen Sie sich doch zu uns.« Ich deutete auf den Stuhl
mir gegenüber. »Ich bin Ahmed Hamid, und das ist meine Frau
Yasmine. Sie führen ein wunderschönes Hotel.«

»Ich habe mir so viel davon erhofft.« Traurig schüttelte er den
Kopf. »Zwanzig Jahre lang habe ich als Architekt in Saudi Arabien
gearbeitet. Mit meinen Ersparnissen bin ich zurück nach Gaza und
habe das Hotel gebaut.«

»Stammen Sie aus Gaza?«, fragte ich.

»Nein, aus Jaffa. Aber wir sind 1948 geflohen, vor dem Krieg, als
die Juden unsere Stadt eingenommen haben.«

»Zur Zeit kommen sicher nicht viele Touristen.« Ich ließ meinen
Blick über das leere Restaurant schweifen.

»Ja – Sie sind im Moment die Einzigen«, sagte er. »Früher durften wenigstens noch Journalisten und Mitglieder von Hilfsorgani-
sationen einreisen.«

»Wie erhalten Sie frische Lebensmittel und andere Lieferun-
gen?«, erkundigte ich mich.

Er deutete in Richtung Süden. »Durch die Tunnel. Sie wissen
schon – der Schwarzmarkt.«

»Sie müssen alles über die Tunnel beziehen?«

»Nein, nein. Den Import von Grundnahrungsmitteln erlauben die Israelis. Ich meine die Zutaten, die ich brauche, um eine Hotelspeisekarte zusammenzustellen.«

»Was haben Sie jetzt vor?«

Wieder schüttelte er den Kopf. »Kennen Sie zufällig jemanden, der Interesse daran hat, ein Fünf-Sterne-Hotel in einem Gefängnis zu kaufen?«

## 50

Ich starrte aus dem Taxifenster.

»Wo ist der Präsidentenpalast?«, fragte ich den Fahrer.

»Der war hier.« Er deutete auf einen Trümmerhaufen. »Jetzt residiert der Präsident nebenan.« Ein teilweise zerstörtes Haus – die zerbombten Räume waren mit Plastikplanen verhängt.

Zu der Frau an der Rezeption sagte ich: »Wir suchen Abbas Hamid.«

»Ihr Name?« Sie trug eine Augenklappe, und an ihrer rechten Hand fehlten zwei Finger. Mit ihrer schwarzen Kopfbedeckung und dem schwarzen Gewand wirkte sie sehr düster und traurig.

»Ahmed Hamid. Ich bin sein Bruder. Und das hier ist meine Frau, Yasmine Hamid.« Ich zeigte ihr unsere amerikanischen Pässe.

Kritisch musterte sie Yasmine in ihrem knallgelben Regenmantel mit gerüschtem Kragen, den sie in Paris gekauft hatte, und der hautengen schwarzen Hose – sie hielt sich fit mit Pilates und Power Yoga. Die Dame blätterte in ihren Unterlagen.

Dann griff sie zum Telefon und wählte eine Nummer.

»Warten Sie bitte draußen«, wies sie uns an. »Er ist noch nicht da.«

Draußen war es scheußlich nasskalt. Ein leichter Nieselregen kam vom Himmel. Wir hatten unsere Schirme nicht mitgenommen. Auf der anderen Straßenseite war die Ruine einer Moschee zu sehen. Eine Gruppe von Schülerinnen ging kichernd und flüsternd an uns vorbei, manche in Uniform, andere in zerknitterten, schäbigen Kleidern. Einige hatten einen Rucksack dabei, aber die meisten trugen ihre Sachen in einer Mülltüte.

Ich erkannte Abbas an seinem schleppenden Gang, als er sich, gestützt von einem Jungen, uns näherte.

»Abbas! Mein Bruder!« Ich eilte ihm entgegen. »Endlich!« Ich umarmte ihn, doch er erwiderte meine Umarmung nicht.

Im Gegenteil – er machte ein Gesicht, als würde er mich am liebsten bitten zu gehen. Dann schaute er kurz zu dem Jungen neben ihm und schwieg.

»Kannst du dich in der Öffentlichkeit zeigen? Ist das nicht zu riskant?«, fragte ich ihn. Ich hatte gelesen, dass eigentlich alle Kämpfer der Qassam-Brigaden im Untergrund leben mussten.

»Ich bin ein alter Mann und ein Krüppel«, erwiderte er. »Am liebsten würde ich wie Nizar im Kampf für mein Vaterland sterben. Er hatte keine Angst, sein Gesicht zu zeigen. Ich will mich nicht mehr verstecken. Soll die Welt ruhig sehen, wie die Israelis mich töten.«

»Bitte, Abbas, begib dich nicht unnötig in Gefahr«, sagte ich.

»Dafür ist es zu spät«, erwiderte er. »Ich habe außerdem jetzt gleich eine Sitzung.«

»Wo?«

Er deutete auf das Gebäude mit den Plastikplanen.

»Kannst du dir ein bisschen Zeit für mich nehmen?«, fragte ich ihn. »Ich habe die lange Reise gemacht, extra um dich zu sehen.«

»Entschuldige bitte, wenn ich nicht alles stehen und liegen lasse, um mit dir Tee zu trinken, aber ich muss zu meiner Sitzung.« Er warf mir einen verächtlichen Blick zu. »Mein Enkel Majid ist auf dem Weg zur Schule – begleite ihn doch einfach. Unterwegs kann er dir alles zeigen. Und wenn die Schule aus ist, unterhalten wir uns.«

»Geht er den ganzen Tag in die Schule?«

»In Gaza muss schichtweise unterrichtet werden, immer nur vier Stunden.« Abbas wandte sich seinem Enkel zu. »Das hier ist mein Bruder, dein Onkel Ahmed. Er lebt in Amerika.«

»Und ich bin Yasmine, Ahmeds Frau.« Yasmine lächelte, als sie sich vorstellte.

Abbas nickte ihr nur kurz zu, dann redete er wieder mit seinem Enkel. »Führe unsere Gäste herum, stelle sie deinen Freunden vor und nimm sie dann mit in die Schule.« Ehe ich etwas erwidern konnte, ging Abbas schon mit Majids Hilfe die Stufen hinauf.

Yasmine und ich warteten, bis der Junge zurückkam. Immerhin hatte Abbas sich bereit erklärt, nach der Schule mit mir zu reden.

»In welcher Klasse bist du?«, fragte Yasmine den Jungen, als wir losgingen.

»In der sechsten.« Dann schaute er mich an. »Ihr wohnt echt in Amerika?«

»Ja.« Ich lächelte.

Majid blieb stehen, öffnete seinen Rucksack, holte eine leere Tränengasgranate heraus und reichte sie mir. »Ich glaube, das war ein Geschenk aus eurem Land«, erklärte er mit einem Grinsen.

Ich nahm die leere Hülse. Auf der Seite stand: *Produced in Saltsburg, Pennsylvania.*

»Sag euren Freunden, vielen Dank, wir haben ihre Granate bekommen.« Er verstaute sie wieder in seinem Rucksack und holte einen Brocken heraus, der aussah wie ein Bombensplitter. »Das da habe ich in einer Schule gefunden. Stammt von einer Phosphorbombe.« Er zeigte mir die Beschriftung seines Schatzes: *Pine Bluff Arsenal.*

»Hast du denn keine Bücher in deinem Rucksack?«, fragte ich.

»Nein, die sind alle im Krieg verbrannt.«

Ich runzelte die Stirn. »Warum nimmst du dann überhaupt einen Rucksack mit?«

»Wir tauschen Granaten und Splitter«, antwortete er. »Mein

Freund Bassam hat ein supercooles Stück von einer 500-Pfund-Mark-82-Bombe, und das will ich unbedingt haben.«

Ich musste an meine kleinen Brüder denken, wie sie früher immer vor unserem Zelt saßen und Geschosse verglichen, die sie mit anderen getauscht hatten – so wie meine Söhne heute Baseballkarten tauschten.

Wir waren fast am Ziel. Majid zeigte auf eine Gruppe von Zelten neben der ehemaligen Schule, die fast dem Erdboden gleichgemacht worden war. »Letztes Jahr hatten wir hier noch richtig Unterricht«, erzählte er. Mehrere Großeltern oder Eltern redeten vor den Zelten mit ihren Kindern, während andere Kinder schon hineinkrabbelten. »Yo Fadi!«, rief Majid einem Jungen zu, der etwa in seinem Alter war. Der linke Ärmel seines verwaschenen blauen T-Shirts hing leer herunter. Der Junge kam zu uns, und Majid legte ihm den Arm um die Schulter. »Das hier sind meine Tante und mein Onkel aus Amerika.«

»Schön, dich kennenzulernen, Fadi«, sagte Yasmine.

»Eine Rakete von einem F-16 Kampfflieger hat ihm den Arm weggeschossen«, erklärte Majid nüchtern.

»Wenn Sie mir einen Schekel geben, zeige ich Ihnen meinen Stumpf«, sagte Fadi.

»Nicht nötig.« Ich griff in meine Tasche und gab ihm eine Münze.

»Warum hast du mir nicht gesagt, dass dein Onkel so freigiebig ist?« Fadi verpasste Majid mit seiner rechten Hand spielerisch eine Kopfnuss. »Dann hätte ich nämlich mehr verlangt!« Die beiden Jungen lachten, aber dann fing Majid an zu husten und bemühte sich, wieder ernst zu werden. Er schaute hinüber zu den Zelten und entdeckte dort einen ungefähr sechsjährigen Jungen.

»Amir!«, rief er. Neugierig kam Amir zu uns. »Das ist mein Onkel«, erklärte Majid wieder. »Er kommt aus Amerika.«

Mit seinem linken Auge musterte Amir uns sehr interessiert. Das rechte Auge bewegte sich nicht.

»Zeig ihm dein Auge«, sagte Majid.

Gehorsam ließ der Kleine sein rechtes Auge herausspringen, Yasmine schnappte erschrocken nach Luft, und die Kinder kringelten sich vor Lachen. Die leere Augenhöhle war rosarot und fleischig.

»Bist du verrückt?« Fadi warf frustriert die Arme in die Luft, diese universelle Geste für: Was soll man da machen? »Wieso hast du nicht zuerst gesagt, dass du Geld willst? Du musst dich benehmen wie ein echter Geschäftsmann, so wie ich.« Fadi wollte Majid wieder eine Kopfnuss verpassen, doch dieser duckte sich weg.

Kurz darauf kamen wir zu einem von Raketen stark beschädigten Gebäude. Teile waren ausgebrannt. Regen begann auf das Blechdach zu trommeln. Dies war jetzt Majids Schule.

Das Klassenzimmer hatte keine Tür und keine Fenster. Sechsundvierzig Jungen waren in den Raum gepfercht. Sie saßen alle auf dem Fußboden. Es war kalt und dunkel – in den Fassungen waren keine Glühbirnen, und eine Heizung gab es sowieso nicht. Mehrere Jungen hatten Narben im Gesicht, und fast alle hatten dunkle Ringe unter den Augen. An der rissigen Tafel hing ein Bild von einem lächelnden Jungen. Bestimmt ein Märtyrer, dachte ich. Die Schüler redeten alle munter durcheinander.

Ein Mann in einem Rollstuhl kam ins Klassenzimmer gerollt und begrüßte alle.

Majid ging gleich zu ihm hin. »Das hier sind mein Onkel und meine Tante. Sie wollen heute beim Unterricht mit dabei sein.« Und an uns gewendet fügte er hinzu: »Das ist mein Lehrer, Halim.«

»Bitte, entschuldigen Sie«, sagte der Lehrer. »Ich würde Ihnen gern einen Stuhl anbieten, aber wir mussten alle Stühle verheizen.«

»Ich bin Physikprofessor«, sagte ich verlegen. Etwas Besseres fiel mir irgendwie nicht ein.

»Sehr gut – dann fangen wir heute mit Physik an.«

Er reichte mir ein Blatt mit lauter Löchern.

»Was ist hier passiert?«, fragte ich und deutete auf den Zettel.

»Vom Radiergummi. Wir müssen das Papier durch das Tunnelsystem hereinschmuggeln. Miserable Qualität.«

Ich überflog den handgeschriebenen Zettel.

*Wärmeübertragung*
*Festkörper – Wärmeleitung*
*Flüssigkeiten und Gase – Konvektion*
*Leerer Raum – Strahlung*

»Ist das nicht ein bisschen zu einfach dargestellt für Elfjährige?«
Ich schaute den Lehrer fragend an.

Er senkte die Stimme. »Die Umstände.«

Wie konnte das sein? In den palästinensischen Flüchtlingslagern waren Erziehung und Bildung extrem wichtig. Im Lauf der Jahre hatte ich zahlreiche Palästinenser kennengelernt, die ihre Post-Docs an renommierten Universitäten machten. »Bekommt jeder Schüler so einen Zettel?«, fragte ich.

Der Lehrer schüttelte den Kopf. »Nein. Sie wissen doch. Die Blockade.«

»Ja, natürlich«, murmelte ich, aber im Grunde war ich fassungslos.

»Heute haben wir Gäste«, begann der Lehrer, an die Klasse gerichtet. »Majids Onkel und Tante. Der Onkel ist Physikprofessor.«

Man hörte Kampfflugzeuge über dem Haus. Die Kinder reagierten kaum, das Geräusch schien sie zu lähmen. Nur ein Junge, der ganz in unserer Nähe saß, zuckte sichtbar zusammen. Als die Flugzeuge weg waren, sagte der Lehrer: »Wer kann etwas zum Thema Wärmeübertragung sagen?«

Mehrere Hände gingen nach oben. Er rief den kleinen Jungen direkt vor mir auf. »Ahmad.«

»I-i-ich w-w-w-weiß nicht«, stotterte dieser.

Sie gingen die einzelnen Punkte auf dem Zettel durch, und nach der Physikstunde kam Mathematik an die Reihe. Die Kinder waren noch ganz am Anfang des kleinen Einmaleins.

»Wo ist, bitte, die Toilette?«, fragte ich. Anscheinend hatte ich zum Frühstück zu viel Erdbeersaft getrunken.

»Der Eimer steht draußen, hinter dem Laken.« Der Lehrer deutete in die Richtung.

Ich ging noch kurz nach draußen und suchte in den Trümmern nach kleinen Steinen, die ich in meine Hosentaschen stopfte.

Als ich zurückkam, war der Lehrer immer noch dabei, das Multiplizieren zu erklären, aber die Kinder hörten teilnahmslos und mit leeren Gesichtern zu.

»Sind Sie einverstanden, wenn ich einen kleinen Versuch mache?«, fragte ich ihn.

»Aber gern.«

Yasmine und ich setzten uns nun ebenfalls auf den Fußboden, die Kinder um uns herum. Ich legte zwei Steine auf den Boden.

»Eine Gruppe mit zwei Steinen ist gleich zwei.« Mit einem anderen Stein ritzte ich in die festgestampfte Erde: $1 \times 2 = 2$. Als Nächstes legte ich zwei Gruppen mit zwei Steinen auf den Boden. »Zwei Gruppen mit je zwei Steinen ergibt – eins, zwei, drei, vier.« Ich schrieb $2 \times 2 = 4$. Dann tat ich das Gleiche mit drei Gruppen und so weiter, bis zehn. Die Augen der Kinder leuchteten. »Wenn ihr nach Hause geht, könnt ihr das selbst mit Steinen üben.«

Yasmine brachte ihnen ein paar englische Redewendungen bei, so wie sie selbst die Sprache gelernt hatte, und brachte die Schüler dazu, sie selbständig zu verwenden. Als unsere Kinder klein waren, hatte Yasmine an der Universität Kurse besucht und einen Abschluss als Grundschullehrerin gemacht. Danach hatte sie sich allerdings dafür entschieden, mit Justice zu arbeiten, aber wenn ich gewusst hätte, wie pädagogisch begabt sie im Umgang mit Schulkindern war, hätte ich sie bestimmt ermuntert, stattdessen als Lehrerin zu arbeiten.

Majid begleitete Yasmine und mich bis zu Abbas' behelfsmäßigem Büro. Mein Bruder lud uns ein, mit zu ihm nach Hause zu kommen.

»Wo hast du denn geparkt?«, fragte ich ihn. Sein Auto musste ein Stück entfernt von hier stehen, denn ich hatte ihn ja zu Fuß kommen sehen.

»Ich wohne ganz hier in der Nähe.« Sein Tonfall war unterkühlt. »Der Arzt sagt, ich muss möglichst viel zu Fuß gehen, sonst lande ich demnächst im Rollstuhl.«

Wir schlugen ein langsames Tempo an. Abbas' Gesicht war schmerzverzerrt. So hatte er schon vor fünfzig Jahren ausgesehen – bei jedem Schritt. Schweigend gingen wir an den schwarzen Ruinen vorbei. Es begann wieder zu tröpfeln. Ein kalter Nieselregen. Kinder rannten in Richtung Schule, zu ihrer vierstündigen Schicht. Alle ohne Schirm und ohne richtigen Mantel, aber das schien sie nicht weiter zu stören.

Mein Bruder öffnete die Blechtür zu seinem Lehmziegelhaus. »Ich habe es so gebaut wie früher die Häuser bei uns im Dorf waren«, sagte er. »Ich bringe auch den Familien in den Zelten bei, wie das geht.«

Zwei Frauen saßen auf dem Fußboden, schreiende Babys in den Armen, während drei kleine Kinder, in Lumpen gekleidet, Fangen spielten. Sie spielten mit jemandem, der von hinten aussah wie ein etwas älterer Junge – aber als er sich umdrehte, stockte mir der Atem. Das war kein Junge, sondern eher schon ein junger Mann, und er sah genauso aus wie ich in dem Alter. Dichtes Haar, ein Anflug von Bart und insgesamt eine eher lässige Erscheinung. Er küsste Abbas die Hand.

»Mein Gott«, murmelte ich. »Ich komme mir vor, als wäre ich wieder jung!«

»Ja«, sagte Abbas. »Das hier ist Khaled, mein jüngster Sohn. Er sieht dir sehr ähnlich. Und nicht nur das – er hat auch deine naturwissenschaftliche Begabung geerbt. Aber er hat andere Prinzipien als du.«

»Sind Sie – bist du mein Onkel Ahmed?«, fragte Khaled. Er schien schockiert, klang aber gleichzeitig bewundernd.

Hatte mein Bruder ihm etwa von mir erzählt? Ich schaute zu Abbas hinüber. Sein Gesicht zeigte keine Regung.

»Was weißt du über deinen Onkel?«, wollte er dann von seinem Sohn wissen.

Khaled schluckte. »Ich habe alle Artikel von ihm gelesen, die ich irgendwie auftreiben konnte. Er hat herausgefunden, wie man die magnetische Anisotropie eines Atoms berechnen kann.«

»Ist das die Forschung, die du mit dem Israeli machst?« Abbas funkelte mich böse an, dann wandte er sich Khaled zu. »Weißt du, dass dein Onkel die letzten vierzig Jahre mit einem Israeli zusammengearbeitet hat, um dieses Ergebnis zu bekommen?«

Khaled senkte den Kopf.

»An welcher Universität studierst du?«, fragte ich ihn.

»Ich war an der Islamischen Universität und habe Physik studiert, aber jetzt …«

Sein Vater fiel ihm ins Wort. »Die Israelis haben bei ihrer Bodenoffensive das Labor zerstört. Samt Archiv.«

»Ich habe gelesen, dass die Hamas dort Waffen versteckt hatte«, sagte ich.

»Nichts als israelische Propaganda. Hast du die Information von deinem Kollegen?«

»Nein, es stand in den amerikanischen Zeitungen.«

»Du musst den Untersuchungsbericht der Vereinten Nationen lesen«, sagte Abbas. »Es waren zivile Gebäude, die ausschließlich Ausbildungszwecken gedient haben – man hat keinerlei Hinweise gefunden, dass sie auch für militärische Zwecke genutzt wurden, was sie in den Augen der Israelis zu legitimen Zielen gemacht hätte.

»Hast du an der Universität auch Nano-Technologie gemacht?«, fragte ich Khaled.

Er schüttelte resigniert den Kopf. »Das hätte ich wahnsinnig gern getan. Aber in Gaza gibt's gar keine Vorlesungen über Nano-Technologie.«

»Und – hast du dir schon mal überlegt, ins Ausland zu gehen?«, war logischerweise meine nächste Frage.

»Das MIT hat mir ein Stipendium angeboten, aber die Israelis lassen mich nicht raus. Ich habe schon tausendmal ein Visum beantragt.«

»Wie können sie dich daran hindern, ein Stipendium anzunehmen? Man würde doch denken, dass sie sich eine gutausgebildete Bevölkerung wünschen. Gewalt entsteht bekanntlich vor allem durch Unwissen und Aberglauben.«

Khaled wollte antworten, aber sein Vater schnitt ihm das Wort ab. »Nein – durch Armut, Unterdrückung und Verzweiflung entsteht Gewalt – und wenn man verhindert, dass die Kinder etwas lernen. Wenn junge Menschen keine Perspektive haben, keine Zukunft – dann werden sie gewalttätig.«

»Vielleicht kann ich dir helfen«, sagte ich. »Ich habe Beziehungen.« Ja, ich würde es ihm ermöglichen, am MIT zu studieren.

Khaled lächelte, aber sein Vater schob sich zwischen uns. »Khaled will sich nicht die Hände schmutzig machen, indem er mit dem Feind kollaboriert.« Er klopfte seinem Sohn auf die Schulter.

Ich schaute Khaled an. »Ich kann ja wenigstens mal herausfinden, welche Möglichkeiten es gibt.«

»Es gibt über achthundert Schüler, die ein Stipendium für eine ausländische Universität haben und nicht ausreisen dürfen«, erklärte Abbas. »Selbst mit deinen Beziehungen wirst du es nicht schaffen, Khaled hier rauszuholen. Die Israelis wollen keine Palästinenser mit einer soliden Ausbildung. Das gehört zu ihrer Politik. Sie wollen, dass wir verzweifeln, weil wir nichts mehr haben, wofür sich das Leben lohnt. Sie wollen Terroristen aus uns machen, damit sie ja nicht mit uns Frieden schließen können, weil sie uns dann nämlich unser Land zurückgeben müssten.«

Ich konnte es nicht fassen, wie paranoid Abbas war. Ich würde ihm beweisen, dass ich helfen konnte. Ich würde Himmel und Hölle in Bewegung setzen, um Khaled ein Visum zu beschaffen. Schließlich war es mir ja auch gelungen, nach Gaza hineinzukommen, oder?

Jetzt im Moment hielt ich es allerdings für besser, erst einmal das Thema zu wechseln. An der Wand hingen vier gerahmte Bilder: eine hübsche junge Frau mit kajal-umrandeten Augen, zwei Jungen und ein Mädchen. Daran, dass die Rahmen mit Plastikblumen geschmückt waren, konnte ich erkennen, dass sie alle Märtyrer waren.

Abbas merkte, dass ich die Bilder betrachtete. »Das waren meine Jungen, Riyad und Zakariyah.«

Sie erinnerten mich an Abbas und meine anderen Brüder in dem Alter.

»Riyad war sieben. Zakariyah erst sechs.« Abbas deutete auf die Frau neben ihnen. »Das war ihre Mutter, meine Frau. Malaikah. Sie haben noch in Schatila gelebt. Hast du von dem Massaker in Sabra und Schatila gehört, den Flüchtlingslagern im Libanon?«

»Ja, Abbas«, sagte ich. »Ich hatte schon befürchtet, sie hätten dich umgebracht.«

»Nein, leider bin ich nicht gestorben. Aber meine armen Söhne und meine Frau. Möge Allah ihren Seelen gnädig sein.« Er holte tief Luft. »Man hatte mich damals am Anfang des Monats gezwungen, das Lager zu verlassen.«

Am selben Tag, an dem mein Bruder seine Frau verlor, hatte ich mich bereit erklärt, Yasmine zu heiraten. »Möge ihr Geist in deinem Leben bleiben«, sagte ich. »Möge Allah ihre Gräber segnen.«

»Das da ist meine Enkelin Amal. Sie ist auf dem Heimweg von der Schule von einer israelischen Rakete getroffen worden, ein paar Tage, nachdem die Israelis der Welt vorgegaukelt haben, sie hätten Gaza verlassen. Khaled hat ihre sterblichen Überreste gefunden.«

Sein Sohn wandte sich ab und wischte sich die Augen. Offensichtlich wollte er nicht, dass wir sahen, wie sehr ihn das berührte.

Eine verhärmt aussehende Frau in einem abgetragenen Gewand mit Schleier kam herein, mit einem Tablett und drei Teegläsern. Sie strich Khaled über den Nacken, als sie an ihm vorbeiging, und sagte: »Die beiden hingen so aneinander, Khaled und Amal. Es war sehr schlimm für ihn.«

»Das ist meine Frau, Mayada.« Abbas nahm sich ein Teeglas und dankte ihr. Yasmine und ich taten es ihm nach.

Dann stellte Abbas uns auch seinen Schwiegertöchtern und seinen Enkeln vor. Die beiden älteren Söhne waren unterwegs – auf der Suche nach Arbeit. Mayada, seine zweite Frau, ihre drei Söhne und die acht Enkelkinder, sie lebten alle in seinem Haus mit den zwei Zimmern.

Ich musste sie unbedingt aus diesem Elend herausholen. Ich nahm mir noch einmal vor, sie alle nach Amerika mitzunehmen und ihnen ein neues Leben zu ermöglichen.

## 51

Abbas, Yasmine, Khaled und ich stiegen in Abbas' verrostetes kleines Auto. Es war blau, mit gelben Türen. Yasmine und Khaled kletterten auf den Rücksitz. Ich konnte mir gar nicht vorstellen, dass dieser Wagen fahren würde, aber Abbas schaffte es irgendwie, ihn in Bewegung zu setzen.

»Wie geht es dir, so insgesamt?«, fragte ich ihn.

»Ich habe jetzt extrem viel zu tun«, antwortete er höflich, aber ohne innere Wärme. »Dinge, die für mein Volk sehr wichtig sind.«

Zwei kleine Kinder spielten im Matsch. Aus einem behelfsmäßigen Zelt, das neben einem zerbombten Haus stand, trat eine Frau und winkte den Kindern zu, sie sollten hereinkommen.

»Wirst du dafür bezahlt?«

»Warum fragst du?« Kurz nahm er den Blick von der Straße und schaute mich an.

Ich klopfte den Staub aus meiner Hose. »Du wohnst in sehr ärmlichen Verhältnissen.«

»Ich spende mein Geld für Menschen, die es noch dringender brauchen. Solange ich weiß, dass andere leiden, kann ich mich nicht daran freuen.«

Sämtliche Gebäude, an denen wir vorbeifuhren, waren entweder beschädigt oder vollkommen zerstört. Ich hatte Teile von Gaza gesehen, die noch intakt waren – versuchte Abbas ganz bewusst, mir ein einseitiges Bild der Wirklichkeit zu vermitteln?

»Was hast du all die Jahre getan?«

»Ich hatte einen Job in der Organisation von Dr. Habash.«

»Als was?« Abbas hatte keine Ausbildung, und er war ja sehr schlecht zu Fuß.

»Geheimdienst.« Er grinste. »Ich habe die israelischen Zeitungen und die Nachrichten ins Arabische übersetzt. Erinnerst du dich noch an das Radio, das du damals für mich gebastelt hast? Damit habe ich ja immer die hebräischen Nachrichten gehört.«

»Ich habe verzweifelt versucht, dich zu finden.« Von dem Staub in der Luft musste ich niesen. »Aber man hatte den Eindruck, du seist vom Erdboden verschwunden.«

Abbas fuhr langsam, um den riesigen Schlaglöchern in der Straße rechtzeitig ausweichen zu können. »Ich habe im Untergrund gelebt«, sagte er. »Der Mossad war hinter mir her. Mehrere meiner Kollegen wurden umgebracht.«

Ich konnte es kaum glauben, dass er vor seinem Sohn so freimütig über seine Arbeit für eine Organisation sprach, die allgemein als terroristisch galt. Ich musste ihm endlich sagen, warum ich hier war. Er und seine Familie sollten sich nicht länger mit dem mühseligen Leben hier herumquälen. Hoffentlich war Abbas fähig und bereit, seinen Zorn auf mich beiseitezuschieben. »Wir sind hier, weil wir euch alle einladen wollen, mit uns in die Vereinigten Staaten zu kommen. Abbas – wir können dir und deiner Familie ein besseres Leben ermöglichen.« Ich schaute mich kurz zu Khaled um. Man sah ihm richtig an, wie er die Ohren spitzte.

Yasmine schwieg und blickte hinaus, zu den Plakaten der Märtyrer, die diese tristen Straßen säumten.

»Ja, klar – du erwartest, dass ich das, was ich hier tue, einfach aufgebe.« Abbas klang verbittert. »Du willst, dass ich nach Amerika abhaue – wo ich dann garantiert einen tödlichen Unfall haben werde.«

»Abbas, du bist mein Bruder …«

»Ich habe deine Karriere verfolgt. Wenn ich richtig informiert bin, dann arbeitest du immer noch mit diesem Israeli zusammen. Hat er dich hierhergeschickt?«

Ich war entsetzt. »Niemand hat mich hierhergeschickt! Dein Hass macht dich blind – du siehst gar nicht, dass es auf der Welt auch noch Gutes gibt. Ich möchte nur das Glück, das mir zuteil wurde, mit dir und den Deinen teilen.«

»Wir sind dir doch völlig gleichgültig. Ich und unser ganzes Volk. Du hast dich schon vor langer Zeit auf die Seite der Israelis geschlagen.«

»Ich kümmere mich um unsere ganze Familie. Ich unterstütze sie alle – im Alleingang. Mama und Baba haben ein wunderschönes Haus, mit jedem nur denkbaren Komfort. Ich habe dafür gesorgt, dass alle studieren können. Fadi, seine Kinder und Nadias Kinder. Und jetzt bin ich hier, deinetwegen. Und wegen deiner Familie. Ich habe mich auf niemandes Seite geschlagen.«

»Es ist, wie Bischof Desmond Tutu sagt: ›Wer in einer ungerechten Situation neutral bleibt, steht auf der Seite des Unterdrückers.‹«

Abbas' Worte waren wie ein Schlag ins Gesicht. Ach, wenn er mich doch verstehen könnte! »Ich versuche auf meine eigene Art, Frieden zu schließen.«

»Du tust, was für dich gut ist. Dein Volk hast du vergessen. Du bist ein Kollaborateur. Ist dir schon mal der Gedanke gekommen, dass nicht jeder von uns Fähigkeiten besitzt, die von den Israelis ausgenützt werden können?«

Ich wollte zwar nicht laut werden, aber ich hob doch die Stimme: »Abbas – ich arbeite nicht für Israel. Ich habe noch nie für Israel gearbeitet. Ich bin Amerikaner. Ich arbeite für die Wissenschaft. Für die Welt.«

Mein Bruder schwieg. Ich schaute ihn an und sagte: »Du setzt dein Leben aufs Spiel.«

»Das Wohl meines Volkes ist mein Leben.«

»Du musst auch an dich selbst denken, Abbas. An deine Familie. Ich kann dir ein angenehmes Leben ermöglichen, ein Leben in Sicherheit, ohne Leiden. Deine Familie wird eine Zukunft haben. Deine Söhne und deine Enkelkinder können die Ausbildung bekommen, die sie verdienen.« Abbas wirkte sehr alt. Er hätte mein Vater sein können. Ich hatte natürlich auch ein paar Falten im Gesicht, aber ich war gut durchtrainiert, weil ich ja seit Jahren regelmäßig joggen ging.

»Du bist anders als ich«, entgegnete mein Bruder. »Ich will etwas für mein Volk tun, aber du weißt so gut wie ich, dass Israel einen jüdischen Staat möchte, das heißt, einen Staat, in dem nur Juden leben. Auf dem Gebiet des historischen Palästina. Und in deiner neuen Heimat bestimmen die Juden die Politik im Nahen Osten. Die israelische Regierung weiß, dass sie tun können, was sie wollen – die Juden in Amerika stehen immer hinter ihnen.«

Ich verdrehte die Augen. »Du schreibst den amerikanischen Juden zu viel Macht zu. Es gibt ja auch noch das christliche rechte Spektrum. Und die glauben alle, dass die Juden hier leben müssen, wegen der Wiederkunft des Herrn oder was.«

»Und deshalb soll ich mein Volk im Stich lassen und nach Amerika gehen, weil dort alle Leute uns vernichten wollen?«

»Abbas, du argumentierst völlig irrational«, sagte ich. »Die Hamas schickt Selbstmordattentäter.«

»Israel braucht gar keine Selbstmordattentäter.« Abbas' Gesicht wurde ganz verschlossen. »Israel hat Panzer und Flugzeuge. Selbstmordattentate sind die Waffe der Verzweifelten. Die Israelis haben viel mehr Leute von uns getötet als umgekehrt. Seit den vierziger Jahren versuchen sie, uns aus Palästina zu verjagen, uns auszurotten.«

»So weit würde ich nicht gehen.« Ich konzentrierte mich einen Moment lang auf einen Schmutzfleck auf dem Ärmel meines weißen Leinenhemds. »Warum müssen wir immer zurückblicken und auf die Vergangenheit starren, wenn wir unsere Aufmerksamkeit doch lieber auf die Zukunft richten sollten?«

»Welche Zukunft? Sieh dich doch um. Israel will heute immer noch das Gleiche wie damals. Unser Land – aber ohne uns.«

»Hör zu. Ich bin kein Freund von Israel, doch das kann ich einfach nicht glauben. Israel will Sicherheit, bevor es Frieden schließen kann.«

»Friede bringt Sicherheit. Sicherheit bringt keinen Frieden.«

Ich dachte an den Satz des Dalai Lama, den ich bei Justice gesehen hatte. Er lautete ungefähr so: Wenn du Frieden haben willst, sorge für den Frieden anderer, und wenn du Sicherheit haben willst, sorge für die Sicherheit anderer.

Abbas fuhr fort: »Die israelische Regierung sagt, sie kann mit uns keine Friedensverhandlungen führen, bevor nicht Sicherheit herrscht. Wir haben unsere Angriffe eingestellt. Wo sind die Verhandlungen? Wo es Unterdrückung gibt, da gibt es Widerstand.«

»Du musst diesen destruktiven Hass loslassen, Abbas. Komm mit uns in die USA. Du kannst den Menschen hier auch von dort aus helfen, und du selbst bist dann in Sicherheit. Ich werde mich darum kümmern, dass deine ganze Familie mitkommen kann.«

»Selbst wenn ich es wollte« – Abbas hielt an einer Ampel, eine Gruppe von Kindern überquerte die Straße –, »die israelische Regierung würde gar nicht erlauben, dass ich mit meiner Familie von hier weggehe. Wir könnten wahrscheinlich eher zum Jupiter fliegen, als Gaza verlassen.«

Die Ampel schaltete auf Grün, und er fuhr weiter.

»Wohin fahren wir?«

»Wir haben hier in Gaza nicht oft Besuch von amerikanischen Touristen.« Abbas warf mir einen schnellen Blick zu. »Ich dachte, ich mache eine kleine Stadtführung für euch.«

»Wir sind genauso Palästinenser wie du.«

»Ihr habt euch von uns abgewandt.« Er schaute in den Rückspiegel. »Ihr beide.«

»Wie kannst du so etwas sagen!« Yasmine hatte genug von Abbas' Selbstgerechtigkeit. »Du weißt nichts über mich – gar nichts. Du hast keine Ahnung, was ich für unser Volk getan habe.«

Ich drehte mich zu Abbas. »Wie kommt es eigentlich, dass du bei der Hamas mitarbeitest? Du warst doch noch nie religiös.«

»Bei den Osloer Verträgen hat sich unsere Organisation der Hamas angeschlossen – zusammen mit allen anderen Kräften, die gegen diese Verträge waren.«

»Aber warum warst du gegen Oslo? Willst du keinen Frieden?«

»Es ging da nie um Frieden«, erwiderte Abbas. »Israel will uns beherrschen – zu Land, zu Wasser und in der Luft. Die Regierung wollte so eine Art Freiluft-Gefängnis schaffen, das sie bewachen kann. Dr. Habash hat sie durchschaut. Er war Christ, aber das hat keine Rolle gespielt – wir sind alle zuerst und vor allem Palästinenser.« Mit einer Handbewegung zeigte er nach draußen. »Willst du etwa behaupten, wir seien frei?«

»Nein, natürlich nicht. Aber die Hamas bringt die Israelis in Zugzwang, weil sie ständig Raketen nach Israel schießt.«

»Du bist ja so naiv. Du schluckst bereitwillig die ganze israelische Propaganda. Diese Blockade – dieses Gefängnis, in das sie uns eingesperrt haben – glaubst du tatsächlich, sie tun das, um zu verhindern, dass noch mehr selbstgebaute Raketen fliegen? Sie wollen unsere Hoffnung töten, unsere Träume. Sie wollen unsere Menschlichkeit ersticken. Die Mehrzahl der Menschen hier lebt inzwischen von Spenden. Man hat uns zu einer Nation von Bettlern gemacht. Aber wir sind ein fleißiges, stolzes und kreatives Volk! Jetzt haben wir keine Arbeit für unsere Männer, und unsere Kinder bekommen keine Ausbildung. Man kann sich noch so anstrengen – es gibt trotzdem keine Aussicht auf eine bessere Zukunft. Was mit uns geschieht, ist schlimmer als der Tod. Sie brechen unseren Willen, sie stehlen unsere Seelen. Will ich, dass meine Kinder und Enkelkinder zu Bettlern werden? Oder will ich lieber, dass sie verhungern? Das ist nämlich die Alternative, vor der ich stehe.«

Ich schaute meinen Bruder an. »Was du sagst, kann so nicht stimmen. Die ganze Welt schaut zu.«

»Die israelische Regierung verstößt gegen jedes Menschenrecht, das man sich nur denken kann, und niemand hindert sie daran. Wir werden als gnadenlose, hinterhältige, blutrünstige Extremisten hingestellt. Es ist ja so viel leichter, Extremisten zu töten! Oder ihr unendliches Leid einfach zu ignorieren.«

»Glaubst du wirklich, dass Israel euch alle umbringen will?«

»Die Regierungspolitik überlässt nichts dem Zufall. Sie geht ganz systematisch vor.«

»Warum haben dann so viele für die Hamas gestimmt – für eine terroristische Organisation? Das spielt den Israelis doch nur in die Hände, wie du sagst. Warum macht ihr da mit?«

»Was denkst du? Weißt du, was 2005 passiert ist, als Israel der Welt vorgespielt hat, sie würden aus Gaza abziehen? Haben sie uns unser eigenes Land zurückgegeben? Nein, sie haben die Häuser der Siedler geräumt, damit sie uns mit anderen Mitteln unterdrücken können. Wir hatten keine Chance. Und die Fatah hat nicht für unsere Freiheit gekämpft. Unsere Wirtschaft ist zusammengebrochen. Die israelische Regierung hat der Fatah nie gestattet, die notwendige Infrastruktur aufzubauen. Aber sie hat zugelassen, dass die Muslimbrüder, aus denen die Hamas entstanden ist, im Lauf der Jahre eine funktionierende Infrastruktur entwickeln konnten. Wenn du nicht imstande bist, deine Kinder zu ernähren – wo gehst du hin? Die Hamas hat uns mit Essen versorgt, mit Schulen, mit Krankenhäusern und anderen Dingen, die man fürs Leben braucht. Weil die Fatah nicht lieferte, haben sich die Menschen der Hamas zugewandt. Die Hamas war die Organisation, die bereit war, ihnen zu helfen. Es ging ums nackte Überleben. Und meine Aufgabe ist es, die Interessen der Massen zu vertreten.«

»Aber die Tatsache, dass die Hamas ständig Israel mit Raketen beschießt – siehst du denn nicht, wie kontraproduktiv das ist?«

»Was würdest du tun, wenn du mit deiner Familie in ein Gefängnis eingesperrt wärst, in dem ihr Hunger leidet und auch im Winter nur ein Zelt habt, in dem ihr friert – ohne sauberes Wasser, ohne irgendeine Möglichkeit, Geld zu verdienen – und die ganze Welt schaut weg? Wie willst du diese Welt auf deine Situation aufmerksam machen?«

»Aber es ist nicht die richtige Form von Aufmerksamkeit, Abbas. Ich wollte, du würdest das einsehen.«

Er parkte vor einem Krankenhaus. Die Fenster nach Süden waren alle mit Plastikplanen verhängt.

»Die Israelis erlauben nicht, dass wir die Dinge einführen, die wir brauchen, um alles wieder aufzubauen. Mach dir nichts vor. Die Zerstörung, die durch die Operation Gegossenes Blei hier angerichtet wurde, war alles andere als beliebig. Die Israelis wollten Gaza um Jahrzehnte zurückbomben.«

Patienten wurden von Krankenwagen oder Taxis gebracht, oder sie schleppten sich, auf Verwandte gestützt, in das Gebäude. Drinnen schoben wir uns zwischen all den Menschen durch, zwischen Kranken und Schwerkranken, zwischen Leicht- und Schwerverletzten, die hier Beistand suchten. Abbas führte Yasmine, Khaled und mich zur Kinderstation.

Zehn Betten standen dicht an dicht in einem Raum, in den unter normalen Umständen höchstens zwei gepasst hätten. Nirgends eine Krankenschwester. Der Junge im ersten Bett hatte da, wo seine Beine gewesen waren, zwei weiße Verbände. Seine Arme waren ebenfalls bandagiert, und auch die linke Seite seines Gesichts war verbunden. Alle Jungen in dem Zimmer waren in irgendeiner Weise amputiert.

Yasmine wurde ganz blass.

»Das hier ist Salih«, sagte Abbas. »Er ist fünf Jahre alt. Er ist nach draußen gegangen, um Wasser zu holen, und dabei hat ihn eine Granate erwischt.«

»Na, wie geht's, Kumpel?«, begrüßte Khaled den Kleinen.

»Hast du dein Buch dabei?«, fragte dieser. »Ich muss unbedingt wissen, was mit Gulliver passiert.«

»Morgen komme ich wieder und lese dir vor.« Khaled winkte ihm zu, und wir verließen den Raum.

Wir gingen von einem Zimmer zum nächsten. Nirgends brannte Licht, sämtliche Geräte waren abgestellt. Irgendwie fügten sich die Menschen den Umständen, als wären diese normal.

Dann führte Abbas uns in die Leichenhalle.

Dort zeigte uns ein Mann im grellen Lichtstrahl einer Taschenlampe die toten Kinder. Ein kleines Gesicht neben dem anderen. »Sie sind alle am Blue-Baby-Syndrom gestorben«, sagte Abbas. »Das kommt von einer Nitratvergiftung.«

Yasmines Gesicht war jetzt schneeweiß. Wohin würde Abbas uns als Nächstes bringen?

## 52

Abbas fuhr mit uns so nah wie möglich an die Mauer heran, die von Israel um Gaza herum errichtet worden war.

An den Ruinen konnte man sehen, dass innerhalb einer Viertelmeile von der Grenze sämtliche Gebäude systematisch zerstört worden waren. Ganze Viertel hatte man dem Erdboden gleichgemacht. Je weiter man sich von dieser Todeszone entfernte, desto mehr Häuser standen noch.

Wir besuchten Beach Camp, ein Labyrinth aus kleinen Betonhäusern mit offener Kanalisation, direkt neben einem Sandstrand. Ein israelisches Marineschiff nahm gerade ein Fischerboot unter Beschuss.

»Was geht hier vor?«, wollte ich wissen.

»Israel lässt nicht zu, dass wir unsere Kanalisation reparieren, deshalb fließt alles raus ins Meer. Für unsere Fischer ist der Fischfang auf diese verschmutzten Gewässer beschränkt. Früher war die Fischerei hier ein wichtiger Wirtschaftsfaktor, aber nun müssen wir gefrorenen Fisch auf dem Schwarzmarkt kaufen, oder wir riskieren, in die Luft gesprengt zu werden.«

Keiner konnte aus Gaza entkommen.

Wir fuhren nach Jabaliyah. Dort wollten Nora und Justice damals ursprünglich hingehen. Die Ortschaft lag auf dem Weg zu unserem Hotel. Über hunderttausend Menschen drängten sich hier auf einem Gebiet von 1,4 Quadratkilometern. Trümmer,

Zelte, Wände mit Einschusslöchern, schmutzige barfüßige Kinder überall. So ähnlich stellte ich mir die Hölle vor.

Abbas' Auto gab plötzlich ein seltsames Geräusch von sich, aber er beachtete es gar nicht.

»Die israelische Regierung hat es nicht nötig, mit uns Frieden zu schließen, solange sie von den USA unterstützt wird«, erklärte Abbas. Er parkte das Auto vor einem riesigen Schutthaufen, öffnete das Handschuhfach und zeigte uns Bilder der israelischen Siedlungen in Gaza mit ihren luxuriösen Häusern, Spielplätzen und Swimmingpools. Wir hatten damals mitgeholfen, solche Häuser zu bauen.

»So haben sie gewohnt, bevor sie umgesiedelt wurden«, sagte Abbas. »Die Siedlungen sind mit US-Steuergeldern gebaut worden.« Abbas deutete auf die Ruinen. »Sie haben alles in die Luft gesprengt, bevor sie abgezogen sind.«

So viele Familien aus den Grenzgebieten, die von den Israelis dezimiert worden waren, hätten hier angesiedelt werden können. Es hätte die israelische Regierung nichts gekostet.

Abbas fuhr weiter. Er musste sich sehr konzentrieren, denn die Straße glich einer Kraterlandschaft. »Mir ist klar, dass du dies alles wieder vergisst, sobald du morgen in dein amerikanisches Luxusleben zurückkehrst.«

»Ich fliege noch nicht zurück.« Ich drehte mich zu Khaled um. »Hast du vielleicht Lust, morgen ins Hotel zu kommen? Dann kann ich dir noch mehr von meiner Forschungsarbeit erzählen.«

Seine Augen leuchteten auf. »Ja, gern!«

Abbas ließ uns an unserem feudalen Hotel aussteigen. Erschöpft zogen wir uns in unsere Suite zurück. All der Komfort, über den wir uns so gefreut hatten! Wir brachten beide kein Wort heraus. Abbas hatte recht: Ich war egoistisch. Mich interessierte im Grund nur meine Arbeit. Ich kaufte meinen Neffen einen Mercedes Cabrio, während andere Kinder nichts zu essen und kein sauberes

Wasser hatten. Ich glaubte, es würde genügen, wenn ich meiner Familie Geld schickte – aber waren diese hungernden Kinder nicht auch meine Familie? Wie war es möglich, dass meine Prioritäten so durcheinandergeraten waren? Ich hatte mich mit der Situation arrangiert und dabei mein Volk vergessen. Klar, ich wusste, dass die Menschen litten. Aber ich ignorierte ihr Leid.

Ich blieb bis Mitternacht wach, weil ich unbedingt Menachem anrufen wollte. In Boston war es sieben Uhr morgens. Ich erklärte ihm Khaleds Situation, und er versprach, für meinen Neffen ein Visum zu besorgen.

## 53

Am nächsten Morgen traf ich mich mit Khaled im Hotelrestaurant. Ich schilderte ihm meine Arbeit, während wir ein üppiges Frühstück zu uns nahmen. Von dem Raum aus hatte man eine wunderbare Aussicht auf die Wellen. Khaled saugte jedes Wort begierig auf. Wie sehr er mich an mich selbst erinnerte!

»Würdest du gern in Amerika studieren, wenn ich dir ein Visum beschaffe?«, fragte ich ihn.

»Soll das ein Witz sein?« Seine Augen blitzten hoffnungsvoll. »Davon träume ich schon die ganze Zeit.« Doch dann ließ er die Schultern sinken. »Du schaffst es bestimmt nicht, mich hier rauszuholen.«

»Was würdest du tun, wenn ich dir sage, dass ich es schaffen werde?«, fragte ich ihn.

»Ich wäre für immer dein Sklave!«, versicherte er mir enthusiastisch.

»Und was ist, wenn dein Vater Einspruch erhebt?« Pessimismus war sonst nicht meine Art, aber ich musste realistisch sein. »Du weißt das ja bestimmt – er will nicht, dass du Gaza verlässt.«

»Wenn du mir ein Visum beschaffst, ist alles gut …« Er strahlte. »Dann kann ich auch meinen Vater dazu bringen, dass er mich gehen lässt.«

»Wir reden am besten später weiter«, sagte ich. »Jetzt würde ich gern mit deinen Nichten und Neffen in den Zoo gehen.«

Die Mietwagenagentur brachte einen Van, und wir fuhren los, um die Kinder abzuholen. Ich wollte ihnen ein besseres Leben zeigen.

Majid entdeckte seinen Freund Fadi direkt vor dem Zoo und rief ihm etwas zu. Fadi unterhielt sich gerade mit ein paar Kindern, aber als er uns sah, kam er sofort angelaufen.

»Sie müssen unbedingt unseren großartigen Zoo besuchen«, sagte er. »Und weil Sie gestern Morgen so großzügig waren, gebe ich Ihnen eine Ermäßigung – Sie bekommen die Eintrittskarten für zehn Schekel pro Person. Der Zoo ist wirklich etwas ganz Besonderes. Wir haben zwei absolut einmalige Zebras. Es sind Gaza-Zebras.«

»Aber in Gaza gibt es doch keine Zebras, oder?«, wandte ich ein.

Er grinste nur, und Yasmine gab ihm das Geld.

»Bitte, folgen Sie mir.« Fadi winkte mit seinem einen Arm. An einem leeren Ticketschalter blieb er stehen, mit dem Rücken zu uns, und sagte mit sehr ernster Stimme: »Bitte, gehen Sie durch. Ich muss jetzt arbeiten.« Dann musterte er uns über die Schulter. »Für zehn Schekel mehr kann ich Sie herumführen.« Majid musste lachen.

Wieder zahlte Yasmine. Fadi verbeugte sich und deutete auf das Drehkreuz. Ich beobachtete, dass er dem Kartenkontrolleur aus seiner anderen Tasche Geld gab, und wir gingen durch.

Der Zoo bestand aus einer großen Wiese, die umschlossen war von einem Ring aus Zement und mehreren provisorischen Käfigen. Überall liefen strahlende Kinder herum. In der Mitte der Wiese ritten zwei Jungen auf sehr ungewöhnlichen Zebras und konnten sich kaum halten vor Lachen. So etwas hatte ich noch nie gesehen.

»Unsere normalen Zebras sind während der Militäroffensive verhungert«, erklärte Fadi betont kompetent – als wäre er der

Zoodirektor höchstpersönlich. Khaled und Yasmine stellten sich mit Abbas' Enkeln in die Schlange, weil die Kinder natürlich reiten wollten. Sie kicherten und zeigten mit den Fingern. Eigentlich interessierten sie sich nur für die Zebras und für sonst nichts. Fadi und ich schlenderten zum Löwenkäfig. »Oder vielleicht hat ja auch einer der entflohenen Löwen ein Zebra gefressen.« Er deutete auf den Käfig, in dem müde ein einsamer Löwe lag. »Drei Wochen lang war es für uns echt lebensgefährlich, hierherzukommen und die Tiere zu füttern. Den Tieren, die durch die Bomben verletzt worden waren, konnten wir leider nicht helfen – deshalb sind fast alle gestorben. Nur zehn haben überlebt.« Mit einer ausholenden Geste lenkte er meinen Blick auf ein paar große, leere Käfige. Auf einem beschädigten Schild stand »Kamele«. Langsam wanderten wir dann zurück zu den Zebras. »Es würde hunderttausend Schekel kosten, auch nur eins der Zebras zu ersetzen. Wir müssten es durch einen Tunnel schmuggeln lassen. Falls Sie uns zwei neue Zebras kaufen wollen, sagen Sie mir Bescheid. Ich bin zuständig für alle Anschaffungen.«

»Ich werde darüber nachdenken«, antwortete ich.

Ein paar Kinder kamen angerannt, weil sie sehen wollten, was Fadi machte.

»Sie wissen ja, das sind keine echten Zebras«, flüsterte Fadi mir zu. »Aber verraten Sie den Kindern nichts!«

»Was für Tiere sind es denn?«, flüsterte ich zurück.

»Ein paar meiner Mitarbeiter haben zwei weiße Esel gestutzt und ihnen mit schwarzem Haarfärbemittel Streifen verpasst.« Er war sichtlich stolz – als wäre er derjenige, der sich diese raffinierte Methode ausgedacht hatte.

Die falschen Zebras sahen ziemlich mickrig aus mit ihren dürren Beinen, aber den Kindern war das egal. Ich kam mir vor wie in einer anderen Welt. Alle wirkten so sorglos – sowohl Kinder als auch Eltern. Die Kleinen rannten begeistert von einem Käfig zum anderen und lachten vor Freude. Andere saßen auf den Schultern der Erwachsenen und deuteten kichernd auf alles, was sie sahen.

In vielen Käfigen waren Hunde oder Katzen untergebracht, und die Kinder standen davor, fuchtelten mit den Armen und warfen lachend die Köpfe zurück. Ich war richtig froh, dass sogar in Gaza das Leben seine positiven Seiten hatte.

»Es ist schön, dass alle hier Spaß haben«, sagte ich zu Khaled, als er mit seinen Nichten und Neffen wieder zu uns stieß.

Doch Khaled schüttelte traurig den Kopf. »Du hättest den verbrannten Leichnam des Kamels sehen sollen. Der Mund war weit aufgerissen vor Schmerz. Und im Rücken hatte das Tier ein riesiges Loch, wo das Geschoss eingedrungen ist.«

»Das kann ich mir vorstellen, aber ich muss sagen, die Zoowärter haben sich große Mühe gegeben, alles irgendwie wieder herzurichten«, erwiderte ich.

Yasmine drehte sich zu mir um. »Ja, den Kindern gefällt es hier echt gut.«

Als wir gingen, fragte Khaled, ob wir auf der Fahrt nach Hause einen Zwischenstopp machen könnten. Es bot sich an, mit dem Van ein paar Dinge zu transportieren. In der Nähe des Zoos hatten verschiedene Händler eine Art Markt aufgebaut. Ein Stand verkaufte verschiedene Setzlinge in Torftöpfen. Ich kannte die meisten Pflanzen von den vielen Gärten, in denen Yasmine schon voller Enthusiasmus Gemüse angebaut hatte, um es dann unseren Nachbarn und Kollegen zu schenken. Khaled zog einen alten Geldbeutel aus seinem Rucksack.

Ich erhob die Hand. »Dein Geld bringt hier nichts, mein Sohn. Was möchtest du haben?«

»Tomaten, Zucchini, Auberginen, Gurken, Minze und Salbei. Bitte.«

Als wir alle wieder im Auto saßen, bat ich Khaled, mir den Weg zu beschreiben. Er sagte, das sei die erste Etappe seines Zwischenstopps gewesen. Die Pflanzen waren nämlich nicht für seine Familie.

Wir hielten vor einem Gebäude am Stadtrand. In den Wänden klafften große Löcher.

»Bei der Invasion haben die Soldaten dieses Wohnhaus besetzt. Sie haben das Mobiliar zertrümmert und die Mauern durchlöchert, für die Heckenschützen.« Khaled öffnete die hintere Tür des Vans. »Zurückgelassen haben sie Patronenhülsen und stinkende Säcke – aus den mobilen Klokabinen der Streitkräfte.«

Was für einen anständigen jungen Mann Abbas erzogen hatte. Trotz all seiner Wut musste er ein guter Vater gewesen sein, um so einen hilfsbereiten Sohn zu haben. Wir betraten das Gebäude, das mehr oder weniger eine Ruine war. Den Schutt hatten die Leute weggeräumt, aber das Graffiti war noch da. Manches war auf Hebräisch, aber das meiste war englisch. *Arabs need 2 die*, stand da. *1 down, 999 999 to go*. Und auf einem gezeichneten Grabstein stand: *Arabs 1948–2009*.

Fünf Kinder wohnten hier, ganz allein. Auf Anweisung des ältesten Jungen, der zwölf oder dreizehn war, stellten Khaled und Yasmine die Pflanzen neben der Haustür ab.

Während der restlichen Fahrt schwiegen alle. Ich hatte vorgehabt, Abbas und seine Familie zu einem Essen ins Hotel einzuladen, weil ich ihnen zeigen wollte, dass das Leben mehr zu bieten hatte als nur Schmerz und Verzweiflung, aber irgendwie hatte ich im Moment das Gefühl, dass das nicht so ganz stimmte. Also durchbrach auch ich die Stille nicht.

## 54

Nachts rief Menachem an.

»Ich kann ihn nicht rausholen«, sagte er. »Ich habe sogar mit dem Premierminister gesprochen.«

»Und warum nicht?« Ich hatte das Gefühl, als hätte mir jemand einen Schlag in die Magengrube versetzt.

»Sein Vater arbeitet für die Hamas«, erklärte Menachem. »Glaub mir. Du wirst es nicht schaffen, ihm ein Visum zu besorgen.«

Am nächsten Morgen erwartete mich Khaled im Restaurant. Er hatte eine Baseballkappe der Boston Red Sox auf und trug Jeans. Ein typischer Teenager – er hätte von überallher sein können. Grinsend nahm er die Kopfhörerstöpsel aus den Ohren.

»Was hörst du?«, fragte ich ihn.

»Eminem«, antwortete er. »Ich liebe Rap. Hoffentlich störe ich dich nicht – aber ich wollte unbedingt noch mehr über deine Forschungen hören. Ich habe geträumt, du wärst mein Doktorvater.«

Yasmine und ich setzten uns mit ihm an einen Tisch. Seine Augen waren so voller Hoffnung. Ich musste es ihm sagen – am besten gleich. »Leider habe ich schlechte Nachrichten«, begann ich. »Ich kann kein Visum für dich bekommen. Es tut mir entsetzlich leid.«

Khaled sank in sich zusammen, wie ein Ballon, aus dem man die Luft herauslässt. Tränen stiegen ihm in die Augen und liefen über seine Wangen.

»Vielleicht klappt es ja demnächst – wenn sich die Lage etwas entspannt …« Ich glaubte selbst nicht, was ich da sagte. Und Khaled glaubte es offensichtlich auch nicht.

Yasmine rutschte näher zu ihm und strich ihm über den Kopf. Ich selbst war wie gelähmt von dem Gefühl der Machtlosigkeit. Wie hatte ich nur so dumm sein können, in ihm diese falschen Hoffnungen zu wecken? Für wen hielt ich mich? Dachte ich etwa, dass ich etwas Besseres war als meine Verwandten hier? Dass ich, wie von Zauberhand, ihre ganzen Probleme aus der Welt räumen konnte? Bis jetzt hatte ich sie alle nur enttäuscht. Ich musste unbedingt eine Lösung finden.

»Lass uns mal systematisch alle Möglichkeiten durchgehen«, sagte ich. »Vielleicht gibt es ja einen Ausweg. Immerhin werden ständig Lebensmittel und andere Vorräte nach Gaza hereingeschmuggelt – könnte doch sein, dass wir es schaffen, dich irgendwie über die Grenze zu schleusen.« Kaum hatte ich diesen Vorschlag ausgesprochen, da wollte ich ihn auch schon wieder zurücknehmen.

Khaled wischte sich die Augen und schaute mich an. »Du meinst – durch die Tunnel?«

»Schleusen sie Menschen durch die Tunnel nach draußen?«

»Mein Nachbar geht jede Woche über die Grenze. Er hat Krebs – eine Form, die heilbar ist, aber in Gaza gibt es keine Chemotherapie.«

»Warum überprüfen wir diese Option nicht genauer?«, sagte ich. »Zunächst sollten wir allerdings mit deinem Vater sprechen.«

Khaled schüttelte den Kopf. »Nein, wir müssen erst einmal sehen, ob das überhaupt funktionieren kann. Danach fragen wir ihn.«

Ich musste daran denken, wie ich nach dem Test für das Mathematik-Stipendium gezögert hatte, Mama alles zu erzählen. Wenn ich sie vorher informiert hätte, dass ich hingehe, dann wäre sie garantiert nicht einverstanden gewesen. »Klingt vernünftig«, sagte ich.

»Können wir gleich zum Tunnelsystem gehen?«, fragte Khaled.

Also mietete ich wieder einen Van und fuhr mit Yasmine und Khaled nach Rafah.

In den Geschäften von Rafah gab es lauter Schmuggelware zu kaufen, zu horrenden Preisen – Babynahrung, Medikamente, Computer, Wasserflaschen. In den Schaufenstern hingen Bilder von Tunnel-Märtyrern, mit Spaten und Bohrmaschinen in der Hand. Man bekam ein Gefühl dafür, wie gefährlich die Situation war.

Ich studierte die Preise. »Wer kann sich denn so etwas leisten?«, erkundigte ich mich in einem der Läden.

»Die Leute haben keine andere Wahl.« Der Besitzer zuckte die Achseln. »Es ist extrem teuer, Ware zu schmuggeln. Die Ägypter wollen massig Geld, und außerdem kostet es einiges, die Tunnel zu bauen und sie instandzuhalten.«

»Komm, wir sehen sie uns an«, schlug Khaled vor.

Ich ging mit – aber ich hatte mich schon entschieden. So viele Tote. Ich konnte Khaled unmöglich erlauben, sein Leben aufs Spiel zu setzen.

Wir überquerten den Nijma-Platz im Zentrum von Rafah. Stände mit Fernsehapparaten, Ventilatoren, Mixern, Kühlschränken und anderen elektrischen Geräten waren aufgebaut. Wir gingen weiter in Richtung Westen. Dort gab es stangenweise Zigaretten und riesige Säcke mit Kartoffelchips zu kaufen. Danach passierten wir ein Warenlager, in dem es Werkzeug für den Tunnelbau gab – Schaufeln, Seil, elektrische Kabel, Spitzhacken, Hämmer sowie Schrauben und Muttern in allen Formen und Größen. Schließlich standen wir vor den Tunnel-Eingängen. Auch hier gab es Händler, die auf Schubkarren alle möglichen Waren verkauften, die sie mit lauten Rufen anpriesen, als sie uns sahen.

Unter einem komplizierten System aus Zelten und billig gebauten Schuppen befand sich entlang der Grenze zu Ägypten Gazas Rettungsleine: ein Netzwerk aus Tunneln.

Ein Mann stellte mich seinem Chef vor, der mir die verschiedenen Arten von Tunneln zeigte. Sie waren ganz unterschiedlich in Größe, Form und Zweck, und auch die Ausführung war keineswegs immer gleich professionell. Ich sah mich wieder in meinem Entschluss bestätigt. Auf keinen Fall wollte ich meinen Neffen in Lebensgefahr bringen. Es gab Tunnel, die aussahen, als würden sie im nächsten Moment einstürzen. Manche hatten ganz enge, schmale Zugänge, andere waren breit und mit Holzbalken gesichert, und man hatte nicht den Eindruck, als würde man sofort verschüttet. Aber auch diese Tunnel konnten natürlich jederzeit bombardiert werden.

»Weshalb ist der Eingang hier so flach?«, erkundigte sich Yasmine und deutete auf einen bestimmten Tunnel.

»Dieser Tunnel ist für Tiere«, erklärte der Chef. »Für die Kühe und Esel ist es einfacher so. Sonst müssten sie mit einem Flaschenzug herausgehievt werden.«

Khaled lachte. »Ich verkleide mich als Esel und nehme diesen Tunnel hier. Meine Mutter behauptet sowieso immer, ich sei stur wie ein Maulesel.«

Wir konnten nicht mit ihm lachen. Daran merkte er, dass etwas nicht stimmte, und ich sagte ihm, mir sei so eine Aktion einfach zu gefährlich. »Ich kann dir das nicht erlauben«, sagte ich. Seine Augen verdunkelten sich.

»Ich darf dein Leben nicht aufs Spiel setzen«, fügte ich hinzu.

»Welches Leben?«, rief er aufgebracht. »Ich bin doch schon tot!« Er musterte mich prüfend, um herauszufinden, wie ernst ich es meinte. »Was denkst du, wie dein Leben heute aussehen würde, wenn du nicht die Möglichkeit gehabt hättest zu studieren?«

Ich wusste noch sehr genau, wie ich mich gefühlt hatte, nachdem man mich aus der Hebrew University hinausgeworfen hatte. Innerlich abgestorben, gefangen, ohne Ausweg.

»Hör zu – Yasmine und ich, wir können länger hier in Gaza bleiben.« Ich bemühte mich, positiv zu klingen. »Ich kann dich unterrichten.«

Khaled ging zu der grauen Mauer vor uns, an der Plakate von Märtyrern hingen. Er sagte kein Wort, sondern legte nur stumm seine Hand auf das Bild eines Jungen, der strahlend lächelte und überhaupt sehr lebendig aussah. Vielleicht ein Geburtstagsfoto. Wir wussten alle, dass dieser Junge tot war, denn sonst wäre sein Bild nicht hier. In gewisser Weise war es besonders schlimm, ihn so fröhlich zu sehen – als wäre er noch am Leben. Wie viel Hoffnung dieser Junge in sich gehabt hatte!

Abrupt wandte Khaled sich ab und sagte: »Bringt mich nach Hause.« Irgendwie hatte er große Ähnlichkeit mit dem Jungen auf dem Foto. »Ist doch alles egal«, murmelte er noch. »Manchmal wünschte ich mir … ich wünschte mir, ich wäre so tapfer wie sie.«

»Wie wer?«, fragte Yasmine.

»Wie die Märtyrer«, antwortete er. »Die Märtyrer weigern sich zu akzeptieren, dass die Israelis ihren Tod so bedeutungslos erscheinen lassen wie ihr Leben.«

»Es gibt auch friedliche Mittel, sich zu wehren«, sagte Yasmine.

»Dein Vater war im Gefängnis, weil er einem Freiheitskämpfer geholfen hat.« Khaled schaute mir nun direkt ins Gesicht. Wortlos erwiderte ich seinen Blick, und wir machten uns auf den Weg zurück zu unserem Van.

»Du warst bestimmt sehr stolz auf ihn«, fügte Khaled unterwegs hinzu.

»Mein Vater wäre der Erste, der dir sagen würde, dass es genügend andere Methoden gibt, um den Glauben an unsere Sache lebendig zu halten«, sagte ich. »Er würde dich ermahnen, viel zu lernen und dich von der Politik fernzuhalten.«

»Ich bin ein Gefangener in meiner eigenen Stadt – und kann nichts dagegen tun. Aber ich will frei sein!«

»Die Welt verändert sich ständig, und nur Gott weiß, was geschehen wird«, sagte Yasmine.

»Es gibt keinen Gott«, entgegnete Khaled. »Und die Israelis kontrollieren unsere Zukunft.«

## 55

Khaled rief am nächsten Morgen an.

»Ich wollte fragen, ob ich meine Familie zum Mittagessen in euer Hotel bringen kann. Ich möchte gern feiern«, sagte er. »Ich weiß jetzt, wie ich es schaffen kann, aus Gaza rauszukommen. Heute Nachmittag habe ich ein Vorstellungsgespräch. Ich glaube, es wäre gut, wenn meine Familie sehen könnte, dass es noch Hoffnung gibt – das Gefühl hatte ich nämlich, als ich bei euch im Hotel war.«

Ich war begeistert. »Selbstverständlich könnt ihr kommen, alle miteinander! Yasmine und ich, wir würden uns sehr freuen. Und wo hast du dein Vorstellungsgespräch?«

»Es soll eine Überraschung sein«, antwortete er. »Wir können später noch richtig feiern – sobald ich es mit Sicherheit weiß. Würde es dich stören, wenn ich schon ein bisschen früher komme? Ich möchte noch mehr über deine Arbeit erfahren. Das hilft mir vielleicht bei meiner Bewerbung.«

»Komm doch am besten jetzt gleich«, schlug ich vor.

»Ja, gern! Aber sag bitte meinem Vater noch nichts von meinen Plänen. Ich will nicht, dass er sich in etwas hineinsteigert, bevor es spruchreif ist. Er denkt, ich gehe zu einer Hochzeit.«

»Ich werde ihm nichts verraten. Versprochen.« Ich spürte richtig, wie sich mein Körper entspannte. Yasmine und ich machten uns nämlich große Sorgen um Khaled, seit wir die Tunnel besichtigt hatten. Doch jetzt zeigte sich endlich ein Silberstreif am Horizont.

Abbas, seine Frau, Yasmine, Khaled, die vier Enkelkinder und ich – wir versammelten uns alle um den größten Tisch im Hotelrestaurant, mit Blick auf das Meer. Es war seltsam, Abbas und seine Familie in dieser Umgebung zu sehen. Ihre abgetragene Kleidung bildete einen befremdlichen Kontrast zu dem teuren Geschirr, dem Silberbesteck und den funkelnden Kristallgläsern. Khaled passte als Einziger in das Hotel. Er hatte sich für sein Interview gestylt: schwarzer Anzug, weißes Hemd, Krawatte. Perfekter Haarschnitt, frisch rasiert, die Körperhaltung dynamisch. Er wirkte, als wäre ihm eine schwere Last von den Schultern genommen worden. Hoffentlich verlief sein Vorstellungsgespräch erfolgreich!

Zum Nachtisch gab es Mandelkuchen mit arabischem Kaffee.

»Lass mich doch mal in deine Tasse sehen«, sagte ich lachend zu Khaled. Ich wollte ihm die Zukunft vorhersagen, so wie Mama das bei uns immer gemacht hatte. Ich studierte den Kaffeesatz, aber die Zeichen, die Mama mir beigebracht hatte, wiesen alle darauf hin, dass finstere Zeiten bevorstanden.

»Deine Zukunft leuchtet vielversprechend«, log ich.

Er lächelte, und auf einmal hatte ich das Gefühl, dass es tatsächlich noch Hoffnung für ihn gab. Ich war Wissenschaftler. Mit Aberglauben und Hellseherei wollte ich sowieso nichts zu tun haben. Ich sah, wie Khaled seinen Vater anschaute: mit sehr viel Liebe in den Augen.

Das Video wurde mitten in der Nacht abgegeben. Völlig außer sich kamen Abbas und seine Frau zu uns ins Hotel, weil sie kein Abspielgerät hatten. Wir saßen vor dem Fernsehapparat, und jeder von uns wusste, dass uns etwas Schreckliches bevorstand – aber trotzdem hofften wir irgendwie, es könnte anders sein.

Khaled erschien auf dem Bildschirm. Er hatte eine schwarz-weiße Kufija um den Hals geschlungen. In der einen Hand hielt er eine Maschinenpistole, die nach oben zeigte, in der anderen eine Botschaft. Seine Hand zitterte.

Yasmine sank in den nächsten Sessel, vom Schock überwältigt. Mayada begann leise zu schluchzen.

»Ich tue dies nicht, um ins Paradies zu kommen oder um von zweiundsiebzig Jungfrauen begrüßt zu werden. Ich tue es, weil die Israelis mir keine andere Wahl lassen.«

Mayada und Yasmine konnten ihre Tränen nicht mehr zurückhalten. Tröstend legte Yasmine den Arm um Khaleds Mutter, und sie weinten gemeinsam.

»Ich tue dies für die Sache der Palästinenser. Ich tue dies, um unseren Widerstand voranzutreiben. Ich will lieber mit Hoffnung im Herzen sterben, als ein Leben im Gefängnis zu erdulden. Ich möchte lieber für eine gerechte Sache kämpfen, als in der Hölle auf Erden dahinzuvegetieren. Dies ist mein einziger Ausweg. Es gibt keine Freiheit ohne Kampf. Die Israelis müssen endlich begreifen: Wenn sie uns einsperren, bezahlen sie dafür einen Preis. Ich kann nur bestimmen, wie ich sterbe. Die Verbrechen der Israelis gegen unser Volk sind unzählige. Sie unterdrücken uns nicht nur, nein, sie haben auch die ganze Welt davon überzeugt, dass *sie* die Opfer sind. Der israelische Staat ist eine der größten Militärmächte weltweit. Wir hingegen haben ein paar mickrige Raketen, und trotzdem machen die Israelis den anderen Staaten weis, dass sie sich vor uns schützen müssen. Die Welt nimmt ihnen diese Lügen ab. Und nicht nur das – die Israelis bekommen von allen Seiten Unterstützung. Sie hindern mich daran, meinen Verstand zu gebrauchen, also muss ich meinen Körper einsetzen. Er ist die einzige Waffe, die mir noch geblieben ist.«

Das Video wurde unscharf, und ich dachte, wir hätten das Bild verloren, aber nach ein paar Sekunden war Khaled wieder zu sehen.

»Für meine geliebten Eltern: Bitte, verzeiht mir, dass ich mich auf diese Weise von euch verabschiede. Ich weiß, wie viel ihr gelitten habt, und ich hoffe, dass ihr stolz auf mich seid.«

Er senkte sein Gewehr.

»Baba – bitte, gib Onkel Ahmed mein Notizbuch. Es befindet sich in der untersten Kommodenschublade, unter meinen Hosen.

Bis wir uns wiedersehen – lebt wohl.«

Der Bildschirm wurde schwarz.

»Was habe ich nur getan?« Abbas schlug die Hände vors Gesicht und schluchzte laut. »Das ist alles meine Schuld. Habe ich ihm etwa das Gefühl gegeben, dass ich ihn als Märtyrer sehen will?«

»Nein, hast du nicht«, sagte ich. »Er hat genau gewusst, wie sehr du ihn liebst. Niemand zweifelt auch nur im Geringsten daran, dass du dir lieber einen Dolch ins Herz stoßen würdest als zu sehen, dass ihm etwas Schlimmes widerfährt.« Ich umarmte Abbas. Zum ersten Mal seit fünfzig Jahren erwiderte er meine Umarmung. Armer Abbas. Er gab sich selbst die Schuld an etwas, was ich verursacht hatte. Ich allein trug die Verantwortung. Ich hatte Khaled in seiner Hoffnungslosigkeit einen Schimmer der Hoffnung gezeigt, und dadurch war das Leben für ihn unerträglich geworden. Ich war ja so naiv – wie hatte ich nur glauben können, dass ich ihm mit meinen Beziehungen helfen konnte.

Ich war schuld. Ich hatte den Sohn meines Bruders getötet.

## 56

Als das Telefon klingelte, erwachte ich mit einem Schrei. Mein Herz raste. Im Zimmer war es stockdunkel, ich konnte nur die Ziffern auf meinem Wecker sehen. 3 Uhr 32. Schlaftrunken tastete ich nach dem Telefon, aber der Hörer glitt mir aus der Hand und landete auf dem Boden.

Bestimmt war wieder jemand gestorben.

Vor einer Woche hatten wir Khaled begraben. Er hatte seine Weste zu früh gezündet. Angeblich wegen eines Defekts, aber wir wussten, dass er schlicht nicht imstande gewesen war, unschuldige Menschen mit in den Tod zu reißen. Trotzdem hatte er vielen Menschen Schmerz zugefügt – seine ganze Familie litt, unschuldig.

Nun jagte uns jeder nächtliche Telefonanruf einen Schrecken ein.

»Geh endlich dran!« Yasmine klang fast panisch. Seit Khaleds Tod konnten wir beide nicht mehr richtig schlafen.

Ich hob das Telefon auf. Bestimmt war Abbas gestorben. Sein Tod würde Mama das Herz brechen.

»Ja?«, rief ich etwas zu laut. »Was ist passiert?«

Yasmine knipste ihre Nachttischlampe an und setzte sich auf. Ihre Augen waren ganz verquollen, und ich konnte in ihrem Gesicht meine eigene Angst erkennen.

»Spreche ich mit Professor Ahmed Hamid?«, fragte eine höfliche Männerstimme mit einem mir unbekannten Akzent.

»Ja, am Apparat«, antwortete ich nervös. »Wer sind Sie?«

»Ich bin Alfred Edlund.«

Mein Herzschlag stockte. Von irgendwoher kannte ich den Namen. War dieser Alfred ein Freund meines Sohnes Mahmud in Yale? Das konnte nichts Gutes bedeuten, jedenfalls nicht um diese Uhrzeit.

»Wer ist es?«, fragte Yasmine leise.

»Ist mit Mahmud alles in Ordnung?«, fragte ich stockend.

Yasmine stöhnte auf und schaukelte vor und zurück.

»Ich verstehe nicht, was Sie meinen«, entgegnete der Mann.

»Geht es nicht um meinen Sohn?«

»Nein – ich bin der Generalsekretär der Königlich-Schwedischen Akademie der Wissenschaften.«

Ich schaute Yasmine an und hob beruhigend die Hand. »Es ist niemandem etwas zugestoßen«, flüsterte ich ihr zu.

»Sind Sie noch da, Professor Hamid?«

»Wie haben Sie mich gefunden?«

»Professor Sharon hat mir Ihre Nummer gegeben.«

Jetzt richtete ich mich kerzengerade auf, weil ich plötzlich die Bedeutung dieses Anrufs begriff.

Menachem und ich waren seit zehn Jahren jedes Jahr für den Nobelpreis nominiert worden. Aber warum rief jemand um diese Uhrzeit an?

»Ich möchte Ihnen gerne mitteilen« – er machte eine Pause – »im Namen der Königlich-Schwedischen Akademie – es ist uns eine Freude, Ihnen heute mitteilen zu dürfen, dass Sie und Professor Sharon dieses Jahr den Nobelpreis für Physik erhalten.«

Ich brachte kein Wort heraus.

»Ihre gemeinsame Forschungsarbeit, die zu der Entdeckung führte, wie man in einzelnen Atomen die magnetische Anisotropie messen kann, stellt einen grandiosen Durchbruch dar. Ihre Entdeckungen haben es ermöglicht, dass Strukturen und Mittel gefunden wurden, die eine entscheidende Rolle bei der Entwicklung neuer Generationen von Elektronikgeräten, Computern und Satelliten spielen werden.«

»Vielen Dank. Ich – ich fühle mich sehr geehrt«, stammelte ich. Ich konnte selbst hören, wie unbeteiligt meine Stimme klang.

»Was ist los?« Yasmine fasste mich am Arm. »Mit wem redest du eigentlich?«

»Der Preis wird Ihnen im Stockholmer Konzerthaus verliehen.«

»Im Augenblick bin ich in Gaza«, sagte ich. »Es ist mir wirklich eine große Ehre, aber zur Verleihung kann ich leider nicht kommen.« Ich konnte nicht weg von hier. Nicht so schnell nach Khaleds Tod.

»Da wir die Preise ja erst im Dezember verleihen, bleibt uns noch genügend Zeit, um die Details mit Ihnen zu besprechen.«

Yasmine zupfte mich wieder am Ärmel. »Sag doch – mit wem redest du?«

»Ich kenne Ihre Forschungsarbeit, ich habe sie intensiv studiert und bin tief beeindruckt. Sie haben sehr viel zum Fortschritt der Menschheit beigetragen.«

»Ahmed! Nun sag schon!« Yasmine wurde immer ungeduldiger.

Ich verabschiedete mich und legte auf.

»Ich habe den Nobelpreis gewonnen.« Warum war ich nicht fähig, mich zu freuen?

In dem Moment klingelte das Telefon schon wieder – und wieder zuckte ich zusammen.

»Was ist hier los? Wer ruft denn jetzt an?«, fragte Yasmine.

»Das hat bestimmt mit dem Preis zu tun.« Ich seufzte. Mir war klar, dass das Telefon nicht aufhören würde zu klingeln, bis ich abnahm.

»Ich werde nie den Tag vergessen, an dem du mir gesagt hast, dass du eine bessere Methode weißt. Und um ein Haar hätte ich dich ignoriert!« Menachem konnte nicht weitersprechen, weil er so ergriffen war.

Wir hatten hart gearbeitet, um so weit zu kommen. Aber nun wollte ich nicht, dass mein persönlicher Schmerz ihn zu sehr belastete. Er hatte jeden Tag angerufen, um sich nach mir zu erkundigen.

»Wenn ich mir überlege, wie hasserfüllt ich war –«, fuhr er fort.

»Bedauerst du irgendetwas?«

»Nur dass ich nicht von Anfang an die Wahrheit gesehen habe.«

Kaum hatten wir unser Gespräch beendet, da klingelte das Telefon erneut.

»Hallo – spreche ich mit Professor Hamid?«, fragte ein Mann mit spanischem Akzent.

»Am Apparat.«

»Hier ist Jorge Deleon. Ich rufe aus Madrid an, für die Zeitung *El Mundo*.«

»Hier ist es vier Uhr morgens!«

»Ich bitte um Entschuldigung, Professor Hamid, aber wir haben leider unsere Deadlines …«

Den ganzen Vormittag über bekam ich Anrufe von Journalisten aus Europa und dem Nahen Osten.

Dann skypte ich mit meiner Familie im Dreieck – mit Hilfe von Geräten, die durch die Tunnel geschmuggelt worden waren. Seit meinem zwölften Geburtstag hatte ich auf den Tag gewartet, an dem ich meinem Vater zeigen konnte, dass ich etwas aus meinem Leben gemacht hatte. Jetzt hatte ich den renommiertesten Preis der Welt gewonnen. Meine Stimme war jetzt bei meiner Familie über die Lautsprecher zu hören. Mama erschien auf meinem Bildschirm.

»Bitte, hol Baba«, bat ich sie.

»Was ist los?«, fragte sie ganz erschrocken. »Gibt es schlechte Nachrichten?«

»Nein, Mama, genau das Gegenteil. Gute Nachrichten, sehr gute sogar!«

»Sag mir, was los ist, ich kann nicht warten.«

»Bitte, Mama!«

Mama lief aus der Küche und kam mit Baba zurück.

»Ich muss euch etwas sagen.« Ich zwang mich zu einem Lächeln.

Mama legte die Hand aufs Herz, Baba wartete geduldig.

»Gerade habe ich einen Anruf aus Schweden bekommen. Ich habe dieses Jahr den Nobelpreis in Physik gewonnen, zusammen mit Menachem.«

Meine Eltern blieben stumm, wechselten fragende Blicke, zuckten die Achseln.

»Was ist ein Nobelpreis?«, fragte Baba.

»Der Nobelpreis wird an Wissenschaftler verliehen, die durch eine bedeutende Entdeckung oder Erfindung etwas zum Nutzen der Menschheit getan haben.« Normalerweise würde ich nicht so angeben mit dieser Auszeichnung, aber ich wollte sichergehen, dass Baba verstand, dass ich etwas Großes geleistet hatte.

Baba schaute Mama an. »Ahmed hat einen Preis gewonnen.« Und wieder zuckten sie beide die Achseln – als wäre ihnen gar nicht bewusst, dass ich sie ja sehen konnte.

»Ende des neunzehnten Jahrhunderts gab es einen schwedischen Chemiker. Er hat das Dynamit erfunden«, erklärte ich nun. »Ihm war es sehr wichtig, was die Naturwissenschaften für die Menschheit tun.«

»Hat er gewusst, dass man mit seinem Dynamit unser Haus in die Luft sprengen würde?«, brummte Mama. »Hat er das gewollt?«

Wie konnte ich meinen Eltern verständlich machen, dass ich endlich das Versprechen eingelöst hatte, das ich vor vielen, vielen Jahren meinem Vater gegeben hatte? Ich nahm noch einmal Anlauf. »Der schwedische Chemiker hat sein Vermögen gestiftet, damit jedes Jahr diese Preise verliehen werden können. Seit 1901 wählt ein Komitee Jahr für Jahr die Frauen und Männer aus, die auf verschiedenen Gebieten etwas Außerordentliches geleistet haben.

Die Physik gehört auch dazu. Der Preis ist die höchste Auszeichnung, die ein Physiker bekommen kann.«

Baba lächelte. Mama schien nicht besonders beeindruckt.

Mein Handy klingelte.

»Wisst ihr was? Wartet einfach ab, bis ihr das Ganze auf Video seht. Dann versteht ihr es besser. Ich halte da nämlich eine Rede.«

## 57

»Wir danken Ihnen allen, dass Sie heute hierhergekommen sind«, begann der Sprecher. »Die Königlich-Schwedische Akademie ist stolz darauf, dieses Jahr den Nobelpreis für Physik Professor Menachem Sharon und Professor Ahmed Hamid zu überreichen, als Anerkennung für ihre gemeinsame Forschungsarbeit, die sie vor vierzig Jahren begonnen haben.

In der Vergangenheit gab es eine Untergrenze für die Größe von Datenspeichern. Bevor wir in der Lage waren, die magnetische Anisotropie eines einzelnen Atoms zu messen, war es nicht möglich, die Technologie noch weiter zu verkleinern. Die magnetische Anisotropie ist entscheidend für diesen Schritt, denn sie definiert die Fähigkeit der Atome, Informationen zu speichern. Professor Sharon und Professor Hamid haben herausgefunden, wie man die magnetische Anisotropie eines einzelnen Atoms berechnet.

Ihre Entdeckung ebnet nicht nur den Weg zu immens gesteigerten Speicherkapazitäten und zu verbesserten Computerchips, sie eröffnet auch die Möglichkeit, in der Zukunft Sensoren, Satelliten und vieles andere entscheidend zu verbessern. Sie haben die Tür zu neuen, uns noch unbekannten Strukturen und Geräten aufgestoßen, die aus einzelnen Atomen konstruiert werden. Die atomare Speichermethode, die sie für einzelne Atome entwickelt haben, wird es uns erlauben, fünfzigtausend abendfüllende Filme oder mehr als tausend Billionen Daten-Bits zu speichern, und das auf einem Gerät, welches maximal die Größe eines iPods haben wird.

Professor Menachem Sharon und Professor Ahmed Hamid haben eine Idee verfolgt, deren Anwendungsmöglichkeiten zum damaligen Zeitpunkt noch völlig unbekannt waren. Dafür brauchte es eine Vision – und den Mut zum Wagnis. Es ist mir eine große Ehre, im Namen der ganzen Akademie Professor Menachem Sharon und Professor Ahmed Hamid meine Glückwünsche auszusprechen. Durch ihre gemeinsame Arbeit haben die beiden Geschichte geschrieben.«

Donnernder Applaus. Dann wurde es ganz still in dem vollbesetzten Raum, und alle Anwesenden, die größten Denker der Welt, richteten ihre Blicke auf Menachem und mich. Gemeinsam kamen wir nach vorn, beide in schwarzem Frack mit weißer Krawatte, unsere Schritte genau aufeinander abgestimmt, so wie wir es am Vortag geprobt hatten. Vor Seiner Majestät, dem König von Schweden, und seiner Familie blieben wir stehen. Menachem trat als Erster vor und reichte dem König die Hand. Der König hängte ihm eine Medaille um und übergab ihm die Urkunde. Danach war ich an der Reihe.

Das Philharmonische Orchester Stockholm spielte, während Menachem und ich uns nun zu dem Podium begaben, das in der Mitte des Festsaals aufgestellt war. Menachem beugte sich zum Mikrophon und begann zu sprechen.

»Der zentrale Impuls für unsere Arbeit kam von Professor Hamid. Seine geniale Begabung ist mir im Jahr 1966 aufgefallen. Damals war er mein Student. Zu meiner Schande muss ich allerdings gestehen, dass ich sein scharfsinniges Denken anfänglich als Bedrohung empfunden habe. Und nur weil ich kurz davor war, alles zu verlieren, sah ich mich gezwungen, ihm eine Chance zu geben. Nie werde ich den Tag vergessen, an dem er in mein Büro kam, ein junger Mann in schäbiger Kleidung und mit Sandalen, die aus

Autoreifen gemacht worden waren. Er hat mir gesagt, er könne eine bessere Methode entwickeln. Ich habe ihn zurückgewiesen – aber nicht, weil seine Idee mich nicht überzeugt hat. Für mich war es einfach unvorstellbar, dass dieser palästinensische Junge mir etwas voraushaben könnte. Er hat mir das Gegenteil bewiesen. Durch ihn habe ich eine einmalige Chance bekommen. Es hat vierzig Jahre gedauert, aber Professor Hamid und ich haben durch unsere Zusammenarbeit mehr erreicht, als wir je zu hoffen gewagt hatten. Außerdem ist er mein bester Freund geworden. Ich hoffe, dass wir ein Beispiel sein können, ein Vorbild – für die Israelis, für die Palästinenser, für die USA – für die ganze Welt.«

Bei diesen Worten begann Menachem zu weinen, und auch ich hatte Tränen in den Augen.

Nun war ich an der Reihe. Ich trat ans Mikrophon. »Zuerst und vor allem danke ich meinem Vater, der mehr für mich getan hat als irgendjemand auf der Welt.« Ich blickte in den Saal und in die zahlreichen Videokameras. »Mein Vater hat mich gelehrt, was es heißt, Opfer zu bringen. Durch ihn bin ich der geworden, der ich heute bin. Und ich möchte meiner Mutter danken, die mir beigebracht hat, dass man nicht aufgeben darf. Und meinem ersten Lehrer, weil er an mich geglaubt hat. Danke, Lehrer Mohammad! Und mein besonderer Dank gilt Professor Sharon, meinem lieben Freund und Kollegen, denn er hat mich nach meinen Fähigkeiten beurteilt und nicht nach meiner ethnischen Zugehörigkeit oder meiner Religion. Und er war so genial, dass er sah, was andere noch nicht sehen konnten – deshalb hat er mich Professor Smart vorgestellt. Ich möchte außerdem meiner ganzen Familie danken, weil sie mich alle unterstützt haben, während ich studierte, und meiner Frau und meinen Söhnen, die mir gezeigt haben, was Liebe ist.« Ich schwieg einen kurzen Moment, ehe ich fortfuhr: »Ich sage immer zu meinen Kindern: Folgt eurer Leidenschaft! Meine Kindheit hat mich eine elementare Wahrheit gelehrt: Steter Tropfen höhlt den Stein. Ich habe gelernt, dass es nicht so sehr darauf ankommt, was einem widerfährt, sondern wie man auf das, was einem widerfährt, reagiert. Bildung war mein Weg hinaus ins Freie, durch Bildung war ich imstande, über meine Voraussetzungen hinauszuwachsen. Doch inzwischen ist mir klargeworden, dass ich dabei viele Menschen zurückgelassen habe. Heute weiß ich: Solange ein einziger Mensch leidet, leiden wir alle. Ich habe mein Leben bisher ganz meiner Familie, meiner beruflichen Laufbahn und meiner Forschungsarbeit gewidmet. Heute Abend aber möchte ich darüber sprechen, was in Gaza geschieht. Ich war in Gaza, als ich diese ehrenvolle Mitteilung bekommen habe.

Bildung ist das fundamentale Recht jedes Kindes. In seinem jetzigen Zustand ist Gaza eine Brutstätte für künftige Terroristen. Die Hoffnungen und die Träume der Menschen dort sind vernichtet worden. Bildung, der einzige Ausweg für die Unterdrückten, wurde praktisch unmöglich gemacht. Die Israelis kontrollieren sämtliche Grenzen, und Hunderten von Jugendlichen, die ein Stipendium für ein Studium im Westen bekamen, haben sie verboten, Gaza zu verlassen – diese jungen Menschen dürfen nicht an den großen Universitäten studieren. Die Israelis lassen nicht zu, dass Schulbücher und Baumaterial nach Gaza geliefert werden. Wenn ich dort gelebt hätte, wäre es mir unmöglich gewesen zu erreichen, was ich erreicht habe. Wir können nicht zulassen, dass dieser systematische Bildungstod weitergeht. Niemand kann in Frieden leben, solange andere in Armut und Ungleichheit dahinsiechen. So wie ich früher davon geträumt habe, Atome zu manipulieren, so träume ich jetzt von einer Welt, in der wir Religion und Rasse und alle anderen Faktoren, die uns trennen, erfolgreich überwinden und gemeinsam ein höheres Ziel anstreben. Genau wie schon Martin Luther King vor mir wage ich es, von Frieden zu träumen.«

Die Zuhörer erhoben sich und applaudierten. Ich hielt ein Foto von Khaled hoch, die Kameras zoomten heran. »Ich widme diesen Preis meinem Neffen Khaled, der lieber sterben wollte, als ein Leben ohne Träume und ohne Hoffnung zu leben. Wir haben in seinem Namen eine Stiftung gegründet, die für Lehrmittel, für Bücher und Studienmöglichkeiten sorgen wird. Professoren vom MIT, von Harvard, Yale und Columbia haben sich als Partner verpflichtet, Druck auf die israelische Regierung auszuüben, damit sie endlich erlaubt, dass begabte Schüler Universitäten überall auf der Welt besuchen dürfen und ihren Beitrag leisten können, so wie es mir möglich gewesen ist. Ich möchte Sie alle bitten, sich uns anzuschließen.«

Menachem trat vor, und so standen wir nun nebeneinander, Seite an Seite. Er verkündete: »Ich stelle meine Hälfte des Preisgeldes, meine fünfhunderttausend Dollar, ebenfalls der Khaled-Hamid-Stiftung zur Verfügung.« Wieder brandete Beifall auf, und nach einer Pause fuhr Menachem fort: »Die Geschichte hat gezeigt, dass kein Volk auf Kosten eines anderen Sicherheit finden kann. Ein säkularer, demokratischer Staat auf dem gesamten Gebiet des historischen Palästina, mit gleichen Rechten für alle Bürger, ungeachtet ihrer religiösen Überzeugungen – das ist der einzige Weg zu wahrem Frieden. Ein Staat, in dem alle gleichermaßen stimmberechtigt sind. Wir müssen aufhören, uns gegenseitig zu bekämpfen – lasst uns beginnen, gemeinsam etwas aufzubauen!«

Meine Antwort ging in dem stürmischen Applaus unter, aber unsere Umarmung sagte alles.

## 58

Bei meinem nächsten Besuch in unserem Dorf legte ich die Nobelpreismedaille ins Bücherregal im Wohnzimmer meiner Eltern. Dann schaute ich aus dem neuen Fenster, das meine Eltern hatten einbauen lassen. Von hier aus hatte man den schönsten Ausblick der Welt: Man schaute auf den Mandelbaum. Eigentlich sollte es erst in einem Monat so weit sein, aber er stand bereits jetzt in voller Blüte. Hinter ihm standen, stark und stolz, Amal und Sa'dah, die unser Leid gesehen und uns vor Hunger und vor den Naturgewalten beschützt hatten.

Ich war gekommen, um mit meiner ganzen Familie nach Gaza zu fahren und Abbas zu besuchen.

Khaleds Tod hatte Abbas verändert.

Als ich ihm erzählte, dass ich eine Stiftung im Namen seines Sohnes gründen wolle, hatte er geweint. Er hoffe sehr, sagte er, dass seine Enkelkinder die Chance bekamen, eines Tages in den Vereinigten Staaten zu studieren. Und nun würde er endlich wieder vereint sein mit seiner Familie. Es war der Beginn eines gemeinsamen Heilungsprozesses. Obwohl es immer noch nicht möglich war, jemanden aus Gaza herauszuholen, konnten wir uns doch immerhin eine Woche lang dort aufhalten. Das war meiner neuen Berühmtheit und meinem politischen Einfluss zu verdanken. Ich wollte dafür sorgen, dass der große Traum meiner Eltern sich am Ende ihres Lebens erfüllte.

Ich ging nach draußen und setzte mich auf die Bank beim Mandelbaum. Es war wirklich ein Wunder, dass dieser Baum noch stand. Ich erinnerte mich so genau, wie ich mit zwölf immer wieder in seinen Zweigen Zuflucht suchte, ein Junge voller Träume und ohne die geringste Ahnung von dem, was kommen würde. Ich dachte an Nora – meine wunderschöne Frau, mein jüdischer Engel mit dem blonden Haar – und wie ich sie unter diesen Zweigen, unter denen sie nun begraben war, geküsst hatte.

Durch das Küchenfenster konnte ich meine beiden Söhne sehen, Mahmud und Amir, samt ihren Frauen und meinen Enkelkindern. Sie saßen alle an dem großen Tisch, zusammen mit meinen Eltern, mit Yasmine, Fadi, Nadia und Hani. Ich hörte die tiefen Stimmen meiner Söhne, ich hörte Yasmines leises Lachen. Yasmine, die ich, wie meine Eltern es vorausgewusst hatten, von tiefstem Herzen lieben gelernt hatte.

»Ich bin bereit«, sagte ich zu Nora und dachte an das Versprechen, das ich ihr gegeben hatte und das ich endlich einlösen würde.

Ich war bereit, der Welt meine Geschichte zu erzählen.

# Dank

Die Erlebnisse, die mich dazu gebracht haben, dieses Buch zu schreiben, liegen schon mehr als zwanzig Jahre zurück. Während meiner Highschool-Zeit hatte ich nur einen Wunsch: Ich wollte unbedingt ins Ausland, ich wollte etwas erleben und endlich der Aufsicht meiner Eltern entkommen. Eigentlich hatte ich Paris ins Auge gefasst, aber dieser Vorschlag stieß bei meinen Eltern auf wenig Gegenliebe, und sie schickten mich stattdessen für den Sommer nach Israel, zusammen mit der Tochter des Rabbi. Ich hatte keine Ahnung von der Situation im Nahen Osten und dachte, »Palästinenser« sei ein Synonym für »Israeli«. Sieben Jahre später kehrte ich in die USA zurück – und wusste mehr, als mir lieb war.

In meinem Idealismus beschloss ich, meine ganze Kraft für den Frieden im Nahen Osten einzusetzen. Doch nach dem Jurastudium in den USA wollte ich eigentlich nur noch mich selbst retten. Als ich meinen Mann kennenlernte, vertraute ich ihm an, was ich damals erlebt hatte. Er meinte, es würde sich wirklich lohnen, diese Geschichte aufzuschreiben. Aber ich verdrängte sie lieber – ich war einfach noch nicht so weit, über das Erlebte zu sprechen. Die Vergangenheit schaffte es allerdings immer wieder, sich in den Vordergrund zu drängen. Um die Geschichte öffentlich erzählen zu können, habe ich diese zwanzig Jahre gebraucht – und die Perspektive, die sie mir eröffnet haben.

Ich möchte Joe, meinem Mann, dafür danken, dass er mir bei

den Recherchen für dieses Buch geholfen hat – und überhaupt beim Schreiben. Und meinen Kindern, Jon-Robert und Sarah, denn sie sind für mich die Motivation, die Welt verbessern zu wollen. Ich danke meinen großartigen Lektoren, die mir gezeigt haben, wie ich Erfahrungen in Worte fassen kann. Es sind: der gewissenhafte Mark Spencer, die sachkundige Masha Hamilton, die kompetente Marcy Dermansky – und meine Schwiegermutter Connie, die jede Version des Textes gelesen und korrigiert hat, sowie die effiziente Teresa Merritt und die talentierte Pamela Lane.

Ein ganz besonderer Dank geht an meinen Lektor Les Edgerton, der ganz entscheidend dazu beigetragen hat, dass dieses Buch entstanden ist. Ich danke Caitlin Dosch und Christopher Greco von Herzen für ihre Hilfe bei den physikalischen und mathematischen Fragen. Nathan Stock vom Carter Center danke ich für seinen Beistand und für sein Fachwissen, vor allem in Bezug auf Gaza. Sehr herzlich möchte ich mich auch bei meiner Agentin Marina Penalva und bei der Pontas Literary and Film Agency bedanken. Außerdem bei Garnet Publishing, speziell bei Sam Barden und Stephen Grantham, die alles in die Wege leiteten, bei Felicity Radford und Nick Fawcett, die das Manuskript so sorgfältig lektoriert haben. Und bei Paddy O'Callaghan, Abdullah Khan und Yawar Khan – für ihre unermüdliche Unterstützung.